SEINE ZWEITE CHANCE

JULES BARNARD

Prolog

Mira

Ich drehe mich rechtzeitig um, um zu sehen, wie das größte Mädchen meiner Junior High School sich meinen Rucksack schnappt und ihn in einem großen Bogen herumreißt – während ich ihn noch trage.

Ich verliere das Gleichgewicht und lande unsanft auf dem Boden.

»Was willst du, Britney?«, frage ich wütend und mein Knie pocht dort, wo es auf dem Beton aufgeschlagen ist.

Britneys Pony ist kurz und gerade ihre Stirn entlang geschnitten, sodass sie wie ein Höhlenmensch aussieht, als sie mich anglotzt. »Ist deine Mutter nicht eine Nutte? Ich habe gehört, dass sie dich an die Sallees verkauft hat.«

Ihr Lispeln ist so stark, dass ich eine Sekunde brauche, um zu verstehen, wen genau sie meint. Und dann erhitzt sich mein Gesicht angesichts der vulgären Anspielung auf die Familie, mit der ich zusammenlebe.

Die meisten Schüler machen einen großen Bogen um

Britney und die drei Mädchen an ihrer Seite, aber ich bin nicht wie die Meisten.

Ich stürze mich auf sie und schubse sie. Nur leider bin ich für mein Alter ziemlich klein, sodass sie sich kaum vom Fleck rührt.

Mit ihren langen Oktopusarmen fängt Britney meine Schultern auf, während die anderen Mädchen hinter ihr lachen. »Darf ihr Sohn Lewis dich küssen? Ihh, Mira. Wirst du auch eine Nutte, wie deine Mutter?«

Ich hasse es, wenn die Leute Gerüchte über meine Mutter verbreiten.

Ich schwinge mein Bein und versuche, Britney am Schienbein zu erwischen, doch leider verfehle ich sie.

»Bei wem wirst du wohnen, wenn Lewis dich nicht mehr will?«

Aus irgendeinem Grund wird dieser Satz nicht von ihrem Sprachfehler beeinträchtigt. Er kommt laut und deutlich heraus.

Mein Kampfgeist schwindet und meine Arme sinken.

Ich bin es gewohnt, wegen meiner Größe, wegen meiner Herkunft und wegen der Geschichten über meine Mutter gehänselt zu werden. Nichts davon spielt eine Rolle. Aber Britney hat die eine Sache erwähnt, die sehr wohl eine Rolle spielt.

Lewis und seine Familie haben mir versprochen, dass sie sich um mich kümmern würden, aber jeder verlässt mich irgendwann.

Britney stößt meine Schultern und ich gerate aus dem Gleichgewicht.

Meine Handflächen knallen auf den Bürgersteig und ich starre auf die körnige Oberfläche, während die Hitze des Zements meine Haut erwärmt.

Meine Gedanken rasen mit Lichtgeschwindigkeit, doch

ohne Ziel. Wohin würde ich gehen, wenn die Sallees mich nicht mehr wollten?

Ich weiß nicht, wie lange ich auf allen Vieren knie, aber das Geräusch von rutschenden Füßen erregt meine Aufmerksamkeit. Ich streiche mir dunkle Haarsträhnen aus dem Gesicht und blicke auf … in blassblaue Augen, die besorgt schimmern.

»Bist du okay?«

Der Junge, der über mir steht, hat hohe Wangenknochen und ein leicht hohl wirkendes Gesicht. Er ist groß, aber dünn. Mir gefällt sein Gesicht. Er hat freundliche Augen.

Er blickt an mir vorbei und sendet einen zornigen Blick über meine Schulter. »Ab sofort lasst ihr sie in Ruhe«, ruft er.

Ich drehe mich um und sehe, dass die gemeinen Tussis abgehauen sind und jetzt schon die Hälfte des leeren Parkplatzes überquert haben.

Der Junge mustert mich kurz und schnappt sich dann meinen Rucksack. »Komm schon. Ich bringe dich nach Hause.«

Ich setze mich auf und ziehe meine Knie an, wobei ich mir Kies und Schmutz von den Händen wische. »Ich fahre mit dem Bus.«

Er schwingt sich meinen Rucksack über die Schulter, die nicht von seinem großen Rucksack belegt ist. »Ich begleite dich dorthin.«

Obwohl er so groß ist, sieht es aus, als könnten die beiden Rucksäcke ihn aus dem Gleichgewicht bringen, aber das tun sie nicht. Er ist stark.

Wir gehen schweigend zur Haltestelle und ich frage mich, ob er mich dort verlassen wird. Ich will, dass er bleibt. Was seltsam ist. Abgesehen von den Sallees, die mich aufgenommen haben als ich drei Jahre alt war, fühle

ich mich in der Nähe von anderen Menschen normalerweise nicht wohl.

»Ich bin Tyler«, sagt er, als wir uns der Bushaltestelle
nähern. Sein Blick flackert zu mir, aber er starrt nicht.

Ich murmle meinen Namen und Tyler wartet mit mir,
bis der lange gelbe Bus heranfährt.

Der Fahrer öffnet die Tür und Tyler reicht mir meinen
Rucksack. Er presst seinen Mund zu einem ernsten Blick
zusammen, den ich bisher nur bei Erwachsenen gesehen
habe. »Alles okay?«

Ich nicke und steige die Stufen zum Gang zwischen
den Sitzen hinauf. Ich beobachte Tyler durch die Fenster,
als der Fahrer losfährt. Er geht in die entgegengesetzte
Richtung, sein Blick ist nach vorn gerichtet und sein drah-
tiger Arm ist angewinkelt, wo er seine Hand in die Hosen-
tasche gesteckt hat.

Ich sitze im hinteren Teil des Busses und drücke
meinen Rucksack an meine Brust, ein Lächeln auf meinen
Lippen.

Ich sollte verärgert sein, dass die Mädchen auf mir
herumgehackt haben – aber das bin ich nicht. Wenn sie es
nicht getan hätten, wäre Tyler vielleicht nicht aufgetaucht.

Und ich mag Tyler.

Kapitel Eins

Mira

Vor sechs Jahren

Meine Ängste sind mir bisher immer in die Quere gekommen. Aber nicht heute Abend.

Alicia Keys' »No One« schallt durch das Soundsystem von Holly Walkers Wohnzimmer. Ihr Haus ist voller Gesichter, die ich aus den Gängen unserer High School kenne.

Der Grund, warum ich hier bin – wo ich solche Partys doch normalerweise meide wie die Pest – ist, dass Tyler Morgan sagte, er würde kommen.

Ich bin mit Zach mitgefahren, einem guten Freund aus dem Dresslerville Washoe Reservat, der mit mir und meinem Ziehbruder Lewis die High School besucht.

Lewis ist die ganze Zeit mit Lernen beschäftigt. Er geht nicht zu solchen Veranstaltungen, aber Zach kommt zu allen Partys. Zurzeit hat er ein Auge auf Ella oder Bella geworfen – ein Mädchen aus meiner Englischklasse, dessen

Name mit einem ›a‹ endet, wie es bei allen beliebten Mädchen der Fall ist.

Theoretisch endet mein Name auch auf ein ›a‹, aber wenn die Leute mich kennen, dann aus den falschen Gründen. Mein Name wird eher mit Begriffen wie ›*Schlampe*‹ oder ›*Abschaum*‹ assoziiert.

»Zach, du wirkst wie ein Raubtier auf Beutejagd«, sage ich. »Es gibt so etwas wie Finesse. Du könntest auch mit dem Mädchen reden. Sie kennenlernen.«

Zach spannt seinen gemeißelten Kiefer an. »Warum sollte ich das tun wollen? Das ruiniert doch meine mysteriöse Aura.«

Seit ich ihn kenne, hat Zach Mädchen immer auf Distanz gehalten. Emotional, nicht physisch. Der Kerl schiebt schon die eine oder andere Nummer. Ich kann ihm das nicht verübeln. Ich tue dasselbe – also die Sache mit der emotionalen Distanz, nicht dem Sex. Diese Gerüchte über mich sind erfunden.

Er hebt sein Kinn. »Kommst du allein zurecht? Ich zeige jetzt mal meine Schokoladenseite.« Er spannt seine Brust an. »Wie sind die Brustmuskeln? Sehen sie gut aus?«

Ich schüttle den Kopf. »Du bist ein Depp.«

Er zieht mich in einen freundschaftlichen Schwitzkasten. »Hab dich lieb, Mir. Geh doch mal jemanden abschleppen oder so. Das tut dem Körper gut.«

Meine Schultern werden steif. Er hat keine Ahnung, wie nahe er der Wahrheit ist.

Zach schüttelt mich ein wenig. »Mach dich locker, Mädchen. Du bist ganz verkrampft.«

Ich teile alles mit Zach und Lewis. Abgesehen von meinem Liebesleben. Das wäre einfach seltsam.

Zach verhält sich wie eine männliche Hure, weshalb es über ihn stundenweise Gesprächsstoff gäbe. Aber über mich und Jungs zu reden, ist eine andere Geschichte. Das ist der Punkt, ab dem es eigenartig wird – wenn man männliche Freunde hat, die wie Brüder sind.

»Würdest du jetzt langsam mal abhauen?« Sein Verweilen macht mich nervös, und ich habe schon genug Sorgen.

Zach küsst seinen Bizeps und zwinkert, bevor er loszieht und mit seinen breiten Schultern an den Menschen, die das Wohnzimmer bereits füllen, vorbei schreitet.

Ich sehe mich um und suche nach meiner eigenen Beute.

Seit Tyler vor einer Stunde angekommen ist, beobachte ich ihn wie eine Stalker-Tussi. Das ist nicht wirklich mein Stil, aber mir läuft die Zeit davon. In ein paar Wochen geht er aufs College und wenn ich jetzt nichts unternehme, könnte ich meine Chance verpassen.

Ich fahre mit einer zittrigen Hand durch mein langes, dunkles Haar und ziehe eine Handvoll gewellter Haare über meine Schulter, wobei die Enden den oberen Teil meiner Taille streifen. Aus den Augenwinkeln erwische ich den Kerl neben mir, wie er mich beobachtet.

Ich habe kein Interesse an anderen Typen. Nur eine Person hält meine Aufmerksamkeit und auf sie gehe ich jetzt zu.

Heute Abend bin ich wie Zach, eine Raubkatze auf der Pirsch.

Normalerweise lasse ich Männer zu mir kommen. Bei den Mädchen bin ich vielleicht nicht beliebt, aber bei den Jungs ist das anders.

Lewis und Zach behandeln mich wie eine Schwester, aber bei anderen Jungs … Na ja, sie wollen *Etwas* von mir. Nicht, dass ich es ihnen geben würde. Ungeachtet dessen, was einige Leute sagen, habe ich nur ein paar Jungs geküsst, mit ein paar von ihnen rumgemacht, aber niemandem je dieses *Etwas* gegeben.

Ich bin mir nicht sicher, warum ich mir meine Jungfräulichkeit bewahrt habe. Niemand erwartet das von mir und ich fühle mich deswegen auch nicht rein und unberührt. Es ist möglich, dass das Zusammenleben mit Lewis und seiner Familie auf mich abgefärbt hat. Dass ich meine Maßstäbe erhöht habe, ohne es zu merken. Aber selbst wenn sich die Gelegenheit ergab, wollte ich bislang keinen Sex haben und ich glaube, dass das einen anderen Grund hat.

Es gibt nur eine Person, mit der ich zusammen sein will.

Mein Vertrauenslehrer hat mir Tyler vor über einem Jahr als Mathe-Nachhilfelehrer zugewiesen. *Eventuell* habe ich absichtlich nach ihm gefragt, als ich herausfand, dass er Schüler suchte.

Die Freundlichkeit hinter Tylers klaren blauen Augen, als er die Gruppe fieser Mädchen in der Junior High verscheuchte, hinterließ einen bleibenden Eindruck. Ich habe ihn nie vergessen.

Ich bin ziemlich sicher, dass er sich nicht an diesen Tag erinnert. Er hat ihn nie erwähnt und während unserer zahlreichen gemeinsamen Lernsitzungen habe ich ihn auch nicht daran erinnert.

Ich sehe zu, wie Tyler das Badezimmer im Erdgeschoss vor Holly Walkers Wohnzimmer überprüft. Er hat seit der Junior High an Muskelmasse dazugewonnen – seine Schultern sind breiter und seine Brustmuskulatur ist definierter. Er ist größer als die meisten Jungs an unserer High School. Außerdem sieht er gut aus, aber das ist nicht der Grund, warum ich ihn mag.

Tyler hat etwas an sich, was ihn von anderen Jungs unterscheidet. Ich bin mir jeder seiner Bewegungen bewusst, dass er nach Pfefferminz riecht – und nach dem Fahrradöl von seinem Mountainbike, das sich mit dem Duft von seinem Waschmittel vermischt. Er ist entspannt, aber aufmerksam und ich verbringe genauso gern Zeit mit ihm, wie mit meinen Freunden. Mehr noch.

Wenn Tyler mir Gleichungen zeigt, während wir zusammen lernen, möchte ich mit meinem Finger über die Hornhaut an seinem Daumen streichen, mit dem er seinen Bleistift zu fest hält.

Manchmal, wenn er nicht hinsieht, starre ich auf die dunklen Stoppeln an seinem Kinn, die im Licht rötlich leuchten und frage mich, wie es sich anfühlen würde, meine Lippen an diesen Stoppeln zu reiben und seinen Hals zu küssen.

Das lenkt mich ab.

Tyler wird die Stadt bald verlassen. Ich sollte abwarten und meine Gefühle ignorieren.

Aber das werde ich nicht tun.

Ich werde etwas tun, was ich noch nie zuvor getan habe: Ich werde mich öffnen. Lange genug, um meine Jungfräulichkeit an den Jungen, den ich mag, zu verlieren.

Nachdem er das Badezimmer unten versucht hat und es offenbar abgeschlossen ist, schiebt Tyler eine große Hand in die Tasche seiner Jeans und macht sich auf den Weg in den ersten Stock.

Ich sehe mich um, um sicherzugehen, dass niemand aufpasst und folge ihm die Treppe hinauf.

Tyler ist ein Jahr älter als ich, aber zwei Klassen höher, denn er ist super intelligent und hat das erste Jahr übersprungen. Hollys Party ist vielleicht die letzte Chance, die ich habe, bevor er in ein paar Wochen seinen Abschluss macht.

Auch der erste Stock ist überfüllt. Tyler stapft eine

weitere Treppe hinauf und ich bleibe zurück, bis er dort angekommen ist.

Hollys Haus hat vier Etagen. Ihre Eltern sind stinkreich und ihr Haus ist mit einem Whirlpool im Innenbereich und einem Aufzug ausgestattet. In den oberen Stockwerken sind ungefähr hunderttausend Schlafzimmer verteilt. Es sollte nicht allzu schwierig sein, Tyler allein zu erwischen.

Er klopft an ein Badezimmer im zweiten Stock, tritt ein und schließt die Tür hinter sich. Der Großteil der Party befindet sich in den unteren Stockwerken. Nur wenige Leute wandern durch die oberen zwei, also gibt es hier Privatsphäre.

Ich gehe schnell zum Ende des Flurs und schiele in eines der abgedunkelten Schlafzimmer. Es ist leer, also lehne ich mich hinein, lege meine Tasche neben die Tür und schließe sie hinter mir.

Mein Herz hämmert in meiner Brust. Ich drücke meine Hand darauf und atme tief durch, um mich zu beruhigen.

Ich habe etwas zwischen mir und Tyler gespürt. Und ich glaube nicht, dass er mein Angebot ablehnen wird. Aber es wird eine Herausforderung sein, mich in der Nähe von jemand anderem als Lewis oder Zach verletzlich zu zeigen.

Ich neige dazu, Menschen wegzustoßen. Aber Tyler neckt mich. Er nimmt mich nicht allzu ernst, wie die meisten anderen Typen es tun. Irgendwie lässt das die Vorstellung, sich zu öffnen, leichter erscheinen. Ich wünschte, ich könnte mehr mit Tyler haben, bevor er geht. Aber ich gebe mich damit zufrieden.

Sex … mit Tyler.

Mein Herz rast abermals.

Ich schlucke und versuche, meine Gesichtszüge zu

beruhigen, obwohl das schon bei dem lebenswichtigen Organ, das in meiner Brust klopft, nicht funktioniert. Ich gehe den Flur entlang, lauere vor dem Badezimmer, in das Tyler gegangen ist und stelle mich mental auf das ein, was ich gleich tun werde.

Ein paar Sekunden vergehen, bevor Tyler mit gesenktem Kopf herauskommt.

Jetzt oder nie. Ich trete ihm in den Weg und stoße leicht mit ihm zusammen.

»Tyler«, sage ich und tue überrascht. Er ergreift meine Arme, um uns nach dem Zusammenstoß wieder ins Gleichgewicht zu bringen, sein Gesicht ist nur wenige Zentimeter entfernt. Ich lächle verschämt. »Wenn du mich berühren wolltest, hättest du nur fragen müssen.«

Wow – das war lahm. Ich muss an meinen Anmachsprüchen arbeiten.

Sein Gesichtsausdruck ist leer und für einen Moment frage ich mich, ob ich es verbockt habe. Aggressiv zu flirten ist schwieriger, als es aussieht.

»Mira.« Sein Blick wird weich, er bleibt warm an meinen Augen haften. »Ich dachte, ich hätte dich unten gesehen.« Er grinst – was mein Herz höher schlagen lässt als je zuvor.

Die meisten Menschen denken, dass Tylers Augen sein bestes Attribut sind. Sie sind vernichtend schön, aber es ist sein Lächeln, das mich wirklich fasziniert. Es fesselt einen tiefliegenden Teil von mir und macht mich schwindlig und stumm.

Dieses Lächeln ist eine Bedrohung. Und ich kann nicht genug davon bekommen.

Mein Brustkorb schnürt sich zusammen, meine Mundwinkel zucken, was hoffentlich einem glücklichen Ausdruck ähnelt. »Wie geht's denn so?« Ich sage das, als ob ich ihn heute Abend zum ersten Mal sehe, obwohl ich ihn wie ein Panther verfolgt habe.

»Gut. Bist du schon lange hier?«

»Schon eine Weile.« Ich greife seine Hand und ziehe ihn den Gang entlang, wobei ich mein zitterndes Grinsen aufrechterhalte. »Kannst du mir bei etwas helfen? Es ist gleich hier hinten.«

Er runzelt besorgt die Stirn. »Klar.«

Noch ein weiterer Grund, warum Tyler perfekt ist. Er verbrachte lächerlich viel Zeit damit, mir in Mathematik zu helfen, bis ich nicht nur meine Note verbessern, sondern sogar eine Eins schaffen konnte.

Ich? Eine Eins in Mathematik? Das habe ich nur Tyler zu verdanken, der sich um mich gekümmert hat, was sonst nur wenige Leute es getan haben. Als würde er in mir eine Art Potenzial sehen, von dem die meisten Menschen denken, dass es nicht existiert.

Ich öffne die Schlafzimmertür und gehe hinein. »Es ist gleich hier.«

Tyler lacht nervös, aber er kommt hinter mir in den Raum. Das Licht aus dem Flur umrahmt seinen hohen, sportlichen Körperbau. Er zupft an seinem T-Shirt und sieht sich um. »Also, was brauchst du?«

Ich greife hinter ihn, schließe die Tür und pechschwarze Dunkelheit füllt den Raum. Ich drücke meine Brust an seine und lege meine Arme um seinen Hals.

»Nur das.« Ich küsse ihn.

Seine Lippen bewegen sich zunächst nicht, sein Körper ist angespannt. Doch dann schmilzt sein Mund. Er flammt auf. Der Kuss verwandelt sich in etwas, das einen Schauder durch meinen Bauch fahren lässt.

Seine Zunge neckt meine, seine Hände fassen meine Taille …

Mein Atem stockt. Das ist ein Fehler. Ich hätte einen

anderen Typen wählen sollen. Einen, der mir nicht so viel bedeutet. Ich mag Tyler und wenn er geht …

Ich löse mich von ihm.

Tylers Hände gleiten zu meinen Hüften, ohne dass er loslässt. »Mira, was geht hier vor? Ich meine, ich beschwere mich nicht …«

Was tue ich hier? Ich ruiniere es. Ich wollte das so lange und jetzt bin ich im Begriff, es zu vermasseln.

Natürlich fragt er sich, warum seine distanzierte Nachhilfeschülerin ihn anbaggert. Ich dachte, er mag mich, aber ich war mir nicht hundertprozentig sicher. Aufgrund der Intensität dieses Kusses denke ich, dass eine gewisse Anziehung zwischen uns beiden nicht von der Hand zu weisen ist. Ich muss aufhören, auszuflippen und mich einfach darauf einlassen.

»Ist das okay?« Meine Augen haben sich an die Dunkelheit gewöhnt. Ich stehe auf Zehenspitzen und küsse seinen markanten Kiefer, ziehe meine Lippen hinunter zu seinem Hals, während meine Hände über seine breiten Schultern und seine Brust bis zu seinem flachen Bauch wandern.

Sein Atem stockt und er zieht mich näher heran. »Bist du sicher? Ich meine – ich wusste das nicht.«

Ich bringe diesen Gedanken mit einem weiteren Kuss zum Schweigen, mein Mund öffnet sich und nimmt alles, was Tylers Lippen zu geben bereit sind.

Tyler ist größer als einen Meter achtzig und ich muss mich strecken, um seinen Mund zu erreichen. Aber er hält mich fest und seine Lippen bewegen sich eifrig mit meinen, schicken noch mehr Schauder durch meinen Bauch, lockern meinen Körper zusammen mit meinen Nerven.

Je mehr er küsst, desto weiter breitet sich das Flattern in mir aus, wandert und gerät vollkommen außer Kontrolle. Er schmeckt nach Pfefferminz, seine Lippen sind weich und warm und sie berühren mich auf eine Weise, die meine Hände an seiner Brust zittern lässt.

Normalerweise lasse ich den Kerl die Kontrolle übernehmen und halten ihn auf, falls er zu weit geht. Aber trotz Tylers eifrigem Mund haben seine Hände meine Hüften nicht verlassen.

Er ist ein netter Kerl, klar. Was habe ich denn erwartet?

Offensichtlich muss ich auch den nächsten Schritt machen.

Ich fahre mit den Fingern unter sein Hemd, an seiner warmen, glatten Haut entlang und berühre die Konturen seiner muskulösen Brust, die durch stundenlangen Sport nach der Schule entstanden sind.

Ich erkunde gerade faszinierendes Terrain, als Tyler sich von mir löst. Meine Finger erstarren und ich sehe ihm in die Augen und ihre Helligkeit ist so gut wie verschwunden. In diesem Licht sind sie dunkel und trüb mit erschreckenden Tiefen.

»Mira, was ist mit unten? Die Party …«

Hör auf nachzudenken.

Als Antwort auf seine Frage hebe ich den Saum seines schwarzen T-Shirts. Seine Arme gehen automatisch nach oben, damit ich die weiche Baumwolle über seinen Kopf ziehen kann. Ich lasse es auf den Boden fallen, der dunkle Stoff verschwindet im Schatten.

Ich greife hinter ihn, suche nach der Tür und schließe sie ab. Ich ergreife seine Hand und führe ihn zum Bett. »Es ist okay. Niemand wird hereinkommen.« Ich setze mich auf den Rand der Matratze und ziehe ihn sanft nach unten.

Er sagt zunächst nichts. Es könnte etwas damit zu tun haben, dass ich mein Oberteil abgestreift habe. Ich bin von der Taille aufwärts entblößt, mit Ausnahme eines hübschen schwarzen BHs, den ich auf einer großzügigen Shoppingtour bei Victoria's Secret gekauft habe.

Tyler berührt meine nackte Schulter. »Ähhhm …« Sein Blick bleibt eine Sekunde lang auf meinen Brüsten hängen, dann wandert er zu meinem Gesicht und verweilt auf meinen Augen. »Ich mag dich. Wir müssen das nicht heute Abend machen.«

Seit über einem Jahr stelle ich mir vor, wie es wäre, Tylers Freundin zu sein. Wie er mich ins Kino mitnehmen würde oder wie wir bei ihm zu Hause mit seiner Mutter und der Schwester, von der er mir erzählt hat, abhängen würden. Aber das ist ein Hirngespinst.

Tyler würde mich nie wollen, wenn er wüsste, wo ich herkomme und wie verkorkst meine Vergangenheit ist. Wir können nie mehr sein, außer auf diese Art und Weise.

Wenn ich das jetzt mit ihm teile, dann habe ich wenigstens ein Stück von ihm. Diesen einen Moment.

»Ich bin mir sicher. Ich will dich.«

Kapitel Zwei

Tyler

I*ch will dich.*

Das war er – der Moment, in dem ich das rationale Denken verlor und dem nachgab, wovon ich insgeheim geträumt habe.

Ich bin seit Jahren in Mira Frasier verliebt und sie will mich auf eine Art und Weise, die ich mir bisher nur in meinen Fantasien ausgemalt habe.

Ich habe immer dafür gesorgt, dass unsere Nachhilfestunden etwas länger dauerten, als geplant. Sie brauchte Hilfe in Algebra, aber ich zog unsere Stunde in die Länge, nur um etwas mehr Zeit mit ihr verbringen zu können.

Auch dieses Jahr gab ich ihr Nachhilfe in Mathematik, obwohl der Lehrer sagte, dass das gar nicht nötig sei. Doch es schien mir nicht klug, das Mira gegenüber zu erwähnen. Sie hätte unseren Unterricht jederzeit absagen können, aber ich wollte sicher nicht derjenige sein, der das vorschlägt.

Mira knöpft ihre Jeans auf und ich helfe ihr, sie auszuziehen, zusammen mit ihren Schuhen. Wir küssen und berühren uns und mir ist unbegreiflich, wie ich so verdammt viel Glück haben konnte.

Sie greift nach hinten, um den Verschluss ihres BHs zu öffnen und ich lege meine Hand über ihre. »Ich mach das schon.«

Vielleicht war ich in den letzten eineinhalb Jahren zu feige, sie um ein Date zu fragen, aber ich bin nicht unerfahren. Na ja, zumindest nicht völlig.

Geschickt löse ich den Verschluss und ziehe den seidigen Stoff weg, wobei ich versuche, ihr nicht auf die Brüste zu starren. Ich lehne mich über sie, bis sie auf der Matratze ausgestreckt liegt und mein Körper ihren bedeckt.

Gott, erdrücke ich sie etwa?

Ich stütze mich höher. Ich könnte Miras schöne, gebräunte Kurven die ganze Nacht lang anstarren, aber ich würde sie lieber in meinen Armen unter mir – oder über mir – spüren. Ich bin nicht wählerisch. Solange wir zusammen sind.

Mira ist das schönste Mädchen, das ich je gesehen habe, aber das ist nicht der Grund, warum sie mir den Atem raubt.

Einmal habe ich sie gehänselt. Es kam aus heiterem Himmel. Ich weiß nicht, warum ich es getan habe. Sie hatte ihre kaputte Handyhülle abgeklebt und sogar dünne Streifen um die Ladebuchse herum ausgeschnitten. Es war süß. Ich konnte nicht anders.

»Klebeband-iPhones? Ist das jetzt der letzte Schrei?«, sagte ich.

Mira ist nicht arm. Sie lebt bei diesem reichen Typen, Lewis, aber nachdem die Worte heraus waren, fragte ich mich, ob sie mich vielleicht schlagen würde. Mira ist nicht die Art Mädchen, mit dem man herumalbert. Sie ist tough und schön.

Sie hat schon so manchen Typen zum Schweigen gebracht, der doppelt so groß war wie sie.

Aber Mira hat mich nicht geschlagen, sondern gelacht. Der Klang war hell, voller Leben – die Art von Lachen, für die ich Berge erklimmen würde, nur um es noch einmal zu hören.

Von diesem Tag an war es mein Ziel, Mira zum Lächeln zu bringen. Wenn mir ein Grinsen gelang, schwoll meine Brust an. Wenn ich ihr ein echtes Lachen entlockte, war ich auf Wolke sieben. Aber das halbe Lächeln – eine Kurve ihrer Lippen, die unartige Anspielungen andeutet – Herrgott. Das halbe Lächeln erhitzt mich von innen heraus.

Dieses halbe Lächeln ist schelmisch und verdammt sexy und ich habe noch nie gesehen, dass sie jemand anderen so angesehen hat. Es ist, als würde sie es nur für mich reservieren. Mein eigenes geheimes Lächeln.

Ich streiche mit meinen Lippen über ihren Bauch und streife ihren Oberschenkel mit meinem Kinn und meinem Mund.

Gott, ist ihre Haut weich. Und wie sie riecht … nach Vanille und einem blumigen Duft, zusammen mit etwas anderem, das ich nicht genau zuordnen kann, aber es erweckt in mir das Bedürfnis, meine Nase an ihren Körper zu drücken, weil ich verdammt noch mal nicht genug bekommen kann. Sie ist perfekt.

Ich habe einen gewaltigen Ständer, aber wenn sie aufhören will, werde ich liebend gern für den Rest meines Lebens mit Kavaliersschmerzen leben. Solange ich ihr nahe sein kann.

Meine Lippen streichen die Innenseite ihrer Oberschenkel und ihr Mund öffnet sich. Ein leises, atemloses Geräusch entweicht.

Interessant…

Ich tue es wieder und lasse diesmal meine Lippen auf ihrer zarten Haut verweilen.

Sie gibt ein kehliges Stöhnen von sich, das einen Hitzeschlag in meine Leistengegend sendet.

Ich drücke meinen Schwanz in die Matratze und ersticke das Bedürfnis zu explodieren.

Das ist eine Folter, diese kleinen, bedürftigen Geräusche, die sie von sich gibt. Aber nichts kann mich davon abhalten, alles zu tun, um sie zu befriedigen.

Ich bewege mich an ihrem Körper hoch, küsse sie über ihrem Höschen und meine Arme zittern an der Seite ihrer Hüften, da es enorme Selbstbeherrschung erfordert, das letzte Stück Stoff nicht einfach zu entfernen, um ihr noch näher zu kommen.

»Tyler …«, sagt sie.

Ich sauge meinen Atem ein, als beim Klang des Verlangens in ihrer Stimme ein Adrenalinschub durch mich hindurchströmt. Das Bedürfnis, in ihr zu sein, ist ein intensiver Drang, mein Herz pocht, jeder meiner Instinkte verschärft.

Anstatt mich auf sie zu stürzen, wie mein Körper es von mir verlangt, schiebe ich einen Finger unter den Rand ihres Slips und halte inne, um ihre Reaktion abzuschätzen.

Sie hebt ihre Hüften für mich an und ich ziehe ihn langsam aus. Und jetzt ertappe ich mich dabei, wie ich sie anstarre.

Es gibt nichts Schöneres als Mira nackt.

Ich blinzle und schlucke die Nervosität herunter, die sich plötzlich in meinem Hals geballt hat. Ich muss zumindest so aussehen, als wüsste ich, was ich tue.

Ich schüttle den Schleier der Lust und Ehrfurcht von

meinem Verstand und fahre mit meinen Handflächen ihre Taille hinauf zu ihren Brüsten, wo ich sie küsse und lecke. Wenn das alles ist, was wir miteinander teilen werden, werde ich glücklich sterben.

Mira verschiebt sich und ihre Beine liegen an beiden Seiten meiner Taille an, wä<u>hrend</u> sie sich durch meine Jeans an meine Erektion schmiegt.

Sämtliche Gedanken sind ausgelöscht, mit Ausnahme des Bedürfnisses, ihr so nah wie möglich zu sein.

Ich reibe mich an ihrer Mitte und beiße die Zähne zusammen unter der fast unerträglichen Wärme und Reibung. Haut an Haut würde sich das unglaublich anfühlen …

Ich kann nicht zulassen, dass meine Gedanken dorthin abdriften. Sonst explodiere ich noch.

Sie greift meinen Kopf und küsst mich. »Zieh deine Hose aus«, atmet sie in der Nähe meines Ohres.

Oh Gott. Sie wird mich noch umbringen.

Passiert das gerade wirklich? Ernsthaft, was ist hier los? Ich kann nicht so viel Glück haben.

Ich zögere, doch trotzdem tue ich, was sie sagt, denn ich bin ja nicht blöd. Ob das nun ein Traum ist oder nicht, ich werde mir die Gelegenheit nicht entgehen lassen, mit diesem Mädchen zusammen zu sein.

Ich ziehe den Rest meiner Klamotten aus, setze mich auf die Bettkante und sehe zu, wie sie sich über die Matratze beugt und ein Kondom aus der Gesäßtasche ihrer Jeans herauszieht. Wenigstens weiß eine von uns, was sie tut.

Ein Anflug von Irritation flackert auf, als ich diesen Gedanken erwäge. Hat sie das schon mit anderen Jungs gemacht? Kürzlich? Sie lebt mit Lewis zusammen. Und es gibt Gerüchte, dass sie zusammen sind …

Ich denke nicht gern an Mira mit anderen Jungs.

Ziemlich Steinzeit-mäßig von mir, aber trotzdem. Ich will die einzige Person sein, der sie dieses halbe Lächeln schenkt – oder mit der sie ihren Körper teilt.

Sie reicht mir das Kondom und ihre Hände zittern leicht. Ist sie nervös?

Vielleicht ist sie nicht so erfahren, wie sie aussieht. Aber wenn sie es nicht ist, warum sollte sie das dann hier anfangen? Auf einer beschissenen Party mit hundert Leuten im Erdgeschoss?

So sollte unser erstes Mal nicht sein, aber wenn ich jetzt davonlaufe, muss ich mich später umbringen.

Ich streife das Kondom über und tue so, als hätte ich das schon eine Million Mal getan – oder zumindest *einmal* – und rutsche wieder dahin zurück, wo ich war. Denn auf Mira ruhend, während ihre hellbraunen Augen mich anblicken, als wäre ich ihr Held, ist der einzige Platz, an dem ich sein will.

Das Zittern ihrer Hände an meinen Schultern lässt Zweifel aufkommen. »Mira, ich …«

Sie rutscht nach unten und meine Spitze gleitet einen Zentimeter in sie hinein. Ich stöhne und schaukle instinktiv vorwärts.

Sie windet sich.

Scheiße, mache ich das falsch?

Ich ziehe mich einen Zentimeter zurück und sie umklammert mich. »Hör nicht auf.«

Ich atme tief durch und bewege mich diesmal langsamer vorwärts.

Das Gefühl, wie ihr Körper sich um mich herum zusammenzieht, während ich mich mit jedem Schub tiefer in sie hinein bewege, macht mich verrückt.

Wahrscheinlich werde ich nicht lange durchhalten. Es fühlt sich so gut an … *»Gott, Mira.«* Ich liebe dieses Mädchen. Ich liebe sie …

Unfähig zu verstehen, was gerade passiert, versuche ich es auch nicht mehr. Ich folge meinem Instinkt und küsse ihren Mund, ihren Hals, ziehe mich nochmals zurück und sinke in sie hinein, bis uns nichts mehr trennt.

Ich halte inne, als mich die intensivste Empfindung überwältigt. Das Gefühl, so völlig mit einem anderen Menschen verbunden zu sein, dass nichts mehr so sein wird wie vorher.

Ihr Atem stockt und sie schlingt ihre Arme um mich. »Mehr«, sagt sie.

Ich küsse ihre Lippen, zeige ihr mit meinem Mund und meinen Händen, wie viel sie mir bedeutet. Miras Arme lockern sich und ihre Atmung nimmt zu, ein benommener Ausdruck kommt in ihre Augen, während ich meinen Kopf senke, meine Lippen über ihr Ohr streife und die Haut darunter sauge. Mein Körper bewegt sich in einem instinktiven Rhythmus, der uns beide keuchen lässt.

Ich versuche, die Dinge langsam anzugehen, mich unter Kontrolle zu halten, aber das Bedürfnis nach Befreiung wächst. Aufhören scheint mir keine gute Idee zu sein. Nicht, wenn Mira diese kleinen Geräusche macht.

Unsere Münder und unsere Atmung verschmelzen. Ehe ich mich versehe, überkommt mich der intensivste Orgasmus, den ich je hatte. Mein Körper zittert und versinkt in Wellen der Lust.

Mehrere Sekunden lang stütze ich mich über sie, hole Luft und zwinge meinen Verstand, wieder zu arbeiten.

Mira liegt still unter mir. Zu still. Ich küsse ihre Stirn und rolle zur Seite, wobei ich sie mitnehme, unfähig, sie loszulassen. Sie fühlt sich in meinen Armen so gut an. Ich halte mich an ihr fest, während sich mein Herzschlag auf etwas verlangsamt, das dem Normalzustand ähnelt. »Geht es dir gut?«

Sie nickt, aber ihre Augen glänzen.

Ich stütze mich auf einen Ellbogen. »Mira?« Scheiße, nach dieser Erfahrung bin ich auch den Tränen nahe. Aber ich glaube, ihre sind nicht von derselben Sorte. »Bist du –«

Sie küsst mich fest, zieht sich zurück und sammelt ihre Klamotten vom Boden auf. »Wir gehen besser wieder runter.«

Ich taumle unsicher auf die Beine und wickle das Kondom in ein Taschentuch vom Nachttisch. Ich werfe es in den Mülleimer neben dem Bett und taste nach meiner Hose, die ich nicht finden kann, weil der Teppich dunkel ist und ich bei diesem Licht nichts sehen kann.

Nervös blicke ich zu ihrer schattenhaften Gestalt hinüber, während sie sich schneller anzieht, als ich es zuwege bringe nach dem, was wir gerade getan haben. Sie scheint verstört zu sein und das ist nicht in Ordnung. Ich will, dass sie sich genauso gut fühlt wie ich.

»Warte …«

Sie schnappt sich etwas in der Nähe der Tür und stolpert nach draußen.

»Scheiße.« Schließlich finde ich meine Hose unter dem Bett und ziehe mir den Rest meiner Kleidung an.

Ich durchsuche das ganze überfüllte Haus nach Mira. Ich kann sie nicht finden. Sie ist weg und niemand hat sie gesehen.

Es ist, als hätte sie nie existiert.

Als wäre das, was passiert ist, wirklich nur ein Traum gewesen.

Nur, dass ich mich nach meinen Träumen von Mira nie schrecklich gefühlt habe.

———

ICH HABE VERSUCHT, Mira anzurufen, nachdem sie aus dem Haus geflohen war. Sie ist nicht an ihr Handy gegangen und hat mich auch nicht zurückgerufen. Daraufhin bin ich völlig durchgedreht.

Meine einzige Möglichkeit war, wie ein Stalker bei ihr zu Hause aufzutauchen. Der Gedanke kam mir mehrfach in den Sinn, aber ich konnte es nicht tun. Ich wollte sie nicht in Verlegenheit bringen, aber ich *muss* mit ihr reden.

Habe ich ihr wehgetan? Es heißt, Sex läge einfach in der Natur, aber im Moment zweifle ich an allem.

Es ist Montag und ich war noch nie so erleichtert, wieder zur Schule gehen zu können. Solange Mira sich nicht krankgemeldet hat, sollte es mir gelingen sie aufzuspüren. Die Schule ist nicht der ideale Ort für dieses Gespräch, aber ich verzweifle so langsam.

Ich komme früher an und warte an ihrem Spind. Eine Viertelstunde vergeht, bevor Mira um die Ecke in den Flur kommt.

Der Druck, der in den letzten zwei Tagen auf mir lastete, nimmt bei ihrem Anblick ab. Ich möchte sie packen und an meine Brust drücken, doch dann sieht sie mich und meine Nervosität kehrt zurück.

Mira geht zu ihrem Spind. Ihr Blick schweift kurz zu mir und streift schüchtern mein Gesicht. »Hi.«

Ich hatte schon eine Ahnung, dass etwas nicht stimmt, nachdem sie mich halbnackt im Schlafzimmer zurückgelassen hat. Jetzt kann ich es nicht mehr leugnen. Es steht ihr ins Gesicht geschrieben.

Das mit Mira war mein erstes Mal. Ich finde nicht, dass es schlecht gelaufen ist. Ja, sie wirkte nervös. Aber die Geräusche, die von ihr kamen, als ich sie küsste und berührte, deuteten darauf hin, dass es ihr gefiel. Und als wir dann tatsächlich … Na ja, da hatte sie diesen benebelten, verdammt erotischen Ausdruck auf ihrem Gesicht, als ob hätte sie diesen Teil wirklich genossen.

Und glaube mir, ich habe aufgepasst.

Aber ich wollte, dass sie sich großartig fühlt. Ich wollte, dass unser erstes Mal perfekt ist.

»Hey«, sage ich sanft. »Ich habe etliche Male versucht, dich anzurufen. Ist alles in Ordnung? Wegen neulich Abend …«

Ihr Gesichtsausdruck wird weicher, als sie mich ansieht, doch dann taucht Holly Walker wie aus dem Nichts auf und drückt meinen Arm.

Ich blicke zurück zu Mira, aber ihr Gesicht ist nicht mehr weich und offen und sie starrt Hollys Hand auf meinem Arm an. Wenn es nicht so unhöflich wäre, würde ich Hollys Griff abschütteln. Holly ist hübsch und beliebt, und sie hat das ganze Jahr über versucht, mich zu erobern. Nur stehe ich überhaupt nicht auf sie. Das habe ich ihr klargemacht, aber sie gibt nicht auf.

Das einzige Mädchen, an das ich in den letzten eineinhalb Jahren gedacht habe, steht vor mir und holt mit zitternden Händen Bücher aus ihrem Spind.

»Also, Mira«, sagt Holly. »Du und Tyler?«

Soweit ich weiß, hat Holly noch nie mit Mira gesprochen. Holly beschränkt sich auf ihr Rudel von Tahoe-Beach-Club-Freunden. Alle waren am Freitagabend bei ihrer Party; es hat mich nicht überrascht, dass Mira auch hingegangen ist. Aber dass Holly Mira in der Schule angesprochen hat, ist eine Überraschung.

»Ich habe gehört, dass du am Freitagabend mit verwuschelten Haaren aus einem Gästeschlafzimmer gekommen bist. Ist Lewis nicht dein Freund? Oder hast du mit beiden was am Laufen? *Oh, Scheiße* – hast du Lewis etwa betrogen?«

Miras Körper versteift sich und ihre Wangen werden rosa.

Ich bin im Moment zu schockiert von Hollys gehässiger Andeutung, um zu reagieren.

Einer der Gründe dafür, dass ich meine Anziehung zu Mira nie kundzutun versucht habe, ist, dass ich mir nie sicher war, was da zwischen ihr und dem Typen ist, mit dem sie zusammenlebt. Lewis ist genau wie ich in der Oberstufe. Ruhig, aber stets an Miras Seite – wenn ich ihr nicht gerade Nachhilfe gebe. Mira ist auch mit Zach befreundet, aber Zach treibt sich viel herum. Ich glaube nicht, dass Mira und Zach mehr als nur Freunde sind. Was sie mit Lewis verbindet, war nie wirklich klar.

Miras Blick wird härter, als sie Holly anstarrt. »Was geht dich das an?«

»Beruhig dich, ich bin nur neugierig. Die zwei schärfsten Typen der Schule? Wenn du mich fragst, ist das verdammt gierig von dir. Wenn Tyler nur ein One-Night-Stand war, will ich es wissen. Ich habe Pläne mit ihm.«

Miras Augen huschen zu mir.

Aber ich bin zu sehr damit beschäftigt, alles, was ich jemals über Mira und Lewis gehört habe, geistig aufzuarbeiten. Und wenn ich an neulich Abend denke … Mira kam aus dem Nichts auf mich zu und ist anschließend einfach aus dem Raum gestürmt … Hat Holly recht?

Mira hat mich nicht zurückgerufen. Warum zum Teufel hat sie mich nicht zurückgerufen? Lässt sie mich abblitzen? *Hat* sie versucht, das Ganze geheim zu halten?

Ein Hauch von Verletzlichkeit zeigt sich in Miras Gesicht, als sie meine Augen sucht. Dann dreht sie den Kopf weg, als würde ihr nicht gefallen, was sie sieht. Sie schwingt ihren Rucksack über die Schulter und schließt ihren Spind. »Ich weiß nicht, ob Tyler zu haben ist. Ich bin nicht seine Sekretärin. Frag ihn selbst.«

Nur tut Holly das nicht. Aus irgendeinem Grund ist sie entschlossen, Mira in die Enge zu treiben. »Es war also ein One-Night-Stand?«

Holly bringt Mira in Verlegenheit. Ich sollte etwas tun, etwas sagen, aber an mir nagen Zweifel.

»Er kann treffen, wen er will«, sagt Mira.

Ihre Worte treffen mich wie ein Schlag in die Magengrube.

»Fantastisch.« Holly wendet sich an mich. »Also, was denkst du, Tyler? Willst du mit mir zum Abschlussball gehen?«

Mira stürmt davon.

Was ist Hollys Problem? Wie oft muss ich denn noch Nein sagen? Ich eile an Holly vorbei und ergreife behutsam Miras Rucksack. Sie bleibt inmitten des überfüllten Flurs stehen und dreht sich zu mir um.

»Sieht aus, als hättest du eine Verabredung zum Abschlussball«, sagt sie und blickt über meine Schulter. »Lass sie besser nicht warten. Antworte dem armen Mädchen.«

»Ist das wahr?« Ich ziehe an dem T-Shirt, das ich trage und das sich plötzlich zu eng und viel zu heiß anfühlt. »War es nur ein One-Night-Stand, von dem du nicht willst, dass es jemand erfährt?«

Sie schluckt und der Puls an ihrer Kehle hämmert. Ihre Augen werden wieder weich. »Ich –«

»Wie geht's, Mira?« Chad aus meiner Fußballmannschaft nickt Mira im Vorbeigehen zu und glotzt ihr auf den Hintern.

Ich würde ihm gern ins Gesicht schlagen. Was soll dieser besitzergreifende Blick, den er ihr zuwirft?

»Schläfst du auch mit ihm?«, flüstere ich harsch und bereue meine Worte in dem Moment, in dem sie aus meinem Mund kommen.

Mira klappt die Kinnlade herunter. Dann schnappt sie sie wieder zu, atmet tief ein und hält die Luft an.

Scheiße. Ich habe mich von Holly verrückt machen lassen. »Mira, ich meinte nicht–«

Sie dreht sich um und lächelt Chad an.

Mein Lächeln.

Das geheime, sexy Lächeln, das sie für *mich* reserviert. Es hält nicht so lange, wie wenn es mir zugewandt ist, aber es genügt, um mir Bauchschmerzen zu bereiten.

»Hey, Chad. Warte mal!«, sagt sie. »Ich habe eine Frage an dich, wegen des Abschlussballs.«

Chad bleibt ein paar Meter weiter stehen und hebt interessiert die Augenbrauen. Ich funkle ihn an.

»Er gehört dir, Holly«, ruft Mira den Flur hinunter, ihre Stimme klingt zittrig und sie meidet meinen Blick. Dann dreht sie sich um und hakt ihren Arm bei Chad ein.

Mein Kopf pulsiert, bereit zu explodieren. Ich sehe, wie Mira mit Chad weggeht, ihre Schultern seltsam eingerollt, und ich kann meine Beine nicht bewegen. Ich weiß nicht, was gerade passiert ist, ob ich alles ruiniert habe oder ob die Weichen bereits gestellt waren.

Jemand klopft mir auf den Rücken.

»Das war hart, Alter«, sagt Jake aus meinem Team und ich starre ihm auf den Rücken, während er weiter den Flur entlang geht.

Wissen alle außer mir über Mira und die anderen Jungs Bescheid?

Ich sollte etwas sagen, etwas tun, aber die Botschaft ist eindeutig. Was Mira und ich hatten, hat ihr nichts bedeutet.

Ich bin der Idiot, der dachte, dass da mehr zwischen uns war.

Kapitel Drei

Mira
Gegenwart

Eine leichte Brise weht mir eine dunkle Haarsträhne direkt ins Auge, denn so läuft der Tag heute.

Ich reibe mir das schmerzende Auge und sehe mir mit dem unverletzten Auge zuerst die Bäume rechts und dann die Bäume links an.

Habe ich mich verlaufen? Die Stämme sehen alle gleich aus. Die typische Waldlandschaft von Tahoe: kilometerlang hohe, gerade Kiefern, die rötlich-braune Rinde, zerklüftet wie Puzzleteile, im Licht der Dämmerung fast schwarz. Es wird dunkel und die überwucherte Straße ist grenzwertig.

Die Hütte, in der meine Mutter wohnt, liegt im dichtesten Teil des Waldes, den man verhältnismäßig leicht erreichen kann. Das bedeutet, dass ich meinen alten Mini-Truck zurücklassen und fünfundvierzig Minuten eine asphaltierte Straße entlang gehen muss, die zu stark bewachsen ist, um mit einem Auto befahren zu werden.

Ich bin das so leid. Ich sollte auf Lewis hören und aufhören, meiner Mutter zu helfen, aber ich wollte nicht auch noch den letzten Rest meiner Familie verlieren. Jetzt, wo ich wieder hier draußen unterwegs bin, um ihr Geld für etwas zu geben, von dem ich befürchte, dass es sich dabei um Drogen handeln könnte – auch wenn sie das abstreitet – bereue ich es, nicht schon früher etwas gegen die Situation unternommen zu haben.

Ich schnippe einen hellgrünen Wurm weg, der auf meiner Jacke gelandet ist und reibe mir die Schläfen. Meine Mutter hat das schon einmal gemacht – irgendeine verlassene Hütte im Wald besetzt, während sie ›ihr Leben auf die Reihe bekommt‹. Sie bleibt nie lange clean. Dessen bin ich mir bewusst, aber es ist schwierig, loszulassen. Jetzt, wo Lewis eine Freundin hat, zieht auch er sich zurück. Genau das habe ich befürchtet und deshalb habe ich mich so an ihn geklammert. Irgendwann verliere ich jeden.

Meine Mutter hat mich vor langer Zeit verlassen. Ich weiß nicht, warum ich den Abstand zu ihr und ihrem gefährlichen Lebensstil als einen weiteren Verlust wahrnehme. Man kann die gleiche Person doch nicht zweimal verlieren, oder?

Als ich mich umsehe, erkenne ich einen Baum, der in der Mitte gespalten ist. Der sollte eigentlich viel weiter rechts stehen. Ich hätte da hinten definitiv links abbiegen sollen. Das hier würde reibungsloser gehen, wenn ich mich nicht verlaufen würde.

Ich scherze oft mit Lewis und Zach, dass ich das Tahoe-Becken wie meine Westentasche kenne, da ich eine vollblütige Washoe bin und die beiden nur zur Hälfte. Aber eigentlich kenne ich mich überhaupt nicht aus. Unser einheimisches Wissen ist vor einigen Generationen ausgestorben, als bewaffnete Pioniere uns aus unserer Heimat vertrieben haben. Trotzdem hindert mich das nicht daran, ihnen unter die Nase zu reiben, dass meine Eltern beide Washoe sind.

Und das ist auch schon alles, womit ich mit Bezug auf meine Eltern prahlen kann. Ich habe meinen Vater nie gekannt und die Sallees nahmen mich auf, nachdem Lewis und sein Vater mich allein aufgefunden hatten. Ich war drei Jahre alt und lebte im Reservat, in dem Blockhaus meiner Mutter, wo ich mich von altem Müsli und Wasser ernährte.

Ich seufze laut. Wenn ich eine Abkürzung durch die Büsche zu meiner Linken nehme, sollte mich das zu dieser Gabelung zurückführen.

Ich gehe um einen Felsbrocken herum und kämpfe mich durch das Gebüsch, aber da diese Wanderung ohnehin idiotisch ist und ich sie bis jetzt komplett vermasselt habe, stolpere ich sofort über eine Wurzel und kann mich gerade noch abfangen, bevor ich mit dem Gesicht auf dem Waldboden lande.

Ich staube das Knie meiner Hose ab, das jetzt ein neues Loch von der Größe einer Münze hat.

Verdammt, das waren meine guten Jeans. Kiefern haben tiefe Wurzeln. Diese hier – die mitten in meinem Pfad – hat sich also entschieden, nach den Sternen zu greifen? Sie gehört in den Boden.

In der Ferne ertönt ein Pfiff.

Was zum Teufel geht hier vor sich? Ich habe mich verlaufen. Ich hätte fast wegen einer Wurzel ins Gras gebissen. Und jetzt pfeift jemand in einem einsamen Waldstück?

Vor langer Zeit hat meine Mutter mich mit einem Pfeifen herbeigerufen, wenn ich im Hof gespielt habe. Das ist eine meiner wenigen Erinnerungen an das Zusammenleben mit ihr, als ich noch ein kleines Kind war.

Bin ich näher an ihrer Hütte, als ich dachte? Macht sie sich Sorgen um mich? Meine Mutter ist heutzutage mehr auf ihr Geld bedacht, als auf alles andere, aber ich hätte schon vor einer Stunde dort sein sollen …

Hm, vielleicht ist sie besorgt. Sie sagte, sie sei clean. Und im Wald funktionieren Handys nicht, selbst wenn sie eines besäße.

In meiner Brust blüht eine seltsame Wärme. Ich sollte mir keine Hoffnungen machen. Ich sollte die Liebe meiner Mutter nicht immer noch ersehnen. Und doch fange ich an zu joggen, um die verlorene Zeit aufzuholen.

Ein weiterer Pfiff ertönt und lässt mich innehalten.

Okay, die beiden Pfiffe können nicht von ihr sein. Sie kamen aus entgegengesetzten Richtungen.

Ein eiskaltes Gefühl durchzuckt meine Wirbelsäule. Es wird dunkler und ich bin hier draußen noch nie jemandem begegnet.

Na ja – abgesehen von *ihm*.

Natürlich bin ich Tyler Morgan mitten im Nirgendwo begegnet. Als ginge in meinem Leben nicht ohnehin schon alles bergab, begegne ich dem einen Typen, über den ich nie hinweggekommen bin. Einfach um noch etwas Salz in die Wunde zu streuen.

Ich hatte nicht beabsichtigt, nach Hollys Party eine Beziehung mit Tyler einzugehen, aber ihn an dem Abend zurückzulassen, war eine Qual. Ein paar Tage lang bildete ich mir ein, dass wir das hinkriegen könnten. Selbst nachdem ich von der Party nach Hause zurückgekehrt war und Lewis' Eltern mir sagten, dass meine Mutter mit einer Kokain-Überdosis im Krankenhaus lag.

Ich wohnte mit Lewis und seinen Eltern in einem schönen Haus, aber meine Mutter und ihre drogenabhängigen Freunde, die sie als Familie betrachtete, waren auch ein Teil meines Lebens. Ich rief Tyler an diesem Wochenende nicht zurück, weil ich Angst hatte, dass er die Wahrheit erfahren würde. Ich konnte die Ablehnung nicht verkraften. Nicht von ihm.

Als Tyler an diesem Montag an meinem Spind auftauchte, sah er so hoffnungsvoll aus. Für einen Moment wuchs auch meine Hoffnung. Aber dann tauchte Holly auf und Tyler kaufte ihr die Lügen ab. Ich ließ ihn glauben, dass ich mit anderen geschlafen hatte, denn das war einfacher, als von ihm verlassen zu werden.

Ich dachte, ich würde Tyler nie wiedersehen, nachdem er weggezogen war, um auf irgendein teures College zu gehen. Er sollte jetzt irgendwo ein gutes Gehalt verdienen und sich mit einem Mädchen niederlassen, das ihm eines Tages zwei Komma drei Kinder schenken würde. Aber nun war er hier, vor ein paar Wochen und fuhr mit seinem Mountainbike durch den Wald, vorbei an der Hütte meiner Mutter, während ich auf der Veranda saß und mit offenem Mund glotzte. Ein Wunder, dass keine Fliege hereinflog.

Ich redete mir ein, dass ich etwas gewann, indem ich Tyler zuerst verließ, aber ich hatte Unrecht. Ich verlor dadurch nur einen weiteren Menschen, der mir wichtig war.

Ein Ast knackt vor mir. Ein großer, breiter Mann in einer Jeansjacke tritt hinter einem der Bäume hervor und erschreckt mich.

Wo zum Teufel kommt dieser Mann her? Er sieht nicht aus wie jemand, der hier zum Wandern unterwegs war und vom Pfad abgekommen ist.

Angst packt mich, mein Herz rast. Ich verkehre im Moment mit zwielichtigen Leuten. Vielleicht hätte ich nicht hierherkommen sollen.

Ich gehe im Eilschritt in die entgegengesetzte Richtung auf meinen Truck zu und spähe dabei alle paar Sekunden über meine Schulter. Der Mann beobachtet mich wortlos, aber er folgt mir nicht.

Ich muss hier weg. Ich komme später wieder. Oder ich bringe meine Mutter dazu, zu mir zu kommen, wenn sie das Geld so dringend braucht.

Ein anderer Mann taucht aus dem Dickicht vor mir auf. Meine Schritte stocken und rutschen auf dem Waldboden. Hatte er sich geduckt? Hatte er gewartet?

Scheiße. Ich sprinte in einem großen Bogen auf die Straße zu, auf der ich gekommen bin, und bete, dass mein Orientierungssinn auf dem Rückweg besser ist. Panik erfasst mich, mein Mund wird trocken und mein Verstand rast so schnell wie meine Beine. Ich habe keine Waffen. Außer mir und diesen Männern ist niemand hier draußen. Wie konnte ich nur so dumm sein? Ich hätte vorsichtiger sein müssen.

Ich weiche Bäumen aus, renne vor dicken Stämmen her, damit die Männer mich nicht sehen können. Niemand ruft mir hinterher, dass ich anhalten soll. Das einzige was lauter ist als mein Herzschlag, ist das Knirschen meiner Füße durch das Gestrüpp.

Meine Beine brennen, als ich über Baumstämme stolpere, meine Jacke bleibt an stacheligen Büschen hängen. Die Sonne ist untergegangen und es wird immer dunkler. Vielleicht habe ich mich geirrt. Vielleicht sind sie nicht hinter mir her.

Äste knacken hinter mir und ein enormes Gewicht knallt mir in den Rücken und wirft mich zu Boden. Meine Hände und Ellbogen schürfen über den rauen Waldboden, als ich am Boden festgenagelt werde und aller noch verbliebene Atem aus meinen Lungen gedrückt wird.

Ich schnappe nach Luft, der Geruch von Kiefernnadeln und Erde erfüllt meine Nase. Ich winde mich, um mich zu befreien, Angst packt mich so heftig, dass ich nicht einmal einen Schrei herausbekomme.

Kurzerhand werde ich umgedreht und der Typ in der Jeansjacke, der von hinter dem Baum erschienen ist, starrt auf mich herab.

Ich drücke meine Hand nach oben, um sein Gesicht wegzustoßen oder zu zerkratzen – egal was, um ihn von mir wegzubekommen. Er fängt mein Handgelenk auf und hält meine Arme an meinen Seiten fest.

»Lass mich los.« Meine Stimme klingt hoch und panisch. Ich hasse es, Angst zu zeigen. Aber manchmal ist die Emotion so erstickend, dass sie aus den Poren sickert, bis der Körper ihrer Gewalt nachgibt.

Der zweite Mann kommt ein paar Meter entfernt zum Stehen. »Du schuldest unserem Boss Geld, Kleine.«

Der Typ, der mich festhält, schiebt sich weiter meinen Körper hinauf, seine Hüfte gräbt sich in meinen Oberschenkel. Ich ächze vor Schmerz. Ich habe das Geld, das ich für meine Mutter mitgebracht habe, aber es ist ein Tropfen auf den heißen Stein im Vergleich zu dem, was ich ihnen schulde. Er verlagert sich erneut, umfasst meine beiden Handgelenke mit einer Hand und hebt sie über meinen Kopf – ein eiserner Griff, den ich nicht brechen kann, egal wie sehr ich mich auch bemühe.

Er fährt mit einem schwieligen Finger über meinen Wangenknochen, meine Kehle hinunter, greift mein Oberteil und zieht es bis zum Rand meines BHs herunter. »Sie ist nicht wie die anderen. Hübsch«, sagt er abwesend, sein dunkler, schwerfälliger Blick wandert zu meinem Gesicht.

Meine Kehle klebt vor Trockenheit, Schweißperlen bilden sich zwischen meinen Schulterblättern. Würde er mich *auf diese Weise* verletzen – weil ich Schulden bei seinem Chef habe?

»Ich glaube, wir müssen ihr eine Lektion in Sachen

Verantwortung erteilen«, sagt der Mann hinter ihm, seine Gesichtszüge verdunkelt.

»Hilfe! Hilfe!«, schreie ich und winde mich, bis meine Stimme vor Anstrengung heiser wird.

Der Typ in der Jeansjacke hat eine große Nase und schwarze Augen und knollige Gesichtszüge.

»Wir könnten ihr ein oder zwei Dinge beibringen.« Er umschließt meine Brust. »Wie heißt du, Hübsche?«

Mein Herz rast, ich kann nicht atmen, kann mich nicht bewegen. »Geh runter von mir, geh runter ...« kreische ich.

Er beugt sich nach unten. »Mira, nicht wahr?«

Ich winde meinen Arm aus seinem Griff und schnappe mir den ersten Gegenstand, den ich finde – einen Stein, der nicht größer ist als meine Hand. Ich schlage ihm den Stein gegen den Kopf, aber der Winkel stimmt nicht und ich erwische ihn nur knapp an der Rückseite seines Schädels.

Er bohrt mit dem Ellbogen in meinen Arm und gräbt sich in den Muskel, bis ich den Stein fallen lasse. Ich schreie vor Schmerz. »Miststück!« Seine fleischige Hand kracht über mein Gesicht.

Sterne wimmeln in meinem Blickfeld. Ich stöhne und rolle den Kopf zur Seite.

Heißer, fauliger Atem beschlägt mein Ohr. »Ich habe‘ eine Botschaft für dich, Mira. Bezahl‘. Und zwar schnell.« Er stößt mein Kinn und plötzlich hebt sich die schwere Last.

Ich bewege mich, um mich umzudrehen, aber ein Stiefel trifft meine Mitte und treibt mir die Luft aus den Lungen. Ich keuche, rolle mich zu einem schützenden Ball zusammen und halte meinen Bauch. Ein weiterer Tritt landet auf meinem Oberschenkel und ich schreie.

Das Tempo der Tritte wird schneller. Ich bekomme

keine Luft mehr. Ein gestiefelter Fuß hämmert auf meinen Rücken, als würde er ein Feuer ausstampfen. Ein letzter Schlag auf die Seite meines Kopfes lässt das, was vom Abendlicht übrig geblieben ist, erlöschen. Eine Sekunde lang kann ich nichts sehen, nicht einmal Formen.

»Das reicht«, sagt einer von ihnen. »Gehen wir.«

Mein Körper wird abgetastet, der Umschlag mit den zweihundert Dollar – das einzige Bargeld, das ich noch habe – wird aus meiner Jackentasche gerissen.

Die Schritte der Männer entfernen sich und verstummen. Mein Kopf und der Rest meines Körpers brennen und pulsieren vor Schmerz.

Ich habe zugelassen, dass meine Mutter mich manipuliert. Ich habe mir für sie Geld geliehen. Das war meine Entscheidung und jetzt sind diese Männer hinter mir her.

Ich bin keine verträumte Wurzel, die nach den Sternen greift. Ich gehöre genau dorthin, wo ich bin. In den Dreck, wie der Rest meiner Familie.

Ich hätte wissen müssen, dass ich hier landen würde.

Kapitel Vier

Tyler

Ich hätte wissen müssen, dass Mira Ärger machen würde.

Verdammter Mist. Ich höre auf, meinem Diamondback in die Pedale zu treten, und blicke den bewaldeten Berghang hinunter zum schwarzen See, in dem sich das Mondlicht spiegelt. Was zum Teufel mache ich hier draußen?

Ich war bei meiner Schwester, bei der ich den ganzen Sommer lang gepennt habe, als ich hörte, dass Mira heute verschwunden ist. Die beste Freundin meiner Schwester, Gen, ist mit Lewis zusammen, dem besten Freund von Mira. Aber das wurde mir erst klar, als ich in der Stadt ankam. Angeblich hat Mira Lewis und Gen Schwierigkeiten bereitet.

Mira ist herzlos. Das ist wahrscheinlich ein Trick, um Lewis' Aufmerksamkeit zu erregen. Es hat sich nichts geändert. Ich bin ein Idiot, dass ich hier draußen, in der verdammten Dunkelheit, mitten in der Nacht, zu einer abgelegenen Hütte radele und nach dem Mädchen suche, von dem ich mir geschworen hatte, ihr nie wieder nahe zu kommen.

Ich sollte nicht einmal von diesem Ort wissen. Aber da das Schicksal ein gnadenloses Miststück ist, das es genießt, mich leiden zu sehen, traf ich zufällig die einzige Person in der Stadt, der ich unbedingt aus dem Weg gehen wollte. Auf einer unerbittlichen Radtour, bei der ich versucht hatte, meine Colorado Probleme durch körperliche Folter hinter mir zu lassen, war ich in ein wildes Gelände abseits der Strecke gelangt. Wäre ich bei klarem Verstand gewesen, hätte ich wahrscheinlich umgedreht. Ich fand eine Hütte, auf deren Treppe zur Veranda ausgerechnet Mira saß.

Das war wie eine Art schlechtes Omen.

Ich habe keine Ahnung, was Mira dort draußen mitten im Nirgendwo gemacht hat. Es geht mich auch gar nichts an, aber ich beschloss, diesen Ort aus der Liste möglicher Fundorte zu streichen, während die anderen die Stadt durchsuchten. Es wäre eine Herausforderung gewesen, jemanden zu diesem Ort zu dirigieren. Und für den Fall, dass sie wirklich in Schwierigkeiten ist, sollte sich jemand darum kümmern.

Ich habe Mira jetzt zweimal getroffen, seit ich nach Hause zurückgekehrt bin. Das erste Mal bei dieser Hütte vor ein paar Wochen, das zweite Mal einige Tage später auf einer Party, die ich mit meiner Schwester und ihren Freunden besucht hatte. Sagen wir es mal so, ich bin nicht lange auf dieser Party geblieben. Vor diesen beiden Vorfällen habe ich Mira zum letzten Mal in meiner letzten Woche an der High School gesehen.

Mira ist nicht mit Chad zum Abschlussball gegangen. Tatsächlich habe ich sie nach dieser Begegnung im Flur nie wieder mit ihm gesehen. Und ich habe nie erfahren, mit wem sie sonst noch so im Bett war. Ich wollte es auch nicht wissen. Ich hatte all das verdrängt. Inklusive der Tatsache, dass es mir noch Wochen danach dreckig gegangen war. Bis zu dem Tag, an dem ich Mira in diesem Wald begegnete. Dann kam alles wieder zurück geflutet.

Ich stoße mich von einem Felsbrocken ab, trete in die Pedale und schalte in dem kaum befahrbaren Dickicht in einen niedrigeren Gang. Ich bin ungefähr dort, wo ich Mira gesehen habe … mehr oder weniger.

Nach ein paar Minuten sehe ich die Umrisse der Hütte in der Ferne. Ich steige vom Fahrrad ab und gehe zu Fuß weiter.

Ich nähere mich der Hütte, lege ich meine Hand an das Glas und spähe in ein schwach beleuchtetes Fenster. Neben einem leeren Kamin stehen zwei Feldbetten. Der Raum ist fast leer, aber nicht unbewohnt. An einem schmalen Tisch sitzt eine Frau. Es ist dieselbe Frau, die ihren Kopf aus der Haustür steckte, als ich vor ein paar Wochen mit dem Fahrrad vorbeikam, während Mira auf der Veranda saß und sich mit großen Augen einen überraschten Blick verkniff.

Ein Mann sitzt zusammen mit der Frau am Tisch. Sie sind in dicke Decken gewickelt und spielen im Schein einer Campinglaterne Karten. Bierdosen liegen überall auf dem Boden herum. Und Mira ist nirgendwo zu sehen.

Sie ist nicht hier. Ich habe für meine Schwester und ihre Freunde getan, was ich konnte. Es war Zeitverschwendung, aber hey, mir wäre es sowieso lieber, wenn jemand anderes Mira finden würde.

Um sicherzugehen, dass ich nichts übersehen habe, gehe ich um die Hütte herum und blicke durch ein paar weitere Fenster.

Nichts. Und der Schuppen ist zu klein, um sie zu übersehen. Mira ist definitiv nicht hier, aber wo könnte sie sein?

Sie weicht selten von Lewis' Seite. Aber nach dem, was Cali gesagt hat, hat sich das alles geändert, seit Lewis mit Gen zusammen ist.

Na ja, ich werde mir keine Sorgen machen.

Das ist nicht mein Problem.

Ich gehe zurück zu meinem Fahrrad und steige auf, wobei ich die Kälte und die Dunkelheit um mich herum wahrnehme. Der Sommer ist fast zu Ende und die Nachtluft ist schon recht frisch. Ich drücke auf einen Knopf an der Seite meiner Uhr und beleuchte das Display, um den eingebauten Kompass zu überprüfen. Die Rückfahrt zu meinem Truck wird jetzt schneller gehen, da es bergab geht. Aber die Dunkelheit macht es unmöglich, sonderlich schnell zu fahren, ohne von einem Ast aufgespießt zu werden.

Ich fahre blind und verlasse mich auf den Kompass meiner Uhr, der mich nach Südosten zurück zur Straße bringt.

Auf halber Strecke halte ich an, um meine Koordinaten zu überprüfen und sicherzugehen, dass ich in die richtige Richtung fahre. Ein Wimmern ertönt in der Nähe.

Mein Puls beschleunigt sich und ein unheimliches Gefühl rieselt meinen Nacken hinunter. Das muss ein verletztes Tier sein. Ich halte die Luft an und lausche.

Das Geräusch wiederholt sich. Nur diesmal klingt es wie ein Stöhnen … die Art von Geräusch, welches eine Frau machen würde, wenn sie Schmerzen hätte.

Meine Magengrube verkrampft sich. Bilder von Mira schießen mir durch den Kopf.

Das kann sie nicht sein. Es ist ein Tier. Ich sollte einen sicheren Abstand halten. Aber nur für den Fall …

Ich lehne mein Fahrrad gegen einen Baum und hetze mit wild klopfendem Herzen in Richtung des Geräuschs. In der Dunkelheit vor mir bewegt sich ein Fleck von hellem Stoff und gibt den Blick auf ein Gesicht frei, das mir den Atem stocken lässt.

Ich laufe hin, knie mich neben sie und meine Hände zittern, als ich ihren Hals und ihr Handgelenk berühre. »Mira?«

Wo zur Hölle ist ihr Puls?

Ihre Lider flattern auf und ihre schönen goldbraunen Augen leuchten selbst in diesem trüben Licht. Normalerweise haben ihre Augen fast die gleiche Farbe wie ihre gebräunte Haut – nur erscheint ihre Haut jetzt blass.

Ich untersuche ihren Körper: eine Platzwunde an der Seite ihres Kopfes, ein Bluterguss entlang ihres Wangenknochens, zerrissener Stoff an den Ärmeln und den Jeans.

Sie öffnet ihren Mund, um etwas zu sagen, doch dann schließt sie ihn wieder und schluckt. »Tyler?« Ihre Stimme klingt verwirrt und kratzig.

»Ja, ich bin's«, sage ich schroff, ein Brennen in meiner Brust. Aus irgendeinem Grund macht es mich verletzlich, Mira in diesem Zustand zu sehen. »Was ist passiert?«

Ihre Augen flimmern. Sie beißt sich auf die Unterlippe.

Mira ist kein zimperliches Blümchen. Sie zeigt nur selten Gefühle. Und irgendwie ist es zu viel für mich, einen Ausdruck auf ihrem Gesicht zu sehen, den ich als Schmerz und Angst deute.

Ich greife sanft unter sie, um ihr hoch zu helfen – oder sie notfalls zu tragen. »Komm. Wir bringen dich zur Hütte. Es ist nicht weit.«

Sie schüttelt den Kopf und zuckt zusammen. Ihre Hand flattert an die Seite ihres Kopfes, dort wo ihre Haare zerzaust und nass sind.

»Ich kann nicht zu meiner Mutter gehen. Irgendwo anders hin. Kannst du mir zu meinem Auto helfen?«

Ein kleiner, ramponierter Truck war das einzige andere

Fahrzeug auf der Straße, auf der ich geparkt hatte. So oder so – »Du könntest eine Gehirnerschütterung haben. Du fährst nirgendwo hin. Wir müssen dich zur Hütte bringen. Das ist der nächstgelegene Ort, es sei denn …«

Meine Schultern spannen sich an. Ich blicke in die Richtung, aus der ich gekommen bin. »Waren sie es, die Frau und der Mann in der Hütte? Haben sie dir das angetan?«

»Nein. Sie waren es nicht.«

Aber ihre Antwort bedeutet, dass es zumindest *irgendjemand* war. Sie ist nicht einfach hingefallen. »Dann lass uns dorthin gehen. Die nächste Straße ist anderthalb Meilen entfernt.«

»Meine Mutter – sie wird nicht … vergiss es.« Mira schiebt sich von mir weg und rollt sich auf die Knie. »Ich gehe zurück.« Sie richtet sich auf und schwankt wie ein Boot auf dem Ozean.

Ich ergreife ihren Ellenbogen. »Mira, du kannst kaum stehen.«

Ich könnte ihre Einwände ignorieren und sie in die Hütte bringen, aber sie braucht einen Arzt. Und ich bezweifle, dass es in der Hütte ein Erste-Hilfe-Set gibt.

Gut, dann machen wir es so, wie Mira es will. Fürs Erste.

Ich lege meine Arme unter ihren Rücken und ihre Kniekehlen und hebe sie hoch. Ihre Augen weiten sich, ihr Blick schweift von meinem Hals bis zu meinem Mund, wo er einen Moment lang verweilt.

Das ist lang genug, um meinen Verstand zu trüben.

Mein Gott, wie kann dieses Mädchen mich immer noch so aus der Bahn werfen? Ich bin über sie hinweg. Schon seit Jahren.

Sie konzentriert sich auf meine Augen. »Und was jetzt?«

Ich habe mich noch nicht bewegt. Ich halte Mira in meinen Armen und überzeuge mich, dass das, was ich einst für sie empfunden habe, weg ist.

Ich hätte mir wirklich eine andere Stadt aussuchen sollen, um mich ein paar Monate zu verstecken. Dieser Ort weckt zu viele unerwünschte Erinnerungen.

Ich laufe los und täusche ein Selbstvertrauen vor, das ich nicht habe. »Wir steigen auf mein Fahrrad und fahren zu meinem Auto.«

Ihre Augen suchen nach meinem Diamondback, das an den Baum gelehnt ist. »Wir beide?«

Ich werfe einen wütenden Blick auf sie und will ihr scharf erwidern, dass wir nicht gerade eine Wahl haben, denn im Moment bin ich in einer absolut beschissenen Stimmung. Doch als mein Blick auf ihr schönes Gesicht fällt, verliere ich den Faden. Sie ist verletzt, ich bin wütend. Und das aus Gründen, die ich mir nicht erklären kann. Gleichzeitig mache mir Sorgen um sie, obwohl ich eigentlich nichts anderes als den Wunsch verspüren sollte, sie so schnell wie möglich zu ihren Freunden zurückzubringen.

Ich schüttle den Kopf. »Warum hörst du nicht einfach auf zu reden und sparst dir deine Kräfte?«

Sie kneift den Mund zusammen, als hätte sie die Beleidigung durchschaut. »Lass mich runter, Tyler. Ich will nicht, dass du mich hältst.« Ich kann sogar in diesem schwachen Licht erkennen, wie sich ihre blassen Wangen verdunkeln, die normalerweise goldbraun sind.

»Nein.« Ich hebe sie höher.

Ich verhalte mich gelassen, als hätte ich alles unter Kontrolle, aber trotzdem mache ich mir Sorgen, wie das funktionieren soll. Zu zweit auf einem Fahrrad zu fahren ist nicht einfach. Geschweige denn, wenn eine Person verletzt ist.

Ich greife nach dem Fahrrad und balanciere sie gleichzeitig in meinen Armen. »Kannst du dich an meinem Nacken festhalten?«

Sie sieht mich skeptisch an.

»Mira, ich versuche, dir zu helfen. Also hilf mir, damit ich dich bei Lewis rausschmei– … ich meine, dich bei Lewis absetzen kann.«

Sie rollt mit den Augen, aber ihre Arme packen mich angesichts ihres Zustands überraschend fest. Sie ruht mit ihrem Kopf unter meinem Kinn und ihre Lippen streichen in einer leichten Berührung über meinen Hals …

Ich verliere fast die Kontrolle über das Rad.

»Mund weg.« Ich bin nicht sicher, ob sie das absichtlich gemacht hat oder nicht, aber das ist mir verdammt nochmal egal. Ich kann das hier nicht machen, wenn sie ihre Lippen auf mir hat. Mein Verstand ist schon aufgewühlt genug, ohne dass Mira ihn durcheinander bringt.

Ein Seufzer wärmt die Haut, die sie gerade noch mit den Lippen berührt hat. Sie hebt den Kopf und neigt ihn zurück, ihre karamellfarbenen Augen lassen meine Wut schmelzen. »Du kannst aufhören, mich zu hassen, Tyler.«

Ich antworte nicht. Ich habe nichts zu sagen.

»Ich wollte dich nicht verletzen«, sagt sie. »Und du –«

»Wenn du die Sache meinst, die damals in der High School passiert ist, kann ich dich beruhigen. Ich erinnere mich kaum dran. Erspar mir deine Entschuldigung und halte still, damit ich uns hier wegbringen kann.«

Sie stöhnt genervt auf.

Immer noch frech. Es hat sich nichts geändert. Das ist das Problem. Zu viele Dinge sind gleichgeblieben.

Ich rücke sie in meinen Armen zurecht und setze mich auf mein Fahrrad. Mit einem Arm stütze ich ihr Gewicht und halte mich mit dem anderen am Lenker fest.

Es geht langsam voran, aber wir schaffen es bis zu meinem Land Cruiser, ohne dass ich sie fallen lasse oder uns gegen einen Baum lenke. Mira ist schlank, aber meine Armmuskeln brennen, nachdem ich mit dem Rad durch eineinhalb Meile holpriges Gelände gefahren bin.

Behutsam manövriere ich sie von meinem Schoß und helfe ihr auf die Beine. Sie schwankt und ich mache mir Sorgen wegen dieser Kopfwunde. Ich helfe ihr zum Auto und öffne die Beifahrertür.

Die Innenleuchte macht einen rot-violetten Fleck auf ihrer Wange sichtbar – mit einem deutlichen Handabdruck.

Ich greife den Rahmen der Autotür. Eine Hitzewelle steigt aus meiner Brust auf und lässt mein Gesicht brennen. Mira ist definitiv nicht einfach gestürzt. Und aus irgendeinem Grund macht mich der Gedanke, dass ihr jemand wehgetan hat, extrem wütend. »Willst du mir erzählen, was da passiert ist?« Ich gestikuliere zu ihrem Gesicht und der Wunde an ihrem Kopf.

Sie rutscht auf das eingerissene Sitzpolster, welches ich bisher nie beachtet habe. Die zackigen Ränder des Polsters kratzen an der freiliegenden Haut, an der ihre Jacke aufgerissen ist. Sie lehnt sich an die Kopfstütze, ihr Blick flackert zu mir, dann zum Fenster. Sie sagt gar nichts.

Vorhin war ich ein Arschloch zu ihr. Natürlich wird sie mir nicht sagen, was passiert ist. Ich lehne mich über ihren Schoß und befestige den Gurt. Dann schließe ich die Beifahrertür und gehe um den Wagen herum. Ich schreibe Lewis, dass ich sie gefunden habe und steige dann auf der Fahrerseite ein.

»Tut mir leid wegen vorhin«, sage ich und umklammere das Lenkrad. »Und was ich gesagt habe. Es ist schon lange her. Ich bin einfach schlecht drauf. Nimm das nicht persönlich.« Ich stecke den Schlüssel ins Zündschloss und starte den Motor. »Ich bringe dich an einen sicheren Ort.

Du kannst Lewis erzählen, was passiert ist. Er macht sich wirklich Sorgen.«

»Aber du nicht«, sagt sie in einem Ton, den ich nicht deuten kann und wendet sich dem Fenster zu. Ihr Gesichtsausdruck verrät rein gar nichts. Von Mira kommen jetzt keine tiefen Gefühle mehr. Dieser Moment ist vorbei.

Ich mustere ihren glatten Wangenknochen und die Wölbung ihrer vollen Lippen. Mira ist eine klassische und zugleich exotische Schönheit. Wenn man dann noch ihre langen, dunkelbraunen Haare, die schönen Augen und ihre cremefarbene Haut dazu nimmt, macht das Mädchen wirklich etwas her. Aber das ist nicht der Grund, warum ich mich vor Jahren zu ihr hingezogen gefühlt habe.

Na ja, okay, natürlich ist das auch ein Grund. Aber wenn das alles wäre, hätte mir eine Nacht mit ihr gereicht. Egal, was ich mir einrede, es tat weh herauszufinden, dass ich ihr nichts bedeute. Denn damals bedeutete sie mir alles.

Mira hat Unrecht. Ich mache mir *sehr wohl* Sorgen. Ich werde mir immer Sorgen um sie machen, egal wie viele Jahre vergehen.

Das ist mein Fluch.

Kapitel Fünf

Mira

Tyler hält an einem kleinen Häuschen ein paar Blocks vom Stateline Boulevard entfernt, in der Nähe des Sees. Ich war hier schon einmal mit Lewis. Mehrere Autos stehen in der Einfahrt.

Toll. Genau was ich jetzt brauche. Ein Publikum, das Zeuge meines beschissenen Lebens wird.

Ich halte mir mit einer Hand die Rippen, öffne mit der anderen den Sicherheitsgurt und dann die Autotür. Die Risse, die das Aufeinandertreffen mit Tyler in meiner emotionalen Rüstung hinterlassen hat, versuche ich schnellstmöglich wieder zu schließen.

Ich weiß nicht, wie er mich gefunden hat, aber als seine blassblauen Augen auf mich herunter blickten, war es wie ein Rettungsanker. Ein *Déjà-vu* des Helden aus meiner Vergangenheit.

All die Gefühle für Tyler, die ich weggeschlossen hatte, krochen an die Oberfläche. Er roch so gut und seine Arme um mich herum fühlten sich wie eine Heimkehr an. Ich konnte nicht anders. Ich drückte meine Nase an seinen Nacken, um ihm näher zu kommen.

Und er hat mich angeschnauzt.

Er denkt, dass er mir in der High School egal war und dass ich ihn nur benutzt habe. So war es nicht, aber wie er schon sagte, ist das lange her. Und die Vergangenheit eines Menschen kann ihn verändern.

»Das ist das Haus meiner Schwester«, sagt er und legt seine große Hand um meinen Oberarm, als wir zur Haustür gehen. »Wir waren zusammen hier, als Lewis' Vater ihn angerufen hat mit der Nachricht, dass du vermisst wirst. Wir haben uns aufgeteilt, um nach dir zu suchen. Ich habe Lewis geschrieben, dass ich dich gefunden habe und dich hierher bringen würde.«

Eigentlich sollte ich heute Abend nach meinem frühen Feierabend bei Lewis' Eltern vorbeischauen, aber ich erhielt einen Notruf von meiner Mutter. Sie klang verzweifelt und bat mich, sie in der Hütte zu treffen und Bargeld mitzubringen. Sie wollte mir am Telefon nicht erklären, wofür sie es brauchte. Aber das letzte Mal, als so etwas vorkam, war ihr Leben in Gefahr. Ich konnte es nicht riskieren. Also ging ich zu ihr.

Ich dachte, ich könnte schnell bei meiner Mutter vorbeifahren, ihr das Geld in die Hand drücken und rechtzeitig zurück sein, um Lewis' Eltern zu treffen. Etwas verspätet vielleicht, aber immerhin würde ich kommen. Natürlich haben Lewis' Eltern sich Sorgen gemacht, als ich nicht kam. Im Laufe der Jahre bin ich schon des Öfteren wegen meiner Mutter in Schwierigkeiten geraten. Wenn ich nach ein paar Stunden nicht auftauche, schicken John und Becky die Suchhunde los.

Ich habe mir eingeredet, dass damit Schluss ist. Ich gebe meiner Mutter kein Geld mehr. Aber ich habe mich nicht an diesen Entschluss gehalten. Nach heute Abend kann ich es nicht mehr riskieren. Noch so ein Vorfall wie der im Wald, und … ich will nicht darüber nachdenken, wie schlimm das hätte enden können.

Tyler hält an der Haustür inne, seine starke Hand bewegt sich von meinem Arm zu meinem unteren Rücken. Für jemanden, der mir nichts schuldet und mich noch weniger mag, war er wirklich nett zu mir. Er dreht den Knauf und stößt die klemmende Haustür mit seiner Schulter auf.

Lewis läuft in dem winzigen Wohnzimmer auf und ab wie ein rastloser Bär. Als wir hereinkommen, bleibt er stehen.

»Mira.« Er macht zwei lange Schritte und schließt mich in eine Umarmung, die meine wunden Rippen zerquetscht.

»Autsch«, murmle ich in seine riesige Brust.

Tyler ist ein großer, athletischer Kerl, aber Lewis – und Calis Freund Jaeger, der heute Abend zu meinem Publikum gehört – sind Riesen.

Lewis blickt auf mich herab, bürstet sanft die Haare an meiner Schläfe beiseite und untersucht den Bluterguss in meinem Gesicht, dann den Schnitt an meinem Kopf und am Ohr. Sein Mund zieht sich zusammen. »Was ist passiert? Wo bist du gewesen?«

Alle sehen mich an und warten auf meine Antwort. Tyler, seine Schwester Cali und ihr Freund, Lewis' Freundin Gen. Ich will mein Privatleben nicht vor ihnen allen diskutieren, aber irgendetwas muss ich sagen. »Ein paar Männer haben mich überfallen.«

Lewis' Blick verdunkelt sich noch mehr, als er es ohnehin schon war. Seine Augen verfärben sich von tiefbraun zu schwarz.

»Wahrscheinlich hat es etwas mit – du weißt schon – diesem einen Problem zu tun«, murmle ich.

Ich hasse es, Lewis anzulügen. Aber wenn er wüsste, dass ich diesem Typen wegen meiner Mutter Geld schulde – Ich weiß nicht, was er dann tun würde. Das Leben, das meine Mutter führt, zieht uns beide herunter. Lewis hat mich gedrängt, den Kontakt zu ihr abzubrechen. Ich mag den Mist nicht, den meine Mutter abzieht, aber sie ist meine Mutter. Lewis will nur das Beste für mich, aber ich fürchte mich vor den Bedingungen, die er stellt. Damit treibt er alle meine Ängste vor dem Verlassenwerden an die Oberfläche.

Eine meiner schlimmsten Ängste ist, dass Lewis mich verlässt, wenn ich mich nicht von meiner Mutter trennen kann. Er gehört seit Jahren zu meiner Familie, aber meine Unsicherheiten sitzen tief. Deshalb habe ich Lewis den wahren Grund, warum ich Geld schulde, nicht verraten.

Die Sallees hielten eine Intervention ab und bestanden darauf, dass ich einen Therapeuten aufsuche, als ich ihnen erzählte, dass ich Miete für mehrere Monate verzockt und Geld von einem Kredithai geliehen hatte. Nicht die beste Ausrede, wenn man bedenkt, dass ich in einem Casino arbeite. Aber etwas Besseres ist mir im Augenblick einfach nicht eingefallen. Auf Drängen meiner Zieheltern besuche ich also regelmäßig eine Therapeutin, die jedoch den wahren Grund meiner Verschuldung kennt. Sie hilft mir bei meinen Mutter-Problemen.

Die Sallees wollten, dass ich meinen Job im Casino kündige, was verständlich ist. Aber seit meinem Schulabschluss ist das mein Lebensunterhalt. Das ist alles, was ich kenne. Ich versprach, meine Probleme mit dem Therapeuten aufzuarbeiten und nie wieder um Geld zu spielen. Ich habe auch versprochen, nicht mehr zu meiner Mutter zu gehen, weil die Leute in ihrem Umfeld gefährlich sind.

Tyler hat mich auf dem Weg zu meiner Mutter auf frischer Tat ertappt. Schon bald wird er Lewis sagen, wo ich war und Lewis wird wissen, dass ich eines meiner Versprechen gebrochen habe.

Gen greift meine Hand und ich zucke zusammen. Ihre Stirn runzelt sich in Sorge, aber sie lässt nicht los. »Es ist okay, Mira. Ich will mir nur deine Verletzungen ansehen.«

Gen und Cali führen mich ins Badezimmer und Cali schließt die Tür ab.

In dieses Badezimmer passt kaum eine Person, denn von der Größe gleicht es eher einem Wandschrank. Mit drei Leuten hier drin bleibt Cali keine Wahl, als sich auf den Wannenrand zu setzen. Auch ich nehme auf dem Toilettendeckel Platz, um etwas mehr Freiraum zu schaffen.

Cali streckt die Hand nach dem Arzneischrank hinter dem Spiegel aus, während Gen etwas unter dem Waschbecken herausholt und dabei in Calis Arm stößt. »Hör auf damit, Cali. Ich versuche, ein Handtuch zu herauszuholen.«

»Und ich versuche, den Erste-Hilfe-Kasten zu holen«, sagt Cali.

Sie fuchteln kurz mit den Armen nacheinander, bevor Cali Gen mit dem Ellenbogen schubst. Gen täuscht eine Attacke vor und greift um Cali herum nach dem Schrank.

Ich habe keine Schwester und hatte noch nie gute Freundinnen. Wenn ich Gen und Cali so beobachte, ist es als bekäme ich einen Einblick in einen geheimnisvollen Club. Ich hatte auch noch nie Freunde, die sich wirklich um mich Sorgen machten – außer Lewis und Zach.

Da ist wieder diese Wärme in meiner Brust, wie im Wald, als ich dachte, meine Mutter würde nach mir rufen. Ich drücke meinen Arm an meine Rippen. Diese Therapie macht mich irgendwie verweichlicht.

»Hab sie«, sagt Gen triumphierend und hält den Verbandskasten zusammen mit dem Handtuch hoch.

»Vielleicht sollten wir sie in die Notaufnahme bringen?«, bemerkt Cali und mustert mich von Kopf bis Fuß.

Gen legt das Handtuch über meinen Schoß und sieht mich an. »Sie kann sich gut bewegen, aber ja, das Blut an ihrem Kopf sieht nicht gut aus. Was ist, wenn ihr Gehirn anschwillt?«

Mein Gehirn macht was?

»Wir machen sie sauber«, sagt Cali, »Dann bringen wir sie zu einem Arzt. Ich hole Klamotten. Es sei denn, du denkst, dass wir den Notruf wählen sollten. Soll sie für die Polizei in ihrer Kleidung bleiben? Brauchen die das als Beweismittel?«

Okay, vielleicht sind diese Mädchen verrückt. Lustig, aber verrückt. Langsam tut Lewis mir leid.

Es klopft an der Badezimmertür.

»Einen Moment«, rufen Cali und Gen gleichzeitig.

»Nein«, sage ich und beantworte damit ihre frühere Frage. »Kein Notruf. Ich komme schon zurecht. Ich brauche keinen Arzt.«

Sie tauschen einen Blick aus. »Erst die Kleidung, dann die Notaufnahme«, sagt Cali, stolpert aus der Tür und schlägt sie hinter sich zu. Einen Moment lang dringen aufgebrachte Stimmen aus dem anderen Raum.

Die Jungs streiten?

Gen holt Desinfektionsmittel heraus und wischt mir sanft die Schnitte an den Handflächen ab. Plötzlich brennt es in meinen Händen und mein Blick wird von der Tür auf meine Schnittwunden gelenkt. Sie müssen entstanden sein, als der Mann mich zu Boden gestoßen hat.

Ich schließe meine Augen angesichts der beängstigenden Erinnerung und spüre, wie Gen meine Jacke auszieht und mein Oberteil anhebt. Sie berührt meine Rippen.

»Ähm, autsch?«

»Du hast dir gerade die Seite gehalten. Tut das weh?«
Sie berührt die Stelle wieder, sanfter.

Ich nicke. Es tut weh, aber ich habe mir die Brust eigentlich zum Teil gehalten, weil ich die Wärme ihrer Freundlichkeit nicht gewohnt war.

Cali platzt ins Badezimmer und schlägt die Tür gegen Gens Rücken.

»Verdammt nochmal, Cali.« Gen blickt verärgert über ihre Schulter.

»Was denn?« Cali zuckt die Achseln. »Entschuldigung.«

Gen lässt mein Hemd wieder sinken. »Ihre Rippen sehen geprellt aus. Sie könnte sich eine gebrochen haben.«

»Und sie hat einen Fußabdruck auf dem Rücken«, fügt Cali trocken aus ihrer Ecke nahe der Tür hinzu.

Gen schüttelt den Kopf, ihre Lippen sind zusammengepresst, als sie einen gequälten Seufzer durch ihre Nase ausstößt. »Mira, wer hat dir das angetan?«

Ich streife mir die zerrissene Jacke über und wickle mich darin ein. »Ich habe es euch gesagt. Wahrscheinlich der Mann, dem ich Geld schulde.«

»Wegen des Glücksspiels?«

Ich nicke, zögerlich. Ich lüge nicht gern. Ich fühle mich dadurch irgendwie schmutzig. Wie Abschaum. Ich möchte nicht so ein Mensch sein.

Gen war seit meiner Ankunft heute Abend nett zu mir. Netter als ich es verdiene, nachdem ich sie in den ersten Wochen, in denen sie mit Lewis zusammen war, ständig nur angeschnauzt habe. Das war dumm und ich schäme mich dafür. Wenn ich sie jetzt so anlüge, fühle ich mich noch schlechter.

Nachdem ich widerwillig zugestimmt habe, meine Jacke und mein Oberteil auszuziehen, wischen Cali und Gen noch mehr Schmutz von meinem Gesicht und meinen

Armen ab. Cali hilft mir, das saubere Sweatshirt anzuziehen, das sie mir geholt hat, denn meine Arme zu heben gleicht bei meinen schmerzenden Rippen einer Folter. Sie stopft meine zerrissene Kleidung in eine Tasche.

Das nächste Klopfen an der Tür ist noch hartnäckiger. »Mira? Bist du okay?«, fragt Lewis in einem schroffen Tonfall.

»Mir geht's gut«, rufe ich.

»Wir bringen sie besser zum Arzt«, sagt Cali und öffnet die Tür.

»Ich brauche keinen Arzt«, antworte ich, als wir ins Wohnzimmer treten. Die aufgebrachten Stimmen der Jungs sterben ab. Die Aufmerksamkeit aller wendet sich mir zu.

Außer Tyler. Er sitzt mit der Stirn auf seinen verschränkten Händen, sein Blick auf den Boden gerichtet.

Ich schlucke, meine Kehle brennt.

Tyler wird mich nie wieder so ansehen, wie er es getan hat, bevor ich unsere Freundschaft ruiniert habe.

Hier bin ich nun und mein Leben löst sich vor meinen Augen auf. Ein Beweis dafür, dass er und ich aus zwei verschiedenen Welten kommen und nie füreinander bestimmt waren. Diesen Moment, den wir vor sechs Jahren teilten, habe ich aus Egoismus gestohlen, weil ich ihn wollte. Jetzt bezahle ich den Preis dafür, dass ich etwas genommen habe, was niemals mein sein sollte.

Denn die Tatsache, dass ich immer noch so viel für ihn empfinde und dass seine Augen mich meiden, tut mehr weh, als alle körperlichen Verletzungen, die ich heute Abend erlitten habe.

Kapitel Sechs

Tyler

»Warum sollte sie an diesen Ort zurückkehren?« Lewis schüttelt den Kopf. »Ihre Mutter ...« Er flucht in sich hinein und knurrt frustriert. »Vergiss es. Ich kann Mira nicht zur Vernunft bringen, wenn es um ihre Mutter geht.«

Lewis macht zwei Schritte, dreht sich dann um und schreitet in die entgegengesetzte Richtung.

Calis ›Chalet‹, wie sie ihre in die Jahre gekommene Miethütte nennt, ist nicht gerade ideal, um rastlos in der Gegend herumzulaufen. Nicht für einen Mann von Lewis' Größe. Ich bin mit einem Meter achtundachtzig größer als der Durchschnitt, aber Gens neuer Freund und mein Kumpel Jaeg sind so groß, dass ich neben ihnen wie ein Zwerg aussehe.

»Woher wusstest du, wo du sie findest?«

Ich sitze auf der Armlehne des Fernsehsessels, meine Hände baumeln zwischen den Knien, während Jaeg und Lewis die Situation diskutieren. Sie scheinen überrascht zu sein, dass Mira in Schwierigkeiten steckt, aber entweder ist Lewis nicht sehr klug – und ich weiß das trifft nicht zu, da er in dem Jahr, in dem wir die High School abgeschlossen haben, Jahrgangsbester war – oder Mira hat ihn getäuscht. Ich brauche ziemlich lange, bis ich bemerke, dass Lewis mich gemeint hat.

Ich räuspere mich. »Ich habe sie gesehen. Vor ein paar Wochen. Ich bin auf einem abgelegenen Pfad gefahren und habe eine verlassen aussehende Hütte gefunden. Mira saß auf der Veranda.«

»War ihre Mutter da?«, fragt Lewis.

Ich nicke. »Mira sagte, es sei die Hütte ihrer Mutter. Ich habe dort heute Abend eine Frau und einen Mann gesehen. Ich bin nicht sicher, ob Mira es bis dorthin geschafft hat, oder ob sie auf dem Rückweg war, als …« Ich öffne die Hände, die ich vorher zu Fäusten geballt hatte. »Ich weiß nicht, was passiert ist, Mann. Mira wollte nicht mit mir reden.«

Zwischen Mira und mir hat sich nichts geändert. Unsere Beziehung hatte sich in den letzten Wochen vor meinem Abschluss darauf reduziert, einander aus dem Weg zu gehen. Ich bin alle Trampelpfade auf meinem Fahrrad rauf und runter gestrampelt, bis ich Lake Tahoe verlassen und Mira Frasier vergessen konnte. Aber nicht bevor ich auf Holly Walkers Angebot eingegangen bin.

Ich ging mit Holly zum Abschlussball und schlief mit ihr. Ich war so betrunken, dass ich mich kaum noch daran erinnern kann. Es war eine der schlimmsten Nächte meines Lebens. Am nächsten Tag kotzte ich mir die Seele aus dem Leib. Von all dem Alkohol – und von dem, was ich getan hatte.

»Das wird dir eine gute Lehre sein, nicht so viel zu trinken, mein Junge«, hatte meine Mutter gesagt, als sie mich über die Kloschüssel gebeugt vorfand.

Meine Mutter hatte recht, aber gleichzeitig auch Unrecht. Auf dem College habe mich nicht so sehr abgeschossen, wie einige der anderen Studenten. Aber das bedeutet nicht, dass ich ein Engel war. Was die Wahl der Mädchen angeht, mit denen ich in dieser Zeit geschlafen habe, war ich willkürlich und egoistisch. Und ich ließ niemanden so an mich heran, wie ich es bei Mira getan hatte.

Ich schüttle den Kopf und bin bereit, diese Erinnerungen zu verdrängen, zusammen mit den beschissenen Emotionen, die sie auslösen. Ich brauche diesen Mist jetzt nicht. Ich habe genügend aufzuarbeiten.

»Das Krankenhaus ist nicht notwendig«, sagt Mira etwas später, nachdem sie mit Cali und Gen aus dem Badezimmer aufgetaucht ist.

»Wir gehen jetzt.« Lewis schnappt sich seine Schlüssel und drängt Mira sanft zur Tür.

Sie blickt auf, bevor sie hinausgeht, und unsere Blicke treffen sich für einen Augenblick. Verwundbarkeit und noch etwas anderes blitzt in ihren Augen auf.

Der Drang, mit ihr zu gehen, brennt durch mich hindurch.

Ich zwinge mich, hier zu bleiben.

Egal, was wir in der Vergangenheit hatten oder nicht hatten, ich würde nie wollen, dass Mira etwas Schlimmes passiert. Sie so verletzt und allein im Wald zu finden hat mich völlig durcheinander gebracht. Ich fühle mich irgendwie wieder mit ihr verbunden.

Ich stemme meine Hände auf die Oberschenkel, mein Puls pocht in meiner Schläfe. Ich will nicht, dass Mira Schmerzen hat, aber ich will sie auch nicht wieder in meinem Leben haben. Ich habe all das hinter mir gelassen.

Nachdem sie gegangen sind, sitzt Cali mir gegenüber

auf der Couch, während Jaeger im Kühlschrank herumstöbert. »Und, was denkst du?«

Mist, ich war komplett abwesend. Sie muss irgendetwas gesagt haben. »Worüber?«

»Was ist mit dir los? Seitdem Lewis den Anruf erhalten hat, dass Mira vermisst wird, benimmst du dich seltsam. Wie gut kennst du Mira? Läuft da etwas zwischen euch beiden?«

»Nein, verdammt.« Sie zieht ihre Augenbrauen hoch. Ich muss mich etwas einbremsen. Leider ist das Zusammentreffen mit Mira nicht das Einzige, was mich nervös macht. »Da ist nichts. Ich kenne sie kaum.«

Eigentlich stimmt das sogar, ich kenne sie nicht. Wenn man *Kennen* nicht im biblischen Sinn versteht.

»*Okay* ... Also, was denkst du?«

Im Ernst, wovon redet sie? »Cali, es war eine verrückte Nacht. Ich bin müde. Komm auf den Punkt.«

Sie verzieht den Mund. »Dein Verhalten ist scheiße, Tyler. Du bist so ein Arsch, seit du zurückgekommen bist. Und wenn wir schon dabei sind, warum bist du überhaupt zurückgekommen? Du hast es mir immer noch nicht gesagt. Ich dachte, du liebst Boulder.«

Ich habe meinen Job als Biologieprofessor in Colorado aufgegeben und bin nach Lake Tahoe zurückgekehrt. Es ist nicht mehr wirklich mein Zuhause, seit unsere Mutter vor ein paar Monaten nach Carson City gezogen ist. Aber Tahoe ist der Ort, den ich mit Zuhause verbinde.

Meine Mutter ist nicht erfreut darüber, dass ich keine Zukunftspläne habe ... und dass ich meiner Schwester auf der Tasche liege. Wenn man es so betrachtet, klingt meine Situation tatsächlich schlecht. Ich konnte einfach nicht in Colorado bleiben. Nicht, nachdem die Dinge mit Anna so verlaufen sind.

Ich beneide meine Schwester. Sie hat in letzter Zeit viel

durchgemacht, aber sie hat ihr Leben in Ordnung gebracht. Inzwischen ist mein Kopf so voller Schuldgefühle und Wut, dass ich nicht mehr klar denken kann. Deshalb bin ich zurückgekehrt. Nicht, dass ich das meiner Schwester so erklären würde.

»Du hast mir gefehlt. Ist das nicht genug?«, sage ich und versuche dabei, so aufrichtig wie möglich zu klingen.

Ihre Augen werden schmal. »Gut. Von mir aus. Pass nur auf, dass du nicht zu viel trinkst. Glaub ja nicht, dass ich nicht bemerkt habe, wie viele Biere du dir aufmachst und wie oft du betrunken nach Hause gekommen bist – wenn du nicht gerade sämtliche Sozialkontakte meidest und am Computer rumhängst.«

Mein Gott, ich muss mir wirklich eine eigene Wohnung suchen. Dann bin ich eben öfter mal ausgegangen … na und? Nebenbei widme ich mich meinem eigenen schriftstellerischen Projekt, um mich von all dem abzulenken. Ich kann es gerade gar nicht gebrauchen, von meiner kleinen Schwester bemuttert zu werden.

Nach Mira habe ich mir vorgenommen, mich nie mehr von einem Mädchen verarschen zu lassen. Also war *ich* derjenige, der sie verarscht hat. Das ist das Problem. Ich war blind, unsensibel. Am Ende verletzte ich jemanden, der mir etwas bedeutete. Anna hat etwas viel Besseres verdient als mich.

Cali boxt mir gegen den Arm.

»*Hey*.« Ich reibe mir die Schulter. Gott, ist die kratzbürstig. »War das nötig?«

»Hör jetzt mal zu. Jaeger und ich haben uns besprochen. Wir denken, dass Mira für eine Weile hier einziehen sollte. Es ist nicht sicher für sie allein in ihrer Wohnung, nach dem, was passiert ist.«

Anders gesagt will sie meinen neuen Lebensraum zu einem Katastrophengebiet machen.

Ich bleibe auf keinen Fall hier, wenn Mira einzieht. Das ist das Letzte, was ich gerade brauche. Aber Cali hat recht, Mira sollte nicht allein wohnen. Es ist nicht sicher. Lewis' Haus kommt nicht infrage. Gen ist vor Kurzem bei ihm eingezogen und soweit ich weiß, hat er auch nicht allzu viel Platz. Das könnte unangenehm werden. Cali sagt, dass Lewis' Beziehung zu Gen seine Freundschaft mit Mira belastet hat.

Nicht, dass es mich interessiert. Warum denke ich überhaupt über diesen Mist nach? Ich hänge schon zu lange mit meiner Schwester herum. Jetzt werde ich auch noch in ihr Drama hineingezogen.

»Ja, klar. Es ist deine Wohnung. Mach, was du willst. Ich übernachte einfach bei einem Kumpel. Mira kann den Dachboden haben.«

Gen und Cali haben ein Häuschen mit einem Schlafzimmer und einem engen Dachboden über der Küche gemietet. Sie haben sich das Schlafzimmer geteilt, bis Gen vor ein paar Wochen bei Lewis eingezogen ist.

Cali seufzt verärgert. »Das ist genau das, was ich meine. Wenn du zuhören würdest, wüsstest du das. Ich schlafe bei Jaeger, damit Mira mein Schlafzimmer haben kann. Du musst nicht ausziehen.«

Wow, was? »Du willst, dass ich hier wohne? Mit Mira?«

Zum Teufel, nein.

»Ja, du Affe. Jemand muss auf sie aufpassen. Gen und Lewis bekommen endlich den dringend benötigten Abstand von Mira. Wir müssen etwas arrangieren, damit Lewis überzeugt ist, dass Mira in Sicherheit ist. Sonst wird er sie bei sich und Gen einquartieren.«

»Und warum sollte mich das interessieren?«

Cali wirft die Hände hoch, ihr Gesicht verfärbt sich zu einem hellen Rosa, das zu ihrem rotblonden Haar passt. Cali hat den roten Farbton unserer Mutter um ein Haar verpasst. »Weil du hier seit Wochen *mietfrei* wohnst, die Fernbedienung nicht aus der Hand gibst und dich wie ein Arsch benimmst.«

»Du kannst jederzeit aufhören, mir auf die Nerven zu gehen, Calzone. Das ist nicht mein Problem. Es ist dein Problem. Löse es.«

»Ach, du verdammter …« Cali lässt ein frustriertes Kreischen los.

Sie hasst es, wenn ich sie Calzone nenne, aber ich habe das Gefühl, dass sie noch wütender ist, dass ich ihr ihre Pläne für Miras Rettung ruiniert habe.

Jaeger betritt das Wohnzimmer. »Kumpel, hilf deiner Schwester aus der Klemme.«

Ich blicke Jaeg an. »Ich dachte, Kumpels stehen immer an erster Stelle?«

Er schüttelt den Kopf, als hätte ich etwas Entscheidendes verpasst. »Nicht mit Cali, Mann. Sie steht für mich an erster Stelle.«

Scheiße. Diese Logik kann ich nicht bestreiten. Cali ist eine Nervensäge, aber sie ist meine Schwester.

Trotzdem reden wir hier von Mira. Ich kann auf keinen Fall tun, was Cali verlangt. Ich habe heute Abend ein paar Stunden in Miras Gegenwart verbracht und fühle schon jetzt Dinge, die ich nicht fühlen will.

»Warum zieht sie nicht zu Lewis' Eltern?«, schlage ich vor.

Cali zuckt mit den Achseln. »Mira will nicht nach Hause ziehen. Ich bin nicht sicher, warum.«

Und da wären wir wieder. Mira macht Ärger. Ich bin diesem Mist entkommen. Ich werde nicht wieder ins Feuer treten.

»Tut mir leid, Cali. Das geht nicht.«

»Warum nicht? Was hat Mira dir jemals angetan?«

»Genügend.«

Kapitel Sieben

Mira

Lewis öffnet mir die Beifahrertür des Jeeps. Gen will sich für mich nach hinten setzen, aber ich winke ab und bewege mich vorsichtig auf den Rücksitz. Der Arzt sagt, ich habe keine Gehirnerschütterung. Prellungen am ganzen Körper, zusammen mit geprellten Rippen und eine Platzwunde am Kopf, die die Krankenschwester gereinigt und mit drei Stichen genäht hat. Also nichts, was nicht bald heilen wird.

Die Polizei hat meine Aussage aufgenommen. Ich gab ihnen die bestmögliche Beschreibung der Männer, die mich angegriffen haben und ließ den Teil über die Schulden bei einem Kredithai aus. Das hilft meinem Fall vielleicht nicht weiter, aber ich bin ohnehin schon in Schwierigkeiten und brauche nicht noch mehr. Wenn ich mich nicht selbst aus diesem Schlamassel heraus schaufeln kann, werde ich es ihnen sagen. Im Moment will ich nicht noch mehr Aufmerksamkeit erregen.

Solange ich mich von dunklen, verlassenen Orten fernhalte, kann ich das Geld zurückverdienen und allein damit fertig werden. Ich muss aufhören, meiner Mutter Geld zu geben, egal, was sie sagt. Und ich werde sie nicht mehr in irgendwelchen heruntergekommenen Gebäuden besuchen. Das ist zu gefährlich. Ich muss von jetzt an clever sein.

»Mira«, sagt Gen mit einem strahlenden Lächeln, das sicher echt ist. Was seltsam ist. Während meiner Schulzeit war es immer so, dass die hübschen Mädchen mich heruntermachten, um sich selbst besser zu fühlen. »Ich habe gerade eine SMS von Cali bekommen. Sie sagt du kannst in ihrem Haus wohnen, bis die Polizei die Täter findet.«

Einen Moment lang weiß ich nicht, wie ich antworten soll. Ich bin es nicht gewohnt, Hilfe von jemand anderem als Lewis und seiner Familie zu bekommen. »Danke – aber das muss sie nicht tun. Ich komme bei mir zu Hause zurecht.«

»Nein, Mira.« Lewis schüttelt den Kopf und sieht mich im Rückspiegel an. »Du bleibst entweder bei Cali oder bei mir, aber du gehst nicht zu dir nach Hause zurück. Du kannst jederzeit bei meinen Eltern wohnen ...«

»Auf keinen Fall«, unterbreche ich ihn. »Das könnte sie in Gefahr bringen.«

Lewis seufzt. »Mira, sie sind auch deine Eltern. Sie lieben dich und wollen dich beschützen.«

John und Rebecca sind nicht meine Eltern. Sie sind freundliche, liebevolle Menschen, denen ich viel zu verdanken habe, weil sie mich als kleines Kind gerettet haben. Deswegen werde ich es ihnen sicher nicht danken, indem ich ihnen Schlägertypen ins Haus locke. Aber ich bin auch nicht gerade begeistert von der Idee, diese Schlägertypen in Calis Haus zu locken.

Lewis starrt mich wieder im Rückspiegel an. »Es ist nicht sicher für dich, allein zu leben. Nicht nach dem, was passiert ist.« Gen stößt ihn in die Seite und er presst die Lippen zusammen.

»Mira.« Gen dreht sich vom Vordersitz aus um. »Lewis wird erst wieder schlafen können, wenn er weiß, dass es dir gut geht. Du weißt, wie er ist. Er wird alle paar Stunden bei dir auftauchen oder sich ständig melden. Er wird so oft anrufen, dass am Ende dein Handy explodiert.«

Lewis ist ein Beschützertyp. Er war schon immer so. Das liebe ich an ihm, aber ich weiß, worauf Gen hinaus will. Lewis hat es verdient, sein eigenes Leben zu führen. Und das kann er nicht, wenn er sich Sorgen um mich machen und ständig alles stehen und liegen lassen muss, um mir zur Seite zu stehen. Bei Cali wird es sicherer sein, als allein bei mir Zuhause. Zumindest für heute Nacht. Diese Männer haben mich im Wald liegen lassen. Ich bin mir ziemlich sicher, dass sie nicht wissen, wo ich gerade bin. Aber ich werde nicht riskieren, dass sie es herausfinden. Morgen werde ich mir etwas anderes überlegen, aber heute Nacht weiß erst einmal niemand, dass ich bei Cali bin. Sogar meine Mutter nicht. Und ich habe mir gerade selbst gesagt, dass ich vorsichtig sein muss.

»Und was genau hat Cali gesagt?«, frage ich zögerlich. »Stört es sie wirklich nicht, dass ich dort übernachte?«

Gen grinst. »Nein. Sie ist froh, einen Grund zu haben, in Jaegers protzigem Haus am See zu leben. Glaub mir, ihr bereitet das keine Umstände.«

»Okay, ich weiß das zu schätzen. Dann übernachte ich bei Cali.«

Gen lächelt Lewis an und er grinst zurück, das Mondlicht bietet gerade genug Licht, um die Wärme in seinem verehrenden Blick einzufangen.

Ich sehe weg.

Ich fühlte mich zu Tode erschrocken und dann wie betäubt, nachdem die Männer mich im Wald geschlagen hatten. Nicht einmal der Schmerz meiner Verletzungen brachte meine Nerven so sehr ins Wanken wie diese offene Zuneigung meines besten Freundes zu der Frau, die er so sehr will, dass er bereit ist, Mauern zwischen uns zu errichten – das ist zu viel. Ich weiß, dass es nicht wirklich so ist. Meine Therapeutin sagt, dass meine Beziehung zu Lewis nicht gesund sei und dass wir Grenzen bräuchten, aber es fühlt sich an, als wäre ich allein.

Ich hasse es, allein zu sein.

Ich habe schlechte Erinnerungen an das Alleinsein.

Lewis fährt in die Einfahrt von Calis Hütte. Jaeger kommt heraus, als wir aus dem Jeep aussteigen. Es ist spät und dunkel, aber im schwachen Licht von der Veranda sehe ich, wie Jaeger Gepäck in den hinteren Teil seines Trucks hebt. Cali kommt heraus und lächelt, als sie uns sieht.

Ich habe darauf vertraut, dass Gen bezüglich Calis Gastfreundschaft die Wahrheit gesagt hat. Aber es ist gut, Calis glücklichen Gesichtsausdruck zu sehen.

»Wir sind bereit«, sagt Cali fröhlich. »Ich habe meine Klamotten aus dem Schlafzimmer geholt, Mira. Und im Bad habe ich noch das Wichtigste dagelassen.«

Das klingt nach einer Menge Aufwand für eine Nacht. Ich hasse es, dass sie sich so viel Mühe gemacht hat.

Tyler kommt ebenfalls aus der Hütte, einen Seesack über die Schulter geworfen. Mein Gesicht erwärmt sich und der Fluss an Emotionen, den ich in seiner Nähe verspüre, beginnt mich zu durchströmen.

Tylers Augen verengen sich, als sein Blick auf den Koffer in Jaegers Truck fällt. »Ich dachte, wir hätten darüber gesprochen«, sagt er gedämpft zu Cali. »Ich bleibe nicht hier. Du musst sie im Auge behalten.«

Tyler lebt mit Cali und Gen zusammen?

Okay, das wird nicht funktionieren.

»Niemand muss bei mir bleiben«, werfe ich ein.

Ich will auf keinen Fall zu einem noch größeren Pflegefall werden, als ich es ohnehin schon bin. Ich muss nicht überwacht werden. Ich brauche nur einen Schlafplatz, bis ich einen neuen Plan habe. Es ist sinnvoll, bei Cali zu übernachten, aber nicht, wenn Tyler auch hier ist.

Tyler runzelt die Stirn. »Du kannst nicht allein bleiben, Mira.«

Ich verstehe ja, dass er mich im Wald gefunden hat und sich verpflichtet fühlt, zu helfen, aber woher kommt diese Besorgnis jetzt? Er hat bereits deutlich gemacht, dass er mich weder mag noch in meiner Nähe sein will.

»Natürlich kann ich das. Niemand weiß, dass ich hier bin. Ich komme schon zurecht. Es ist nur für eine Nacht.«

»Mira«, sagt Cali, »Du kannst so lange hierbleiben, wie du willst. Tyler wird auf dich aufpassen.« Sie wirft ihrem Bruder einen strengen Blick zu.

Tyler verlagert seine Schultern und zupft an der Vorderseite seines T-Shirts.

Gott – dieser Tick. Das hat er immer gemacht, wenn er nervös oder aufgeregt war, ich wusste nicht genau, welches von beiden.

Als wir früher zusammen gelernt haben, habe ich immer versucht, Tyler zu provozieren, damit er seinen Tick zeigt. Ich ließ meine langen Haare *versehentlich* über seine Schulter streichen, wenn ich mich zu ihm lehnte, um eine Gleichung zu studieren, oder streifte seinen Oberschenkel mit meinem Arm, wenn ich mich nach unten beugte, um einen Stift aus meinem Rucksack zu holen.

Mein Mundwinkel zuckt. Irgendetwas daran, Tylers lässiges Verhalten auf die Probe zu stellen, hat mein Herz damals zum Rasen gebracht. Vielleicht habe ich deshalb meinen Mund an seinen Hals gedrückt, als er mich im Wald getragen hatte. Nach all der Zeit ist dieser Funke immer noch da, und ich bin immer noch süchtig danach. Nur, dass Tyler heutzutage generell gereizter ist. Es braucht nicht viel, um ihn auf die Palme zu bringen. Und zwar nicht auf die lustige, spielerische Art und Weise. Mit ihm zusammenzuleben, selbst für eine kurze Zeit, wäre eine totale Katastrophe.

Tyler legt nicht mehr die süße Junge-von-nebenan-Gesinnung an den Tag, die er vor Jahren hatte, als er mir Nachhilfe gegeben hat. Ich bin mir nicht sicher, was diese Veränderung verursacht hat, aber ich wusste immer, dass er Tiefen hat, die er nicht gezeigt hat. Der Tick deutet auf den wahren Tyler hin. Er war so beherrscht, dass er selten den hitzigen, leicht zu provozierenden Teil von sich selbst zeigte. Aber ich habe ihn gesehen, als wir zusammen gelernt haben. Und besonders in der Nacht, in der wir miteinander schliefen.

Ich kneife meine Augenlider zu und atme tief ein. Ich kann nicht an diese Nacht denken, wenn ich in seiner Nähe bin. Er erinnert mich an all die Dinge, die ich verloren habe.

Tyler lässt seinen Seesack auf die Zementplatte der Veranda fallen und starrt seine Schwester an. »Cali, du kannst Mira nicht dein Haus anbieten, um sie zu beschützen und dann einfach abhauen. Jemand muss sich um sie kümmern. Du und Jaeg müsst in der Nähe bleiben.«

Calis Kiefer ist angespannt. »Jaeger arbeitet in seiner Holzwerkstatt, die sich *in seinem Haus befindet*, Tyler. Er wird die meiste Zeit weg sein und ich übrigens auch. Ich arbeite tagsüber und nehme abends Unterricht. Somit bleibt eine Person übrig, die im Moment nichts anderes zu tun hat.«

Tyler stößt ein Knurren aus.

Ich bin so sehr von diesem Geschwisterdrama gefesselt, dass ich vergessen habe, um wen es hier eigentlich geht.

Mich – und das ist wahnsinnig demütigend. Ich brauche keinen Babysitter.

»Warte mal«, wende ich ein, aber Cali und Tyler hören mir nicht zu. Sie würdigen mich keines Blickes. Stattdessen starren sie sich weiterhin gegenseitig an.

Tyler nimmt seinen Seesack und stolziert zurück in die Hütte.

Cali klatscht in die Hände. »Ich bin froh, dass das geklärt ist.«

»Was ist geklärt?« Ich habe ein ungutes Gefühl in der Magengrube, und es hat nichts mit der Übelkeit zu tun, die von den Stiefeln dieser Schweine ausgelöst wurde, als sie mir in den Bauch getreten haben.

Cali dreht sich zu mir um. »Tyler wird bei dir bleiben, Mira. Um dich zu beschützen.«

Oh, Scheiße.

Das könnte das schlimmstmögliche Szenario sein, und mir fällt keine Alternative ein. Mein Verstand verfällt in den Panikmodus.

Alle sind um mich herum beschäftigt, holen Gegenstände aus dem Haus und verstauen sie in ihren Autos, während ich unter Schock stehe, zuerst auf der Veranda, dann in der Mitte des Wohnzimmers, nachdem Cali mich hineingeführt hat.

Lewis umarmt meine steifen Schultern. »Ich sehe morgen früh wieder nach dir. Wir holen deinen Wagen und packen ein paar Sachen aus deiner Wohnung.« Ich klammere ein wenig zu lange an ihn und er drückt mich wieder. »Hier bist du sicher, Mira.«

Er versteht nicht, dass ich nicht Angst vor der Rückkehr dieser Idioten habe. Es ist unwahrscheinlich, dass sie mich heute Abend in Calis Hütte finden. Ich will nicht mit *Tyler* allein gelassen werden.

Mein Zögern missverstehend, hauen Lewis und Gen

ab, da sie mich nun in Sicherheit wähnen. Cali und Jaeger verschwinden kurz darauf ebenfalls. Einige Minuten später stehe ich immer noch mitten im Wohnzimmer und durchsuche mein verwirrtes Gehirn, um auszusortieren, wie es zu dieser Situation gekommen ist. Ich und Tyler, allein. Wir leben allein zusammen in einem Haus. Ich möchte nicht, dass diese Typen mich hier mit Cali finden und sie in Gefahr bringen. Aber wenn Tyler hier bei mir ist, ist das eindeutig nicht gut für meine emotionale Stabilität.

Tyler tritt seinen Seesack hinter den Fernsehsessel und schreitet in die Küche. Er schiebt Gegenstände im Kühlschrank herum, Glas scharrt auf Metallgestellen, Flaschen klirren zusammen. Er ignoriert mich. Ich stehe verlassen im Raum und sehe zu, wie er eine Flasche Sierra Nevada herausholt und den Deckel mit einem Flaschenöffner öffnet.

Die intensive, aber kontrollierte Wut und das Bier in seiner Hand sind eine eindringliche Erinnerung an ein früheres Leben. Nur die Hauptcharaktere sind anders. Damals waren es meine Mutter oder einer der Typen, mit denen sie sich verabredete, die tranken und streitlustig waren.

Das hier ist so falsch. Ich halte mir den üblen Magen und sinke auf die Couch. »Du kannst hier nicht bleiben, Tyler.«

»Was du nicht sagst«, murmelt er.

Ich blicke auf, als er ins Wohnzimmer kommt. »Nein, wirklich. Geh zu einem Freund. Niemand muss wissen, dass du nicht da bist.«

Seine Augen verengen sich. Er nimmt noch einen Schluck, während sein Blick unbeirrt auf mir ruht und mich studiert. »Erstens würden sie es herauskriegen. Und zweitens kannst du hier nicht allein bleiben. Cali hat recht. Ich bin die beste Person, um auf dich achtzugeben.«

»Du bist die *schlechteste* Person.«

Tyler stolpert zu mir herüber und knallt seine Flasche auf den Beistelltisch neben der Couch. Ich zucke zusammen, trotz der starken Nerven, auf die ich normalerweise so stolz bin. Es muss an dieser Nacht liegen. Verprügelt zu werden, Tyler wiederzusehen – das alles hat mich aus der Bahn geworfen.

Er steht über mir. »Lass uns eines klarstellen. *Du* hast *mich* verarscht, nicht, dass es mir etwas ausmacht, wie du mich benutzt hast.« Er grinst spöttisch, und ich halte seinem Blick stand.

Mit Wut kann ich umgehen – ich kenne das Gefühl nur zu gut. »Wenn du das so empfindest, warum hilfst du mir dann?«

Er lehnt sich näher heran, als würde er mir gleich noch mehr Dinge an den Kopf werfen, doch dann passiert etwas. Wir sind uns zu nah. Sein Geruch trifft mich, ein Hauch von Bier, aber auch Fahrradöl und Waschmittel – und *er*, ein Geruch, der ganz Tyler ist und so gut riecht.

Ich weiß nicht, ob sich mein Gesichtsausdruck ändert oder ob er es auch spürt – diesen Funken, der immer zwischen uns ist –, aber seine Augen werden dunkel. Langsam lehnt er sich wieder zurück und greift sein Bier vom Tisch, sein Blick schweift von mir ab. »Halt dich aus meinen Angelegenheiten raus, Mira, und ich halte mich aus deinen raus.«

Tyler schreitet zur Hintertür und schlägt sie hinter sich zu. Ich sitze dort, ohne mich zu bewegen, weil ich es nicht kann. Nicht nach dem, was gerade passiert ist.

Kapitel Acht

Tyler

Letzte Nacht habe ich beschissen geschlafen. Ich fühlte mich schlecht, nachdem ich meine Frustration an Mira ausgelassen hatte. Ich hätte sie nicht so anfahren sollen. Aber verdammte nochmal. Ich und Mira sollen zusammen leben? Das ist völlig verrückt.

Es steht außer Frage, dass Mira in Gefahr ist. Was ich wissen will, ist, warum. Sie schuldet jemandem Geld, sagt Lewis. Das verstehe ich eben nicht. Mira hat Lewis' reiche Eltern, die sie unterstützen könnten. Es ergibt keinen Sinn, dass sie sich an einen Kredithai wendet, statt an seine Familie.

Ich reibe mir die Augen und blinzle an die Decke. Es muss doch einen Weg geben, das zu beheben. Wenn ich es in Ordnung bringen kann, kann Mira wieder aus Calis Wohnung verschwinden und mein Leben wird wieder normal. Mein neuer Normalzustand entspricht nicht gerade einem friedlichen Leben – nach Colorado ist so etwas nicht mehr möglich – aber immerhin ist das hier ein

Zufluchtsort. Calis Haus ist zu meinem Unterschlupf geworden und Miras Anwesenheit hat das zerstört.

Cali hat recht was meinen Alkoholkonsum betrifft und ich habe in letzter Zeit versucht, ihn etwas einzudämmen, aber das war gestern Abend unmöglich umsetzbar. Ich habe zwar nicht so viel getrunken wie vorher, aber trotzdem brauchte ich vier Bier auf der Terrasse, bevor mein Geist sich so weit beruhigt hatte, dass ich meinen Hintern nach oben schleppen und mich schlafen legen konnte.

Alles an Mira löst in mir eine innere Unruhe aus. Als müsste ich ein Loch in die Wand schlagen oder eine Tür eintreten, um das Gefühl loszuwerden. Die Art von aufgestauter Aufregung, die irgendein Ventil braucht.

Wenn ich mit ihr zusammenleben muss, bringt sie mich ein frühes Grab. »Gott.«

»Hast du etwas gesagt, Tyler?« Miras muntere Stimme tönt zum Dachboden herauf.

Wie ich schon sagte, ich habe keinen Frieden.

»Nichts», murre ich, setze mich auf und kneife mir in den Nasenrücken.

Ich ertrage die beschissenen Reality Shows meiner Schwester und Gen, genau wie die Tatsache, dass sie das Badezimmer in Beschlag nehmen. Aber mit Mira zusammenzuleben – verdammt, wie bin ich nur hier hineingeraten?

Es gab eine Zeit, in der mein Leben gut war; nicht großartig, aber in Ordnung. Jetzt … jetzt habe ich nicht das Gefühl, dass da etwas Gutes am Horizont zu erwarten ist.

Der Duft von Gewürzen erfüllt die Luft. Zimt und Lakritze? Ich schwinge meine Beine auf den Boden, die Knie nahe den Schultern, da die Matratze auf dem Boden liegt. Ich greife nach einer Jeans und mein Blick fällt auf das zerknitterte T-Shirt, das ich gestern getragen habe. Normalerweise trage ich morgens kein T-Shirt.

Scheißdrauf. Ich ändere meine Gewohnheiten nicht. Wenn ich mich für meine Verlobte nicht verändert habe, werde ich mich auch für Mira nicht ändern.

Cali hat recht, ich bin ein Arschloch. Aber das wusste ich schon. Es wurde nur offensichtlich, nach dem, was in Colorado passiert ist. Ich kann die Dinge mit Anna niemals in Ordnung bringen. Sie ist für mich für immer verloren. Aber ich kann mich zusammenreißen und ein besserer Mensch werden, als ich es bisher war.

Ich drücke den Ballen meiner Hand an die Stirn, kämpfe gegen die Kopfschmerzen, die sich mit jedem Herzschlag aufbauen, und sehe mich um. Hier oben ist nicht viel zu sehen – eine Matratze auf dem Boden mit ein paar Bücherregalen, die auf beiden Seiten in die Wand eingebaut sind. Und überall liegen meine Klamotten herum – aber irgendwie gefällt es mir hier inzwischen ganz gut. Es ist eng und erinnert mich daran, dass ich nicht viel zum Überleben brauche.

Ich ziehe meine Jeans an und klettere die Leiter hinunter. Ich sollte anfangen, meiner Schwester Miete zu bezahlen. Als Croupière bei Blue hat sie ein anständiges Trinkgeld bekommen, aber das hat sich geändert. Cali verdient nicht mehr so viel wie früher und sie und Gen leben kaum noch hier. Ich genieße es, ihnen auf die Nerven zu gehen, aber so ein großer Schnorrer bin ich auch wieder nicht. Ich werde meinen Teil beitragen. Ich habe Geld gespart. Sogar sehr viel. Ich wollte nur nicht allein sein. Ich klinge wie ein Weichei, aber ich musste zu meinen Wurzeln zurückkehren und mich nach Colorado neu sortieren. Lake Tahoe hat etwas an sich. Es ist meine Heimatstadt und vielleicht ist das auch schon das Besondere daran.

Unten angekommen drehe ich mich um und finde Mira in der Mitte des Wohnzimmers vor, wie sie ihr langes, dunkles Haar in einen Pferdeschwanz zieht.

Ihre Hände halten inne, als sie mich bemerkt. Sie sieht weg, aber nicht bevor ihr Blick über meine nackten Schultern bis zum Bund meiner tiefsitzenden Jeans schweift.

In meiner Hose tut sich etwas und ich muss gegen den Drang ankämpfen, sie zurechtzuziehen. *Mist.*

Vielleicht ist es keine so gute Idee, morgens ohne Hemd herumzulaufen. Mira ist immer noch eine schöne Frau und dieser kurze Blick hat meinem Körper die falschen Signale gesendet – der sich nach all der Anspannung von gestern schon auf Erleichterung eingestellt hat.

Mira streift an mir vorbei in die Küche und schleppt einen Stuhl mit sich. Sie klettert auf die untere Sprosse, die die Beine stützt, und öffnet einen der oberen Schränke, wobei der Stuhl unter ihr knarrt und wackelt.

Großartig. Sie wird sich noch von ganz allein umbringen.

»Was machst du da, Mira?« Meine Stimme klingt irritiert. Der Blick, den sie mir in ihren Pyjamashorts zuwirft, trägt zu meiner Verärgerung bei.

Ich reiße meinen Blick von ihren glatten, wohlgeformten Beinen weg und sehe mir die Schnitte an ihren Armen an. Sie hat Bandagen um den Kopf und um ihr Ohr. Sie ist verletzt, zerbrechlich. Nur verhält sie sich nicht wie jemand, der verletzt ist. Sie huscht schon früh morgens durch die Gegend. Sie wirkt vollkommen normal, und meine männlichen Körperteile, die um diese Zeit völlig wach sind, stimmen dem zu. Es spielt keine Rolle, dass ich mir einrede, sie sei tabu. Mein Körper hat diese Stimme abgeschaltet.

Scheiß Biologie. Wie kann es sein, dass ich mich immer noch körperlich zu diesem Mädchen hingezogen fühle?

Die Schwarze Witwe kaut ihrem männlichen Partner gelegentlich den Kopf ab. Was ist das denn für eine Art, jemandem nach dem Sex zu danken? Warum zum Teufel lassen wir Männer uns diesen Scheiß gefallen? Und doch glaube ich es. Ich werde mich ständig daran erinnern müssen, wie Mira in der High School zu mir war, weil mein Schwanz in die komplett entgegengesetzte Richtung denkt.

Mira greift nach dem obersten Regalbrett und ihre Shorts rutschen hoch. Die Kurven ihres Hinterns kommen voll zur Geltung, ihre langen Beine enden in zarten Knöcheln. Ich blicke auf und sie starrt mich an. »Du könntest helfen, weißt du.«

Dieses Zusammenleben ist die schlimmste physische und psychische Folter, die ich mir vorstellen kann. »Bei?«

Sie zeigt auf das oberste Regal. »Ich brauche diese Tasse.«

In Calis Wohnung stehen alle Kaffeetassen, die es auf der Welt gibt. Cali und Gen haben ihre Favoriten und es scheint, als hätte Mira sich ebenfalls eine ausgesucht. Muss wohl so ein Frauending sein.

Ich gehe hinüber und stelle mich direkt hinter sie, wobei ich meine Hände auf die Arbeitsplatte auf beiden Seiten ihres Körpers lege, bis meine Brust ihren Rücken berührt.

»Welche?«, sage ich nah an ihrem Ohr.

Sie schluckt. »Die da.« Sie zeigt noch einmal darauf.

Ich stütze eine Hand auf den Tresen und greife nach der Tasse, auf der »Liebes Karma, ich habe eine Liste von Leuten, die du vergessen hast« steht und reiche sie ihr.

»Danke«, sagt sie und hält dabei ganz still.

Es ist nicht schlau von mir, aber ich bin ein Mann und sie ist schön, also atme ich ihren Duft ein. Er ist vanilleartig und blumig, wie gestern Abend, zusammen mit diesem nicht definierbaren Geruch, zu dem ich mich noch immer hingezogen fühle. Meine Körperzellen lassen nur noch einen Gedanken zu: »*Sie, sie, sie. Sofort …*«

Ich sage ihnen, dass sie die Klappe halten sollen.

Bei Mira war es schon immer so. Seit dem ersten Mal, als wir während unserer Nachhilfestunden nebeneinander saßen, roch sie so gut. Ich konnte mich damals nicht davon abhalten, ihren Duft einzuatmen. Und auch jetzt kann ich es nicht.

Aber ich *werde* meine Hände von ihr lassen.

Es ist die reine Grausamkeit. Dank der Natur erkennen meine prähistorischen Pheromone den Duft und die Form dieses Mädchens unter all den anderen schönen Frauen da draußen als die attraktivste, die man sich vorstellen kann.

Mira stößt ihren Hintern gegen meinen Unterbauch zurück, ein nicht ganz so subtiler Hinweis darauf, dass sie will, dass ich mich bewege. Und das macht die unpassende Reaktion meines Körpers auf sie überhaupt nicht besser.

Ihr Gesicht ist nur wenige Zentimeter entfernt – so nah, dass das Glitzern auf ihrer vollen Unterlippe, wo sie sie mit ihrer Zunge benetzt, meine Aufmerksamkeit erregt. Das, und ihr Geruch. Kombiniert mit ihrem schlanken Körper, der an meine Brust und andere Bereiche gepresst wird, und eine Reihe von Erinnerungen schießen durch mein Hirn … Mira nackt unter mir, meine Lippen streichen über die Innenseite ihrer Oberschenkel …

Hitze sticht mir in die Leiste und macht mich steinhart, Anspannung rollt mir über den Rücken.

»Warte mal.« Ich bewege meine Hand von der Theke bis knapp über ihren Po und halte sie fest, während ich nach einer weiteren Tasse greife.

Sie begutachtet meine Auswahl. Ein Becher mit der Aufschrift ›Morgenlatte‹, die unter das Bild eines Holzstapels gekritzelt ist.

Ihre vollen Lippen verziehen sich zu einem Grinsen. »Elegant«, sagt sie mit viel Sarkasmus. Meine Hand und mein Körper drücken weiter an ihren und ihr Atem wird unregelmäßiger. Es scheint ihr doch nicht so egal zu sein.

Ich zweifle nicht daran, dass sie mein Verlangen spüren kann.

Sie räuspert sich. »Ich will jetzt meinen Tee trinken.«

Ich ziehe mich zurück und halte meine Hände in die Luft, als wollte ich mich ergeben, die Tasse in einer davon. »Tu dir keinen Zwang an.«

Ich lege den Schalter der Kaffeemaschine um, die ich am Abend zuvor gefüllt habe und ziehe heimlich meine Jeans zurecht. Wie soll ich mich von ihr fernhalten, wenn sie so riecht wie sie riecht? Niemand sollte morgens schon so gut riechen. Dann muss sie mich auch noch so angepisst und aufbrausend ansehen. Warum ist das so heiß? War das schon immer so? Ich kann mich nicht erinnern, mich jemals zu zickigen Bräuten hingezogen gefühlt zu haben, aber Mira hatte schon immer das gewisse Etwas. Früher dachte ich, sie hätte einen süßen, verborgenen Kern, aber da habe ich mich geirrt. Komplett geirrt.

Ich schiebe mich von der Theke weg, weg von der Küche, weg von ihrem erstaunlichen Duft.

Freiraum. Das ist es, was ich brauche. Freiraum und Distanz.

Mira geht mit ihrer Tasse Tee aus der Küche und setzt sich auf die Couch im Wohnzimmer.

Gott. Sie ist obendrein auch noch eine Teetrinkerin. Von allen Gründen, warum wir nicht kompatibel sind, ist das hier der ausschlaggebende. Ich kann nicht mit einer Teetrinkerin zusammenleben.

»Wie lange willst du noch hier bleiben?« Das war nicht gerade subtil von mir, aber was soll's.

Sie hält inne, während sie den Karma-Becher zu ihren

rotweinfarbenen Lippen hebt und zuckt mit den Achseln. »Ich hatte geplant, nur über Nacht zu bleiben, weil ich dachte, ich wäre hier mit Cali. Aber jetzt bin ich mir nicht mehr sicher. Es ist nicht ideal, aber ...« Sie sieht mein angespanntes Gesicht, schnaubt wütend und erdolcht mich mit einem Blick. »Lewis hat recht. Ich kann nicht nach Hause gehen, Tyler.«

Unter meinem leeren Blick stellt sie ihren Tee auf den Beistelltisch. »Mein Gott«, sagt sie und steht mit Nachdruck auf. »Mir gefällt das genauso wenig wie dir.« Sie stürmt aus dem Wohnzimmer in das Schlafzimmer.

Einen Moment später kehrt Mira mit der Kleidung, die sie gestern getragen hat in ihren Armen zurück und schlägt die Badezimmertür hinter sich zu.

Hm. Etwas empfindlicher, als ich sie in Erinnerung habe.

Ich starte meinen Laptop, während das Quietschen der Dusche im Hintergrund ertönt und die Rohre unter dem Haus rumpeln.

Ich bin gerade mit meinen Bearbeitungen fertig, als Mira aus dem Bad kommt. Ihr langes, leicht gewelltes Haar hängt in nassen Strähnen über ihren Rücken, wodurch ihr schönes Gesicht noch deutlicher zur Geltung kommt.

Meine Finger halten über der Tastatur inne und mein Atem stockt in meiner Kehle. Sie hat den Verband an ihrem Ohr entfernt und die Wunde scheint ein wenig geheilt zu sein. Das Sweatshirt, das sie sich gestern geliehen hat, verdeckt die Kurven, von denen ich weiß, dass sie sich unter dem Stoff verbergen. Das hindert meinen Blick nicht daran, sie zu suchen, bevor sie im Schlafzimmer verschwindet.

Ich schnappe mir irgendein Lehrbuch aus den Stapeln, die ich entlang der Wand des Essbereichs aufgebaut habe, blättere durch *Die Neurobiologie der Olfaktion* und versuche, mich auf die Worte zu konzentrieren, statt auf das Mädchen hinter der Schlafzimmertür. Ein roter Jeep fährt vor.

Lewis' Auto.

Er hupt und Mira kommt aus dem Schlafzimmer, reißt die Haustür auf und schlägt sie schneller zu, als ich blinzeln kann.

Ich sacke in meinen Stuhl, mein Kopf kippt in Richtung Decke. Ich atme zum ersten Mal tief ein, seit ich Mira gestern Abend im Wald gefunden habe.

Das wird nie funktionieren.

Kapitel Neun

Mira

»Ich kann nicht mit ihm zusammenleben, Lewis.«
Lewis runzelt die Stirn, als er zu meinem kleinen Apartment fährt. »Warum? Tyler ist ein guter Kerl.«

Und hier wird es kompliziert. Tyler ist ein guter Kerl, auch wenn er sich bemüht, ein richtiger Arsch zu sein.

Was Tyler nicht erkennt, ist, dass ich sein Spiel durchschaut habe. Ich spiele es jeden Tag. Ich kann die Spreu vom Weizen trennen. Tyler ist ganz klar auf der Weizenseite anzusiedeln. Er ist mit Sicherheit komplex und es muss irgendetwas passiert sein, das ihm einen Knacks gegeben hat. Aber er ist nicht das, was er vorgibt zu sein. Zum einen hätte er gestern Abend nicht bei mir bleiben müssen. Wenn er ein echter Idiot wäre, hätte er mich wie jedes andere Arschloch mit genügend Selbstachtung allein gelassen.

Nein, Tyler ist eine Mischung aus einem guten Menschen und Feuer. Das Feuer war vor all den Jahren da, aber versteckt und nie so deutlich wie in der Nacht, in der wir zusammen auf Holly Walkers Hausparty waren. Damals war ich noch nicht bereit dafür. Und ich bin auch jetzt nicht bereit dafür.

»Es ist keine gute Idee für mich und Tyler, zusammenzuleben. Wir kamen in der High School nicht wirklich miteinander aus.«

Lewis blickt mich an, die Stirn verwirrt gerunzelt. »War er nicht zwei Jahre lang dein Nachhilfelehrer? Ich dachte, ihr hättet euch gut verstanden. Nicht, dass du seine Hilfe gebraucht hättest. Ich verstehe immer noch nicht, warum du dir nicht von mir hast helfen lassen.«

Lewis war einer der besten Schüler der Schule, aber ich hatte ein Auge auf Tyler geworfen, also …

Ich reibe einen Schmutzfleck von der Tür, den ich mit meinen Schuhen verursacht habe und täusche Lässigkeit vor. »Er hat mir anderthalb Jahre lang geholfen. Und ich wollte dich nicht mit der Nachhilfe belästigen. Du hast deine ganze Zeit mit Lernen verbracht; du brauchtest nicht noch einen Grund, deine Nase in ein Buch zu stecken. Das Lernen mit Tyler hat eine Zeit lang funktioniert, aber dann haben wir uns gestritten. Es ist kurz vor eurem Abschluss passiert. Er hasst mich jetzt mehr oder weniger.«

Lewis' Blick schweift zu mir herüber, sein Ausdruck nachdenklich. »Ich glaube nicht, dass er dich hasst, Mira. Gib dem Kerl eine Chance. Bei Cali bist du im Moment am sichersten. Das hast du selbst gesagt – niemand weiß, dass du dort bist. Tyler nimmt sich eine Auszeit von der Arbeit und er wird die ganze Zeit da sein. Niemand eignet sich besser, um dich ein wenig im Auge zu behalten.«

Ich könnte darüber meckern, dass ich niemanden brauche, der auf mich aufpasst. Aber selbst ich muss zugeben, dass ich tiefer drin stecke, als ich dachte. Ich bin heute Morgen mit kaltem Schweiß aus einem Alptraum aufgewacht, in dem die Männer aus dem Wald es wieder auf mich abgesehen hatten. In meinem Traum kam es aber nicht nur zu Schlägen. Ich bin aufgewacht, bevor einer der Kerle mich erwürgt hat.

»Ja, okay.«

»Gut, jetzt erzähl mir von gestern Abend. Ich bin davon ausgegangen, dass du nicht vor allen andere oder sogar vor der Polizei darüber reden wolltest. Aber ich muss die Einzelheiten wissen. Eigentlich sollten wir der Polizei die ganze Geschichte erzählen und ihnen sagen, dass wir diesem Mann vor ein paar Wochen Geld gegeben haben. Der Kredithai sollte daran nicht beteiligt sein, aber man weiß ja nie.«

Ich war schon in Verzug geraten, bevor ich Lewis und seinen Eltern von dem Geld erzählt hatte. Lewis bestand darauf, dass wir den Kerl bezahlen. Es machte mich krank, mir Geld von ihnen zu leihen, aber ich hatte keine andere Möglichkeit, aus der Sache herauszukommen. Ich lieh mir gerade genug, um mir den Kredithai vom Hals zu schaffen.

»Ich schulde ihm noch mehr«, sage ich.

»Mira«, knurrt Lewis, was Lewis gar nicht ähnlich sieht. Ich habe ihn wirklich verärgert. »Was meinst du damit, du schuldest ihm mehr?«

»Ungefähr doppelt so viel, wie ich dir erzählt habe.«

»Doppelt so viel?« Sein Blick huscht von mir zur Straße und wieder zurück, als er mit dem Jeep in die Straße zu meiner Wohnung einbiegt und auf einem der Parkplätze hält. Er stellt den Motor ab und dreht sich zu mir. »Wie konnte das so außer Kontrolle geraten? Hast du seitdem wieder gezockt?«

»Nein.«

Er seufzt. »Na ja, das ist eine gute Sache. Deine Therapeutin dringt zu dir durch?«

»Ja, tut sie. Sie hilft mir bei meinen Problemen.« Das

ist wahr. Ich gehe jede Woche zu meiner Therapeutin, und wir besprechen den ganzen Scheiß mit meiner Mutter.

»Wie viel schuldest du ihm noch?«

»Weitere zwölf. Ich wollte euch nicht beunruhigen«, sage ich überstürzt. »Ich dachte, wenn ich euch den vollen Betrag sage, würdet ihr ausflippen. Ich habe dem Typen die Hälfte gegeben, weil ich dachte, das würde ihn mir vom Hals schaffen, bis ich den Rest gespart habe.«

»Du schuldest einem Killer weitere *zwölf Riesen*? Was zum Teufel, Mira? Was hast du dir dabei gedacht, so viel Geld im Casino auszugeben?« Er greift sich an den Nacken.

Ich lehne meinen Kopf gegen das Glas und starre auf den Müllcontainer neben dem Parkplatz. »Kredithai, kein Killer. Und ja, ich habe aufgehört.« *Ich kann meiner Mutter auf keinen Fall mehr Geld geben.*

»Die Männer, die dich verletzt haben, wurden also von diesem Mann geschickt? Warum hast du mir nicht die Wahrheit gesagt? Ist dir klar, wie gefährlich das ist? Meine Eltern und ich hätten es zurückgezahlt, Mira. Wir müssen es der Polizei sagen. Und ich gebe dir den Rest des Geldes.«

»Lewis, hör auf. Du musst mir eine Chance geben. Ich habe einen Plan, wie ich den Rest zurückzahlen kann.«

Jedenfalls die Idee für einen Plan.

Er starrt mich an. »Du verstehst es nicht, Mira. Du hättest letzte Nacht *sterben* können.«

Ich schließe meine Augen für einen Moment, denn er hat recht. Das bedeutet nicht, dass ich mich weiterhin darauf verlassen kann, dass Lewis meine Probleme löst. Ja, was meinen Umgang mit meiner Mutter angeht, wird sich jetzt so einiges ändern. Aber ich arbeite auch daran, mich nicht in allem von Lewis und seiner Familie abhängig zu machen.

»Gib mir nur ein paar Wochen Zeit, um ein paar Dinge zu klären. Eine Jobmöglichkeit hat sich gerade ergeben. Ich wollte schon lange einen normalen Zeitplan haben. Diese Stelle wird besser bezahlt und es ist ein Job mit geregelten Arbeitszeiten. Wenn ich meine Ausgaben ein wenig einschränke und einen besseren Arbeitsplatz finde, kann ich mir diese Kerle vom Hals schaffen. Ich brauche nicht viel, und ich bin gut im Sparen«.

»Wenn du nicht gerade am Spielen bist«, meckert er. »Dann bist du verdammt sparsam. Deshalb ergibt die ganze Sache keinen Sinn.« Er sieht mich an. Er sieht mich *wirklich* an, und ich frage mich, ob er die Wahrheit sieht.

Ich meide seine Augen.

»Tatsächlich«, fährt er fort, »hast du so schon kaum Ausgaben. Ich weiß nicht, wo du noch sparen willst.«

Ich öffne die Tür und treffe Lewis hinter seinem Auto. »Der Typ, dem ich etwas schulde, ist ein Arsch, aber er akzeptiert Ratenzahlungen. Er verlangt wahnsinnig hohe Zinsen, aber das ist es wert. Ich bin beim letzten Mal in Rückstand geraten, aber ich kann das wieder hinkriegen. Ich weiß, dass ich das kann. Ihr könnt mir nicht alles abnehmen. Sogar meine Therapeutin sagt, dass ich aufhören muss, mich auf dich zu verlassen.«

Resignation zeichnet sich in seinem Gesicht ab. Meine Worte treffen ins Schwarze. Lewis hat mich seit Wochen dazu aufgefordert, auf meine Therapeutin zu hören. Er kann jetzt keinen Rückzieher machen und mir sagen, dass ich das doch nicht mehr tun soll.

Er reibt sich wieder den Nacken und dehnt ihn, als hätte er durch unser Gespräch einen Nackenkrampf bekommen. Es ist nicht leicht für Lewis, mir zu erlauben, mich um mich selbst zu kümmern. Wir sind beide abhängig voneinander.

Er lässt seinen Arm steif zur Seite fallen. »Zwei

Wochen, Mira. Ich gebe dir zwei Wochen, um dir einen Plan zu überlegen.« Wir gehen auf mein Wohnhaus zu. »*Wenn* du bei Cali wohnst und dich von deiner Mutter fernhältst und an Tylers Seite bleibst. Ich werde die Miete für dein Apartment übernehmen.«

»Du kannst nicht …«

»Das war's. Keine Ausnahmen.« Wir steigen die Treppe zu meiner Wohnung im ersten Stock hoch und ich ziehe meine Schlüssel hervor. »Du brauchst Cali nichts für die Hütte zu bezahlen. Tyler hat Jaeger geschrieben, dass er die Miete bezahlen wird, während Cali weg ist. Das ist mein Vorschlag. Sonst gebe ich diesem Kerl sein Geld und du wirst in ein Therapiezentrum eingewiesen – für deine *Glücksspielsucht*.«

Er betont das letzte Wort.

Lewis ist kein Dummkopf. Ich bin sicher er vermutet bereits, dass meine Mutter irgendwie dahinter steckt, aber wenn er es nicht erwähnt, dann tue ich es auch nicht. Vielleicht glaubt er mir ja. Oder vielleicht will er sich nicht mit den Konsequenzen der Wahrheit auseinandersetzen.

Ich öffne die Tür zu meiner Wohnung, und wir gehen hinein. Es ist nichts Besonderes. Ein kleines Sofa und ein Beistelltisch. Ein kleines Bücherregal mit mehr Krimskrams als Büchern – eine Blumenvase von meinem Schulabschluss, ein kleiner Korb aus Washoe-Gewebe, den meine Mutter mir geschenkt hat, bevor sie ihr Zuhause verlor.

Ich wende mich ihm zu. »Aber mit Tyler zu leben …«

Lewis zuckt die Achseln. »Deine Entscheidung. Das sind meine Bedingungen.«

Ich bin mir nicht sicher, warum er glaubt, mich ohne meine Zustimmung in ein Therapiezentrum einweisen zu können, wenn ich doch erwachsen bin. Aber ich weiß, dass er zumindest versucht, mich das Richtige tun zu lassen. Es widerstrebt Lewis' Instinkten, mir nicht aus der Patsche zu helfen.

»Okay, einverstanden.«

Er sieht sich um. »Wo ist dein Koffer?«

Ich zeige auf den Schrank neben meinem Bett und Lewis holt meinen Koffer aus dem obersten Regal, während ich meine Kleidung aus einer Schublade hole.

Er starrt auf den kaputten Griff und das zerbrochene Rad und schüttelt den Kopf. »Du bist immer so anspruchslos … Du brauchst einen neuen.«

Ich kippe die Kleidung auf mein Bett. »Der geht schon in Ordnung.«

Lewis öffnet den Koffer. »Warum *warst* du eigentlich im Wald? Tyler hat erwähnt, dass er dich in der Nähe einer Hütte gefunden hat, in der deine Mutter lebt.« Er hebt eine Augenbraue. »Du hast gesagt, du gehst nicht mehr zu ihr.«

Ich wusste, dass das kommen würde. »Ich war auf dem Weg zu ihr«, sage ich widerwillig und lasse den Teil weg, in dem ich ihr Geld geben wollte. Das war so dumm von mir. Ich kann ihr nicht weiter Geld geben und gleichzeitig meine Schulden abbezahlen.

Er stöhnt. »Wir haben doch darüber geredet. Sie wird dir wehtun und dich weiterhin verletzen. Sie ist egoistisch.«

Er hat recht, aber ich will keine schlechte Tochter sein, nur weil ich eine schlechte Mutter habe. Das bedeutet aber nicht, dass ich wieder mein Leben riskieren werde. Ich habe es ihr ermöglicht, ihre Sucht in vollen Zügen auszule-ben, wie meine Therapeutin es formuliert hat.

»Es ist nicht so einfach, wie du denkst. Wenn Becky einen Fehler gemacht hätte, könntest du dann einfach weggehen und nie wieder zurückblicken?«

Sein Mund presst sich zusammen. »Du weißt, dass das nicht dasselbe ist.«

Lewis' Mutter ist erstaunlich. Sie ist liebevoll und unterstützend, ohne es zu übertreiben. Sie hat mir gezeigt, was für eine Frau ich sein will.

»Meine Mutter ist genauso fehlbar wie alle anderen.« Er schnappt sich einen Stapel Klamotten und wirft ihn in den Koffer, wobei seine Augen sich beim Anblick meiner Spitzenunterwäsche verengen. Er lässt sie fallen, als wäre sie heiße Kohle. »Ich glaube, ich warte in der Küche, während du packst.«

Lewis entfernt sich von den gefährlichen Dessous und geht aus dem Schlafzimmer, doch er hält in der Tür inne. »Ich wollte damit sagen, dass meine Mutter immer versucht, eine gute Mutter zu sein. Es gelingt ihr meistens. Deine Mutter hat dich nie zur Priorität gemacht. Sie kümmert sich nur um sich selbst und sie zieht dich mit sich herunter, wenn du sie lässt. Hast du mit deiner Therapeutin über deine Mutter geredet?«

»Natürlich.« Ich ziehe Jeans und ein paar Oberteile heraus und lege sie zu dem Stapel im Koffer.

»Was hat sie gesagt?«

Ich meide seinen Blick, zögernd.

»Mira?«

»Dasselbe, was du sagst. Dass es keine gesunde Beziehung ist. Dass meine Mutter mich nicht absichtlich verletzt, aber ihre Handlungen es trotzdem tun. Und dass ich Entscheidungen treffen muss, die für mich am besten sind.«

»Du solltest auf deine Therapeutin hören.«

Ich verdrehe die Augen. »Du sagst das nur, weil sie die gleiche Meinung hat wie du.«

»Das stimmt nicht. Ich will das Beste für dich.«

»Ich weiß, dass du das tust. Ich werde es versuchen. Aber ich kann sie nicht einfach aus meinem Leben verbannen.«

»Vielleicht« – er kneift sich in den Nacken – »versuchst du einfach, dich von ihr fernzuhalten. Deine Mutter erwartet zu viel von dir.«

Er hat ja keine Ahnung.

Tyler

EIN PAAR MINUTEN nachdem Mira in Lewis' Jeep gestiegen ist, klopft es an der Tür. Ich klettere die Leiter zum Dachboden halb hoch, greife mein T-Shirt vom Boden und ziehe es über meinen Kopf, bevor ich die verklemmte Haustür aufreiße.

Vor mir steht eine Frau mit ergrauendem schwarzem Haar und gebräunter, faltiger Haut. Trotz ihres Aussehens, das auf ein frühes Altern hindeutet, kann man erahnen, dass sie wohl einmal attraktiv gewesen ist. Helle Augen, hohe, volle Wangenknochen.

Ich bin nicht überrascht. Es ist schließlich Miras Mutter – die Person, die ich gestern Abend in dem Schuppen gesehen habe.

Der Blick der Frau huscht an mir vorbei in die Hütte. »Ist Mira hier?« Ihre Stimme ist leicht heiser, ein wenig undeutlich.

Interessante Manieren.

»Entschuldigung, wer sind Sie?«

Ich weiß, wer sie ist, aber ich möchte sie in die Defensive drängen. Bei Miras ausweichenden Antworten habe ich nichts dagegen, ein wenig zu sondieren, um herauszufinden, was hier vor sich geht. Ich wette, diese Frau weiß es.

Die Frau mustert mich von oben bis unten, als wäre ich derjenige mit ungewaschener Kleidung und saurem Atem.

»Ich suche meine Tochter. Wohnt sie hier? Das Mädel ist gestern Abend nicht aufgetaucht. Sie sollte mir was bringen.«

»Warum sagen Sie mir nicht, was sie Ihnen bringen sollte und ich richte es ihr aus.«

Die Augen der Frau werden schmal. »Sag ihr, dass ich vorbeigekommen bin. Und, dass ich nicht glücklich bin.« Sie unterstreicht den letzten Teil mit einem wütenden Blick und dreht sich um.

»Mira wurde auf dem Weg zu Ihnen angegriffen«, sage ich.

Die Dame bleibt stehen und blickt über ihre Schulter zurück.

»Ihre Tochter ist nicht aufgetaucht, weil sie zusammengeschlagen wurde.«

Etwas flimmert in ihren Augen auf. Es könnte jedoch auch das Licht gewesen sein, das durch die Bäume strömt. »Wer hat es getan?«

Ich zucke mit den Achseln, als würde es mich nichts angehen, aber es ist mir nicht egal. Mir würde jedes Mädchen leidtun, das so verletzt wurde. Das hat nichts mit Mira zu tun.

»Ja, sie hätte eben kommen sollen, als ich sie darum gebeten habe. Wenn sie nicht zu spät gekommen wäre, wäre es vielleicht nicht passiert.«

Mein Kiefer verkrampft sich. Ihre Mutter lässt es so klingen, als hätte Mira die Prügel verdient. Es macht mich wütend, dass diese Frau sich so benimmt, als wäre ihr ihre Tochter scheißegal.

»Ich *sagte*, sie ist verletzt. Schwer.«

Die Frau zuckt zusammen und sieht weg. »Na ja, sie lebt noch, oder nicht?«

Ich schüttle den Kopf. *Einfach unglaublich.* »Wie auch immer. Ich sage ihr, dass Sie vorbeigekommen sind.«

Ich will die Tür schließen, aber Miras Mutter bewegt sich angesichts ihres beeinträchtigten Zustandes erstaunlich schnell und schiebt ihren zerkratzten weißen Turnschuh in die Tür, um sie offen zu halten. »Sag Mira, sie soll nicht zu lange warten.«

Ich studiere ihr Gesicht. »Woher wussten Sie, wo Sie sie finden?«

Sie weicht meinem Blick aus. »Ich habe in der Nähe von diesem Lewis gewartet und bin ihm gefolgt.«

Und sie hat Mira nicht mit ihm wegfahren sehen?

Das würde davon abhängen, mit welchem Abstand Miras Mutter Lewis gefolgt ist. Mira ist ziemlich schnell abgehauen …, um von mir wegzukommen. Vielleicht hat Miras Mutter Lewis' Truck von Calis Hütte wegfahren gesehen und dachte sich, dass sie sich das Haus einfach mal ansieht? Sich über alle wichtigen Standorte informieren. Sie ist schmutzig, wahrscheinlich betrunken oder high, aber nicht dumm.

»Sie sollten Mira anrufen, wenn Sie sie so dringend brauchen. Ich weiß nicht, wann sie zurückkommt.«

Oder *ob* sie zurückkommt. Mira könnte beschließen, woanders zu bleiben, jetzt, da sie weiß, dass wir zusammenleben werden.

»Kann ich nicht. Hab kein Telefon.« Die Frau dreht sich um und läuft auf einen verbeulten Wagen zu. »Sag ihr einfach, dass ich vorbeigekommen bin. Sie wird wissen, was zu tun ist«, sagt sie, ohne sich umzusehen.

Wenn Mira nicht auf dem Weg zu ihrer Mutter gewesen wäre, hätten diese Männer sie nicht allein in die Enge getrieben. Was braucht Miras Mutter so dringend, dass sie bereit ist, ihre Tochter in Gefahr zu bringen? Und was für eine Mutter tut so etwas?

Scheiße. Ich wusste, dass das passieren würde. Deshalb kann ich nicht mit Mira zusammenleben. Ich will mir keine Sorgen darüber machen, was in ihrem Leben vor sich geht.

Aber wenn ich die Wahrheit erfahre und eine Lösung für Miras Problem finde, kann ich diesem Mist vielleicht ein Ende bereiten. Mira wird in Sicherheit sein und ausziehen können und mein Leben wird wieder gut.

Na ja, vielleicht nicht gut, aber mein neuer Normalzustand.

Kapitel Zehn

Mira

Ich schleppe meinen schäbigen Koffer auf seinem einzelnen Rad die letzten paar Meter bis zu Calis Schrank und blicke dann ins Wohnzimmer hinaus. Tyler sieht nicht von seinem Laptop am Esstisch auf. Ich schließe leise die Tür und drücke meine Stirn gegen das kühle Holz. Ich habe das Gefühl, dass ich viel Zeit allein in diesem Raum verbringen werde, um Tyler aus dem Weg zu gehen.

Ich habe mir ein paar Dinge aus meiner Wohnung geholt, und ich habe meinen Truck, aber ich fühle mich definitiv nicht wie Zuhause. Diese Männer im Wald haben mich zu Tode erschreckt. Ich bin mir nicht sicher, wo das Zusammenleben mit Tyler auf meiner Liste *unerwünschter Situationen* steht, aber es ist zumindest weit oben. Bei Tyler bin ich sicherer als allein, aber es gefällt mir nicht.

Ich habe Lewis gesagt, dass ich einen Plan habe, aber jetzt, wo ich in Calis Zimmer auf dem Bett sitze und versuche, mir diesen Plan auszudenken, zittern meine Hände.

Ich drücke sie zusammen, quetsche die nervöse Energie heraus und schnappe mir mein Handy, um mir eine Arbeit zu suchen. Der erste Job, für den ich mich bewerbe, ist der, den ich Lewis gegenüber erwähnt habe. Ich fülle noch ein paar weitere Bewerbungen für Stellen aus, die wahrscheinlich mehr einbringen werden. Nur für den Fall, dass jemand meine Qualifikationen genug überschätzt, um mich tatsächlich zu berücksichtigen.

Eine Stunde vergeht und ich beschließe, mir eine Pause von meiner selbst auferlegten Isolation zu gönnen. Ich habe mit meinem iPhone zehn Online-Bewerbungen ausgefüllt, obwohl das ohne Computer extrem nervig ist. Das ist ein guter Anfang. Außerdem habe ich Hunger.

Ich öffne die Schlafzimmertür und erwarte, dass Tyler mit seinem Laptop am Esstisch sitzt und mich ignoriert.

Das tut er nicht.

Er sitzt auf der Couch, einen Arm über die Rückenlehne gelegt und starrt geradeaus. Er sieht mich nicht an, aber ich habe das Gefühl, dass er gewartet hat.

Das verheißt nichts Gutes. Die beste Strategie für unser Zusammenleben ist es, einander zu meiden.

Ich schreite an Tyler vorbei, um mir ein Sandwich zu machen und dann in mein Isolationszimmer zurückzukehren, als seine Worte mich erstarren lassen.

»Deine Mutter war da.«

Ich spüre Tylers harten Blick. Als ich aufblicke hat er einen selbstgefälligen Ausdruck auf seinem Gesicht. Er hat mich schockiert, und selbst ich bin keine so gute Schauspielerin. Wie hat meine Mutter herausgefunden, wo ich wohne? Sie ist gerissen, wenn sie etwas will, und sie hat ihr Geld nicht bekommen, also …

Meine Gedanken müssen offensichtlich sein, denn Tyler fügt hinzu: »Sie ist Lewis gefolgt und hat dich gesucht.«

Wow. Spürt sie mir jetzt nach?

»Hat sie gesagt, was sie will?« Ich weiß. Es ist Geld – immer ist es Geld – aber ich will sehen, ob *Tyler* es weiß.

»Sie sagt, du hättest etwas für sie. Sie ist nicht glücklich darüber, dass du gestern Abend nicht aufgetaucht bist.« Er spreizt die Knie, lehnt sich auf seine Unterarme und starrt mich an. »Ich habe ihr erzählt, was passiert ist und warum du nicht gekommen bist.«

Großartig. Ich mag es nicht, wenn meine Mutter über meine Angelegenheiten Bescheid weiß. Das macht die Sache meist noch schlimmer. »Und?«

»Und nichts. Sie will, was auch immer du für sie hast. Das ist alles.« Da ist ein Anflug von Besorgnis in seinen Augen.

Ich atme tief ein und verlagere nervös mein Gewicht. Ich kenne diesen Blick. Mitleid. Weil ich eine Mutter habe, die sich nicht um mich sorgt, wie normale Mütter es tun würden. Ich sehe ein, dass dieses Gefühl von Herzen kommt, aber irgendwie fühle ich mich dadurch immer schlechter. Ich will kein Mitleid, vor allem nicht von Tyler.

»Sonst noch etwas?«, antworte ich kalt.

»Ja.« Er steht auf und blickt auf mich herab, seine blassen Augen sind dunkel. »Was zum Teufel ist hier los?«

Die Intensität hinter seinen Augen macht mich benommen – bis ich meine Sinne wiedererlange und an ihm vorbei in die Küche stürme. Ich reiße die Kühlschranktür auf, greife blindlings nach Brot, Wurst und allen anderen Dingen, die ich für ein Sandwich finden kann, auf welches ich plötzlich keinen Appetit mehr habe. Warum muss er jetzt auf einmal so scharfsinnig sein?

»Nichts ist los. Halt dich einfach da raus, Tyler«, sage ich, ohne den Mann anzusehen, dessen Blick mir ein Loch in den Rücken brennt.

»Schwachsinn. Du lügst.«

Ich blicke über meine Schulter. »Du kennst mich nicht.«

»Falsch« Er beugt sich vor. »Ich kenne dich auf sehr *intime* Art und Weise, falls du dich erinnerst.«

Die Luft, nach der ich schnappe, sticht in meinen Lungen, die wie der Rest von mir überhitzt sind. Ich kann nicht glauben, dass er *dieses Thema* jetzt angesprochen hat.

Er zuckt mit den Achseln. »Zugegeben, es gibt wahrscheinlich eine lange Liste von Männern, mit denen du im Bett warst.« Ich schlucke, mein Hals ist zugeschnürt, die Wut macht meine Brust noch heißer. »Und außer du hast auch ein paar deiner Freunde flachgelegt … Lewis, vielleicht?« Er hebt eine Augenbraue und ich funkle ihn an. »Nein? Interessant … Das heißt wohl, ich kenne dich auf eine Weise, auf die sie es nicht tun.«

Was hat das mit der Sache zu tun? Und warum ist er so ein Arsch? Das ist nicht der Tyler, an den ich mich erinnere. Er war früher süß, sanft. Jetzt besteht er nur noch aus harten Kanten und heißen Flammen, die Wut strahlt in Wellen von ihm ab.

Tyler verengt seinen Blick und mustert meinen Körper auf eine Art und Weise, die eigentlich analysierend sein sollte, aber stattdessen sendet sie ein Schaudern durch mich hindurch.

Ich hasse es, dass er diese Wirkung auf mich hat.

»Du siehst mich aus den Augenwinkeln an, anstatt direkt, wenn du lügst«. Er betrachtet mein Gesicht und seine Augen bleiben auf meinem Mund hängen. »Und deine Wangen werden rot, wenn du unsicher bist – oder aufgeregt.«

Ich brenne vor Wut und ignoriere das Flattern in meinem Bauch, das seine Worte auslösen. Wie kann er es wagen, auf meine körperlichen Signale zu achten?

»Ich werde nicht rot, wenn ich aufgeregt bin.«

Er lehnt sich weiter zu mir, seine starken Fingerspitzen stützen sich auf den Tresen mir gegenüber. »Doch, das tust du. Möchtest du, dass ich es dir demonstriere?«

Seine Worte sind eine Bedrohung und eine Versuchung.

Dieses Gespräch geht in die falsche Richtung. Ich muss die Oberhand gewinnen. Zumindest muss ich die Gefühle in den Griff bekommen, die er in mir auslöst. Was sagt meine Therapeutin immer? *Niemand* kann mich dazu bringen, etwas zu fühlen. Ich habe meine Gefühle unter Kontrolle.

Tyler beobachtet mich, hört mir zu, wie es noch nie jemand getan hat. Früher habe ich das an ihm geliebt, aber jetzt sehe ich die Kehrseite daran. Ich will nicht, dass er sich in meine Gedanken und Gefühle einmischt. Zum Teufel mit ihm und seinen Bemühungen, in meinen Verstand einzudringen.

»Lass mich in Ruhe, Tyler.« Ich drehe mich um und greife nach der Tüte Brot.

»Nein.« Es ist nicht die Lautstärke seiner Stimme, sondern der Ton, der mich dazu bringt, mich umzuwenden. »Wir können nicht zusammen leben, was bedeutet, dass du mir die Wahrheit sagen musst, damit wir dich sicher aus der Sache herausholen können.«

Ich verschränke meine Arme. Auf keinen Fall erzähle ich ihm irgendwas.

Er sieht weg und seufzt. »Ich behalte es für mich, wenn du das willst. Aber du musst ehrlich mit mir sein. Das ist die einzige Möglichkeit. Ob es dir gefällt oder nicht, wir stecken da zusammen drin, bis du ausziehst.«

———

Tyler

MEINE WORTE LASSEN VERMUTEN, dass es mir nur darum geht, Mira aus Calis Wohnung zu vertreiben, aber es geht um mehr als das. Mira war mein erster Schwarm, das erste Mädchen, mit dem ich Sex hatte – und aus irgendeinem Grund bedeutet sie mir mehr. Ich muss wissen, dass es ihr gut gehen wird.

Ich sehe Miras schwierige Seite wie alle anderen auch. Aber ich werde immer den weicheren Teil in ihr sehen, den sie niemandem zeigt. Das verspielte, süße Mädchen, das ich einmal unter der Oberfläche sah.

Also ja, ich will sie raus haben, aber ich will ihr auch helfen. Ich könnte schwören, dass sie nicht die Wahrheit sagt. Und wenn ich sie dazu bringen kann, mir zu vertrauen, wenn auch nur ein bisschen, dann kann ich uns vielleicht aus dieser beschissenen Situation herausholen.

Sie massiert ihre Arme. Ihre Schultern sind leicht nach vorn gebeugt, eine untypische Haltung für ein Mädchen, das sonst immer den Kopf hochhält, egal in welcher Situation. Es ist, als hätte die Last der Welt ihre Entschlossenheit gebrochen.

Mira geht an mir vorbei ins Wohnzimmer. Für einen Moment glaube ich, dass sie weitergehen und mich wieder ausschließen wird. Aber das tut sie nicht. Sie bleibt vor der Couch stehen und setzt sich in die Mitte.

Ich gehe hinüber, setze mich auf den Sessel gegenüber von ihr und warte auf das, was kommt. Denn wenn ich mir ihre Haltung so ansehe, die Arme eng an die Seiten gepresst, kann ich ihre Verletzlichkeit förmlich spüren. Ich habe ein Talent dafür, Mira zu verärgern. Wenn ich die Wahrheit wissen will, sollte ich besser meinen Mund halten.

Sie sagt eine Weile nichts. Dann dreht sie sich zur Seite und starrt aus dem Fenster. Der traurigste Blick, den ich je gesehen habe, trübt ihre hübschen Gesichtszüge. Dieser Blick trifft mich mitten in die Brust und raubt mir den Atem. Ich will sie beschützen, und das zerstören, was immer ihr diesen Ausdruck völliger Niederlage verursacht hat.

Ich hatte bereits vermutet, dass sie lügt. Ich war davon ausgegangen, dass sie sich in irgendetwas hineingeritten hatte, aber worum geht es hier wirklich? Mira lässt sich nicht so leicht unterkriegen und gibt auch nicht so leicht nach. Was auch immer sie beunruhigt, es muss etwas Großes sein.

Sie hebt die Augen und durchbohrt mich mit einem wütenden Blick, der mich für eine Sekunde überrascht. Ich bin solche Blicke von ihr gewohnt, aber sie hat gerade eine 180°-Wende gemacht. Ich bin bereit, sie zu beschützen und sie sieht mich an, als würde sie sich wünschen, *ich* wäre tot.

Wen wundert es da, dass wir nicht miteinander auskommen?

»Was ich dir jetzt sage, darf diesen Raum nicht verlassen, Tyler. Niemals. Das ist ein Geheimnis zwischen uns beiden. Niemand darf es erfahren.«

»Das hatten wir ja schon einmal.« Ein bisschen ungehobelt, aber wahr. Niemand weiß, dass wir miteinander geschlafen haben. Na ja, außer den High-School-Kids, die gesehen haben müssen, wie Mira das Schlafzimmer mit zerzausten Haaren verlassen hat.

Ihre Wangen werden rosa und mein Herz erwacht zum Leben.

Das funktioniert immer noch. Ziemlich gut sogar. Ich liebe es, dass ich sie erröten lassen kann. Es gibt doch ein paar Vorteile an dem Zusammenleben mit Mira.

»Sei kein Arsch.«

»Zu spät.«

Sie verdreht die Augen. »Bist du damit einverstanden oder nicht?«

»Ich werde es niemandem sagen. Jetzt spuck schon aus.«

Sie setzt sich auf, lehnt sich nach vorn und zieht dabei ein Bein unter sich, wobei ihre Brüste leicht hüpfen. Diese eine Bewegung schleudert mein Gehirn aus der Bahn.

Konzentriere dich, Mann. Widerwillig zwinge ich meinen Blick, auf ihrem Gesicht zu verweilen.

»Du weißt, wie nahe Lewis und ich uns stehen?« Ich nicke, sie sieht weg und kaut auf der Innenseite ihrer Wange herum. »Er weiß nichts von dem, was ich dir jetzt sagen werde. Wenn ich sage, niemand darf es wissen, dann meine ich *niemand*.«

Das erregt meine Aufmerksamkeit. Lewis und Mira sind *eng* miteinander verbunden – zumindest waren sie es. Ich bin mir nicht sicher, wie es jetzt ist. Ich dachte, ich wüsste, was sie in der High School waren, aber da scheine ich falsch zu liegen. Schließlicht hat sie vorhin angedeutet, dass sie nie mit einem ihrer Freunde geschlafen hat. Was eine Überraschung war. Ich hätte schwören können, dass Mira und Lewis einmal ein Paar waren. Aber eigentlich habe ich dieses Gerücht nicht geglaubt, bis Holly angedeutet hat, dass Mira mit uns beiden geschlafen hat. Ich wünschte, ich hätte gewusst, dass zwischen den beiden nichts läuft. Hätte ich die Wahrheit gewusst, wären Mira und ich vielleicht etwas freundlicher auseinandergegangen.

Sie konzentriert sich ganz auf mich. »Ich habe keine Schulden bei dem Kredithai, weil ich glücksspielsüchtig bin.«

So viele Informationen habe ich bisher noch nie aus ihr herausbekommen. »Aber du hast Schulden?«

Sie nickt. »Lewis sagt mir schon seit Jahren, dass ich

mich von meiner Mutter fernhalten soll. Wenn er das wüsste, würde er ausflippen.«

»Du hast deiner Mutter Geld gegeben?« Sie sieht erstaunt aus und ich zucke mit den Achseln. »Sie wollte das, was du ihr angeblich geben wolltest, unbedingt haben. Geld ist eine starke Motivation.«

»Ich habe ihr geholfen, ihre Schulden bei ein paar ziemlich schlimmen Leuten abzubezahlen. Sie sagte mir, dass sie sie töten würden, wenn sie ihnen das Geld nicht innerhalb einer Woche gibt. Ich habe ihr geglaubt. Diese Leute, mit denen sie sich herumtreibt, sind wirklich verdammt beängstigend. Und sie wirkte ernsthaft verzweifelt.« Ihr Blick schweift nervös umher.

»Und weiter?«

»Dann wollte sie mehr.« Mira schüttelt den Kopf. »Ehrlich gesagt, weiß ich nicht, wie meine Mutter ihre Rechnungen bezahlt. Sie arbeitet nie. Ich habe ihr immer wieder Geld gegeben, aber irgendwann war ich jeden Monat in Verzug. Irgendwann konnte ich meine Miete nicht mehr bezahlen. Ich habe mir Geld von einem Unternehmen in der Stadt geliehen. Und das Geld habe ich mit meinem nächsten Gehaltsscheck zurückgezahlt.«

Sie senkt den Blick und steckt eine lose Haarsträhne, die ihrem Pferdeschwanz entsprungen ist, hinter ihr Ohr. »Ich habe meiner Mutter gesagt, dass ich ihr nicht mehr helfen kann.«

Ich halte den Atem an und warte auf das, was kommen wird, denn mein Bauchgefühl sagt mir, dass es noch schlimmer kommt.

Mira sieht mich an, ihr Gesichtsausdruck unsicher, trotz der starken Fassade, die sie aufrechterhalten will. »Ich habe zwei Monate lang nichts von ihr gehört. Nach ein paar Wochen fing ich an, mir Sorgen zu machen. Ich suchte nach ihr, und als ich sie fand ... hatte sie einen gebrochenen Arm, ein blaues Auge … Sie wollte nicht mit mir reden. Sie gab mir die Schuld für das, was passiert war.«

Mira spielt mit dem ausgefransten Rand ihrer Jeans-Shorts und ihr nächster Atemzug ist unbeständig. »Ich wusste nicht, ob sie ihr wegen des Geldes wehgetan haben, aber ich konnte es nicht noch einmal riskieren. Ich habe ihr gesagt, dass ich etwas gespart hätte, falls sie Geld bräuchte, aber das war gelogen.« Sie blickt auf, als wolle sie mich überzeugen. »Ich hatte einen Job und musste mich um niemanden sonst kümmern. Ich dachte, ich könnte damit umgehen, aber stattdessen habe ich noch mehr Schulden gemacht. Schließlich bat ich meine Mutter, sich Hilfe zu suchen. Sie hatte ab und an immer wieder Probleme mit Kokain. Ich vermutete, dass sie das Geld dafür ausgab. Ich gab ihr Broschüren für Drogen-Hilfsorganisationen. Aber sie wollte sie nicht annehmen. Sie hat jegliche Hilfe verweigert. Ich wusste nicht, was ich sonst tun sollte.«

»Ein Problem mit Kokain, *ab und an*«, sage ich und kann nicht glauben, was ich da höre.

Miras Mutter – die Drogensüchtige – nutzt Mira aus, weil diese alles tun würde, um die Liebe ihrer Mutter zu gewinnen. Natürlich hat Mira das Gefühl, dass sie nicht nein sagen kann.

Ich beiße meine Zähne zusammen und versuche, meine Wut zu unterdrücken. Ich ziehe am Kragen meines Hemdes, lehne mich zurück und starre die Wand an. Ich würde ihrer Mutter am liebsten den Arsch aufreißen, weil sie ihre Tochter derart benutzt hat. »Lewis hat mir gesagt, du gehst zu einem Psychiater«, sage ich stattdessen.

Ihre Augen verdunkeln sich. »Ich bin nicht verrückt, Tyler.«

»Ich habe nicht gesagt, dass du verrückt bist.« Und das

ist sie nicht. Mira trägt einfach zu viel mit sich herum. Drogensüchtige sind eine schwere Last. Meine Mutter hat jahrzehntelang in den Casinos gearbeitet. Ich habe gesehen, wie sie Freunde an Drogen- und Alkoholsüchte verloren hat. Sie hat mir und Cali eingetrichtert, Respekt vor solchen Substanzen zu haben und uns niemals auf so etwas einzulassen.

»Du kannst deiner Mutter nicht helfen, wenn sie noch Drogen nimmt, Mira. Jemand muss dich zur Vernunft bringen.«

Ihre Augen weiten sich und ihr Gesicht wird rot.

Okay, das kam vielleicht etwas falsch rüber.

»Fick dich, Tyler.«

Scheiße, warum mache ich mir überhaupt die Mühe, ihr zu helfen? »Das hast du schon getan.«

Sie wendet sich ab. »Wirst du diese Nacht nie vergessen?«

Ich weiß nicht, warum ich das Thema angesprochen habe. Das war bescheuert von mir. Ich gebe es ungern zu, aber ein Teil von mir ist scheinbar immer noch sauer deswegen. »Kannst du das?«

»Nein«, sagt sie, zu meiner Überraschung.

Ihre Arme lockern sich und sie sieht mich an. »Ich weiß, dass meine Mutter ein Problem ist. Lewis sagt mir seit Jahren, dass ich den Kontakt zu ihr abbrechen soll. Damals konnte ich es nicht tun. Ich kann es mir immer noch nicht vorstellen. Sie ist die einzige Familie, die ich habe.«

»Du hast Lewis und seine Eltern.«

»Aber sie sind nicht *richtige* Familie. Sie müssen mich nicht lieben.«

»Nein. Sie lieben dich, weil sie es wollen.«

Mira starrt mich einen Moment lang an, als hätte sie mich tatsächlich gehört. Schockierend.

»Ich bemühe mich, Tyler«, sagt sie. »Ich gebe ihr kein Geld mehr, egal was passiert, okay? Selbst, wenn sie dann nicht mehr mit mir reden will. Oder wenn …« Beim Einatmen erhebt sich ihre Brust zitternd. »Als diese Männer mich im Wald abgefangen haben, sollte es das letzte Mal sein, dass ich ihr etwas gebe. Ich wollte ihr sagen, dass ich es nicht mehr tun kann, aber dann …«

»Haben diese Arschlöcher dich verprügelt, weil du ihnen *für deine Mutter* Geld schuldest.«

Ihr Mund verzieht sich missbilligend. »Ich kenne die Details. Daran brauchst du mich nicht zu erinnern. Ich weiß, wie schlimm die Lage ist. Ich habe die Nase voll. Tatsächlich« – sie rutscht nach vorn, ein Zögern in ihren Augen – »bekomme ich bald einen neuen Job. Zwei, wenn möglich. Ich werde Tag und Nacht arbeiten, um meine Schulden zu bezahlen. Ich habe schone in paar Bewerbungen verschickt und ich habe einen guten Draht zu Blue.«

Meine Schultern verspannen sich. Was soll der Scheiß?

»Blue Casino? Der Laden, der meine Schwester gefeuert hat? Der Laden, in dem Gen fast vergewaltigt wurde? Bist du verrückt, Mira?«

Hinter ihrem Blick brennt Verärgerung. »Ich kann nicht wählerisch sein, oder? Es ist eine Stelle als Assistentin eines Leiters. Das ist vielleicht etwas gewagt, aber sie wird gut bezahlt. Wenn ich nachts als Croupière und tagsüber als Assistentin bei Blue arbeite, kann ich in den nächsten Monaten eine Menge Geld sparen.«

Ich hasse es, dass sie sich für eine Stelle bei Blue beworben hat. Warum sollte sie vom Regen in die Traufe kommen wollen? »Du kannst nicht bei Blue arbeiten. Dieser Schuppen ist gefährlich.«

»Es handelt sich um eine Führungsposition. Ich werde nicht in den unteren Etagen arbeiten. Da oben wird mir nichts passieren. Außerdem bezweifle ich, dass ich den Job überhaupt bekomme.«

Ich schüttle den Kopf und achte nicht auf ihre Logik oder *Unlogik*. »Nein. Nicht da.«

»Du kannst mir nicht sagen, was ich tun oder lassen soll, Tyler!« Sie springt auf die Beine, wobei sie sich kurz den Brustkorb hält, bevor sie ihre Hand in die Hüfte stemmt, als würde ihr Zorn nicht vor ihren schmerzenden Gliedern haltmachen. »Ich habe es dir gesagt, weil du nicht aufhören wolltest mich deswegen zu nerven und deine Nase in meine Angelegenheiten zu stecken. Jetzt wünschte ich, ich hätte es dir nicht erzählt. Ich hätte wissen müssen, dass ich dir nicht trauen kann.«

Sie kann *mir* nicht trauen? Ich stehe auf, marschiere durch den Raum zur Theke und greife nach meiner Brieftasche und meinen Schlüsseln. Ich steige ein paar Stufen der Dachbodenleiter hinauf und schnappe mir ein kurzärmeliges Hemd vom Boden, welches ich über mein T-Shirt ziehe.

»Du willst allein sein? Von mir aus. Ich verschwinde von hier.«

Kapitel Elf

Ich bestelle noch ein Bier bei der Kellnerin von Avalanche, während mein Kumpel Phil ein Stück Pizza in die Hälfte faltet und sich den Großteil davon in den Mund schiebt.

»Du lebst mit einer Tussi zusammen?«, murmelt er schmatzend.

Ich sehe mich in der überfüllten Pizzeria nach unserer Kellnerin um. Das Lokal wimmelt von Einheimischen, die sich ihren Alkohol besorgen. Es ist erst dreißig Sekunden her, dass ich bestellt habe, aber ich will jetzt schon das zweite Bier.

Mira muss weg. Das, oder wir bringen uns gegenseitig um. Das heißt, ich muss eine andere Wohnung für sie finden. Alle meine Kumpels aus der Gegend sind urplötzlich mit ihren Freundinnen zusammengezogen. Meine Möglichkeiten sind begrenzt, aber die von Mira nicht. Sie könnte bei Lewis' Eltern leben, wo sie aufgewachsen ist. Sie ist einfach nur stur.

Weil sie eine Nervensäge ist.

»Ich muss sie da herausholen, Mann. Ich kann nicht

mit diesem Mädchen zusammenleben. Du weißt nicht, wie sie ist.«

»Sagtest du nicht, dass sie gut aussieht?«

Habe ich das erwähnt? Verdammt.

Phil hebt die Augenbrauen und ich zupfe an der Vorderseite meines T-Shirts. *Ist es heiß hier drin?* »Darum geht es nicht.«

Phil nimmt einen Schluck Bier und wischt sich die Hände an den dünnen Servietten ab. »Der beste Weg, eine Frau loszuwerden, ist, eine andere zu finden.«

»Ich brauche keine andere Frau«, meckere ich. »Ich muss die, die mein Haus kontaminiert, loswerden.«

»Nein, ich weiß, Mann. Das ist genau das, was ich meine. Bring eine andere Tussi mit. Dieses Mädchen, Mira, wenn sie davon Wind bekommt wird sie sauer und haut ab.«

Oh, verdammt noch mal. Warum habe ich meinem alten High School-Kumpel überhaupt davon erzählt? Phil ist ein fantastischer Mountainbiker, aber nicht unbedingt der Hellste.

»Es ist nicht so wie du denkst. Sie wird nicht eifersüchtig werden. Sie steht nicht auf mich«, sage ich. Es gab eine Zeit, in der Mira sehr wohl auf mich stand, und ich habe es nicht bemerkt, bis ich quasi in ihr war.

Ich schüttle den Kopf. Das ist nicht dasselbe.

Phil trinkt sein Bier und studiert mich. »Ist doch egal, Mann. Wir sind alle Tiere, wenn es darauf ankommt. Sie wird ihr Revier verteidigen wollen. Männer schlagen sich, bis einer obenauf ist.« Er gluckst über das, was er gerade gesagt hat. »Frauen, hingegen – Alter, die sind manipulativ und laut. Sie schreien und stampfen, bis man sich ihnen fügt. Aber füge dich nicht. Was auch immer du tust, bleib an der Spitze. Bring andere Frauen nach Hause. Dann wird Mira schon kapieren, wie der Hase läuft. Sie wird merken, dass sie ihr Territorium verloren hat und entweder abhauen oder so wenig wie möglich Zuhause sein.«

Mein Gott, jetzt werde ich von meinem Kumpel aus der Heimat, der Lake Tahoe nie verlassen hat, über Biologie belehrt. Das Schlimmste daran ist, dass dieser Mist sogar teilweise Sinn ergibt.

»Du kapierst nicht, worum es geht, Phil. Ich will nicht mit Mira zusammenleben. Wenn sie sauer wird und nicht mehr so oft Zuhause ist, lebt sie immer noch unter demselben Dach. Und inwiefern ist es eine Lösung, Mira durch irgendein anderes Mädchen zu ersetzen? Ich bin nicht wie du und unsere anderen Freunde. Ich will mit keiner Frau zusammenleben – na ja, abgesehen von meiner Schwester. Du weißt, was ich meine.«

Phil hebt die Hände. »Hey, ich bin der Mann mit den Ideen. Wenn du keinen hochkriegst, ist das dein Problem.«

Die attraktive blonde Kellnerin nutzt diesen Moment, um mein Bier auf den Tisch zu stellen, ihre Mundwinkel zucken, als sie ein Glas abräumt. Ich schüttle den Kopf in ihre Richtung. *Hör nicht auf diesen Trottel.*

Die Kellnerin verschwindet wieder und ich lehne mich zu Phil. »Wie wäre es, wenn du mal ein bisschen leiser redest? Ich habe kein Problem damit, ihn hochzubekommen. Wie kommst du denn auf die Idee?«

Phil zuckt die Achseln. »Du hast gesagt, dieses Mädchen, Mira, hat dir die Eier abgeschnitten.«

Erinnert er sich an alles, was ich sage? Ich dachte, es wäre offensichtlich, dass ich nur so vor mich hin labere. »Ich meinte das im übertragenen Sinne. Glaub mir, es geht nicht darum, ihn hochzukriegen. Das funktioniert schon fast zu gut. Das ist Teil des Problems«, murmle ich.

»Oh, hoo.« Phil schlägt mit der Hand auf den Tisch und lehnt sich in seinem Stuhl zurück. »Also gehen wir der

Sache auf den Grund. Du willst sie und sie will dich nicht, also willst du nicht mit ihr leben.«

»Was? Nein. Das ist es ganz und gar nicht.« *Verdammt, oder ist es das doch?* »Der Punkt ist, wir sind völlig inkompatibel –«

»Scheint mir so, dass zumindest einer von euch kompatibel ist.« Er blickt auf meinen Schoß.

Ich stoppe mitten im Satz und starre meinen idiotischen Freund ungläubig an.

Erstens, warum glotzt mein Freund mir auf die Eier? Zweitens hat er vielleicht recht. Es bereitet mir mehr als nur ein bisschen Unbehagen, dass ich mich immer noch körperlich zu Mira hingezogen fühle. Tatsächlich versetzt mich das in eine ausgesprochen beschissene Laune.

Und dieses Gespräch bereitet mir Kopfschmerzen. Irgendwie klingt Phils Vorschlag immer verlockender.

Ich sehe mich um. Avalanche Pizza ist hier im Ort ein relativ guter Ausgangspunkt zur Partnersuche. Mädchen kommen in ihren kurzen Shorts und Flip-Flops hierher, mit hautengen Tanktops und einer Menge Make-up. Letztendlich ist das hier ein Treffpunkt für alle, die vorhaben, jemanden abzuschleppen. Ich könnte mir jemanden aussuchen und sie heute Abend mit nach Hause bringen, um Phils Theorie zu testen. Es kann ja nicht schaden. Seine Idee ist bestenfalls fragwürdig, aber unter den Umständen kann ich eine Ausnahme machen.

Ich trinke mein zweites Bier aus. Außerdem hatte ich schon eine Weile keinen Sex mehr und vielleicht ist das genau das, was ich gerade brauche.

LACY STOLPERT ÜBER DIE TÜRSCHWELLE. »HOPPLA«, flüstert sie mir laut ins Ohr.

»Langsam. Warum setzen wir dich nicht auf die Couch?«

Als ich meine und Phils Kellnerin bei Avalanche Pizza abgeschleppt habe, dachte ich, sie wäre ein guter Fang. Heißer Körper, hübsches Gesicht, süßes Benehmen – ein Garant für eine gute Zeit.

Das einzige Problem? Lacy ist eine Säuferin.

Sobald ihre Schicht um elf endete, fing sie an, sich Bier hinein zu kippen. Selbst *Phil* konnte kaum mithalten. Ich habe ganz aufgegeben. Jemand musste uns ja nach Hause fahren.

Als wir uns auf den Weg nach Hause machten war Lacy so satt, dass ich beschloss, sie mit zu mir zu nehmen, damit sie etwas ausnüchtern kann. An Sex habe ich nicht mehr gedacht. Betrunkene Mädchen sind für mich tabu, aber das bedeutet nicht, dass ich sie sich selbst überlasse. Vor allem nicht, nachdem ich die Rechnung für ihre Drinks bezahlt hatte. Ich bin zum Teil für sie verantwortlich.

Ich führe sie zur Couch und sie sinkt auf die Polster wie eine Stoffpuppe.

Das ist eine Katastrophe. Ich hätte nie auf Phil hören sollen. »Ich hole dir ein Glas Wasser.«

»Bier?«, lallt sie.

Ich habe welches im Kühlschrank, aber das werde ich Lacy sicherlich nicht wissen lassen. »Tut mir leid, ich habe keins mehr.«

Ich bringe ihr das Wasser und setze mich neben sie. Sie rollt sich in mich hinein und für einen Moment macht es mir nichts aus. Es ist schon eine Weile her, dass ich ein Mädchen in meinen Armen hatte. Ich habe vergessen, wie schön das sein kann.

Ich lege einen Arm um ihre Schultern und sie gleitet mit der Hand unter mein Hemd, über meinen Bauch und meine Brust. Ich habe kein Problem damit, von ihr berührt zu werden – aber trotzdem stehe ich nicht auf Sex mit Betrunkenen.

»Lacy, wie wäre es, wenn wir dich nach Hause zu bringen, sobald du ein paar Gläser Wasser getrunken hast? Ist da irgendwer Zuhause? Vielleicht ein Mitbewohner?«

Ich fühle mich nicht wohl dabei, sie in diesem Zustand allein abzusetzen.

»Nein. Willst du mitkommen? Ich habe eine neue Matratze gekauft. Sie ist riesig.« Sie knabbert mit ihren Zähnen an meinem Kinn herum. »Darauf können wir alle möglichen Dinge machen.«

»Äh, nein. Ich wollte eigentlich langsam schlafen gehen. Bin ziemlich müde.«

Ihre Mundwinkel sinken nach unten. »Oh.«

Und plötzlich liegen Lacys Lippen auf meinen und sie greift nach dem Reißverschluss meiner Jeans. Der Kuss ist nicht schlecht, wenn man bedenkt, wie betrunken sie ist, aber er lässt mich … nichts fühlen.

Da ist kein einziger Funke. Aber selbst wenn mein Verstand keine betrunkenen Mädchen mag, hatte mein Körper bisher nie ein Problem damit, auf sie zu reagieren.

Bis heute Abend.

Eine heiße Braut greift nach meinem Schwanz und mein bestes Stück reagiert nicht einmal darauf. Ich wünsche mir sogar, dass sie einfach ohnmächtig werden würde, damit ich mich nicht mit dieser Situation auseinandersetzen muss. Was absolut wahnsinnig ist. Was passiert mit mir?

Das Geräusch des sich drehenden Türknopfes erregt meine Aufmerksamkeit, aber Lacy hat ihre Arme immer noch um meinen Nacken geschlungen und ihre Zunge in meinem Hals. Die Tür öffnet sich, bevor ich uns entwirren kann.

Mira kommt herein und erstarrt, ihre Schlüssel baumeln in ihrer Hand. Ihr Blick geht geradewegs dorthin, wo Lacy mich mit der Handfläche berührt. Die Wohnung meiner Schwester ist klein. Die Couch ist nur wenige Meter von der Haustür entfernt.

Lacy bemerkt schließlich, dass jemand hereingekommen ist und löst sich von mir, um Luft zu holen.

»Hey«, sage ich zu Mira. Eigentlich kann ich die Situation genauso gut ausnutzen. Das war schließlich mein Plan.

Lacy zeigt etwas Schamhaftigkeit und zieht die Hand von meiner Hose weg, setzt sich aufrecht hin – oder zumindest so aufrecht als es ihr möglich ist, während sie von ihrem alkoholisierten Zustand wankt.

Miras Gesicht verzieht sich. Sie schreitet an uns vorbei in die Küche und schaltet das Licht ein. Sie schlägt Schranktüren zu, als würde sie etwas suchen oder einfach nur viel Lärm machen wollen.

»Ist das deine Freundin?«, flüstert Lacy deutlich hörbar.

»Mitbewohnerin.«

»Oh.« Sie lächelt. »Gut.« Dann sieht sie sich um, als würde sie jetzt erst bemerken, wie klein das Haus ist. »Gibt es hier ein Zimmer, in das wir gehen können?«

Ich ziehe den Dachboden in Erwägung, nur um aus Miras Schusslinie zu entkommen. Aber ich glaube nicht, dass die betrunkene Lacy es die Leiter hinauf schaffen würde. Und ich bin mir nicht sicher, ob ich herausfinden will, was Lacy vorhat. Ich mag es nicht, Mädchen einen Korb zu geben. Sie neigen dazu, noch aggressiver zu werden, wie Lacy vor Miras Auftritt gezeigt hat.

Gleichzeitig möchte ein Teil von mir Phils Theorie weiterhin testen. Für einen Moment hatte ich das Gefühl, dass Mira nicht einfach nur genervt war, mich zu sehen. Sie war wütend, mich mit einer anderen Frau zu sehen.

Und das ist vielversprechend. Wenn sie glaubt, hier ständig mit solchen Situationen konfrontiert zu werden, dann wird sie es vielleicht hinnehmen und nach Hause zu Lewis' Eltern ziehen.

»Es ist ziemlich eng hier drin«, sage ich zu Lacy. »Wir sitzen auf der Couch fest. Meine Mitbewohnerin wird wahrscheinlich sowieso bald in ihr Zimmer gehen.«

Sie setzt einen anzüglichen Schmollmund auf.

Ich spiele mit Lacys Haaren, während Mira ins Badezimmer stapft. Ein paar Minuten später fegt sie an uns vorbei und knallt die Schlafzimmertür hinter sich zu.

»Verdammt«, sagt Lacy. »Bist du sicher, dass sie nicht deine Freundin ist?«

»Ganz sicher.« Ich neige mich zu ihr hinüber für einen weiteren Kuss.

Plötzlich habe ich kein Problem mehr damit, Lacy über Nacht bleiben zu lassen. Ich werde immer noch nicht mit ihr schlafen, aber es würde mir nichts ausmachen, sie in meinen Armen zu halten und zu küssen. Ich vermisse das. Und weil es mir nichts bedeutet, brauche ich mir über die Auswirkungen *dieser* Beziehung keine Sorgen zu machen.

Kapitel Zwölf

Mira

Ich reibe mir den Schlaf aus den Augen und blinzle gegen die Sonne, die durch die billigen Vorhänge von Calis Schlafzimmerfenster scheint. Ich kann nicht glauben, was Tyler da abgezogen hat. *Arschloch.* Dieses Mädchen war gerade dabei, ihm die Hose aufzumachen. Es ist ziemlich offensichtlich, in welche Situation ich gestern hineingeplatzt bin.

Ich drehe mich um und schlage auf mein Kissen ein, um es etwas aufzulockern.

Okay, eigentlich will ich nur irgendetwas schlagen.

Konnte er keinen anderen Ort für Sex finden? Ich hätte zu jedem Zeitpunkt ihres kleinen Intermezzos nach Hause kommen können. So etwas macht man nicht, wenn man eine Mitbewohnerin hat. Das ist eine Frage des Respekts.

Ich könnte schwören, dass er dieses Mädchen nur mitgebracht hat, um mich zu provozieren. Ich hätte Tyler nie sagen sollen, was mit meiner Mutter los ist. Hätte ich ihn im Ungewissen gelassen, dann hätte er mich wahrscheinlich nicht wegen der Sache mit dem Job genervt. Vielleicht hätten wir uns nicht gestritten.

Er sah aus, als hätte er erwartet, dass ich sie störe – als hätte er es geplant. Vielleicht interpretiere ich zu viel in diese Sache hinein, aber er hätte wenigstens zu ihr gehen können, anstatt sie hierher zu bringen.

Aber selbst dieser Gedanke verärgert mich. *Arghh.*

Ich lausche hin zur Tür. Aus dem Wohnzimmer kommen keine Geräusche. Es ist vielleicht sieben Uhr früh. Tyler schläft wahrscheinlich noch. Ich lege mein Kinn auf meine Hände, die ich über dem Kissen gefaltet habe und starre auf die Uhr.

Eine, zwei, drei Minuten vergehen.

Wenn Tyler so ein rücksichtsloser Idiot sein muss, warum sollte ich dann eine höfliche Mitbewohnerin sein? Ich werde noch verrückt, wenn ich den ganzen Morgen hier drin bleibe und darauf warte, dass seine Verabredung verschwindet.

Ich grinse. Ich wette, dass ich mehr Erfahrung darin habe, ein Miststück zu sein, als er darin hat, sich wie ein Arschloch aufzuführen.

Ich springe aus dem Bett, ziehe mir Kuschelsocken an und binde mir die Haare zu einem Pferdeschwanz zusammen. Tyler will ein Mädchen mit nach Hause bringen, und mit ihr auf unserer Couch herummachen? Na gut. Aber dann muss er mit seiner früh aufstehenden Mitbewohnerin klarkommen.

Ich öffne die Schlafzimmertür und schlendere in das Wohnzimmer. Mein Magen sinkt, jeglicher Gedanke an Vergeltung verschwindet.

Tyler liegt auf der Couch, das Mädchen, mit dem er gestern Abend zusammen war, liegt halb auf ihm. Er hat seine Arme um ihre Taille geschlungen, ihr Kopf ruht unter seinem Kinn. Sie schlafen, sein hübsches Gesicht ist auf die Armlehne zurückgekippt, er sieht so jungenhaft und süß aus.

Zum Glück sind sie angezogen, sonst müsste ich ihn töten. Allein der Gedanke, dass Tyler mit einem anderen Mädchen nackt ist – das will ich mir nicht einmal vorstellen. Es bereitet mir schon genug Schmerzen, ihn so zu sehen. Er hat die Stadt verlassen. Ich sollte eigentlich nicht mit solchen Dingen konfrontiert werden.

Zum Teufel mit ihm. Ich sehe weg und schlucke den Knoten in meinem Hals hinunter. Tyler mit einem anderen Mädchen zu sehen sticht an einer Stelle, an der ich sonst nie Schmerzen empfinde. Sie liegt tief im Schatten und normalerweise so gut geschützt, dass nicht einmal die Scheiße, die meine Mutter abzieht, zu ihr durchdringt. Aber Tyler schafft es mit seinem unsensiblen Verhalten, diese Stelle regelrecht aufzuspießen. Denn ich möchte das Mädchen sein, das in seine Arme gewickelt ist.

Ich gehe an ihnen vorbei in die Küche und hole mir eine Schüssel und Müsli heraus. Ich bin nicht leise, als ich Milch auf die Theke stelle und den Teekessel mit Wasser fülle. Nach ein oder zwei Minuten höre ich ein leichtes Rascheln und das Geräusch einer leisen Unterhaltung. Das Mädchen geht ins Badezimmer und schließt die Tür hinter sich.

Ich setze mich an den Esstisch und ignoriere Tyler ein paar Meter entfernt im Wohnzimmer. Sein Date verlässt das Badezimmer und wartet an der Haustür, während er seine Schuhe anzieht und sich seine Schlüssel schnappt. Unmittelbar darauf hallt das Geräusch der sich schließenden Haustür durch das ganze Haus.

Ich lege den Löffel hin und meine Hände ballen sich zu Fäusten.

Tyler war lange weg. Natürlich ist er über mich hinweg.

Natürlich wusste ich das, aber es mit eigenen Augen zu sehen, ist so viel schlimmer.

Ich atme tief ein und versuche, meinen Kopf frei zu bekommen. Mein Herz erkennt Tylers Rückkehr nach Hause nicht als das an, was es ist. Vorläufig. Er wird bald weg sein. Dass wir jetzt miteinander leben müssen, ist nur ein winziger Ausschnitt, eine kleine Szene in seinem brillanten Leben. Es bedeutet ihm nichts.

Ich kaue und schlucke das Müsli mechanisch. Es fühlt sich grob und rau auf meiner Zunge an, und ich versuche, mein Herz gegen den Schmerz, den das Leben mit Tyler verursacht, zu härten.

Ich weiß nicht, wie lange ich aus dem Fenster zum Hinterhof starre, bis sich die Haustür öffnet und Tyler hereinkommt. Für einen Moment sehe ich Unsicherheit in seinen Augen.

»Guten Morgen.« Er setzt ein fröhliches Lächeln auf.

Ich stehe auf, gehe in die Küche und schütte den Rest meines Müslis in die Spüle. »Du kannst keine Mädchen mit nach Hause bringen, wenn wir zusammenwohnen«, sage ich und drehe ihm den Rücken zu.

Hinter mir ertönt das Geräusch seiner Schlüssel, wie sie auf den Tresen klirren. Ich sehe mich um und sie liegen jetzt wieder an genau der Stelle, von der er sie vorhin genommen hat. Er legt auch seine Schuhe an die Stelle zurück, an der sie lagen, als ich heute Morgen aus dem Schlafzimmer gekommen bin.

Er hat eine Routine. Irgendwie stört es mich, dass ich das bemerke.

»Wie bitte?«, fragt er. »Das kann ich sehr wohl. Als ich das letzte Mal nachgesehen habe, hatte ich keine Freundin.«

Ich drehe den Wasserhahn auf, lasse Wasser über meine Müslischale laufen und wasche sie energisch aus.

»Darum geht es nicht. Die Wohnung ist nicht groß genug für solche Übernachtungspartys.«

Ich spüre, wie er hinter mir auftaucht, so wie gestern Morgen. Zu nah. Sein Körper streift meinen Rücken. »Hast du ein Problem damit, mich mit anderen Frauen zu sehen?«, sagt er über meinem Ohr und seine Stimme klingt tief und sinnlich.

Ich stelle die Schüssel ab und gehe um ihn herum auf die andere Seite der Küche, sorgfältig darauf bedacht, ihn nicht zu berühren. »Natürlich nicht.«

Er lehnt sich gegen die Schränke, einen entschlossenen Ausdruck auf seinem schönen Gesicht, die Arme über der breiten Brust verschränkt.

»Sobald ich einen neuen Job habe, werde ich ziemlich viel arbeiten. Ich werde kaum noch da sein. Kannst du dir das nicht bis dahin aufheben?«

Ein langer Augenblick vergeht, in dem er mich weiter studiert. Ich hasse es, dass ich nicht weiß, was er jetzt gerade denkt. Ich bin mir ziemlich sicher, dass es mir nicht gefallen wird.

»Nein, ich glaube nicht, dass ich das kann. Außerdem haben meine Schwester und Gen ihre Freunde auch untergebracht. Damit kommst du schon klar. Oder – ich hätte da noch eine andere Idee – du könntest zu den Sallees ziehen.«

Auf keinen Fall. Wenn diese Männer gefährlich für mich sind, dann sind sie auch gefährlich für die Menschen, die mir wichtig sind. Tyler ist ein junger Mann. In einem Kampf würde er sich ganz gut schlagen. »Gen und Cali sind beste Freunde. Natürlich hat es bei ihnen funktioniert. Du und ich –«

Er überquert die paar Meter, die uns trennen und bringt dadurch den Puls an meinem Hals zum Pochen. Ich halte mich am Rand des Tresens fest. »Du und ich was, Mira?«

Mein Verstand ist leer. Ich weiß nicht, was wir für einander sind. Wir sind so viel mehr, als wir sein sollten und so viel weniger als das, was er mit dem beliebigen Mädchen, das gerade gegangen ist, geteilt hat.

»Nichts, wir sind nichts. Bring einfach keine Mädchen mit, wenn ich hier bin. Oder stell dich darauf ein, dass ich das Gleiche tun werde. Du wirst dich wundern, wie voll es hier drin werden kann.«

Kapitel Dreizehn

Ich fahre zum Haus der Sallees, immer noch verärgert über Tyler. Er provoziert mich und es funktioniert. Aber ich werde nicht nachgeben. Er wird nicht gewinnen.

Ich stelle das Auto auf den Parkplatz und beobachte John, wie er in der riesigen Garage herumwuselt, die er für kleine Holzprojekte nutzt. Der Rest des Hauses ist ein zweistöckiges, spitz zulaufendes Gebäude im Tahoe-Stil mit Blick auf den Wald. Das Haus liegt etwa einen Block vom See entfernt und ist für Lake Tahoe recht groß, aber nicht protzig.

John und Becky sind wohlhabend, aber man würde es ihnen nie anmerken. Sie leben und verhalten sich wie eine durchschnittliche mittelständische Familie. Sie haben, was sie brauchen und nicht mehr. Das kleine Haus, das Lewis kürzlich für sich selbst gebaut hat, ist ebenfalls bescheiden. Bei den Sallees geht es nicht um Geld – es geht um Familie und darum, sich um die Menschen zu kümmern, die einem wichtig sind. Was die Probleme mit meiner Familie und die Tatsache, dass sie schon immer egoistische Idioten waren, nur unterstreicht.

Ich steige aus dem Auto aus und atme den Duft von Tahoe ein, zusammen mit einem anderen Geruch, der dem Anwesen der Sallees eigen ist – eine Mischung aus Kiefernnadeln, heißem Zement und dem Oleander, den Becky an der Seite des Hauses gepflanzt hat. Ein Schwall sommerlicher Bilder und Erinnerungen erfüllt meinen Geist. Glücklichere Zeiten, in denen alles noch so viel einfacher war.

Wasserpistolenkriege mit Lewis und seinen Freunden waren eine ernste Angelegenheit, als wir Kinder waren. Sie waren immer gut daran, mich direkt ins Gesicht zu treffen. Deswegen waren Schleichangriffe meine Strategie und Becky diente mal als Sicherheitszone. Die Jungs gaben sich Mühe, Becky nicht nass zu machen, und wenn sie es doch taten, lachte sie und befahl ihnen, damit aufzuhören. Wenn ich weit genug zurückdenke, kann ich Beckys Kakaobutter-Sonnencreme riechen. Ich erinnere mich an das verschlissene Tank-Top und die Shorts, die sie bei der Gartenarbeit getragen hat. Oder während sie auf einem Stuhl saß und uns beim Spielen zugesehen hat. Meine besten Erinnerungen sind in diesem Haus und mit dieser Familie entstanden. Nicht in dem Reservat, in dem ich geboren wurde.

Nicht, dass das Reservat ein schlechter Ort wäre. Einige von Johns engsten Freunden und Mitarbeitern leben dort. Aber wie an jedem Ort gibt es immer eine kleine Teilmenge, die sich nicht anpasst, sich nicht bemüht. Das ist die Gruppe, mit der meine Mutter verkehrte, wenn sie nicht gerade mit den zwielichtigen Gestalten außerhalb des Reservats herumhing. Die waren noch schlimmer.

John steht mit dem Rücken zu mir, aber ich weiß, dass er sich meiner Anwesenheit bewusst ist. Zum einen ist mein beschissener Truck so laut wie ein Rasenmäher, und außerdem hielt er inne, als ich ankam. Er hat auf mich gewartet.

Er dreht sich um und lächelt, als ich mich nähere. »Hallo, Schatz. Ich habe mir schon Sorgen um dich gemacht.«

Ich lege meine Arme um seine Taille und er drückt mir einen Kuss auf den Kopf. John ist groß, wenn auch nicht so groß wie Lewis. Seine Augen sind von tiefen Fältchen umrandet, von dem lockeren Lächeln, das er anderen gern schenkt. Aber mit seinen hohen Wangenknochen und einer starken Kieferpartie ist er ein attraktiver älterer Herr.

Als er jünger war, hat John Sallee mit seinem tiefschwarzen Haar und seinem umwerfenden Lächeln eine Schneise durch die Damenwelt des Lake Tahoe und des Reservats gezogen, bis Becky ihn auf den Boden der Tatsachen brachte. John hatte bei Becky keine Chance. Fast dreißig Jahre später ist sie immer noch umwerfend und kompromisslos. Becky ist das Beste aus beiden Welten. Sie ist Schönheit, aber auch Anmut und Stärke. Sie würde sich nie von einem Mann bevormunden lassen. Und sie würde ihr Leben jederzeit für ihre Familie opfern. Diese Frau ist liebevoll, selbstbewusst und klug. Mein größtes Vorbild.

»Ich habe gerade noch eine kurze Fahrt gemacht, bevor ich hergekommen bin«, sage ich ihm.

Auf dem Weg hierher musste ich sichergehen, dass mir niemand folgt, also habe ich einen kleinen Umweg gemacht. Ein Mann, der ganz in Schwarz gekleidet war, lief die Straße entlang von Calis Hütte weg, nachdem ich losgefahren war. Ich habe sein Gesicht nicht gesehen, aber seine Körpergröße und Gestalt kamen mir bekannt vor. Und zwar erschreckend bekannt. Das hätte jeder sein können, aber die Kälte, die mich bei seinem Anblick überkam, hat mich irgendwie paranoid gemacht.

Meine Verletzungen heilen zwar, aber ich habe nicht

vergessen, was diese Männer mir angetan haben. Ich bin sicher, dass die Leute, denen ich das Geld schulde, bereits wissen, wo meine Angehörigen leben. Aber ich werde ihnen sicher nicht auch noch den Weg zu ihnen weisen.

Johns Gesicht wird streng. »Ich möchte, dass du mich anrufst, wenn du dich verspätest.«

Ich bin zweiundzwanzig, aber er macht sich immer noch Sorgen um mich. Wie ein echter Vater. Und weil ich schon einmal vermisst wurde, und das mit katastrophalen Folgen.

Als ich sechzehn Jahre alt war, kam ich von einem Besuch bei meiner Mutter nicht zurück, obwohl ich es versprochen hatte. Lewis fand mich in der Wohnung meiner Mutter, wo ich von einem ihrer Freunde geschlagen wurde. Seitdem gehen John und Becky vom Schlimmsten aus, wenn ich nicht pünktlich auftauche.

Sie lieben mich. Manchmal sehe ich es nicht, weil ich Angst habe, hinzusehen. Ich habe Angst, dass diese Liebe irgendwann vor meinen Augen verschwindet.

Ich drücke mein Gesicht an den Kragen von Johns Hemd und tue so, als würde ich ihn noch einmal umarmen wollen. Dabei versuche ich in Wirklichkeit, das verflixte Brennen in meinen Augen zurückzudrängen, das in letzter Zeit oft zu kommen und zu gehen scheint.

Was ist in mich gefahren? Ich bin zurzeit so rührselig. Es ist lächerlich. Natürlich macht John sich Sorgen. Er hat sich immer Sorgen gemacht. Ich bin aus dem Konzept geraten, weil Tyler wieder in der Stadt ist und mich auf Schritt und Tritt nervt. Deswegen treten meine Emotionen momentan so leicht an die Oberfläche.

Dieses Wiedersehen mit Tyler ist nicht das, was ich mir vorgestellt hatte, als ich in meinen High-School-Fantasien von uns beiden träumte. Er ist nicht Hals über Kopf in mich verliebt. Vielleicht *hasst* er mich sogar. Die Chemie, die ich damals zwischen uns verspürt habe, ist immer noch da und sie ist wahnsinnig verwirrend. Aber andererseits war noch nie etwas einfach, wenn es mit Tyler zu tun hatte. Selbst in der Nacht, in der ich ihn verführt hatte, war er nicht so gewesen, wie ich es von ihm erwartet hatte. Und auch jetzt ist er nicht das, was ich erwartet habe.

Ich atme Johns beruhigenden Duft ein. Eine Mischung aus dem Waschmittel, das Becky benutzt und dem würzigen Aftershave, das er schon trägt, seit ich mich erinnern kann. Er ist völlig beruhigend, mein Zuhause.

Ich blicke auf und lächle. »Es tut mir leid. Ich habe das nicht bedacht. Nächstes Mal rufe ich an.«

Sein Gesicht erhellt sich. »Komm.« Er wirft den gelben Arbeitslappen in seiner Hand auf einen Hocker und wir gehen zur Tür, die von der Garage in die Küche führt. »Lewis und Gen sind schon hier. Sie werden sich freuen, dich zu sehen.«

Meine Schultern sind nicht mehr so verspannt, wie sie es waren, als Gen zum ersten Mal hier aufgetaucht ist. Sie ist wunderschön – sie könnte ein Model sein – groß und hinreißend. Etwas an ihrem Aussehen erinnert mich an die Mädchen, mit denen ich zur High School gegangen bin. Deswegen war ich davon ausgegangen, dass sie sich auch genauso verhalten würde. Gehässig, zickig. Aber sie ist überhaupt nicht so. Und je mehr ich in ihrer Nähe bin, desto mehr wird mir das bewusst.

Trotz meiner anfänglichen Abwehrreaktion mag ich Gen. Es hat mir nur irgendwie Angst gemacht, wie leidenschaftlich Lewis sich ihr gegenüber verhalten hat. Er hat sich wie ein Laser auf sie fokussiert und nicht locker gelassen. Ich dachte, ich würde ihn an dieses Mädchen verlieren. Aber ich hätte dem Instinkt meines zurückhaltenden, Fast-Bruders vertrauen sollen. Gen ist großartig. Zu meiner

Überraschung genieße ich es sogar, sie in meiner Nähe zu haben.

Im Haus zieht Becky etwas aus dem Ofen, als John die Tür hinter uns schließt. Sie hat etwas gebacken, aber scheinbar nichts Leckeres. Das hier sieht eher aus wie geschnittener Glibber mit Gewürzen oben drauf.

»Schätzchen, da bist du ja.« Becky lächelt mich an. »Gerade noch rechtzeitig für die Auberginenvorspeise. Diese Dinger enthalten viel Vitamin B, um uns gesund und glücklich zu halten.«

Ich gebe ihr einen Kuss, wobei ich die Auberginenmasse argwöhnisch betrachte. »Wirklich? Was ist mit den kleinen Quiche-Dingern passiert, die du sonst immer machst?«

»Oh, das ist Tiefkühlkost. Das hier ist hausgemacht und gut für den Körper.«

Ich werfe ihr einen Blick zu.

»Hör auf. Probiere es erst mal.«

»Okay, aber wir müssen die Menge an gesundem Essen hier reglementieren. Manchmal tut ein wenig Fett dem Körper gut.«

»Mira«, schimpft sie in einem verspielten Tonfall.

»Ich bin eine Naschkatze und du wirfst mit Auberginen nach mir. Ohne die Konservierungsstoffe und den verarbeiteten Zucker, die mich in den letzten zweiundzwanzig Jahren ernährt haben, verfällt mein Körper in einen Schockzustand.«

Becky lacht und stellt die Backform auf den Tresen. »Lewis«, ruft sie. »Komm her und versuch die Vorspeise, für die ich geschuftet habe. Mira weiß das nicht zu schätzen.«

Lewis kommt in den Raum und erwidert den Blick, den ich auf ihn richte. Sein Gesicht ist ruhig und er sieht sich den violetten Klumpen an. »Ist das ein neues Rezept, Mom?«

Becky schaufelt eine Portion auf eine Serviette und reicht sie ihm. Er nimmt einen Bissen und kaut mit nachdenklichem Blick. »Schmeckt gut.« Er blickt auf. »Du solltest es auch mal probieren, Mira.«

Hm. Lewis ist ein menschlicher Müllschlucker, aber er würde wahrscheinlich etwas sagen, wenn es wirklich schlimm wäre. Und ich will Beckys Gefühle nicht verletzen.

Ich nehme die Serviette, die Becky mir reicht. Ich habe Hunger, also nehme ich einen Bissen von der Masse … Salz, eine breiige Konsistenz und ein Geschmack, der irgendwie … nicht richtig ist.

Ich unterdrücke ein Würgen und werfe einen Blick auf Lewis. Er versteckt ein Grinsen hinter seiner Faust und sein Gesicht wird rot.

Dieser Arsch.

Ich schlucke den Schleim, der sich anfühlt, als würde er meinen Hals zukleistern. »Becky, ich liebe dich, aber zwing mich nie wieder, das zu essen.«

Sie stemmt ihre Fäuste in die Hüften. »Mira, so schlimm kann es nicht sein.«

»Hast du es selbst mal probiert?«

Sie blickt verlegen drein. »Na ja – nein.«

Ich hebe eine Augenbraue.

»Gut«, sagt sie, nimmt sich selbst ein Stück und beißt ab.

Beckys Mund verzieht sich, dann geht sie gemächlich zur Spüle, beugt sich vor und spuckt das Essen in ihrem Mund auf eine sehr undamenhafte Weise aus, die Lewis und mich zum Lachen bringt.

Ich schlage Lewis auf den Arm. »Idiot. Du hast mich hereingelegt.«

Er lacht immer noch und umarmt mich.

Becky betupft ihren Mund anmutig mit einer Serviette. »Ist das ekelhaft. Die kommen in den Müll.«

John, der uns beobachtet hat, während er so tat, als würde er unsere Krimskrams-Schublade durchwühlen, kommt herüber und umarmt seine Frau. Niemand außer Becky ist von ihrer gesunden Phase begeistert, aber wir lieben sie trotzdem.

Becky funkelt John an. Er hebt kapitulierend die Hände und geht grinsend weg.

Ein kluger Mann.

Normalerweise liebe ich es, bei den Sallees mitzuessen und mir bei ihnen meine Fressalien zu besorgen. Vielleicht wird Becky angesichts ihrer neuesten Schöpfung von ihrem Gesundheitsfutter-Trip herunterkommen.

»Ein schlechtes Rezept bedeutet noch gar nichts«, sagt sie. »Ich werde ein leckeres Auberginengericht finden, das ihr alle lieben werdet.« Vielleicht ist diese Phase aber *doch nicht* so schnell vorbei. Ich schätze, ich werde wohl eine Weile hungern müssen.

Lewis und seine Eltern gehen nach draußen, um sich ein paar Pflanzen anzusehen, die die Jungs für Becky umsetzen sollen, und Gen kommt aus dem Wohnzimmer herein geschlendert. Sie hält ihr Handy in der Hand, ihr hübsches dunkles Haar ist zu einem Pferdeschwanz nach hinten gebunden und lässt ihre haselnussbraunen Augen zur Geltung kommen.

»Du hast Glück, dass du am Handy warst«, sage ich. »Mein Magen wird sich vielleicht nie mehr erholen, nachdem Becky uns ihr Auberginengericht aufgezwängt hat.« Ich zeige auf das Blech mit der fragwürdigen Masse, die noch entsorgt werden muss. Wenn Becky ernsthaft glaubt, dass der Hund es fressen wird, steht ihr definitiv eine Enttäuschung bevor. Buckles, der Gen liebt und ihr überallhin folgt, wenn sie im Haus ist – dieser Verräter – ist zu klug, um auf diesen Mist hereinzufallen.

»Ich hatte sowieso kein gutes Gefühl, was diese Vorspeise anging«, sagt Gen. »Eventuell habe ich das Telefonat mit meinem Vater so eingeplant, dass ich nicht die erste Versuchsperson sein musste.«

Ich starre sie erstaunt an. »Wow, Gen, ich hätte nicht gedacht, dass du so durchtrieben bist.«

Sie grinst breit. »Beeindruckt?«

»Ja. Ich habe dich unterschätzt. Erinnere mich daran, dich nie wieder zu meiner Feindin zu machen.«

Gen lacht und beginnt, die Küchenschränke zu durchsuchen.

Ich kraule Buckles, der nach dem weißen Fellstreifen benannt ist, der seine Taille umgibt. Schließlich lässt er sich dazu herab, mich mit einem Nasenreiben zu beehren. Ich hebe sein Kinn an, bis wir uns Menschenauge um Hundeauge begegnen. »Würde es dich umbringen, mich ab und zu mal zu begrüßen, wenn ich zur Tür herein komme?«

Er schnaubt und geht weg, um sich neben Gen zu stellen.

Absolut nicht cool. Und wenn Gen nicht so süß wäre, wäre ich beleidigt, dass sogar der Hund ihre Gesellschaft der meinen vorzieht. Nicht, dass Lewis Gen mir gegenüber bevorzugt. Sie ist seine Freundin. Natürlich will er Zeit mit ihr verbringen. Wenn ich jemanden in meinem Leben hätte, würde ich auch so viel Zeit wie möglich mit dieser Person verbringen wollen. Nicht, dass ich wüsste, wie das ist. Tyler ist es sicher nicht.

»Also, Gen«, beginne ich zögernd. Ich habe mich entschieden, dass jetzt ein guter Zeitpunkt ist, das Blue Casino zu erwähnen. Weil wir allein sind und weil ich ein riesiges Weichei bin. Ich habe nämlich die Hoffnung, dass

Lewis' Freundin ihm erzählen wird, dass ich mich dort beworben habe. Dann muss ich es nicht tun. Lewis scheut sich keineswegs davor, mich zu schelten. Gen hingegen ist vor seinem Zorn sicher, denn er verehrt sie. »Ich habe mich für eine Verwaltungsstelle im Blue Casino beworben.«

»Wirklich?« Sie hält inne, blickt über ihre Schulter, während der Vorratsschrank vor ihr weit offen steht. Sie dreht sich um, ihr Gesichtsausdruck ist eine Maske der Besorgnis. »Du weißt, dass ich dort schlechte Erfahrungen gemacht habe, oder? Wirklich schlechte Erfahrungen.«

Ich sehe weg und wische einen Krümel von der Theke. »Ich weiß. Das tut mir auch leid. Ich habe nie etwas gesagt, aber ich habe mich wirklich schrecklich gefühlt, als ich es gehört habe.«

Ein Manager hat versucht, Gen zu vergewaltigen, als sie bei Blue als Cocktail-Kellnerin gearbeitet hat. Sie ist ihm nur knapp entkommen, was alle erschüttert hat. Was *mich* erschüttert hat.

Aber was Gen passiert ist, wird mir nicht passieren. Ich bin nicht so süß wie sie. Ich bin nicht verwundbar – es sei denn, ich werde von einer Handvoll Mobber aus der Junior-High School oder von übergroßen Männern mitten im Wald angegriffen … oder wenn mein Schwarm aus dem Nichts in Lake Tahoe auftaucht.

Okay, ich bin so anfällig wie jede andere auch, aber ich bin ein bisschen erfahrener als Gen, was schlechte Menschen angeht. Der Punkt ist, dass mir mitten am Tag in einem belebten Büro garantiert nichts passieren wird.

Ich begegne ihrem besorgten Blick. »Es tut mir leid, dass du das durchmachen musstest. Aber was dir passiert ist, war in den unteren Etagen des Casinos. Mein Arbeitsplatz wäre oben in der Unternehmensabteilung von Blue.«

»Ja. Und dort hat Drake gearbeitet. Ich glaube nicht, dass –«

»Ich brauche diesen Job, Gen.«

Eine gewichtige Stille erfüllt den Raum. Gen studiert mich. Ich bin angespannt. Gestresst und besorgt darüber, wie ich mich aus der Scheiße ziehen kann, in die ich mich hineingeritten habe.

Sie seufzt, vielleicht weil sie meinen Gesichtsausdruck gelesen hat. »Bis zu seiner Verhandlung hat Drake eine Zwangsbeurlaubung bekommen. Eigentlich solltest es dort jetzt sicher sein, aber es könnte noch andere Typen dieser Art im Blue geben. Er ist mit so vielen Dingen davongekommen. Ich weiß nicht, ich hatte immer das Gefühl, dass dort irgendetwas Komisches vor sich geht.«

»Das Casino muss vorsichtig sein. Sie können sich nicht noch mehr schlechte Presse leisten.«

»Vielleicht.« Sie sieht nicht überzeugt aus.

»Es ist unwahrscheinlich, dass ich den Job bekomme, aber ich muss irgendetwas tun. Als Croupière würde ich nicht genug Geld verdienen, um meine Schulden abzubezahlen.«

»Lewis oder seine Eltern würden –«

»Nein.« Ich schüttle den Kopf.

Es mag für Gen keinen Sinn ergeben, aber es gibt Dinge, an denen ich mit meiner Therapeutin gearbeitet habe. Ich habe mich bisher immer an Lewis und seine Familie geklammert. Sie haben mich gerettet; das bedeutet nicht, dass sie mir für den Rest meines Lebens aus der Patsche helfen können. Ich versuche, die Verantwortung für meine Handlungen zu übernehmen. Sich Geld von zwielichtigen Kreditgebern zu leihen, um meine Mutter aus einer Misere zu befreien, die wahrscheinlich mit etwas Illegalem zusammenhängt? Das war nicht klug. Das habe ich zu verantworten, und ich muss mich da selbst herausholen.

Gen sieht sich um und scheint mit irgendetwas zu ringen. »Du musst tun, was du für richtig hältst. Ich mache mir Sorgen, das ist alles. Die Sallees lieben dich und wollen dir nur helfen.«

»Das wird schon gut gehen, Gen.«

Sie schließt die Augen und seufzt. Dann tippt sie mit dem Finger auf dem Tresen herum. »Falls sich herausstellt, dass du die Stelle bei Blue bekommst«, sagt sie langsam, »lass es mich wissen. Ich habe dort eine Freundin. Maryanne. Sie ist eine hochrangige Cocktail-Kellnerin und es ist immer gut, so jemanden auf deiner Seite zu haben.«

»Nessa und Zach arbeiten auch noch dort. Ich wäre nicht allein«, sage ich.

Zach hat Nessa kennengelernt, als sie anfing, bei Blue zu arbeiten und mittlerweile ist sie Teil unseres Freundeskreises geworden. Sie kommt sogar regelmäßig zu Zachs Taco-Dinner-Abenden. Nessa und ich stehen uns nicht besonders nahe, aber wir haben uns schon ein paar Mal getroffen.

Gen stützt ihren Ellbogen auf der Kücheninsel ab und stützt ihren Kopf auf eine Hand. »Weißt du, es könnte noch andere Jobs geben. Hast du überall nachgesehen?«

»Ich habe gesucht, aber das ist Lake Tahoe. Abgesehen von den Casinos gibt es keine Arbeitgeber, die jemanden, der nur einen High-School-Abschluss hat, gut bezahlen.«

Sie nickt verständnisvoll. »Ich werde Maryanne vorwarnen. Mal sehen, ob sie etwas tun kann, um dich unterzubringen.« Sie blinzelt und zieht die Augenbrauen zusammen, als hätte sie Zweifel.

»Das wäre großartig«, sage ich, bevor sie ihre Meinung ändern kann.

Ich nehme einen geschnittenen Apfel aus der Vorspeisenschale, schiebe ihn in meinen Mund und kaue stirnrunzelnd. Ich verlasse mich darauf, dass die Speisekammer der Sallees noch eine ordentliche Menge an ungesundem Essen enthält. Beckys Gesundheitstrip ist wie eine Zwangsdiät.

Gen betrachtet den Vorspeisenteller, schüttelt den Kopf und widmet sich wieder den Schränken. Sie zieht eine Tüte mit Reis-Crackern heraus. Nicht die beste Fertigkost, aber besser als Obst und Gemüse.

Ich nehme einen Cracker aus der Packung. »Du denkst also nicht, dass es seltsam wäre, wenn Maryanne ein gutes Wort für mich einlegt? In meinem Casino arbeiten Anzugträger und einfache Angestellte vielleicht parallel zueinander, aber nicht wirklich zusammen.«

Und da ist noch eine andere Sache. Ich habe mich bei ein paar meiner Kollegen umgehört. Sie meinten, es sei unwahrscheinlich, dass das Casino mich weiterhin dort arbeiten lässt, wenn ich einen Job in einem anderen Casino bekomme. Das ist scheinbar eine Art Interessenkonflikt. Ich werde versuchen, meine Beziehungen spielen zu lassen, aber es sieht nicht gut aus.

»Nee«, sagt Gen, öffnet den Kühlschrank und stöbert in einem der Behälter herum. »Maryanne ist knallhart. Sie ist zwar für die Kellnerinnen unten zuständig, aber sie ist auch in den oberen Etagen relativ einflussreich. Ich glaube, das Management hat Angst vor ihr.« Gen pausiert. »Sie ist irgendwie unheimlich. Sie hat mich total schikaniert, als ich dort angefangen habe.« Als sie ihre Aufmerksamkeit wieder auf den Behälter richtet, sagt sie: »Ich bin nicht sicher, was sich geändert hat. Es könnte die Sache mit Drake gewesen sein, aber seitdem hat sie sich irgendwie verändert und jetzt sind wir Freunde« Gen greift tief in den Kühlschrank und ihr Gesicht erhellt sich, als sie etwas in Plastik Eingewickeltes herauszieht. Sie klatscht es auf die Kücheninsel.

Meine Augen leuchten auf, als ich das halb aufgegessene Stück Käse betrachte. Ich habe diese Küche tagelang durchkämmt, aber ich habe keinerlei Lebensmittel gefunden, die auch nur einen Hauch von Transfetten enthalten. Gen muss eine Menge Zeit bei den Sallees verbringen, wenn sie die Verstecke der Fettvorräte besser kennt als ich.

»Ich mag Maryanne«, fährt Gen fort. »Sie erinnert mich an Cali und Tylers Mutter. Nüchtern und bodenständig. Du solltest sie nur nicht verärgern.«

Ich habe mich immer gefragt, wie Tylers Mutter ist. Dass Gen es weiß und ich nicht, ist eine weitere Erinnerung an die Distanz zwischen mir und Tyler. Wir leben vielleicht zusammen, aber das bedeutet nicht, dass wir uns nahe sind.

Und ich weiß nicht, warum mich das traurig macht, aber das tut es.

Gen gibt mir die Käsescheibe, die ich gierig beäuge. »Wenn das jemand organisieren kann, dann Maryanne.«

Kapitel Vierzehn

Eine Woche später wird mir klar, dass Maryanne bei Blue nicht nur eine Menge Einfluss hat, sondern ein regelrechter Rockstar ist. Sie hat ein gutes Wort für mich eingelegt, was die Assistentenstelle angeht, und ich habe einen Rückruf erhalten, was wirklich ein Wunder ist, wenn ich so darüber nachdenke. Es steht nicht in der Stellenbeschreibung für die Assistentin des Personalleiters, aber die Kandidaten haben in der Regel einen College-Abschluss oder zumindest Erfahrungen auf dem Gebiet und ich habe weder diese noch andere Qualifikationen.

Als die Sallees angeboten hatten, mir einen College Abschluss zu bezahlen, habe ich so getan, als würde ich nicht aufs College gehen wollen. Ich war mir einfach nicht sicher, ob ich es schaffen würde. Das einzige Mal, das ich mich wirklich intelligent gefühlt habe, war während meiner Nachhilfestunden mit Tyler. Und das ist wahrscheinlich auch eher auf seine Fähigkeiten als Tutor zurückzuführen.

Mit einem Fusselroller, den Cali in ihrer Hütte zurückgelassen hat, fahre ich über den schwarzen Bleistiftrock und die weiße Bluse, die Gen mir für das Vorstellungsgespräch heute Morgen geliehen hat. Ich besitze schwarze Stöckelschuhe, also brauchte ich mir diese nicht auszuleihen, zumal Gens Schuhe mir sowieso nicht passen würden. Sie ist schlank, aber groß. Der Rock ist mir an der Taille und den Hüften ein wenig zu weit, und ich musste die Ärmel der Bluse hochkrempeln, aber das Outfit sitzt trotzdem. Mit der Schuhgröße sechsunddreißig hätte ich aber niemals in ihre Größe achtunddreißig Schuhe gepasst.

Heute Morgen probiere ich drei verschiedene Frisuren aus. Einen Pferdeschwanz, einen Dutt und eine Hochsteckfrisur. Doch keine dieser Variationen passt auch nur annähernd zu mir, und eine sieht schlimmer aus als die nächste. Ich gebe mir viel zu viel Mühe, und ich befürchte, dass die Leute im Blue Casino mich sofort als die Hochstaplerin erkennen werden, die ich bin. Irgendwie muss ich dieses Gespräch durchstehen und entgegen aller Widrigkeiten beweisen, dass ich dazugehöre.

Ich ziehe die Haarklammern aus meiner neuesten Frisurenkatastrophe und gebe mich damit zufrieden, dass meine Haare seitlich gescheitelt sind und mir in Wellen den Rücken hinunterhängen. So wie ich sie immer trage. Wenn man sich selbst nicht treu sein kann, wem dann? Und da kann ich gleich bei meinen Haaren anfangen.

Ich komme aus dem Schlafzimmer, und Tyler sitzt am Küchentisch und tippt auf seinem Computer herum. Er hat kein Oberteil an und seine Haare stehen auf einer Seite ab – vollkommen frühmorgens heiß.

Ich stöhne innerlich. Es ist die ärgste Folter, ihn die ganze Zeit vor der Nase zu haben, wenn er doch das Einzige ist, das ich je wirklich haben wollte. So nah und doch so unerreichbar.

Selbst wenn ich Tyler körperlich haben könnte, da er sich ja in eine männliche Hure verwandelt zu haben scheint, wollte ich immer mehr mit ihm haben. Das war das Problem.

Trotz meiner Drohung hat Tyler diese Woche jede Nacht ein anderes Mädchen mit nach Hause gebracht, dieses Arschloch. Ich weiß nicht, wie lange die Mädchen geblieben sind oder was er mit ihnen gemacht hat. Ich will es auch nicht wissen. Ich habe mich in meinem Zimmer eingeschlossen, mir Kopfhörer in die Ohren gesteckt, um all das aus Gründen der Selbsterhaltung abzublocken. Ich versuche mich zu betäuben, was Tyler angeht. Ich könnte meine Drohung wahr machen und selbst ein paar Dates mit nach Hause bringen. Das habe ich noch nicht ausgeschlossen. Ich bin nur zu sehr beschäftigt.

Tyler blickt erst kurz auf und sieht dann noch einmal genauer hin. Er mustert mein Outfit anerkennend, bis sich seine Augenbrauen misstrauisch zusammenziehen. »Wo willst du hin?«

»Glaubst du wirklich, dass dich das etwas angeht?« Ich schnappe mir meine schwarze Handtasche, die etwas zu abgenutzt für mein Outfit ist, aber was soll's.

»Ja. Ich behalte schließlich deine Geheimnisse für mich, oder etwa nicht?«

Ich starre ihn ungläubig an. War er schon immer so manipulativ? Früher war er immer so süß und zuvorkommend.

Was konnte das schon schaden? Er kann mir nicht sagen, was ich tun soll, egal, wie sehr er auch zu glauben scheint, dass er es kann. »Ich habe ein Vorstellungsgespräch.«

Tyler hebt langsam die Hände von der Tastatur seines Laptops und wendet sich mir zu, wobei er eine volle Frontalansicht seiner muskulösen Brust bietet. Er hat hellere Haut als ich und die Haare auf seinen Armen sind ein goldbrauner Schimmer über seinem sonnengebräunten

Teint. Seine Schultern sind breiter, als sie es in der High School waren und seine Brustmuskeln sind deutlich definierter. Tyler war damals schon ein schöner Junge. Ich versuche, mich nicht darauf zu konzentrieren, wie vernichtend attraktiv er geworden ist, aber manchmal kann ich nicht anders.

Ich schlucke und zwinge mich, meinen Blick auf seine Augen zu richten. Er scheint zu sehr damit beschäftigt, mich auszufragen, um meine Bewunderung zu bemerken.

»Wo hast du denn dein Vorstellungsgespräch?«

Er wird es sowieso irgendwann erfahren. Entweder, weil Gen es ihm gegenüber erwähnt oder weil er es aus mir herausquetscht. Ich hätte nie gedacht, dass ich es lästig finden würde, wenn ein Mann sich derartig für mich interessiert.

»Blue«, sage ich und sehe auf meinem Handy nach der Zeit. Ich will auf keinen Fall zu spät zu meinem Interview kommen.

Weil ich nicht widerstehen kann, noch einen Blick auf seine Brust zu werfen – oder weil ich gespannt auf seine Reaktion bin, von der ich annehme, dass sie beträchtlich sein wird – blicke ich noch einmal auf. Er runzelt die Stirn, seine Schultern und Brustmuskulatur sind angespannt und prall.

Kann er sich nicht ein T-Shirt anziehen? Wie soll ich mich konzentrieren, wenn er so gut wie nichts anhat?

»Mira, wir haben darüber geredet. Du kannst nicht bei Blue arbeiten«, sagt er ruhig, obwohl seine Körperhaltung und die Spannung, die von ihm ausstrahlt, etwas anderes verraten.

»Klar kann ich das.« Ich trage Lipgloss auf und presse meine Lippen zusammen. Seine Augen konzentrieren sich auf meinen Mund und für einen kurzen Moment ist er abgelenkt.

Gut so. Ich bin froh, dass ich nicht die Einzige bin, die sich ablenken lässt. Ich dachte schon, ich wäre die einzige Frau, die Tyler Morgan nicht nach Hause bringen will.

Tyler widmet sich wieder seinem Computer und beginnt schnell zu tippen.

Das ist alles? Kein weiterer Einwand?

Wow, das war ja nicht sonderlich unterhaltsam. Ich dachte, ich würde mehr Empörung aus ihm herausholen.

Ich verdrehe die Augen. Er ist heiß, er ist kalt, er ist wütend, dann distanziert, dann wieder sauer und dann abgelenkt. Dieser neue Tyler ist alles auf einmal und ich kann da nicht mithalten. Also versuche ich es gar nicht erst. Ich schnappe meine Sachen und schlüpfe zur Tür hinaus.

———

ICH BIN MIR NICHT SICHER, wie ich mir ein Interview im Blue Casino vorgestellt habe, aber ich dachte nicht, dass es einem Fernseh-Casting-Ruf ähneln würde. Die schiere Anzahl der Leute im Wartebereich bereitet mir Kopfschmerzen. Ich bin nicht gern allein. Aber Menschenmengen machen mich benommen. Ich glaube, ich mag es einfach nicht, wenn Leute mir zu nahe kommen. Das macht mich verrückt.

Ich streiche mir eine Haarsträhne aus dem Gesicht, als würde mich das alles gar nicht stören. Der Typ neben mir lächelt. Es ist eines *von jenen Lächeln.* Die Art, die sagt: »*Ich würde gern wissen, welche Farbe dein Höschen hat, also wie wäre es, wenn wir uns nachher noch treffen?*«

Er trägt einen maßgeschneiderten Anzug, eine Aktentasche ruht neben seinen schicken Lederschuhen.

Er holt sein Handy heraus und scrollt über den Bildschirm, wobei er alle paar Minuten zu mir herüber schielt um zu prüfen, ob ich zusehe. Das tue ich nicht, aber ich spüre seinen Blick jedes Mal auf mir landen und das macht meine Paranoia nur schlimmer. Ich wollte mich anpassen, dazugehören.

Die Frau neben mir ist modern und kultiviert. Sie ist etwa in meinem Alter, doch sie ist viel stilvoller und trägt einen Rock mit passendem Blazer. In meinem zu großen Bleistiftrock und meiner abgetragenen Handtasche fühle ich mich unwohl.

Ich schiebe meine Tasche mit der Ferse unter den Stuhl und falte meine Hände über dem Schoß. Was habe ich mir nur dabei gedacht, mich für diese Stelle zu bewerben? Jeder, der hier auf ein Vorstellungsgespräch wartet, ist eine Nummer zu groß für mich. *Dämlich, dämlich ...* Ich sollte nicht hier sein.

Die Termine wurden direkt aufeinander folgend festgelegt, um alle Bewerber mit zehnminütigen Schnelldurchlauf-Interviews abzuspeisen. Ich bin zu früh hier und bin ernsthaft versucht, wieder zu gehen. Der Personalmanager wird mich auf keinen Fall zurückrufen, nachdem er mich in diesem Aufzug gesehen hat. Und, wenn er meine bisherigen Berufserfahrungen durchgeht? Dann ist alles vorbei. Ich hatte kein Anrecht darauf, mich für diese Stelle zu bewerben. Das war reine Zeitverschwendung.

»Mira Frasier?»

Meine Schultern zucken beim Klang meines Namens. Wie bei den meisten Washoe ist auch mein Nachname so europäisch, wie die Menschen, die unser Land gestohlen haben. Er ist alles, was ich kenne, vertraut, aber trotzdem unpassend. So, wie ich es hier in diesem Raum bin.

Einen Moment lang sitze ich da und wäge meine Optionen. Fliehen? Das ist nicht wirklich mein Stil. Ich bin eher der Typ Mensch, der sich jeder Situation stellt, ungeachtet der Konsequenzen. Aber im Moment scheint die

Flucht eine gute Alternative zu sein, im Vergleich zu kompletter Demütigung und dem Verlust des letzte bisschen Stolzes, das mir noch geblieben ist.

Aber dann erinnere ich mich an meine Schulden … und an die Tatsache, dass ich gezwungen bin, mit Tyler zusammenzuleben. Okay, wenn nötig werde ich auf Knien um diese Stelle betteln.

Ich atme tief ein und stehe auf, um die Falten in meinem Rock zu glätten. Der schmierige Typ lässt seinen Blick über meinen Körper wandern und glotzt mir auf den Hintern, während ich mich bücke, um meine Handtasche vom Boden aufzuheben. Ich ignoriere ihn und jeden anderen erfolgsorientierten Besserwisser in diesem Wartebereich. Ich halte meinen Kopf erhoben, während ich der Empfangsdame einen breiten Korridor entlang folge.

Sie trägt einen maßgeschneiderten marineblauen Anzug, der sich kaum bewegt, während sie läuft. Aber ihr Haar hat diese verrückte, tiefrote, fast violette Farbe. Sie passt zur Umgebung. Ein professionelles Geschäft, vermischt mit der Eigentümlichkeit der Casino-Welt. Wir gehen um eine Ecke und vor einem großen Büro steht eine Frau, die mich mit einem freundlichen Lächeln begrüßt. Ich bin überrascht. Meiner Erfahrung nach sind die meisten Manager Männer, die hinter übergroßen Schreibtischen sitzen und erwarten, bedient zu werden.

Sie ist etwa so groß wie ich, also durchschnittlich. Sie hat eine etwas vollere Figur als ich, aber die Kurven sitzen an genau den Stellen, die Männer schätzen. Ihr Haar ist ein glänzendes dunkelblond und ihre Augen sind goldbraun. Sie sieht toll aus. Ich fand blondes Haar mit braunen Augen schon immer hübsch.

»Hallo, Mira. Ich bin Hayden Tate, die neue Personalchefin.« Sie streckt ihre Hand aus und ich schüttle sie. Ich folge ihr in das Büro und setze mich gegenüber ihrem mittelgroßen und unprätentiösen Schreibtisch.

Große, mit Büchern gefüllte Regale säumen beide Seiten des Raumes, wobei weitere Bücher auf dem Boden gestapelt sind. An der Wand hängt ein auffallendes abstraktes Bild, das nicht zum restlichen Dekor von Blue passt. Ich vermute, dass Hayden Tate das von zu Hause mitgebracht hat. Das Gemälde zeigt eine rote, schattenhafte Darstellung eines weiblichen Körpers, der sich mit eingezogenen Schultern selbst umklammert. Keines der Gemälde im Blue ist gegenständlich. Es sind alles Schnörkel oder Flecken, oder wie auch immer man Farben auf einer Leinwand auftragen muss, damit es als abstrakte Kunst durchgeht. Dieses Gemälde ist intensiv. Ich kann mich nicht entscheiden, ob die Frau sich zusammenhält oder auseinanderfällt.

»Ich entschuldige mich für die Menschenmenge da draußen«, sagt Hayden und nimmt Platz, während meine Nerven zurückkehren. »Diese Abteilung hat in letzter Zeit große Verluste erlitten.« Ihr Blick flackert zur Seite und sie rückt mit angespannten Bewegungen ein paar Papiere gerade. »Wir beschleunigen den Einstellungsprozess für die Assistentenstelle. Je nach Saison wird diese Stelle auch Abend- und Wochenendarbeit erfordern. Wäre das ein Problem für Sie?«

»Nein.« Ich schüttle den Kopf. »Ich bin es gewohnt, lange zu arbeiten. Wochenenden sind in Ordnung.«

Ich habe zu viel Zeit, jetzt, wo Lewis mit Gen beschäftigt ist. Ich weiß es zu schätzen, dass Cali mich bei ihr wohnen lässt und ich habe mich sogar an den Gedanken gewöhnt, vorübergehend mit Tyler zusammenzuleben. Aber da er es sich zur Aufgabe gemacht hat, möglichst viel herumzuhuren, nehme ich gern jede Gelegenheit wahr, mich von ihm fernzuhalten.

Hayden studiert mein Gesicht und es erfordert meine ganze Willenskraft, nicht auf meinem Stuhl herumzuzappeln.

Sie blickt auf ein Blatt Papier auf dem Schreibtisch vor ihr. »Hier steht, dass Sie in den letzten vier Jahren in einem örtlichen Casino gearbeitet haben. Sie sind von einer Hostessenposition zur Croupière aufgestiegen.« Sie blickt auf. »Ich sehe zwei weitere Positionen zwischen dem Job der einer Croupière und der einer Hostess. Jede der Stellen erfordert zunehmend mehr Verantwortung.«

Da mir langweilig wurde, habe ich nach neuen, herausfordernden Jobs gesucht. Und ich brauchte über die Jahre immer mehr Geld, um meine Mutter zu unterstützen.

»Dies ist eine Bürostelle«, fährt Hayden fort. »Es gibt zwar Aufstiegsmöglichkeiten, aber ich möchte, dass Sie die Parameter dieser Stelle verstehen.« Sie listet die Aufgaben auf, die erledigt werden müssen. Und, wie ich zugeben muss, sind diese mir ziemlich fremd.

»Ich verstehe«, sage ich und nicke, als wären all diese Dinge ein Klacks für mich.

»Wir sind sowohl in der Personalabteilung als auch im Gastgewerbe unterbesetzt. Als Assistent würden Sie beide Abteilungen unterstützen, bis ein Ersatz für das Gastgewerbe gefunden wird.«

Ich werde zwei Stellen besetzen, in denen ich keinen Hintergrund habe? Wie auch immer; es ist ja nicht so, als würde ich die Stelle tatsächlich bekommen. Mein Lebenslauf zeigt deutlich, dass ich nicht über die erforderlichen Fähigkeiten verfüge. Wahrscheinlich spielt sie bei jedem Bewerber das gleiche Programm ab.

»Jetzt, wo Sie wissen, wonach ich suche, können Sie mir etwas über sich selbst erzählen, Mira. Warum wollen Sie vom Dealen ins Management wechseln?«

Ich erzähle ihr irgendeinen Blödsinn darüber, dass ich eine Stelle mit mehr Luft nach oben suche.

»Das klingt gut«, sagt sie. »Ich werde Ihre Bewerbung im Kopf behalten, wenn ich die erste Vorstellungsrunde abschließe.«

Hayden war nett, aber dieses ganze Gespräch hat sich irgendwie künstlich angefühlt. Als würde sie einfach mechanisch ihren Text herunterrattern. Ein Teil von mir hat gehofft, dass ich mit diesem Job Glück haben würde, aber ich habe nie wirklich geglaubt, dass ich eine Chance habe. Nicht nachdem ich meine Konkurrenz in der Lobby gesehen habe.

Zeit für einen neuen Plan. Der hier war zumindest ein Reinfall.

Plötzlich klopft es an der Tür und Hayden blickt auf. »Drake«, sagt sie mit einem starren Lächeln.

Ich kenne Hayden nicht, aber sie verbirgt ihr Unbehagen nicht sonderlich gut, das der Mann in der Tür ihr bereitet.

Sie hat ihn Drake genannt. Das kann nicht derselbe Drake sein, von dem Gen mir erzählt hat – er sollte doch beurlaubt sein.

»Guten Morgen.« Drake wirft Hayden einen flüchtigen Blick zu und sieht dann mich an.

Er ist ein ziemlich gut aussehender Mann, trägt einen dunklen Anzug mit einer blau karierten Krawatte, die seine bernsteinfarbenen Augen dämonischer aussehen lässt, als es mir lieb ist. Sein abschätzender Blick mustert jeden Millimeter meines Körpers. Noch schlimmer als der Blick, den der Mann im Wartezimmer mir geschenkt hat. Denn in diesem Blick ist eine Art Besessenheit. Als wäre er der Überzeugung, dass er mich jederzeit nach Belieben haben könnte.

Dieser Gedanke geht mir durch den Kopf, aber das ist

es nicht, was meinen Magen zum Taumeln bringt und meine Hände schwitzen lässt. Es ist der Mann, der sich Drake vor Haydens Tür nähert, der meine volle, verängstigte Aufmerksamkeit hat.

Ich bin bereit, über den Schreibtisch zu springen um irgendeinen großen Gegenstand zwischen mich und diesen anderen Mann zu stellen.

Denn ich kenne ihn.

Der Typ mit der Jeansjacke.

Der Mann, der mich im Wald verfolgt hat, mich mit seinem groben Körper am Boden festgenagelt hat, um mich anschließend brutal zu prügeln. *Dieser* Typ.

Der Jeansjackenkerl flüstert etwas in Drakes Ohr, während er mich ansieht, und Drakes Blick wird noch abschätzender, wenn das überhaupt möglich ist. Er lächelt, doch sein Lächeln ist mehr schmutzig als freundlich. Als wüsste er, wie Tyler, über all meine Geheimnisse Bescheid. Nur vertraue ich Tyler um vieles mehr als diesem Drake, was einiges heißen muss, denn Tyler steht auf meiner Hassliste.

»Bist du für ein Vorstellungsgespräch hier, *Mira*?«, sagt Drake.

Er hat meinen Namen benutzt, obwohl wir uns noch nicht vorgestellt wurden. Weil er von mir weiß oder weil der Jeansjackenkerl etwas gesagt hat?

Ich muss hier raus. Und zwar *sofort*. Ich sehe mich um, aber meine Optionen sind begrenzt. Ich kann mich entweder in der Ecke hinter Hayden verstecken, oder an den beiden großen Männern vorbeirennen, die die Tür blockieren. Also im Grunde genommen Selbstmord. Ich kann der Situation nicht entkommen, ohne dass es zu einer Konfrontation kommt.

Hayden blickt zwischen mir und Drake hin und her. »Sie beide kennen sich?«

»In gewisser Weise«, sagt Drake.

Ich spüre Haydens Blick auf mir. Mein Gesicht ist errötet und ich sehe weder Drake noch den Kerl mit der Jeansjacke an. Sie geht um ihren Schreibtisch herum und stellt sich fast schützend neben mich.

Wie hängt dieser Drake-Typ mit dem gemeingefährlichen Stück Scheiße neben ihm zusammen? Nichts davon ergibt einen Sinn.

Sowohl Gen als auch Tyler haben mich gewarnt, nicht hierher zu kommen. Sich für diesen Job zu bewerben könnte die schlechteste Entscheidung sein, die ich bisher getroffen habe. Denn jetzt, da ich hier auf den Jeansjackenkerl gestoßen bin, bin ich mir sicher, dass ich besser hätte zu Hause bleiben sollen. Oder das Land verlassen.

Aber ich kann nirgendwo hingehen. Es gibt niemand, zu dem ich gehen kann …

Ruhe bewahren. Es hat keinen Sinn, jetzt davonzulaufen. Ich werde diesen Job niemals bekommen. Ich muss nur abwarten, bis dieses Vorstellungsgespräch vorbei ist. Der Jeansjackentyp kann mir an einem öffentlichen Ort nichts antun, oder? *Oder?*

»Mira bewirbt sich um die Assistentenstelle«, sagt Hayden.

Scheiße, sag ihm das doch nicht. Diese Männer müssen nicht noch mehr über mich wissen, als sie es ohnehin schon tun.

Sie hebt das Kinn ein wenig. »Sie ist eine starke Kandidatin und ich bin froh, dass sie heute hierhergekommen ist.«

Nein, nein, nein! Ich bin keine starke Kandidatin. Was sagt sie da? Sie macht die Situation nur noch schlimmer.

»Aber mein Interview ist vorbei«, werfe ich ein und schnappe mir meine Tasche, während ich aufstehe. »Ich wollte gerade gehen.« Ich versuche, mich an Hayden vorbeizuschlängeln.

Haydens Augen verengen sich, als sie Drake einen Blick zuwirft. »Wissen Sie, Mira« – sie konzentriert sich jetzt wieder auf mich – »Ich fange an zu glauben, dass Sie die perfekte Kandidatin für diesen Posten sind.« Mein Kiefer klappt herunter. Hayden starrt Drake an. »Sie sind für diese Position genauso qualifiziert wie ich für meine.«

Ich blicke von Drake zu Hayden. Irgendetwas geht da vor sich. Und ich bin mir sicher, dass ich nichts damit zu tun haben will.

»Wollen Sie etwa eine unqualifizierte Person als Ihre Assistentin anstellen, Hayden?«, spottet Drake.

Normalerweise würde diese Aussage mich stören, ob sie nun wahr ist oder nicht. Aber ich werde mich auf keinen Fall ins Auge dieses Sturms begeben.

Hayden verschränkt ihre Arme. »Das ist schon mal vorgekommen. Und man kann die Vorzüge eines Kandidaten nie auf einem Blatt Papier erkennen. Manche haben verborgene Stärken, die sich nicht durch einen akademischen Grad vorhersagen lassen. Meinen Sie nicht auch, Drake?«

Er lächelt nicht. Er starrt sie an und diesmal verspüre ich den Drang, *sie* zu beschützen.

Ich war noch nie sonderlich beschützerisch. Ich habe immer nur auf mich selbst geachtet und alle anderen konnten mich mal. Na ja, abgesehen von Lewis. Und Zach … und den Sallees. In Ordnung, es gibt ein paar Menschen, die mir wichtig sind.

»Jeder kann sich einen College-Abschluss holen, aber Menschen mit Anstand und Moral sind wichtiger«, fährt Hayden fort.

Drake grinst und bürstet sich unsichtbare Fusseln vom Ärmel seiner Anzugjacke. »Wenn sie meinen, Hayden.

Kommen Sie in meinem Büro vorbei, wenn Sie fertig sind.« Er geht weg.

Der Mann mit der Jeansjacke folgt ihm nicht sofort. Er starrt mich an und lächelt. »Wir sehen uns, Mira.«

Ach, Scheiße. Vielleicht sollte ich die Idee, die Stadt zu verlassen, noch einmal in Betracht ziehen. Irgendwie klingt das immer verlockender.

Hayden geht durch den Raum, schließt die Tür hinter den Männern und drückt ihren Rücken gegen das Holz. »Kann ich offen zu dir sein?«

Offen? Und jetzt sind wir per du? Worauf habe ich mich da eingelassen? Ich will nicht, dass sie offen ist, ich will hier raus. Ich bin hier in einer verkehrten Welt gelandet. Alles steht kopf. Hier sollte es professionell zugehen, nicht wie in einem Treffpunkt für Auftragskiller.

Hayden fährt fort, bevor ich weiß, wie ich ihr am besten das Wort abschneiden kann. »Ich bin neu hier. Sehr neu«, sagt sie, während sie sich auf den Weg zu ihrem Schreibtisch macht. »Ich soll den letzten gefeuerten Personalchef ersetzen.« Ihre Worte kommen schnell, als wäre sie in Eile. »Ich fand es seltsam, dass ich frisch von der Wirtschaftshochschule eingestellt wurde. Normalerweise würde diese Stelle mit einem Kandidaten mit dem entsprechenden Abschluss und jahrelanger praktischer Erfahrung besetzt werden, aber das haben sie nicht getan. Sie brauchten sofort jemanden. Und sie stellten *mich* ein.« Sie setzt sich und bedeutet mir, es ihr gleichzutun. Widerwillig komme ich ihrer Aufforderung nach und nehme meinen Platz gegenüber von ihr wieder ein. »Nachdem ich die Stelle angenommen hatte, dachte ich, dass ich einfach nur Glück hatte. Bis mir klar wurde, warum die Stelle frei geworden war und warum sie so schnell besetzt werden musste.«

Sie beugt sich vor und senkt ihre Stimme. »Gegen

dieses Casino wird wegen sexueller Belästigung ermittelt. Der letzte Personalchef hat auf mehrfache Beschwerden bezüglich eines der Angestellten nicht reagiert.« Haydens Blick bewegt sich zur Tür, womit sie mir schweigend sagt, was sie offenbar nicht laut zugeben will, aber ich habe es schon verstanden. Drake war dieser Angestellte.

»Ehrlich gesagt bin ich wie du«, sagt sie verschwörerisch. »Ich habe die richtige Einstellung und den richtigen Antrieb. Ich bin ehrgeizig, aber ich besitze nicht die Qualifikationen für diese Stelle. Dem Management war das egal. Sie haben mich eingestellt, weil ich eine Frau bin und sie ihr Image schnell sanieren mussten. Und weil sie dachten, ich sei beeinflussbar.« Sie lächelt humorlos. »Ich stelle die PR-Bemühungen des Blue Casinos zur Rettung des Unternehmens dar.«

»Sie sind eine Frau, also kann das Casino nicht als frauenfeindlich bezeichnet werden, wenn es Sie in einer Führungsposition einstellt«, sage ich und erwidere ihren Sarkasmus.

Sie lehnt sich zurück. »Ganz genau.«

All das – das ist nicht das, was ich mir bei meiner Ankunft heute erhofft hatte. Ich wusste, dass die Dinge aufgrund meiner mangelnden Qualifikation unangenehm werden würden. Dieses Ergebnis habe ich jedoch nicht vorhergesehen. Ich bin auf Drake gestoßen – *den* Drake. Ich bin meinem Peiniger aus dem Wald begegnet. Das ist alles zu viel.

»Es tut mir leid für Sie, Hayden, wirklich.« Ich bin dabei, ihr zu sagen, dass ich hier nicht arbeiten kann, selbst wenn sie das wirklich wollte und nicht nur, um Drake damit zu trotzen, aber irgendwie kann ich mir meine Meinung nicht verkneifen. »Vielleicht sollten Sie in Erwägung ziehen, zu kündigen. Mir scheint, als würden Sie mit einem Haufen Arschlöchern zusammenarbeiten.«

Hayden lacht. »Mira, du bist perfekt.«

»Wie bitte?« Ich habe ihren Arbeitgeber beschimpft und beleidigt. Ist sie verrückt?

»Ich suche mehr als nur einen Assistenten. Ich suche jemanden mit Köpfchen. Jemanden, der bei Bedarf eine Führungsposition übernehmen kann, der auch in stressigen Situationen ein gutes Urteilsvermögen besitzt. Diese Empfehlung« – sie tippt das Papier vor sich an – »weist darauf hin, dass du die Art von Person bist, die ich suche. Maryanne Boeman ist eine angesehene Mitarbeiterin in diesem Casino und sie ist der Meinung, dass du für diese Stelle geeignet bist.«

Gott, wie hat Gen das nur geschafft?

»Deine Arbeitserfahrung in einem der besten Casinos ist ebenfalls hilfreich.«

Das kann unmöglich ihr Ernst sein …

Hayden faltet ihre Hände auf dem Schreibtisch. »Mira, ich möchte dich als meine Assistentin einstellen.«

Kapitel Fünfzehn

Nach Haydens Ankündigung sage ich das Erste, was mir in den Sinn kommt.

»Warum wollen Sie mich einstellen?« Ich deute hinter mich. »Sie haben gehört, was Drake gesagt hat. Er hat mich als *unqualifiziert* bezeichnet.«

Ich kenne Drake nicht, aber ich habe das Gefühl, dass er mich kennt oder zumindest von mir weiß.

Scheiße! Warum musste der Jeansjackentyp ausgerechnet heute hier sein? Er war leger gekleidet. Ich glaube nicht, dass er hier arbeitet. Oder vielleicht doch, aber sicher nicht in der oberen Etage.

Das ist nicht gut.

»Deshalb will ich dich haben«, sagt Hayden.

Das ist das skurrilste Vorstellungsgespräch, das ich je hatte.

»Sieh mal«, fährt sie fort. »Ich weiß nicht, was Drake vorhat, aber ich habe einen Verdacht. Er ist für ein paar Tage vor Ort, um die Details seiner Managementposition persönlich an den Nachfolger abzugeben. Er sollte eigentlich gar nicht hier sein, aber der CEO hat eine Schwäche für ihn. Der Vorsitzende glaubt, dass die Anklage gegen Drake fallen gelassen wird. Aber selbst er kann Drake nicht erlauben, weiterhin hier zu arbeiten, während gegen ihn ermittelt wird«.

Sie blickt mich an, als würde sie einen Fall plädieren. Was sie nicht weiß, ist, dass ich auf ihr Angebot nicht eingehen kann. Damit würde ich nur ihre und meine Zeit verschwenden.

»Du hast eine gesunde Dosis an Misstrauen gegenüber Drake. Das macht dich auf Anhieb zu einer starken Kandidatin für den Job. Wenn Drake vor Gericht davonkommt, wird er dich nicht beeinflussen, im Gegensatz zu so vielen anderen Frauen in diesem Casino.«

Wow, das erregt meine Aufmerksamkeit. »Frauen *mögen* diesen Kerl tatsächlich? Nach allem, was er getan hat?«

»Soweit ich das beurteilen kann, ja. Ziemlich viele.«

Was stimmt mit den Menschen nicht?

Ich schüttle den Kopf und konzentriere mich auf das wichtigere Thema. Ich kann diesen Job nicht annehmen. Ich kann nicht in der Nähe dieser Männer sein. Aber ich bleibe bei dem praktischen Argument. »Sie haben meinen Lebenslauf gesehen. Ich habe keinen College-Abschluss und ich habe noch nie in einem Büro gearbeitet.«

»Du bist in den Bereichen qualifiziert, die mir am wichtigsten sind.« Hayden lehnt sich mit einem erschreckend entschlossenen Gesichtsausdruck in ihren Stuhl zurück. »Ich vertraue jedem, der Drake nicht vertraut. Du bist klug und fleißig, sonst wärst du in dem Casino, in dem du gearbeitet hast, nicht aufgestiegen. Ich kann dich ausbilden und ich würde lieber jemanden ausbilden, der mein Vertrauen hat.«

Oh mein Gott, sie meint es ernst.

Aber nein. Auf keinen Fall. Ich kann dem, was sie vorschlägt, nicht zustimmen.

»Außerdem« – sie lächelt teuflisch – »bist du eine Frau, was das Management glücklich machen sollte. Das ist besser für das Image. Und du bist klug genug, diesem Mann gegenüber misstrauisch zu sein.« Sie deutet mit dem Finger auf die Tür. »Ganz zu schweigen von den anderen Männern wie ihm in der Firma.«

»Es gibt noch *andere*?« Gen hat erwähnt, dass das sein könnte. Es schien schwer zu glauben, aber jetzt …

»Oh, viele.« Hayden hält inne. »Vielleicht sollte ich dir das nicht verraten.«

»Nein, machen Sie sich keine Sorgen. Es spielt keine Rolle. Ich kann diesen Job nicht annehmen.«

Hayden blinzelt, ihr Gesichtsausdruck verrät erste Anzeichen von Unsicherheit, bevor sie schnell aus ihrem Gesicht verschwinden. »Was auch immer deine Bedenken sind, ich werde sie beseitigen.«

Hayden ist hübsch und feminin, mit einer zarten Stimme, aber diese Frau ist hart im Nehmen.

Ich wünschte, ich könnte für sie arbeiten. Sie wäre eine coole Chefin. Ich respektiere die Tatsache, dass sie nicht bereit ist, sich von diesen Idioten abschrecken zu lassen, doch ich schüttle trotzdem den Kopf. »Ich kann das wirklich nicht. Selbst wenn ich es könnte …«

Ich blicke zur Tür. Selbst wenn Drake beurlaubt ist, kann ich auf keinen Fall in einer Firma arbeiten, in der sich der Kerl mit der Jeansjacke aufhält.

»Als Managerin habe ich Einfluss, ganz gleich, was Drake dich durch seine Einschüchterungstaktiken glauben machen will. Es tut mir leid, wie er vorhin hier hereingeplatzt ist. Er sorgt gern dafür, dass sich alle anderen Menschen um ihn herum klein fühlen. Aber ich lasse mich nicht so leicht einschüchtern und das Casino muss meine Entscheidungen unterstützen. Ich halte ihr Image aufrecht. Du und ich würden im Team arbeiten und Beziehungen zu anderen vertrauenswürdigen Mitarbeitern aufbauen, damit wir die Arbeit hier richtig erledigen können.«

Das erscheint nicht professionell, es erscheint verrückt. Irgendetwas kann mit diesem Laden nicht stimmen, wenn man die Anschuldigungen über den sexuellen Missbrauch – von denen ich weiß, dass es sich um Tatsachen handelt – und das Zusammentreffen mit dem Killer, der mich im Wald angegriffen hat, in Betracht zieht. Aber allein diese Aussage – der Teil über *andere vertrauenswürdige Mitarbeiter* – es ist, als würde im Blue Casino ein Krieg herrschen. Gut gegen Böse. Was zum Teufel?

Hayden macht keinen Rückzieher, also muss ich es ihr geradeheraus sagen. »Ich weiß es zu schätzen, dass Sie mir den Job anbieten. Ich weiß, es wäre ein großer Schritt nach oben für mich, aber das spielt keine Rolle. Es ist nicht nur Drake, wegen dem ich hier nicht arbeiten kann. Dieser Mann, mit dem er zusammen war … Ich sollte nicht in seiner Nähe sein. Ich muss mich sogar so weit wie möglich von ihm fernhalten.«

»Ich verstehe«, meint Hayden, obwohl ihr Ausdruck etwas anderes sagt.

Natürlich versteht sie es nicht. Was ich sage, ergibt für sie keinen Sinn. Ich habe ihr keine sachdienlichen Informationen gegeben. Und ich werde es auch nicht tun.

Ein Schimmer erleuchtet Haydens Augen. *Mist.* Ich mag diesen Blick nicht. ›Kämpferisch‹ beschreibt ihn ganz gut. »Mira, Drake wird für eine Weile von der Bildfläche verschwinden. Was ist, wenn ich dafür sorge, dass der andere Mann auch nicht zurückkehrt?«

Ich sollte sie nicht ermutigen, aber ich bin neugierig. »Das könnten Sie tun?«

»Ja.«

Ich kann diesen Job nicht wirklich in Betracht ziehen. Drake könnte von Zeit zu Zeit auftauchen und er hat zumindest eine Verbindung zu dem Mann mit der Jeansjacke.

Ich schüttle den Kopf. Das ändert alles nichts.

»Und ich biete dir einen Bonus an«, fügt sie hinzu. »Was hältst du von fünftausend Dollar?«

Ahhh, Mist. Einfach nur *Mist.*

Von all dem, was sie hätte sagen können, um mich von diesem Job zu überzeugen – Dinge, die ich leicht hätte ablehnen können – muss sie das eine sagen, was tatsächlich einen Unterschied macht.

———

ICH KEHRE zur Hütte zurück und finde Tyler vor, der in dem kleinen Wohnzimmer auf und ab schreitet, so wie Lewis es in der Nacht getan hat, als Tyler mich hierher brachte. Schlimmer noch, Tyler ist angezogen und sein Haar ist gekämmt.

Irgendetwas stimmt nicht.

Tylers Haar ist ständig zerzaust und er trägt selten ein Shirt im Haus – oder vielleicht ist das erst seit meiner Ankunft so. Es würde mich nicht überraschen, wenn er nur deshalb halb nackt herumläuft, um mich zu ärgern. Aber heute sieht er wie ein Bankangestellter aus. Irgendwas ist hier los.

»Wo warst du?«, fragt er, als ob er die Antwort auf diese Frage nicht schon wüsste.

Ich lege meine schäbige Handtasche hin. »Hast du eine Gehirnschädigung erlitten, während ich weg war? Du weißt, wo ich war. Ich hatte ein Vorstellungsgespräch.«

»Bei Blue. Warst du die ganze Zeit dort?«, fragt er ungläubig.

Ist das hier ein Verhör? Ich bin gerade noch dabei,

mich damit abzufinden, was im Casino passiert ist. Ich kann Tylers Belästigungen jetzt nicht gebrauchen.

»Ja«, sage ich, schüttle meine Absätze von den Füßen und tapse barfuß in die Küche, um ein Glas Wasser zu trinken. Als ich mich umdrehe, steht Tyler direkt vor mir.

Ich atme tief ein und inhaliere dabei Tylers Duft – eine Mischung aus Seife und seinem Eigengeruch. Der Duft, den ich so liebe.

Ausnahmsweise tritt Tyler zurück, als hätte er selbst bemerkt, dass er mir zu nahe gekommen ist. Oder vielleicht wittert er die Funken, die mein Körper versprüht. »Du warst lange Zeit dort. Ist etwas passiert?«

Ich zucke mit den Achseln. Wenn ich nein sage, wäre das eine glatte Lüge und aus irgendeinem Grund will ich Tyler nicht anlügen. Er ist gut darin, sie zu erschnüffeln. Komisch, dass das sonst keiner kann.

»Du zuckst mit den Schultern. Was soll das heißen?«

»Nichts.« Ich schlüpfe an ihm vorbei und gehe zu meinem Schlafzimmer. »Also, ja, es sind Dinge passiert, aber das ist keine große Sache.«

Tyler folgt mir und lehnt sich mit einer Schulter gegen den Türrahmen, nachdem ich den Raum betreten habe, sein Gesichtsausdruck ist streng. »Lass mich entscheiden, ob etwas eine große Sache ist oder nicht.«

Meine Finger halten am obersten Knopf meiner Bluse inne. Irgendwie erregen Tylers Worte etwas in mir, diese beschützerische Seite steht ihm. Er zögert nicht. Er glaubt tatsächlich zu wissen, was das Beste für mich ist. Aber ich vermisse den sanften Tyler, besonders wenn seine Alpha-Seite mir im Weg steht.

»Würde es dir was ausmachen, woanders hinzusehen? Ich will mich hier umziehen.«

Tylers Blick fällt auf meine Hände auf meine Bluse und er blinzelt. Er dreht sich um und verschränkt die

Arme. »Versuch jetzt nicht, das Thema zu wechseln, Mira. Ich habe keine Zeit dafür. Das Vorstellungsgespräch bei Blue war eine dumme Idee. Dann gehst du hin und bleibst zwei Stunden dort? Ich will wissen, warum.«

Ich ziehe eine Jeans und ein T-Shirt an und funkle seinen Rücken an. »Was meinst du damit, du hast keine Zeit dafür? Du bist arbeitslos. Ich glaube, du hast sehr wohl Zeit. Und warum willst du das überhaupt wissen? Hast du dir Sorgen um mich gemacht, Tyler?«

Ich bin sarkastisch. Offensichtlich. Tyler würde sich nie Sorgen um mich machen.

Er dreht sich langsam um und verzieht das Gesicht zu einem mürrischen, höhnischen Lächeln, das irgendwie extrem sexy ist. In meinem Kopf blitzt die Erinnerung an diesen Mund auf meinem auf und ich schüttle den Kopf, in der Hoffnung, damit diesen Gedanken aus meinem Gehirn zu verbannen.

»Ich habe mir keine Sorgen gemacht«, sagt er. Aber in der Art, wie er es sagt, liegt etwas Zögerliches. »Aber ich will nicht zur Verantwortung gezogen werden, wenn dir etwas passiert. Also musst du aufhören, dumme Entscheidungen zu treffen.«

Ich strecke ihm meinen Mittelfinger entgegen. »Hast du mich gerade dumm genannt?«

Er tippt mit dem Daumen auf den Türpfosten, bietet aber keine Entschuldigung an.

»Du brauchst nicht auf mich aufzupassen.« Ich versuche an ihm vorbeizugehen, aber er rührt sich nicht und sein Körper nimmt die gesamte Türöffnung ein.

»Würdest du bitte aus dem Weg gehen?«, sage ich zu dem glatten Bizeps, der unter seinen kurzen Ärmeln hervorschaut und mir den Weg versperrt.

Wenn ich nicht so sauer wäre, könnte ich seinen

muskulösen Arm vielleicht bewundern. Aber da dieser Arm leider Tyler gehört, würde ich ihn liebe beißen.

Gott, er ist so frustrierend. »Beweg dich«, schreie ich.

Starke Hände packen meine Schultern und schieben mich zurück, bis meine Kniekehlen gegen das Bett krachen und mein Hintern auf der Matratze landet. »Nicht bevor wir uns ein wenig unterhalten haben, Mira.«

Ein Schauer läuft mir über die Wirbelsäule und setzt sich in meinem Bauch fest. Tyler setzt sich neben mich und ich atme tief ein. Er ist zu nah. Es war ein anstrengender Tag und ich bin ohnehin schon geschwächt.

»Was ist bei Blue passiert?« Seine Stimme ist gedämpft, sanft.

Diese Stimme und seine Ausstrahlung − sie waren es, die mich vor Jahren weich werden ließen und mich dazu gebracht haben, ihn hineinzulassen. Und das ist gefährlich. Man sieht ja, wie gut das für uns ausgegangen ist.

»Nichts«, sage ich hartnäckig.

Ein Finger legt sich unter mein Kinn und dreht mein Gesicht zu einer männlichen Kieferpartie, die nicht mehr dem Jungen gehört, den ich einst gekannt habe. »Sag es mir.«

Mein Blick wandert nach oben, angezogen von Augen, denen ich nie widerstehen konnte und die Stärke und Aufrichtigkeit, die hinter ihnen verborgen liegt, sind heute so faszinierend wie vor sechs Jahren.

»Ich habe den Job angenommen.«

Kapitel Sechzehn

Tyler

Was zum Teufel? Das kann nicht ihr Ernst sein. »Was meinst du damit, du hast den Job angenommen? Du bist zu einem Vorstellungsgespräch gegangen, Mira. Unternehmen wie Blue stellen nicht einfach so auf der Stelle ein. Was zum Teufel hast du getan?«

»Gott, Tyler! Was willst du damit andeuten?« Sie windet sich von mir weg, steht auf und stürmt an mir vorbei ins Wohnzimmer.

Ich hab's immer noch drauf. Aber wenn Frauen in meiner Gegenwart Ausrufe gen Himmel machen, tun sie das normalerweise, weil ich irgendetwas mache, das sie in Fahrt bringt. Dann fallen Worte wie *Gott* und *Tyler*, kombiniert mit dem Stöhnen nach mehr. Aber das ist schon lange nicht mehr passiert, denn trotz meines Auftretens in letzter Zeit habe ich eigentlich schon ewig keine Frau mehr abgeschleppt.

Ich folge Mira ins Wohnzimmer, wo sie sich umdreht, um mir gegenüberzutreten. »Ist es so schwer zu glauben, dass mich jemand will?« Ihre Stimme klingt stark, aber ihre Augen sind voller Verwundbarkeit.

Sie denkt, dass niemand sie will? Ist sie verrückt? Alle wollen Mira.

Ich versuche, meine Wut zu besänftigen – auf sie, auf mich selbst. »Du kannst den Job nicht annehmen, Mira.«

Sie blickt mich an und das Feuer in ihren Augen erhellt den Raum. Sie ist verdammt schön. »Kann ich wohl. Ich habe es gerade getan.«

Das will ich nicht hören. Und diese dickköpfige Einstellung kann ich jetzt ebenso wenig gebrauchen.

Ich kneife meinen Nasenrücken. Ich muss mich zusammenreißen. Es gibt hier eine Lösung, wenn ich einen kühlen Kopf bewahre und darüber nachdenke.

Mira braucht einen besser bezahlten Job als den, den sie hat. Das verstehe ich. Ich versuche, die Möglichkeit außer Acht zu lassen, dass sie den Job bei Blue nur angenommen hat, um mich zu ärgern. Sowohl Gen als auch Cali wurden bei Blue sexuell belästigt und doch nimmt Mira dort einen Job an? Sie weiß, dass es für sie der gefährlichste Ort zum Arbeiten ist. Aber Mira zu sagen, was sie tun soll, ist auch nicht sonderlich wirkungsvoll. Denn dann wird sie genau das Gegenteil tun.

Ich muss Mira mit ihren eigenen Waffen bekämpfen. Sie erwartet von mir, dass ich sie herumkommandiere und mich wie ein Arsch benehme, denn das habe ich bisher getan, was zugegebenermaßen ziemlich daneben ist.

Also werde ich genau das Gegenteil tun.

Was bedeutet, dass ich ihr nicht sagen kann, dass sie ihren Job kündigen soll. Verdammt, *denk nach.*

Ich muss sie beschützen – ich meine – *verdammt,* wo kommt das plötzlich her? Ich muss sichergehen, dass sie nichts Gefährliches tut. Der einzige Weg, sie aus Calis

Wohnung zu kriegen, ist dafür zu sorgen, dass sie in Sicherheit ist.

Ich knacke mit dem Nacken und schrubbe mir mit einer Hand übers Gesicht. Na schön. Ich werde meinen Mund halten, was ihren neuen Job angeht. Aber ich habe meine eigenen Pläne. Gut, dass ich keine Zeit verschwendet habe, nachdem sie heute Morgen losgefahren ist. Ich habe ein paar Anrufe getätigt und einige Dinge in Bewegung gesetzt, die dafür sorgen werden, dass Mira nicht in Schwierigkeiten gerät.

Ich nehme meine Schlüssel vom Tresen, schlüpfe in meine Vans und schnüre sie zu.

Miras Blick folgt mit. »Wohin gehst du?«

Ha, das wüsste sie wohl gern. Gut. Ich werde es ihr sagen. Dann kann sie über etwas nachgrübeln. »Blue Casino.«

»Was? Wage es ja nicht, Tyler. Ich brauche diesen Job.« Sie hastet hinter mir her, als ich zu meinem Auto gehe.

Ich reiße die verrostete Tür auf, drehe mich zu ihr um und genieße die Röte ihrer Wangen, die schöne Intensität ihrer Augen, die meine Entschlossenheit normalerweise schmelzen lässt – aber nicht heute. »Mach dir keine Sorgen, Mira. Dein Job ist sicher. Ich habe etwas anderes im Blue zu erledigen.«

———

Mira

ICH HABE NIE ERFAHREN, was Tyler im Blue zu erledigen hatte, aber das spielt keine Rolle, denn ich erhielt ein offizielles Schreiben für die Assistentenstelle. Was auch immer Tyler getan hat, es hat meine Karriereaussichten nicht ruiniert.

Ich habe die letzten paar Tage damit verbracht, mich auf meinen neuen Job vorzubereiten. Ich bin zur Arbeit gegangen und habe ihnen die Situation geschildert und sie haben mich entlassen, genau wie meine Kollegen es prophezeit hatten. Meine Chefin war ziemlich niedergeschlagen, aber sie hatte Verständnis für mein Bestreben, mehr zu verdienen. Lewis war anfangs auch nicht sonderlich glücklich darüber, aber als ich ihm versicherte, dass Drake während der Untersuchung wegen der Anklage zwangsbeurlaubt ist, beruhigte er sich. Lewis ist zuversichtlich, dass sie Drakes Arsch an die Wand nageln werden. Er macht sich keine Sorgen, dass dieser Typ freikommt.

Das Einzige, was mich jetzt noch beunruhigt, ist Tylers Verhalten. Er geht mir aus dem Weg und verschwindet für ungewöhnlich lange Zeiträume. Es ist besser, wenn wir uns voneinander fernhalten, aber es muss einen Haken geben. Tyler hat sich erst in alle meine Angelegenheiten eingemischt und ganz plötzlich kümmert es ihn gar nicht mehr? Ich traue ihm nicht. Ich weiß nicht, ob er wütend ist oder irgendetwas plant.

Tyler kann das einfach nicht verstehen. Ich konnte das Geld, das Hayden angeboten hat, nicht ablehnen. Ein Bonus von fünf Riesen deckt fast die Hälfte der Summe, die ich dem Kredithai schulde. Und das von ihr genannte Gehalt besiegelte mein Schicksal. Es ist fast doppelt so hoch wie das, was ich als Croupière verdient habe. Ich konnte es mir nicht *leisten*, den Job *nicht* anzunehmen.

Tyler mag besorgt sein, dass ich mich in Schwierigkeiten bringe, aber das wird schon gut gehen. Ich werde meine Schulden in null Komma nichts abbezahlt haben. Dann kann ich ausziehen und er wird mich los sein. Verdammt, am Ende wird er mir noch dafür danken.

Ich komme nervöser, als ich es je gewesen bin, im Casino an. Nur meine Unsicherheit beim Vorstellungsgespräch kann mit meinem aktuellen Zustand mithalten. Ich will es nicht vermasseln. Und obwohl Haydens Begründung für meine Eignung mein Ego ganz schön gefüttert hat, kann ich nicht umhin, mir Sorgen zu machen, dass ich sie enttäuschen könnte.

Ich betrete den Aufzug und überlege, wie ich die Sache angehen muss, um nicht wie eine idiotische Anfängerin auszusehen, als ein Arm zwischen die sich schließenden Türen schießt und ein Mann von der Security eintritt.

Aber nicht irgendein Security-Mann.

Tyler.

»Was machst du denn hier?«, flüstere ich harsch. »Und warum bist du so angezogen?«

Ich hatte noch nie etwas für Security-Typen übrig. Männer in Feuerwehruniformen? Ja, immer her damit. Aber Wachleute? Nein. Das ist keine der Uniformen, die ich sexy finde. Sie sind auf der Uniformhierarchie ziemlich weit unten.

Doch Tylers Uniform liegt straff an seinen muskulösen Schultern und seiner Brust an. Sein tailliertes Hemd hat er an seinen schmalen Hüften in die Hose gesteckt. Ich werfe einen Blick auf seine Rückseite und erhasche einen Blick auf seinen uniformierten Hintern, und ich muss zugeben, dass das ein verdammt schöner Anblick ist.

Er ist ein heißer Security-Typ. Und er arbeitet hier.

Mistkerl, er hat mich ausgetrickst.

»Ich könnte dich dasselbe fragen. Ach, Moment«, sagt er und legt den Kopf schief, während die Fahrstuhltüren sich schließen. »Das habe ich ja schon.«

Ich beiße mir auf die Lippe und unterdrücke mein Verlangen, wütend aufzustampfen. »Tyler, das ist kein Witz. Ich stecke in Schwierigkeiten und das ist mein Ausweg.«

Er schiebt seine Hand lässig in die Tasche seiner sexy

Security-Hose. »Ich habe es dir gesagt, Mira, es ist zu meinem Vorteil, wenn du in Sicherheit bist. Dann kannst du endlich ausziehen. Das bedeutet, ich lasse nicht zu, dass dir etwas passiert, während wir zusammenleben.«

Die ganze Wut schmilzt aus meinem Körper. »Warum? Wir wissen beide, was du von mir hältst. Warum tust du das?«

Er betrachtet das rote Wickelkleid, das ich mir von Cali geliehen habe und sein Blick wandert weiter zu meinen Beinen, wo er verweilt. Er zuckt mit den Achseln. »Weißt du wirklich, was ich von dir halte?«

Ich dachte, ich wüsste es. Aber wie er mich gerade ansieht – wie sich meine Brust unter seinem Blick hebt und senkt – ich bin einfach nur verwirrt.

Tyler mag sich der Anziehung bewusst sein, die ich für ihn empfinde, und vielleicht erwidert er diese sogar ein wenig, aber er würde das nie in die Tat umsetzen. Er vertraut mir nicht und er hat bereits deutlich gemacht, dass er über mich hinweg ist.

Die Zahlen in der Digitalanzeige des Aufzugs springen in die Höhe, bevor sie sich beruhigen. Die Fahrstuhltüren öffnen sich. »Du hast mich benutzt, wogegen ich übrigens nichts einzuwenden hatte.« Er zwinkert. »Aber ich will wirklich nicht mit dir zusammenleben. Nichts für ungut.«

»Ich habe dich nicht benutzt«, sage ich und gehe in den Empfangsbereich hinaus.

Ich wollte Sex mit Tyler haben, weil ich jung war und dachte, dass ich ihn liebe. Natürlich weiß er das nicht. Er denkt, ich hätte mit allen möglichen Typen geschlafen.

Tyler hätte mich sowieso verlassen. Er war ein Arsch zu mir, warf mir vor, mit anderen Typen geschlafen zu haben – und das benutzte ich als Ausrede, um davonzulaufen und mein Herz in Schutz zu nehmen. Ihn zu verlassen, bevor er mich verlassen konnte.

»Es spielt keine Rolle, ob du mich benutzt hast oder nicht. Ich hatte nichts dagegen«, sagt er.

Wir halten vor der Rezeption an und beäugen uns gegenseitig argwöhnisch.

»Kann ich Ihnen helfen?«, fragt die Empfangsdame. Ich brauche eine Sekunde, um zu bemerken, dass sie mit uns spricht.

»Ich bin Mira Frasier, die neue Assistentin von Hayden Tate.«

»Und ich bin Tyler Morgan. Neue Security.«

Die Empfangsdame blickt von mir zu Tyler, und ihre Augen huschen verstohlen über Tylers uniformierte Brust. »Wir hatten hier oben noch nie eine Security, aber Sie kommen genau zur rechten Zeit. Sie entlassen heute Morgen jemanden und ich glaube, er muss nach draußen eskortiert werden. Glauben Sie, dass Sie das hinkriegen?«

»Ich bin hier, um zu dienen«, sagt Tyler und zaubert ein charmantes Lächeln auf seine Lippen.

Die Empfangsdame grinst, wobei ihre Make-up-Schicht fast aufplatzt.

Ich könnte kotzen.

»Hier entlang, Mr. Morgan.« Ihre Mundwinkel wenden sich wieder nach unten. »Ms. Frasier, bitte nehmen Sie hier Platz. Ich sage Ms. Tate, dass Sie hier sind.«

Ich möchte ihr sagen, dass das nicht nötig ist, weil ich mich an den Weg zu Haydens Büro erinnere, aber stattdessen setze ich mich und warte. Violet – das ist nicht wirklich ihr Name, aber so nenne ich sie von nun an in Gedanken – ist zu abgelenkt von dem hübschen neuen Wachmann, um mir Aufmerksamkeit zu schenken.

Tyler hat gesagt, dass er das nur macht, damit ich in Sicherheit bin – damit ich so schnell wie möglich ausziehen kann. Aber das, was er da macht, ist etwas übertrieben.

Vor allem, weil er vorher damit zufrieden zu sein schien, seine Tage am Computer und seine Nächte mit einer Menge Bier und irgendwelchen Mädchen zu verschwenden.

Es ist mir egal, was Tyler denkt – ich brauche seinen Schutz nicht. Und Violet, die sich entschieden hat, ihren Posten zu verlassen, damit sie Tyler nachsabbern kann, brauche ich auch nicht. Ich bin nicht darauf angewiesen, dass sie mich zu Haydens Büro begleitet. Hayden erwartet mich. Es wird ihr nichts ausmachen, wenn ich einfach vor ihrer Tür auftauche.

Ich stehe auf und gehe den Flur entlang. Als ich um die Ecke zu Haydens Büro biege, sehe ich Tyler. Und er begleitet den Typen mit der Jeansjacke nach draußen.

Ich werde stocksteif und erstarre in der Mitte des Flurs.

Der Typ mit der Jeansjacke starrt mich an, als sie sich nähern. Ich gehe zur Seite und meine Schultern drücken gegen die kalte, weiße Wand. »So schnell wieder hier?«, sagt er, als er und Tyler sich nähern.

Ich schlucke den trockenen Klumpen, der sich in meiner Kehle gebildet hat und versuche, seinem Blick standzuhalten. Er geht an mir vorbei, ein anzügliches Grinsen auf seinem Gesicht.

Tyler bleibt stehen. »Hey, alles okay?«

Ich nicke, obwohl mein Herz rast. Ich weiß nicht, warum dieser Tyrann mich von all den Menschen, denen ich in meinem Leben begegnet bin – den Mobbern in der Schule, den Ex-Freunden meiner Mutter – am meisten beängstigt, aber das tut er. Das tut er.

»Du siehst nicht gut aus.« Tyler wirft einen Blick auf seinen Schützling, der sich stetig auf den Ausgang zubewegt. »Ist es dieser Typ? Kennst du ihn?«

Vielleicht ist es mein Gesichtsausdruck, oder vielleicht

hat Tyler einen siebten Sinn, denn plötzlich erstarrt er. »*Ist er* das? Einer der Typen, die dich angegriffen haben?«

»Tu bitte nichts«, sage ich panisch, was völlig schräg klingt. Ich zeige mich sonst nie beunruhigt. »Ich meine es ernst, Tyler. Du begleitest ihn nach draußen. Er geht jetzt. Es ist kein Problem. Mach die Sache nicht noch schlimmer.«

Ich stehe so kurz davor, meine Schulden abzubezahlen. Ich will das einfach nur hinter mich bringen und sie haben mich immer in Ruhe gelassen, solange ich meine Zahlungen leistete. Macht es die Sache noch schlimmer, wenn ich diesen Mann an die Polizei verpfeife? Hätten er oder sein Partner es dann wieder auf mich abgesehen? Oder auf meine Familie?

Das ist es nicht wert.

Tyler beugt sich vor, seine Hand findet meine Taille. Der Druck seiner Berührung ist besitzergreifend und warm. »Er hat es in dem Moment zu einem Problem gemacht, als er dich angefasst hat.«

Kapitel Siebzehn

Tyler

Dieses Stück Scheiße, das vom Blue entlassen wurde, ist eines der Arschlöcher, die Mira verletzt haben? Mistkerl.

Sie haben mir einen Schlagstock gegeben und ich habe eine Genehmigung, Pfefferspray zu benutzen, solange ich in Uniform bin, aber ich würde diesen Kerl gern mit bloßen Händen fertig machen. Das Einzige, was mich zurückhält, ist die Tatsache, dass ich nicht auf Mira aufpassen kann, wenn ich meinen Job in diesem Irrenhaus verliere.

»Mein Gott«, murmle ich an die Decke. *Tief einatmen.*

Mira löst ihre Schulter von der Wand. Sie hält ihren Kopf erhoben, aber ihre Augen glänzen verängstigt. »Es ist schon in Ordnung. Er ist weg.«

Scheiße, es ist nicht in Ordnung. Sie ist nicht in Ordnung. Ich habe Mira noch nie so verängstigt gesehen. Das einzige Mal, dass ich sie so gesehen habe, war im Wald und jetzt gerade. Verdammt noch mal.

Ich strecke die Hand nach ihr aus, aber sie tritt zurück und geht zitternd den Flur entlang. Sie blickt zurück in Richtung des Arschlochs, das ihr Angst gemacht hat, bevor sie ihre Gesichtszüge stählt und an eine Tür klopft. Eine Frau begrüßt sie und sie betritt das Büro. Die Tür schließt sich hinter ihnen.

Ich drehe mich zu diesem Typen um, Wut brennt in mir. Ich würde am liebsten auf den Kerl losstürmen, aber ich muss einen kühlen Kopf bewahren.

Ich jogge, um ihn einzuholen und lege ihm eine Hand auf die Schulter. »Ganz ruhig, Kumpel. Ohne deine bewaffnete Eskorte gehst du nirgendwo hin.« Ich bin nicht wirklich bewaffnet, aber es würde mir nichts ausmachen, meinen Schlagstock auf seine Kniescheiben anzuwenden.

Er funkelt mich an, dann starrt er geradeaus.

»Wie war noch mal dein Name?« Dieser Wichser muss für das, was er Mira angetan hat, hinter Gitter gebracht werden.

»Hab ich nicht verraten.«

Diese Information sollte relativ leicht von Blue zu bekommen sein. »Das Mädchen da hinten?«, sage ich. »Halt dich von ihr fern.«

Das Arschloch schenkt mir ein schiefes Grinsen. »Sie ist nicht dein Typ. Zu viel Mumm. Solche Mädchen brauchen eine starke Hand.«

Ich presse meine Fäuste zusammen, bis meine Knöchel knacken. Ich bin davon ausgegangen, dass diese Stelle sich perfekt eignen würde, um dafür zu sorgen, dass Mira sicher ist, und ich hatte recht. Sieh an, wer an ihrem ersten Tag aufgetaucht ist – genau der Typ, der unser Zusammenleben notwendig gemacht hat.

Selbst wenn dieser Kerl Mira nicht verletzt hätte, könnte ich eine Ausrede gebrauchen, um auf etwas einzuschlagen.

Die Schuldgefühle, die ich wegen Colorado mit mir herumtrage und weil ich mit Mira zusammenleben muss – das alles spannt mich an. Rechnet man diesen Scheißkerl noch dazu, dann klingt es nach einer guten Idee, bei der Ausübung meiner »beruflichen Pflichten« aufgestaute Aggressionen abzubauen. Vielleicht ist das doch der perfekte Job für mich.

Ich begutachte den Kerl. Er ist nicht so groß wie ich, aber er hat breitere Schultern. »Wenn deine Hände auch nur *in ihre Nähe* kommen, entferne ich sie. Von deinem Körper.«

Das Arschloch lacht. »Jetzt habe ich aber Angst.« Er blickt mich aus den Augenwinkeln an. »Das kleine Mädchen, das du da beschützt, hat sich in ernste Schwierigkeiten gebracht. Wenn du weißt, was gut für dich ist, wirst du dich von ihr fernhalten. Es bringt nichts Gutes, mit solchen Mädchen herumzuhängen. Aber mach dir keine Sorgen. Ich werde mich gut um Mira kümmern, wenn es so weit ist.«

Ich ziehe meinen Schlagstock heraus und schlage ihm in die Kniekehlen.

Das Arschloch sackt lachend zu Boden. »Guter Schlag, Kumpel. Hast du vergessen, wo du arbeitest? Für diese Aktion werden sie dich auch über die Planke gehen lassen.«

Scheiße, ich habe die Überwachungskameras vergessen. Ich mache mir nicht die Mühe, mich umzusehen. Ist egal. Das war es wert. »Steh auf und geh weiter.«

Er gluckst, während er wieder auf die Beine kommt. Mein Häftling macht keine aufhetzenden Bemerkungen mehr, als ich ihn zum Ausgang begleite, aber er blickt über seine Schulter zurück, als er durch die Glastüren hinausgeht. »Wenn ich Mira das nächste Mal sehe, werde ich sie von dir grüßen.«

Reiß dich zusammen. Ich lasse einen langsamen Atemzug aus.

Er provoziert mich. Ich kann jetzt nicht durchdrehen. Dafür bin ich zu intelligent, nicht irgendein Neandertaler. Ich muss planen, wie ich mit den Bedrohungen von Miras Sicherheit umgehe. Von einem Job gefeuert zu werden, der es mir erlaubt, sie im Auge zu behalten, wird nicht helfen.

———

ICH BIN MIR ZIEMLICH SICHER, dass meine Mutter einen hysterischen Anfall bekommen würde, wenn sie wüsste, dass ich bei Blue arbeite. Sie hat den größten Teil ihres Erwachsenenlebens damit verbracht, sich in einem Casino abzuschuften, damit ich und Cali ein besseres Leben haben können. Dass wir selbst dort landen, nachdem sie uns das College finanziert hat, hat sie sicherlich nicht erwartet. Glücklicherweise bezweifle ich, dass Mira nach ihrem Zusammentreffen mit diesem Arschloch heute Morgen weiterhin in diesem Laden arbeiten wird. Das Mädchen scheint lebensmüde zu sein, aber sie ist nicht dumm. Obwohl ich mich um einiges besser fühlen würde, wenn ich sie sehen und es mir von ihr persönlich bestätigen lassen könnte. Ich habe Mira den ganzen Tag nicht gesehen, während ich die Arbeitseinweisung für den Job durchlaufen habe.

Bis jetzt hat mich mein Chef fast jedem vorgestellt. Aus irgendeinem Grund finden es die Leute faszinierend, dass ein Biologe mit einem Master-Abschluss sich dafür entscheidet, als Security zu arbeiten, der vielleicht gerade mal den Mindestlohn verdient. Ich persönlich verstehe nicht, was daran so schlimm sein soll.

»Das hier ist das Sicherheitsdepot, auch bekannt als die Sicherheitszentrale.«

Mein Chef ist ein fitter Kerl mittleren Alters mit Schnauzbart, der bis zum Kinn geht. Er führt mich durch eine Doppeltür abseits der Büroräume der Firma. Dies sind die einzigen beiden Türen auf dem gesamten Flur, mit Ausnahme eines Notausgangs am Ende des Korridors.

Ich sehe mir den höhlenartigen Raum an. Sicherheitszentrale passt. Das sieht aus wie die Hauptkommandozentrale der CIA. Hunderte von großen und kleinen Fernsehbildschirmen zeigen jeden Zentimeter des Casinos, aber nicht die Führungsetage. Anscheinend befinden sich hier oben nur wenige Kameras, die meisten sind für den Spielbetrieb vorgesehen, weshalb ich nicht dafür gefeuert wurde, dem Arschloch heute Morgen eine verpasst zu haben.

Ein Dutzend Leute bemannen die Sicherheitsstationen und kommunizieren über Mikrofone, die an Headsets befestigt sind. Die Luft hier drinnen ist aufgeladen, als würden die zusätzlichen elektrischen Geräte sie mit Strom verdicken. Als ich eingestellt wurde, wurde ich auf Herz und Nieren geprüft. Sie haben mir auch einen langen Vortrag über die Regeln gehalten, an die das Casinopersonal sich halten muss. Aber jetzt bekomme ich noch einen weiteren Vortrag über Vertraulichkeit und Regeln beim Glücksspiel.

»Hier werden wir also arbeiten?«, frage ich.

Mein Chef bricht in lautes Gelächter aus. »Oh, Mann. Du bist echt witzig. Nein, Mann, nein. Dieser Ort ist für Technikfreaks. Du und ich sind striktes Bodenpersonal. Wir machen die Drecksarbeit.« Er stößt mich in die Rippe. »Komm. Ich zeige dir dein Revier.«

Als sie mir die Stelle des Etagenwächters zugewiesen haben, hatte ich gehofft, sie meinten oben auf einer der richtigen Etagen, aber anscheinend steht der Titel für ›Casinoetage‹. Wir verlassen die Sicherheitszentrale und mein Chef nimmt mich auf einen Rundgang durch Treppenhäuser und private Ausgänge mit; ich werde noch eine Karte brauchen, um den Weg zurück ins Casino zu finden.

Je mehr ich an Mira denke, desto größere Sorgen mache ich mir, dass dieser Tag nicht ihr letzter bei Blue sein wird. Bei ihr ist es nicht auszuschließen, dass sie den Job trotz der Gefahr behalten möchte. Und wenn das der Fall ist, brauche ich einen Ersatzplan.

»Was hältst du von dem, was ich vorhin gesagt habe?«, frage ich meinen Vorgesetzten. »Glaubst du, sie würden mich auf der Büroetage einsetzen?«

»Nee, Mann. Warum solltest du dort sein wollen? Im Casino, da ist was los. Oder in den Suiten.« Er wackelt mit den Augenbrauen. »Eine Prostituierte hochnehmen, das ist genau das, was du brauchst, um dich einzuarbeiten.«

Was zum …? »Ja, Mann, das klingt cool« – *nicht* – »aber ich habe gehört, dass bei den Führungsleuten auch was los sein soll.«

Er wirft mir einen Blick zu. Abgesehen von der unbekümmerten Haltung, die er an den Tag legt, habe ich das Gefühl, dass er verdammt scharfsinnig ist. »Sei vorsichtig, Kumpel. Die Führungsleute bezahlen uns. Fang besser nicht an, über sie zu tratschen.«

Er öffnet die Tür zur Casinoetage. Der Klang der Spielautomaten übertönt unsere Schritte auf dem Teppichboden mit Klingeln, Glocken und Sirenen.

»Nein, Mann –« Scheiße. Ich bin erst ein paar Stunden hier und fange selbst schon an zu klingen wie dieser Typ. Ich versuche aber, mich anzupassen. »Das habe ich nicht gemeint. Ich habe gehört, dass ziemlich hart gegen Leute vorgegangen wurde, die sich mit den Kellnerinnen angelegt haben.«

Mein Chef zwinkert einer der Cocktailkellnerinnen zu. Sein Gesicht verhärtet sich, als er mich wissend ansieht.

»Drake Peterson. Vollidiot. Ich habe diesen Kerl immer gehasst. Hat sich an meinem Mädchen Kendra vergriffen.«

»Ah, Mann, das ist übel. Du verstehst also, warum ich denke, dass da Bedarf bestehen könnte. Ich habe mein eigenes Mädchen bei Blue. Sie arbeitet in der Verwaltung.« Totale Lüge, aber ich bin bereit, jeden Ansatz zu versuchen. Und es sieht aus, als könnte die Geschichte mit der Freundin etwas bewirken. »Ich habe gehört, dass der Typ dort gearbeitet hat. Es wäre gut, dabei zu sein und zu wissen, dass es ihr gut geht.«

»Ich weiß schon, ich weiß schon. Aber sieh mal, die haben keine Verstärkung auf der Vorstandsetage beantragt.«

Verstärkung? Was sind wir, Sondereinsatzkommandos?

»Ja, das verstehe ich, aber vielleicht können wir proaktiv sein. Frag doch mal, ob sie zusätzlichen Truppen gebrauchen können.« Ja, ich habe *zusätzliche Truppen* gesagt. Ich bin jetzt ein echter *Security-Mann.*

Mein Chef gibt mir einen Klaps auf den Rücken. »Guter Einfall, Morgan. Ich rufe die Mächtigen mal an und frage nach. Je mehr bewaffnete Einheiten sie anfordern, desto höher steigt mein Rang – Du weißt schon, wenn mehr Leute für mich arbeiten.«

Ich nicke und versuche, einen verständnisvollen Gesichtsausdruck aufzusetzen. Mein Chef mag seine Kontrolle, aber er ist ein guter Kerl. »Heute Morgen habe ich so einen Typen für Ms. Tate, die Personalchefin, hinaus eskortiert – du weißt nicht zufällig, wie dieser Kerl heißt, oder?«

»Ronald irgendwas. Der war nur kurz hier.« Mein Chef nickt einer ein paar Meter entfernten Gruppe von Pagen zu, von denen ich annehme, dass sie mir gleich vorgestellt werden.

»Wie auch immer, Ms. Tate könnte eine gute Kontaktperson für so etwas sein. Sie weiß scheinbar zu schätzen, was wir tun.«

»Das ist wahr, Mann. Das ist wahr. Sie ist neu hier, aber sie ist eine gute Seele. Ich werde das mal abklären. Bis dahin möchte ich dir noch ein paar Leute vorstellen.«

Mit etwas Glück wird mein Chef erfolgreich sein und ich werde näher bei Mira arbeiten. Nur um sie zu beschützen natürlich.

Kapitel Achtzehn

Ich komme in der Erwartung nach Hause, Mira zu sehen, aber obwohl ihr Truck in der Einfahrt steht, wirkt das Haus dunkel und leblos.

Warum sollte sie nicht hier sein, wenn ihr Truck da ist? Ist sie mit Lewis irgendwo hingefahren?

Ich ziehe meine Schuhe an der Haustür aus und dann spüre ich es. Ihre Anwesenheit.

Ich drehe mich um und schiebe die Schlafzimmertür auf, die halb geöffnet ist. Mira sitzt in ihrer Arbeitskleidung auf ihrem Bett und starrt aus dem Fenster, den Rücken gerade, die Hände auf dem Schoß gefaltet. Sie scheint nicht zu bemerken, dass ich hier bin, obwohl ich eigentlich genug Lärm gemacht habe, um sie auf mich aufmerksam zu machen. Sie ist vollständig in sich versunken, was keine große Sache sein sollte. Ich würde wahrscheinlich weggehen und sie in Ruhe lassen, wenn da nicht dieser Vorfall auf dem Flur heute Morgen gewesen wäre. Oder der Ausdruck auf ihrem Gesicht. Traurigkeit, Verzweiflung.

Scheiße, sie so zu sehen bringt mich um. Ich ziehe an meinem T-Shirt und sehe weg. Tue ich das jetzt wirklich?

Ja, ich denke schon.

Ich schiebe die Tür ganz auf, um Mira noch eine Gelegenheit zu geben, mich zu bemerken und rauszuschmeißen, aber sie blinzelt nicht einmal. Ich gehe zu ihr hinüber und setze mich neben sie auf das Bett. Direkt neben sie, sodass sich unsere Schenkel berühren. Denn mal ehrlich, langsam fängt sie an, mich zu beunruhigen. Und lieber verärgere ich sie, indem ich sie bedränge, als diesen Gesichtsausdruck noch länger zu sehen.

»Mira.«

Ihre zarte Kehle rollt mit einem Schluck und ihre Augen flimmern kaum merklich in meine Richtung.

»Geht es dir gut?«

Ihre Brust senkt sich und sie nickt, aber ich glaube ihr nicht.

Ich zerbreche mir den Kopf darüber, wie ich sie beruhigen kann, denn sie sieht aus, als könnte sie es gebrauchen. »Wahrscheinlich ist es eine gute Sache, dass wir den Mann heute Morgen gesehen haben. Jetzt weiß ich, wie er aussieht, falls er noch einmal dort herumlungern sollte. Du könntest zur Polizei gehen. Es wäre einfach, seinen Namen und seine Adresse herauszufinden, da er bei Blue gearbeitet hat.«

Meine Worte scheinen nicht zu helfen. Sie presst ihre Lippen zusammen, als wolle sie gleich weinen. Herrgott noch mal.

Ich werde eigentlich nicht schwach, wenn Frauen weinen. Ich bin als einziger Mann in einem Zwei-Frauen-Haushalt aufgewachsen. Ich habe Menstruations-Tränen, wütende Tränen und manipulative Tränen (Cali beherrscht diese Form hervorragend) gesehen. Dieser Mist macht mir nichts aus. Und im Laufe der Jahre habe ich mir auch einige passende Trostworte angeeignet, um mit diesen Tränen umzugehen. Aber im Moment reicht Miras Verzweiflung aus, um mich zu brechen.

Ich tue das Einzige, was mir einfällt, damit wir uns beide besser fühlen. Ich umfasse ihre Schultern und ziehe sie an meine Brust. Ihr Gesicht ruht an meinem T-Shirt und dann bricht der Damm.

Mira ist eine stille Weinerin. Hier und da quietscht es ein wenig, ihr Rücken bebt von einem zarten Schluckauf. Die Art und Weise, wie sie weint – als wäre sie es gewohnt, es zu verbergen – bringt mich dazu, etwas zu tun, was ich mir vor ein paar Wochen nie hätte vorstellen können.

Ich lege meine Arme um sie und presse meine Lippen auf ihren Kopf. Ich hebe ihr Gesicht an und wische die Tränen von den sanften Kurven ihrer Wangenknochen. »Schhhh, ist schon gut. Alles wird gut«, sage ich mit einer leisen, ruhigen Stimme, die im krassen Gegensatz zu dem Sturm steht, der in mir tobt.

Meine Gedanken sind in Aufruhr. Ich weiß nicht, ob alles gut wird, aber ich würde alles sagen, *absolut alles*, damit sie sich besser fühlt. Um die lebhafte Mira zurückzubringen, die ich kenne und liebe – *hasse*. Die rauflustige Mira, die ich zu *hassen* liebe.

Nur fühlt sich das nicht wie Hass an.

Es fühlt sich gut an, Mira in meinen Armen zu halten. Als würde sie dort hingehören.

Mira löst sich von mir und wischt ihr Gesicht mit der Rückseite ihres Ärmels ab, wobei sie einen Fleck Wimperntusche auf dem Stoff hinterlässt. Sie starrt diesen Fleck an und beginnt tatsächlich noch heftiger zu weinen an.

»Mira, sag mir, was los ist.«

»Ernsthaft, Tyler? Willst du wirklich den ganzen kranken Scheiß in meinem Leben wissen?«

Ich nicke. Ich will es tatsächlich wissen. Ich wollte schon immer wissen, was in Miras Kopf vor sich geht.

Ihre Hand ballt sich in ihrem Schoß zu einer Faust. »Wo soll ich anfangen?« Sie lacht humorlos. »Zum Beispiel, dass ich den Typen treffe, von dem ich dachte, er würde mich entweder vergewaltigen oder im Wald zu Tode prügeln. Das war ein guter Start in den Tag. Dann wäre da noch das Gekichere meiner Kolleginnen im Laufe des Nachmittags ... als ich das Faxgerät oder das Telefonübertragungssystem nicht bedienen konnte – oh, ja, und als ich den automatischen Bleistiftanspitzer kaputt gemacht habe.« Ich hebe eine Augenbraue. »Sieh mich nicht so an, Tyler. Ich habe John und Lewis bei Sallee Construction *besucht*. Ich bin nie hinter einem Schreibtisch gesessen. Ich habe keine Ahnung, was der Unterschied zwischen einem Sammeldruck und einem Individualdruck ist. Und was zum Teufel ist ein Diktiergerät? Dann waren da diese Männer, die mir ekelhafte Blicke zugeworfen haben. Aber die waren immer noch besser als die bösen Blicke, die ich von den Frauen gekriegt habe.«

Sie blickt mich klagend an, ihre Brust hebt und senkt sich. »Ich habe sie gehört, Tyler. Die Frauen haben getuschelt, dass ich wie eine Obdachlose angezogen bin.« Sie bekommt beim letzten Wort Schluckauf und eine neue Runde Tränen bricht aus.

Scheiße, Scheiße, wie mein neuer Chef sagen würde. Da habe ich mich selbst hineingeritten. Ich blicke mich verzweifelt um. Die Wände bieten auch keine hilfreichen Ratschläge.

Ich schiebe mein Knie näher an ihr Bein und lehne meine Unterarme auf meine Oberschenkel. »Erstens kann man mit einem Diktiergerät Nachrichten aufzeichnen, wie einen Brief oder so, sodass sie abgetippt werden können.

Das kann man jetzt mit Softwareprogrammen machen, zusammen mit dem Tippen.«

Sie sieht mich fragend an.

»Ich war Professor. Wir hatten keine richtige Sekretärin. Ich habe meinen eigenen Papierkram erledigt«, sage ich. »Was die Kleidung betrifft … Wenn du noch nie in einem Büro gearbeitet hast, ist es verständlich, dass du nicht die richtige Kleidung dafür hast. Wir gehen heute Abend einkaufen. Einige der Geschäfte bleiben länger geöffnet. Da finden wir schon etwas für dich. Und die Frauen starren dich nur an, weil sie eifersüchtig sind. Nimm es als Kompliment. Bei den Männern allerdings … Namen. Ich brauche Namen.«

»Wirklich?«

Ist sie etwa damit einverstanden, dass ich die Typen in ihrem Büro fertigmache, die sie anglotzen? Denn das würde ich tun.

»Gehst du wirklich mit mir einkaufen?«

Oh. »Ja, das werde ich. Ich kann nicht versprechen, dass ich eine große Hilfe sein werde. Erwarte nicht, dass ich Farben oder so aussuchen kann, aber ich bin ziemlich gut darin, den Vorhang der Umkleide zuzuhalten.«

Ihre Augen studieren mich, ein fast schüchterner Ausdruck erhellt ihr hübsches Gesicht.

Scheiße. Wenn es so einfach ist, Mira glücklich zu machen, und so einfach für sie, ein kleines Stück von sich selbst um mein Herz zu wickeln, dann bin ich erledigt.

———

MIRA BÜCKT sich in einem engen cremefarbenen Rock. »Kannst du da meine Unterwäsche durch sehen?«

Sie hat den perfekten Arsch. Im wahrsten Sinne des Wortes den wohlgeformtesten Arsch, den ich je gesehen habe. Rund aber fest, kurvig, aber proportional. Ich würde diesen Hintern, den sie mir ins Gesicht streckt, gern packen und meine Zähne darin versenken.

Sie bringt mich langsam auf die denkbar schönste Art um. »Mein Gott, Mira«, knurre ich.

Sie blickt über ihre Schulter und richtet sich auf. »Oh, Entschuldigung.« Ihr Erröten scheint völlig authentisch zu sein.

Für ein so hübsches Mädchen kennt sie ihre Wirkung auf Männer nicht. Oder vielleicht weiß sie einfach nicht, wie sie auf *mich* wirkt.

Mira fragt nicht mehr nach Meiner Meinung zu den Klamotten, denn, ja, ich sehe mir dabei nur ihren Körper an. Ich versuche wirklich, nur auf den Stoff zu achten, aber das, was darunter liegt, lenkt mich extrem ab.

Sie kauft ein paar Kleidungsstücke und ein neues Paar Schuhe, überprüft alle Preisschilder mehrfach und kauft nur Artikel, die im Angebot sind. Ich möchte die Etiketten am liebsten abreißen, damit sie nicht hinsehen kann und ihr ein Bündel Scheine in die Hand drücken. Ich hasse es, dass sie sich um Geld sorgt. Und ich kann nichts dagegen tun, denn es wäre seltsam, wenn ich ihr Klamotten kaufen würde.

»Lass mich dir ein Eis kaufen. Ich schulde dir was, nachdem du mit mir zusammen einkaufen warst. Lewis würde das nie tun. Er hasst shoppen.«

Ich auch, aber ich erwähne es nicht. Es lässt mich wie einen Schlappschwanz erscheinen, der alles tun würde, um dieses Mädchen glücklich zu machen. Und das bin ich nicht. Das bin ich nicht mehr. Mira sah vorhin einfach nur so traurig aus. Es besteht kein Zweifel, dass sie im Moment eine schwere Zeit durchmacht. Jeder anständige Mensch hätte ihr seine Hilfe angeboten.

»Eis lehne ich nie ab.«

Mira schiebt ihre Einkaufstaschen in den Fußraum meines Land Cruisers und mein Blick gleitet über sie, als sie auf die Beifahrerseite rutscht. Ich zucke zusammen, als der Stoff ihres Oberteils sich an der zerrissenen Polsterung verhakt. Sie ist heute Abend nicht verletzt, also weiß ich nicht, warum mich das stört, aber es stört mich.

»Kann ich dich was fragen?«

»Sicher«, sage ich abwesend und achte auf die Straße statt auf das Mädchen, das mich Dinge fühlen lässt, die ich noch nie für jemand anderen empfunden habe. Den Drang, jemanden zu beschützen. Und eine so starke Sehnsucht, dass mir die Brust wehtut.

»Was ist mit deinem Vater passiert?«

Ich zucke mit den Achseln. »Er hat meine Mutter im Stich gelassen.«

»Redest du noch mit ihm?«

»Er ruft ab und zu an. Wir haben eine Beziehung zueinander, aber wir stehen uns nicht nahe.«

Es ist seltsam, an meinen Vater zu denken. Er ist mehr ein Fremder als ein Elternteil. Ich bin mir ziemlich sicher, dass er einfach nicht anders kann. So ist er eben und er wird sich nie ändern. Er hat nie für uns gesorgt. Er hat es nie auf die Reihe bekommen, einen anständigen und gut bezahlten Job zu behalten. Meine Mutter hatte es schwer, als er noch da war, und versucht hat, für uns zu sorgen. Als er wegging, war alles einfacher.

»Wir sind eher so etwas wie Freunde, die nur losen Kontakt zueinander haben«, füge ich hinzu. »Er ruft ab und zu an, um mich zu fragen, woran ich arbeite. Das ist so ziemlich alles, worüber wir reden. Cali versteht er überhaupt nicht. Sie ist ihm zu emotional. Mein Vater ist wahnsinnig intelligent. So intelligent, dass er die normalsten Dinge nicht mehr versteht.«

Mein Vater wusste nie, wie man Zuneigung zeigt.

Besonders nicht bei meiner Mutter. Als ich jünger war, habe ich mir manchmal Sorgen gemacht, dass ich eines Tages so enden könnte wie er. Aber ich bin nicht wie er. Ich habe unendlich viele Gefühle für Mira. Es sind schon *zu viele*, wenn es um sie geht.

Ich schmunzle. »Ich weiß es nicht. Vielleicht ist mein Vater ein wenig autistisch oder so. Das würde mich nicht wundern. Cali ist auch wahnsinnig schlau, wenn es darum geht, Schulstoff zu kapieren, aber weniger, wenn es darum geht, ihren gesunden Menschenverstand einzusetzen. Wobei, das stimmt auch nicht ganz. Sie versteht Schulstoff, solange es nicht um Mathematik geht. In diesem Fall ist sie bestenfalls nachhilfebedürftig.«

»Ich bin das Gegenteil. Meinen gesunden Menschenverstand kann ich ganz gut einsetzen, aber in der Schule war ich nie sonderlich gut.« Mira sagt das, als wäre das ein unumstößlicher Fakt, weshalb ich nicht anders kann, als mich ihr zuzuwenden und die Stirn zu runzeln.

»Da bin ich anderer Meinung. Du warst in der High School gut in Algebra, nachdem ich dich auf ein paar Dinge hingewiesen hatte. Du lernst schnell dazu.«

Sie steckt eine Haarsträhne hinter ihr Ohr, ein scheues Lächeln zieht an ihren Mundwinkel, als sie auf einen freien Parkplatz vor dem Eiscafé hinweist.

Ich parke dort und wir steigen aus dem Auto. Ich folge Mira zur Glastür des Eiscafés, halte sie für sie offen und frage mich, was genau ich da tue. Das fühlt sich an wie ein Date, aber das ist es nicht. Ich hatte Mitleid mit Mira. Sie hatte einen beschissenen Tag. Das wird mir nicht unter die Haut gehen.

Wir wählen unsere Eissorten aus – sie nimmt Pralinen und Sahne, was irgendwie passend ist. Das erfordert anspruchsvolle Geschmacksknospen. Natürlich wählt sie eine Sorte, die ich nie von ihr erwartet hätte, nur um mich zu verwirren.

Ich bestelle eine Kugel Erdbeere und eine Kugel Cookies und gebe dem Kassierer einen Zwanziger. Meine Geschmackskombination ist irgendwie auch etwas, was man mögen muss.

»Hey, das wollte ich bezahlen.« Mira starrt den zwanzig-Dollar-Schein an, als er in der Kasse verschwindet und der Angestellte mir das Wechselgeld gibt.

»Das nächste Mal kannst du zahlen«, sage ich.

Sie steckt ihr Bargeld wieder in die kleine türkisfarbene Brieftasche, bei der, wie ich bemerke, die Reißverschlusslasche fehlt. Warum mich diese kleinen Dinge – der kaputte Koffer, dass sie nur Kleider kauft, die im Angebot sind, ihr ramponiertes Portemonnaie – stören, weiß ich nicht. Aber sie tun es. Das tun sie wirklich, verdammt noch mal. Sie hat den Großteil ihres Lebens bei einer wohlhabenden Familie gelebt, aber das scheint ihre Lebensweise oder ihre Einstellung zu dem, was sie hat, nicht geändert zu haben.

Dieses Mädchen sollte nicht die Verantwortung haben, sich um eine drogenabhängige Mutter zu kümmern. Sie sollte nicht wegen besagter Mutter verschuldet und gezwungen sein, sich gegen Leute wie dieses Arschloch zu wehren.

Wir suchen uns eine Sitzecke aus und ich studiere ihr Gesicht. »Warum willst du Lewis nicht die Wahrheit sagen?«

Sie hält inne, bevor sie ihr Eis ableckt. »Er versteht nicht, warum ich meiner Mutter helfe. Und es ist nicht seine Schuld, dass ich so viele Schulden habe. Es ist meine Verantwortung, sie zurückzuzahlen.«

»Es ist auch nicht deine Schuld, dass du so viele Schulden hast.«

Ihre Augen flimmern zu mir. »Doch, ist es schon. Ich habe mir das Geld schließlich geliehen.«

»Jeder braucht manchmal Hilfe.«

Zuerst sagt sie nichts. Sie rutscht auf ihrem Platz herum. »Lewis hat mir bereits Geld für den Kredit gegeben. Ich habe ihn um die Hälfte gebeten. Den Rest zahle ich zurück.«

»Nur die Hälfte? Für deine nicht existierende Glücksspielsucht. Das ist ein guter Witz, Mira, wenn man bedenkt, dass du nicht einmal Geld für dich selbst ausgeben willst.«

Ihr Mund verzieht sich genervt. »Weißt du, wie beschissen es sich angefühlt hat, ihn um Geld zu bitten, mit dem ich indirekt das Kokainproblem meiner Mutter bezahle? Es war falsch von mir, das zu tun. Ich hätte nicht zu ihm gehen sollen. Wenn er die Wahrheit wüsste, wäre er so wütend. Er sagt mir schon seit Jahren, dass ich mich von ihr fernhalten soll. Dass ich den Kontakt zu ihr abbrechen soll. Und irgendwann wird er deswegen den Kontakt zu *mir* abbrechen.«

»Das würde er nicht tun«, sage ich automatisch.

Sie starrt ihr Eis an, ohne etwas zu sagen.

Dieses Gespräch ist viel zu ernst geworden. Ich wollte Mira nie von meinem Vater erzählen, über den ich eigentlich nie spreche. Und ich hatte erst recht nicht beabsichtigt, Mira auf irgendwelchen schmerzhaften Scheiß hinzuweisen, damit sie sich in ihrer Situation noch schlechter fühlt.

»Du solltest Lewis nicht so gering einsch<u>ätzen</u>. Er ist ein guter Kerl. Er würde dich nicht abservieren, weil er sauer ist. Man gibt seine Familie nicht einfach so auf, und er betrachtet dich als seine Schwester.«

»Ganz genau.«

Hä? Sie stimmt mir zu?

»Man gibt seine Familie nicht auf«, sagt sie leichtfertig.

»Und was wäre ich für ein Mensch, wenn ich meine Mutter aufgeben würde?«

Das war ein Eigentor von mir. »Ein kluger Mensch? Hör zu, natürlich willst du deiner Mutter nicht wehtun, aber du darfst dich nicht von anderen Menschen ausnutzen lassen. Und diese Frau nutzt dich aus.«

»Ich weiß. Ich arbeite ja daran. Ich versuche wirklich, etwas daran zu ändern.« Sie schenkt mir ein müdes Lächeln. »Lass uns nicht mehr darüber reden, okay? Lass uns einfach unser Eis genießen.«

Ich nicke. Ich möchte nicht, dass Mira sich noch schlechter fühlt, also lasse ich es gut sein.

Aber meine Bemühungen, Mira von ihrer Mutter abzulenken, sind umsonst. Als hätte sie unser Gespräch in der Eisdiele gewittert, sitzt Miras Mutter auf unserer Veranda und raucht eine Zigarette, als wir nach Hause zurückkommen. In der Einfahrt steht kein Auto, aber die Karre, die sie neulich hierher gefahren hat, steht die Straße weiter runter.

Ich blicke zu Mira, die ihre Taschen aus meinem Auto holt und ihre Mutter nervös aus dem Augenwinkel beobachtet. »Soll ich sie bitten zu gehen?«

Mira blickt überrascht auf. Weil ich ihre Mutter bitten würde, zu gehen? Natürlich würde ich das. Diese Frau hat Mira nicht verdient.

Sie schüttelt den Kopf. »Nein. Ich rede mit ihr.«

Kapitel Neunzehn

Mira

Meine Mutter sieht wütend aus, und ausgezehrt. »Wo bist du gewesen, Mädchen?«

Ich schiele zu dem Fenster der Hütte, meine Einkaufstaschen in der Hand. Tyler ist hineingegangen, damit ich mit meiner Mutter sprechen kann. Ich sehe ihn nicht, aber ich führe sie trotzdem durch das Seitentor zur Rückseite des Hauses.

Die Augen meiner Mutter verengen sich beim Blick auf die Einkaufstüten in meinen Händen, als sie über den Boden und die Kiefernnadeln schlurft. Ihr Gang ist langsamer, als ich in Erinnerung habe. »Shoppen? Hast du so deine Zeit verbracht, während ich überall nach dir gesucht habe?«

Sie dreht sich abrupt um und schlägt mir eine der Plastiktüten aus der Hand. »Deine Mutter wird verfolgt und du gehst shoppen?«

Einen Moment lang bin ich von Schuld und Scham erfüllt, dann stellt sich die Realität ein. Ich brauche mich für gar nichts zu schämen. Ich habe die lebensbedrohlichen Schulden beglichen, die meine Mutter angeblich hatte. »Ich habe einen neuen Job und dafür brauchte ich entsprechende Klamotten.«

»Neuer Job, was?« Ihr Blick ist abschätzend. »Zahlen die besser?«

»Ja.« Ich hebe die Tüte auf, die sie zu Boden geschlagen hat und umklammere sie mit meiner Hand.

»Das ist gut. Du hast ja schon gesagt, dass du mehr verdienen willst.«

Das müsste ich nicht, wenn sie nicht wäre, aber das behalte ich für mich.

»Ich könnte im Moment selbst Geld gebrauchen. Es war schwer, seit du neulich nicht aufgetaucht bist. Dieser Junge« – sie wirft einen finsteren Blick auf das Haus – »er hat gesagt, dass du in eine Schlägerei verwickelt warst.« Sie mustert mich. »Du scheinst okay zu sein.«

»Ich bin okay«, stimme ich zu.

»Gut. Wie viel hast du dabei? Du warst einkaufen, also musst du sehr viel haben.«

Ich schlucke. Dies ist der Moment, den ich gefürchtet habe.

»Mom …«

»Was ist? Spucke es aus, Mädchen. Ich habe nicht den ganzen Tag Zeit.«

»Ich – ich kann dir nicht noch mehr Geld geben.« Ich bin verunsichert, meine Stimme klingt ganz und gar nicht fest.

»Warum nicht?«, schnauzt sie.

»Weil ich selbst keines habe.« Es ist die reine Wahrheit. Ich habe kein Geld übrig. Alles, was ich jetzt noch habe, brauche ich, um meine Schulden zu begleichen. Und ich kann ihr nicht weiter auf Kosten meines eigenen Lebens helfen.

Sie nickt, ihr Mund zuckt. »Ich verstehe, Mira. Du hast genug für dich selbst, aber nichts für deine Mutter.«

»So ist es nicht. Ich bin auch knapp bei Kasse, aber ich will auch nicht, dass es in unserer Beziehung nur um Geld geht. Ich würde gern mehr Zeit –«

»*Beziehung?* Welche Beziehung? Du bist ein egoistisches kleines Miststück, *das* bist du.«

Ich kann nicht atmen. Hitze und Druck bauen sich hinter meinen Augen auf. »Bitte sag das nicht.« Meine Stimme kommt im Flüsterton heraus.

»Oh, ich habe noch mehr zu sagen, aber ich werde es nicht tun. An dich verschwende ich keine Puste mehr.« Sie rempelt mir auf dem Weg an mir vorbei gegen die Schulter.

Ich starre ihr hinterher. »Mom, bitte geh nicht.«

Ich bin erbärmlich, das weiß ich selbst.

Meine Mutter ignoriert meine Worte und knallt das Tor hinter ihr zu.

Ich drehe mich um, blicke zu den hohen Kiefern im Hinterhof auf und versuche, meine Gelassenheit wieder-zuerlangen. Ich wusste, dass das kommen würde. Ich wusste, dass sie so reagieren würde, wenn ich es ihr sage. Aber das macht es nicht weniger schmerzhaft.

Ich wische mir eine Träne weg und straffe meine Schultern.

Zumindest hat Tyler nicht mitbekommen, wie meine Mutter mich verlassen hat. Wieder einmal.

Kapitel Zwanzig

Tyler stellt keine Fragen über den Besuch meiner Mutter und dafür bin ich dankbar. Am nächsten Tag gehe ich in meinen neuen Klamotten weniger unsicher zur Arbeit, obwohl ich wegen der Sache mit meiner Mutter immer noch verletzt bin. Ich habe das Richtige für uns beide getan, und das ist das Wichtigste. Meine Hoffnung ist, dass wir eines Tages eine Beziehung zueinander aufbauen können, die auf einem echten Fundament beruht, und nicht darauf, dass ich ihr ständig Geld gebe.

Ich werde den ganzen Tag von Hayden eingearbeitet und sehe Tyler erst abends wieder. Er sitzt am Esstisch und fährt seinen Computer hoch, als ich hereinkomme.

»Wie war dein Tag?«, fragt er.

»Besser.« Ich lege meine Handtasche auf die Couch.

Tyler starrt mich an, dann wieder auf seinen Laptop. Er schaltet ihn abrupt ab. »Was hältst du davon, wenn wir eine kleine Fahrradtour machen?«

Zuerst sage ich gar nichts. Tyler und ich haben noch nie etwas nur zum Spaß zusammen unternommen. Der

Einkaufsbummel war eher eine erzwungene Situation. »Ähm, ich habe kein Fahrrad.«

»Du brauchst keins. Zieh dich um und triff mich draußen vor der Tür. Wenn wir uns beeilen, sehen wir den Sonnenuntergang noch.«

Ich stehe da und sehe einfach nur verdutzt drein.

Er blickt auf, nachdem er seinen Computer weggeräumt hat. »Beeil dich, Mira. Die Sonne wartet auf niemanden.«

Ohne ein weiteres Wort zu sagen, tue ich, was er sagt. Als ich Tyler draußen treffe, sitzt er auf seinem Fahrrad. Über seinem langärmeligen Shirt trägt er jetzt ein Sweatshirt.

Ich mache den Reißverschluss meiner Fleecejacke zu und ziehe mir eine Strickmütze über den Kopf, meine gewellten Haare kitzeln meine Wangen. »Ich habe immer noch kein Fahrrad, Tyler.«

»Kein Problem. Wir machen es wie beim letzten Mal. Bis zum Strand sind es nur ein paar Blocks.«

Wie beim letzten Mal. Im Wald? Als ich auf seinem Schoß saß? »Ich bin mir nicht sicher, ob das so eine gute Idee ist.«

Er studiert mein Gesicht. »Hast du Schiss?«

Ich verdrehe die Augen. »Als ob.« Ich habe wirklich Schiss. Doch das hält mich nicht davon ab, zu ihm hinzugehen.

Er nimmt einen Arm vom Lenker. »Setz dich seitlich hin. Ich kümmere mich um den Rest.«

Ich tue, was er sagt, und rutsche auf seine Oberschenkel. Das wird nicht funktionieren, ohne dass ich meinen Arm über seine breiten Schultern lege und direkt über seinem Schritt sitze.

Er hebt mich an und passt unsere Haltung an. Ich sehe

überallhin, nur nicht in sein Gesicht, das nur wenige Zentimeter von meinem entfernt ist.

»Halt' dich gut fest«, sagt er mit einem frechen Zwinkern.

Flirtet er mit mir? Gerade als mir der Gedanke durch den Kopf geht, fährt Tyler mit einem Ruck los. Ich schreie auf, schlinge meine Arme um seinen Hals und drücke meine Brust an seine.

»Du hältst dich gut fest, aber ich muss auch noch atmen.« Er lacht.

»Okay, Lance Armstrong, dann fahr langsamer. Du bringst uns noch um.« Ich schließe meine Augen, als wir in einem Rausch an den Häusern unserer Nachbarn vorbeifahren und über eine Nebenstraße zur Hauptstraße abbiegen.

»Hab ein wenig Vertrauen. Ich lasse nicht zu, dass dir etwas passiert, Mira.« In seinen Worten liegt ein ernster Unterton.

Ich blicke auf und sehe, dass er mich anstarrt. Mein Magen zieht sich zusammen und mein Herz schlägt schneller. Es wäre so leicht, mich wieder in Tyler zu verlieben – natürlich nur unter der Voraussetzung, dass ich je aufgehört habe, ihn zu lieben.

Tyler

Diese Radtour unterscheidet sich deutlich von unserer letzten gemeinsamen Fahrt. Zum einen bin ich mir jeder Kurve von Miras Körper bewusst, die auf Stellen drücken, die sich nur zu gern bemerkbar machen würden. Und ihr Vanilleduft macht mich wahnsinnig.

Ich weiß nicht, warum ich sie gebeten habe, mitzukommen. Ich hatte nicht geplant, eine Fahrradtour zu machen, aber als sie zur Tür hereinkam, machte meine Brust einen kleinen Ruck und Blut begann durch meine Adern zu strömen. Ich konnte den Gedanken nicht ertragen, noch einen weiteren Abend damit zu verbringen, Mira aus dem Weg zu gehen. Also habe ich das Erste gesagt, was mir einfiel. Wenn man bedenkt, dass ich sie jetzt auf meinem Schoß habe, erwies sich das als eine geniale Idee.

Ich fahre zu der Treppe zum See, die unserer Hütte am nächsten liegt.

Unsere Hütte? Seit wann ist das Haus von Cali meins und Miras?

Mira rutscht von meinem Schoß und stellt sich neben mich. »Wir sind noch nicht zu spät«, sagt sie und starrt in Richtung der Sonne, die dabei ist, hinter der Bergkette unterzugehen.

Ich nehme mein Fahrrad auf die Schultern, jogge die Stufen zum Sand hinunter und lehne es an einen Zementblock, der einst Teil eines Stegs war. Mira steht immer noch oben an der Treppe und blickt über den See.

»Kommst du?«

Sie geht die Treppen herunter und kommt an meine Seite, ihr Blick flackert zurück zu dem Sonnenuntergang. »Es ist schön.«

Ich streiche ihr langes, dunkles Haar über ihre Schulter. Ihre Mütze schmiegt sich um ihren Kopf und lässt ihr Haar ihr Gesicht umrahmen. Sie ist so schön. »Komm schon.« Ich greife ihre Hand und ziehe sie zum Strand

Mira schreckt nicht vor meiner Berührung zurück und versucht auch nicht, sich von mir zu lösen, und aus irgendeinem Grund macht mich das glücklich. Wir gehen zu dem großen Felsen, wo ich gern auf den See hinausschaue und ich lasse ihre Hand los. Wir sind kein Paar. Das ist kein Date. Aber es ist schön.

Mira und ich sitzen dort noch lange nach Sonnenuntergang, bis es so dunkel ist, dass mir klar wird, dass wir besser zurück nach Hause gehen sollten. Die Straße ist gut beleuchtet, aber ich will es nicht riskieren, mit Mira auf meinem Schoß im Dunkeln zu fahren und am Ende noch von einem Auto übersehen zu werden.

Ohne ein Wort zu sagen, stehe ich auf und Mira tut es mir gleich. Schweigend machen wir uns auf den Weg zurück zur Hütte. Das Schweigen sollte unangenehm sein, aber das ist es nicht. Ich schließe mein Fahrrad im Hinterhof ab und treffe sie drinnen.

Sie blickt schüchtern auf. »Danke. Das war nett.«

»Gern geschehen. Lass es mich ruhig wissen, wenn du mal wieder auf meinem Schoß sitzen willst.«

Sie schüttelt den Kopf. »Das musste jetzt sein«, sagt sie, aber sie lächelt.

Meine Lippen zucken. »Du weißt, mit wem du es zu tun hast.«

Ihr Lächeln verblasst. »Tue ich das?«

Ich schlucke. »Na, dann geh ich besser wieder an die Arbeit.« Ich gehe zum Esstisch.

»Arbeit?«, fragt sie. »Ist es das, was du da machst?«

Ich betrachte die Lehrbücher und Zeitschriftenartikel, die ich recherchiert habe. Als ich in Lake Tahoe ankam, brauchte ich etwas, das mich auf Trab hält. Aber das kleine Projekt, das ich begonnen habe, hat sich zu etwas größerem entwickelt. »Ja. Es ist etwas, worüber ich schon seit ich Professor geworden bin nachgedacht habe. Vorher hatte ich nie die Zeit dazu, aber jetzt ...«

»Jetzt schon, nur dass du jetzt bei Blue arbeitest und deswegen doch nicht mehr so viel Zeit dafür hast.«

Das ist wahr. Seit ich bei Blue arbeite, konnte ich nicht mehr so viele Stunden in mein Projekt investieren, aber mein Security-Job ist nur vorübergehend. Bald wird Mira ausziehen und es wird keine Rolle spielen, ob ich ein paar Stunden weniger in mein Projekt investiert habe. Es wird immer noch da sein und auf mich warten, wenn sie nicht mehr hier ist.

»Na ja, ich habe sowieso mal eine Pause davon gebraucht. Jetzt kann ich mich darauf freuen, wenn ich nach Hause komme. Keine große Sache.«

Sie schweigt. »Danke, Tyler. Dafür, dass du den Job bei Blue genommen hast«, sagt sie, geht in ihr Zimmer und schließt die Tür.

Ich starre einige Minuten lang ins Nichts und frage mich, was zum Teufel ich wirklich mit ihr und mit meinem Leben vorhabe.

Kapitel Einundzwanzig

Mira

»Jaeger, kannst du noch ein paar Bullfrogs mixen? Die Mädels und ich sind fast komplett durch, und deine schmecken so viel besser als meine«, sagt Cali zu ihrem Freund.

Wir sind bei Jaeger zu Hause und hängen auf seinem Steg in der Nachmittagssonne herum. Das Wetter ist für diese Jahreszeit ungewöhnlich warm, und das nutzen wir in unseren Badeanzügen und mit Getränken in der Hand aus. Jaeger hat den Steg vor Kurzem gebaut und er ist ziemlich beeindruckend, mit maßgefertigten Bänken und gepolsterten Liegestühlen. Oh, und er ist riesig. Jetzt, wo Nessa angekommen ist, sind wir zu acht, und wir haben uns überall ausgebreitet.

Als Gen mich eingeladen hat, war ich etwas besorgt. Zach und Lewis sind wie Brüder, aber ich kenne Cali und Jaeger kaum, auch wenn ich bei Cali wohne. Als ich sie das letzte Mal gesehen habe, war ich gerade windelweich geprügelt worden. Nicht gerade einer meiner besten

Momente. Und dann ist da noch Tyler. Seltsamerweise fühle ich mich in Tylers Gegenwart wohler. Ich kann das nur auf unser erzwungenes Zusammenleben und den Waffenstillstand, den wir anscheinend ausgerufen haben, zurückführen. Wir müssen uns irgendwie aneinander gewöhnt haben … aber das stimmt so auch nicht ganz, denn ich fühle mich in seiner Nähe definitiv nicht entspannt. Ich bin mir seiner Gegenwart überdeutlich bewusst.

»Klar, Süße«, sagt Jaeger zu Cali. Er stellt sein Bier ab, steht auf und streckt seine Arme.

»Pass auf … gleich kommt's«, flüstert Cali mir und Gen zu, während sie ihren Freund beobachtet.

Gen verdreht die Augen und schüttelt den Kopf in meine Richtung, als hätte Cali den Verstand verloren.

Keine Ahnung, was da vor sich geht. Mein Bullfrog ist noch voll, genau wie der von Cali, soweit ich das beurteilen kann.

Cali sieht ihrem Freund gebannt dabei zu, wie er zu den Steinen geht, die vom Ufer hinaufführen. Sein Haus bietet einen wunderschönen Blick auf den See, aber der Weg dorthin ist eine Wanderung. Jaeger beginnt, die paar hundert Meter bis zu seinem Haus hinauf zu steigen.

»Ahhh«, sagt Cali und bewundert dabei den Hintern ihres Freundes, der sich die Felsen hinaufschwingt. »So, so heiß. Glaubst du, er wird es in einer halben Stunde wieder tun?«, flüstert sie Gen zu.

»Cali«, sagt Gen mahnend, jedoch mit Humor in der Stimme.

Jaeger ist groß und muskulös. Da ich mich ständig in der Nähe eines anderen großen, athletischen Mannes befinde, verstehe ich den Reiz.

Ich werfe einen Blick auf Tyler. Seine goldene Brust und seine glatte Haut fallen mir sofort ins Auge. In letzter

Zeit verwirrt er mich mit seiner hilfsbereiten Seite. Ich kann mir nicht erklären, warum er so nett zu mir ist, seit ich nach meinem ersten Arbeitstag vor ihm aus den Fugen geraten bin. Er erinnert mich an den Tyler, den ich früher kannte.

Tyler sitzt neben Lewis und beobachtet das eklatante Arschgeglotze seiner Schwester argwöhnisch. Jaeger und Tyler sind gute Freunde. Natürlich ist das irgendwie peinlich.

»Was denn?«, fragt Cali Gen. »Sein Hintern ist er Gipfel der Schöpfung. Gott hat diesen Hintern geschaffen. Wir *müssen* ihn bewundern.«

»Wie auch immer.« Gen verdreht wieder die Augen und sieht mich an. »Wie läuft's denn so im Casino?«

Cali beobachtet ihren Freund weiter, bis er aus unserem Blickfeld verschwindet.

»Es ist alles in Ordnung«, sage ich zögerlich.

Ich bin dankbar für meinen Job bei Blue. Ich verdiene mehr Geld, als ich auf meiner Jobsuche für möglich gehalten hätte. Drake ist im Grunde genommen verschwunden und wartet irgendwo auf seinen Gerichtsprozess, also mache ich mir seinetwegen keine Sorgen. Aber irgendetwas stimmt in diesem Casino nicht, und ich weiß nicht genau, was es ist.

Gen beugt sich vor. »Niemand ist gemein zu dir gewesen, oder? Ich habe vergessen, dass du einen anderen Stundenplan hast, als Nessa und Zach.«

Ich sehe Nessa an. Sie ist vor ein oder zwei Minuten angekommen, aber sie hält ihre Strandtasche immer noch in der Hand, während Zach sie in einer Bärenumarmung umklammert hält und ihre Füße über dem Boden baumeln lässt. Sie lacht hysterisch, als er sie wie einen Salzstreuer auf und ab schüttelt.

»Nein, es ist alles in Ordnung.« Das ist die Wahrheit.

Ich bin es gewohnt, dass Männer mich angaffen und Frauen schlecht über mich reden. Die gleiche Situation in einem anderen Arbeitsumfeld.

Ich habe es aufgegeben, mich zu fragen, warum ich diese Reaktion bei den Menschen hervorrufe. Ich habe mit meiner Therapeutin darüber gesprochen und sie glaubt, dass ich meine tiefsten Ängste irgendwie durchscheinen lasse. Das ist scheinbar eine Art Teufelskreis. Ich habe Angst davor, im Stich gelassen zu werden, also stoße ich Menschen weg. Manchmal bewusst, manchmal unbewusst. Das ist nicht bei jedem der Fall, aber so oft, wie ich diese Reaktion von andere bekomme, muss da etwas dran sein.

Jaeger kehrt zum Steg zurück und Cali lächelt strahlend. Er kommt mit einer Kanne Bullfrog zu uns herüber – ein Limetten- und Wodka-Getränk, das sie alle zu lieben scheinen – und gießt unsere Plastikbecher nach. Ich muss zustimmen. Dieser schaumige Bullfrog-Drink ist an einem heißen Sommertag ziemlich genial. Im Herbst haben wir einige Tage wie diesen, aber schon bald wird es zu kalt für Shorts sein, geschweige denn für Badeanzüge.

Jaeger beugt sich hinunter und küsst Cali auf den Kopf. »Ich weiß, was du da machst und es gefällt mir.« Er schmiegt sich an ihren Hals und sie quietscht. »Ich kann auch gern den ganzen Tag dein Laufbursche sein, wenn du mir solche Blicke zuwirfst.«

Ich dachte die verliebten Blicken, die Gen und Lewis sich gegenseitig zuwerfen, wären zum Kotzen, aber diese beiden sind viel schlimmer.

Und ich bin so eifersüchtig.

Tyler

Ich versuche, Miras Körper im Bikini nicht anzustarren, aber es ist nicht leicht. Ich bemühe mich noch mehr, nicht zuzuhören, als sie mit Gen und Cali über die Arbeit spricht. Ich gebe es zu. Ich mache mir Sorgen um sie. Was wahrscheinlich offensichtlich ist, nachdem ich alles aufgegeben habe, um einen Job im Blue Casino zu bekommen und sie im Auge zu behalten.

Ich rede mir ein, dass das alles nur zu ihrer Sicherheit ist, damit sie ausziehen kann. Aber irgendwie habe ich da so einen Verdacht, dass das nicht der einzige Grund für mein Interesse ist. *Ich* will nicht, dass sie verletzt wird.

Als Miras Mutter vor unserem Haus auf sie gewartet hat, bis wir vom Shoppen zurückgekommen sind, ging ich hinein, um ihnen beiden etwas Freiraum zu lassen. Es könnte sein, dass ich ihr Gespräch durch ein Fenster belauscht habe, das ich geöffnet habe, während sie im Hinterhof miteinander redeten. Und ich bin nicht gerade erfreut über das, was ich gehört habe. Als ihre Mutter sie beschimpfte und sie beschuldigte, egoistisch zu sein, wäre ich fast durchgedreht. Ich hätte ihr am liebsten die Meinung gegeigt, aber ich riss mich zusammen. Ich muss eine Grenze ziehen, wenn es darum geht, wie weit ich für Mira gehen würde. Aber es war schwer, tatenlos zuzusehen und nichts zu sagen.

Es ist eine ziemlich beschissene Situation. Aus Miras Sicht ist diese Frau ihre Mutter. Ich meine, verdammt, da hat sie in der Mütter-Tombola eine richtige Niete gezogen. Ich bin ein Glückspilz. Ich habe eine fantastische Mutter. Im Gegensatz zu Mira. Ihre Mom hätte keine Kinder kriegen sollen. Aber wenn sie es nicht getan hätte, wäre Mira nicht hier …

Ich habe den Faden des Gesprächs zwischen Lewis und Jaeg völlig verloren. Ab und zu nicke ich und gebe ein »Mm-hmm« von mir, aber ich höre nicht wirklich zu. Mira ist vor etwa einer Minute zum Rand des Stegs hinübergegangen, um ihre Füße ins Wasser baumeln zu lassen – und das hat meine ganze Aufmerksamkeit erfordert. Ihre Schultern sind leicht vornüber gebeugt und ihr Gesichtsausdruck ist schwermütig. Ich kann nur denken, wie es ihr wohl geht – und an unsere gemeinsame Radtour bei Sonnenuntergang gestern Abend. Etwas hat sich gestern Abend zwischen uns verändert, und ich weiß nicht, was.

Mira ist wahrscheinlich das komplizierteste Mädchen, das ich je getroffen habe. Ich dachte, ich kenne sie, aber jetzt bin ich mir da nicht mehr so sicher – vor allem nicht, was meine Gefühle angeht.

Ich schlendere zu der Stelle, an der sie sitzt, weil ich keinerlei Kontrolle mehr über meine Handlungen habe. Sie ist allein, wunderschön, kompliziert und – scheiße, ich weiß nicht, warum ich mich so zu ihr hingezogen fühle. Das ist einfach so. Es ist wie eine dieser Naturgewalten. Zwei Gegensätze, die nichts für ihre Anziehungskräfte können. Die ständig aneinander geraten, ob es ihnen gefällt oder nicht. Positive und negative Ladung, Blasen auf der Wasseroberfläche. So ist es, wenn Mira in der Nähe ist. Sie ist die Kraft, der ich nicht widerstehen kann.

In letzter Zeit wollte ich ihr auch nicht widerstehen, was wirklich verdammt beängstigend ist. Ich *will* sie nicht mehr wollen. Ich kenne sie jetzt besser und ich glaube, ich war im Unrecht. Es war dumm von mir, ihr damals in der Schule zu unterstellen, mit mehreren Typen geschlafen zu haben. Aber das bedeutet nicht, dass ich ihr vertraue.

Trotzdem gehe ich zu ihr, weil sie eine Blase an der Oberfläche ist, und meine Blase will sich an ihrer reiben und es sich gemütlich machen.

»Hey«, sage ich und setze mich neben sie, die Knie weit über den Rand des Stegs gespreizt, wobei ich ihr Bein leicht berühre. Ein Mann braucht Platz. Aber ja, ich will sie einfach nur berühren. »Hat Lewis dich von dem Seemonster überzeugt?«

Sie grinst mit ihrem Mund, aber die Kraft dieses Lächelns kommt von ihren schönen Augen, deren Fältchen sich kräuseln, als sie über den See hinaus blickt.

»Hat er dir diese Geschichte erzählt?«

»Nein. Ich habe gehört, wie Gen Cali davon erzählt hat. Klingt wie ein Haufen Mist, den er erfunden hat, um sie zu erschrecken, damit er sie ...« Sie sieht mich an. »Du weißt schon.«

Sie lächelt frech und mein Herz rast. Sie hat mich immer so angelächelt, als wir zusammen gelernt haben – ein Lächeln, von dem ich dachte, es sei nur für mich. »Ich weiß nicht. Warum sollte ein Typ versuchen, einem Mädchen Angst einzujagen, Tyler?«

Es ist in Ordnung. Mit diesem sexy Blick kann sie mich nicht mehr beeinflussen. Okay, das ist eine totale Lüge. Aber zumindest kann ich mich zusammenreißen und mich von ihr nicht mehr so verrückt machen lassen wie früher, als ich jünger war.

Sie weiß, was ich meine. Sie will mich verspotten.

Ich beuge mich hinunter, bis meine Lippen nahe an ihrem Ohr sind. Plötzlich brennt sich der Duft ihres Haars in meine Sinne und betäubt mein Gehirn für einen Moment – *verdammte Pheromone.* »Damit er sie berühren kann ... du weißt schon, um sie zu beruhigen.«

Ihr Atem stockt und sie schluckt, wobei sie ihre Hand nervös ihr nacktes Bein hinuntergleiten lässt. Mein Blick folgt ihrer Bewegung, denn sie trägt einen Bikini und ihr Körper raubt mir den Atem. Ich habe bisher versucht, nicht hinzusehen, als sie auf der anderen Seite des Stegs gesessen ist, aber so nah wie sie jetzt ist habe ich keine Chance.

Kaum sind meine Worte heraus, wird mir klar, dass ich

gerade genau das beschrieben habe, was neulich zwischen uns passiert ist, als sie verstört von der Arbeit nach Hause kam. Ich hatte sie beruhigen wollen. Sie trösten. Das hätte ich auch mit Worten tun können. Aber stattdessen habe ich sie berührt, sie in meinen Armen gehalten. Denn das ist die Art und Weise, auf die ich Mira trösten möchte, wenn sie verzweifelt ist. Worte sind nicht genug.

»Lewis erzählt nur Schwachsinn«, sagt sie. »Er liebt diese Ong-Seemonster-Geschichte, aber er ändert sie, je nachdem, wer sein Publikum ist.«

»Willst du damit sagen, dass er da einen Hintergedanken hatte?« Ich kann das Zucken meiner Lippen nicht zurückhalten, als ich ihre Reaktion beobachte.

»Ich weiß nicht, Tyler. Was denkst du?«, sagt sie sarkastisch.

Hm, ich frage mich, ob sie denkt, dass ich Hintergedanken hatte, als ich sie neulich getröstet habe. Und als ich sie gebeten habe, mit mir eine Radtour zu machen. Hatte ich nicht. Ich wollte wirklich sichergehen, dass es ihr gut geht. Und Zeit mit ihr verbringen. Aber ich habe es genossen, sie zu berühren. »Ich glaube, ich möchte lieber nicht darüber reden, dass die beste Freundin meiner Schwester – die für mich wie eine kleine Schwester ist – mit ihrem Freund rummacht.«

»Ich glaube, ich möchte lieber nicht darüber reden, dass mein fast-Bruder mit seiner Freundin rummacht.«

»Nun, da das geklärt ist«, – ich stoße ihre Schulter an und sie lässt es zu, ihr Körper schwingt weg und kommt dann nur ganz knapp neben meinem zur Ruhe – »warum bist du hier drüben so nachdenklich?«

Mira nippt an ihrem Mädchengetränk, ohne mich anzusehen. »Das willst du nicht wissen.«

Jetzt *muss* ich es wissen. »Versuch trotzdem, es mir zu erklären.«

Sie blickt auf, ihre Augen durchdringen mich, und plötzlich frage ich mich, ob sie recht hat. Ich will es gar nicht wissen. Ihr Gesichtsausdruck ähnelt irgendwie dem eines Hais. »Warum bist du in die Stadt zurückgekehrt?«, fragt sie.

Ich hätte definitiv den Mund halten sollen.

Ich stoße einen tiefen Seufzer aus. Ich habe nicht einmal Cali erzählt, was in Colorado passiert ist. Werde ich das ernsthaft mit Mira teilen?

»Es sind einige Dinge geschehen, von denen ich weg musste. Meinen Kopf klar bekommen.«

»Könntest du noch vager formulieren?«

Ich runzele die Stirn. Frech wie immer. »Ich war in einer Beziehung.« Mein Herz zieht sich zusammen, wenn ich nur an Anna denke und an das, was passiert ist. Ich kann nicht glauben, dass ich Mira das erzähle. Tief im Innern denke ich insgeheim, dass Mira mit ein Grund dafür ist, dass die Dinge zwischen mir und Anna nie ganz in Ordnung waren. Mira hat mir die Fähigkeit geraubt, eine Frau zu lieben.

»Wir waren … verlobt«, sage ich.

Miras Körper verspannt sich neben mir. Sie blickt über ihre Schulter, aber die anderen sind in ein Gespräch vertieft. »Weiß Cali —«

»Cali weiß es nicht. Niemand weiß es. Meine Verlobung war eine neue Entwicklung. Wir hatten gerade erst beschlossen … Na ja, jedenfalls. Ich bin noch nicht dazu gekommen, es jemandem zu sagen. Aber das spielt keine Rolle. Wir haben es kurz darauf beendet.« Mira starrt auf ihren Becher. »Das tut mir leid.«

Tut es *mir* leid? Es tut mir so verdammt leid, was Anna passiert ist, aber nicht, dass unsere Verlobung abgesagt wurde, und deshalb bin ich ein Arschloch. Wenn Anna mir wichtiger gewesen wäre, wenn ich sie so geliebt hätte, wie ich es hätte tun sollen, wären die Dinge dann so zu Ende gegangen, wie sie es taten?

»Mir auch«, sage ich.

Sie mustert mich und diesmal scheint sie erschöpft, als hätte meine Beichte ihre Lebenskraft ausgesaugt.

Ich fühle mich selbst irgendwie leer.

Ich will ihr sagen, dass es in Ordnung ist, dass es mir gut geht. Aber es geht mir nicht gut.

Kapitel Zweiundzwanzig

Mira

Tylers Geständnis vor einer Woche hat mich hart getroffen. Natürlich hatte ich damit gerechnet, dass so etwas passieren würde, nachdem er unsere Heimatstadt verließ. Aber ich war nicht darauf vorbereitet, aus erster Hand zu erfahren, dass er sich in eine andere verliebt hat. Realistisch oder nicht, ich träumte davon, dass ich es sein würde, dem er eines Tages seine unsterbliche Liebe beteuern würde. Das Wissen, dass er bereit war, eine andere zu heiraten, hat mich tief getroffen. Und diese Wunde habe ich durch lange Arbeitsstunden abgedeckt und ihn zu Hause gemieden. Nur waren meine langen Arbeitsstunden nicht so gut für meine Laune, wie ich dachte.

Die vergangene Woche bei Blue war eine Kombination aus dummem Verhalten meinerseits und Stress. Hayden sagte, ich würde ihre Assistentin in der Personalabteilung sowie die Assistentin des Gastronomie-Managers sein, bis sie einen Ersatz gefunden hätten. Na ja, Hayden und ich waren so sehr damit beschäftigt, uns um Probleme in der Personalabteilung zu kümmern, – da wir beide neu sind und uns mit der Materie noch nicht auskennen – dass Hayden erst vor Kurzem eine Anzeige für die Gastronomie-Stelle aufgegeben hat. Für zusätzlichen Druck sorgt, dass das Blue sich auf ein großes Musikfestival vorbereitet, was für uns beide eine Menge zusätzliche Arbeit bedeutet. Kurz gesagt bin ich eine ein-Frau-Arbeitstruppe, die zwei Jobs erledigt und in keinem der beiden ausreichend ausgebildet ist.

Nach meinem High-School-Abschluss bin ich direkt aus dem Haus der Sallees ausgezogen, um allein zu leben und als Hostess im Casino zu arbeiten. Bei diesem Job war von Büroarbeit keine Spur. Im Vergleich zu den anderen Führungskräften von Blue bin ich in allem eine Anfängerin. Ich habe so viele Fehler gemacht, dass sogar meine männlichen Kollegen aufgehört haben, mir auf den Arsch zu glotzen, um mich stattdessen zu bemitleiden.

Und es schon wirklich traurig, wenn Männer aufhören, mich anzugaffen, als wäre ich ein Stück Fleisch. Ich meine, ich habe es nie gemocht, aber verdammt.

Ich starre auf die laminierten Anweisungen, die dem Drucker beiliegen. Ich wechsle gerade eine schwarze Tintenpatrone aus. Einfach, oder? Das schaffe ich auf jeden Fall.

Fantastisch. Jetzt klopfe ich mir schon selbst auf die Schulter, weil ich mit einfachster Büroausstattung umgehen kann.

Meine Therapeutin besteht darauf, dass ich das mache. *Ich bin liebenswert, ich bin etwas Besonderes, ich bin der Loyalität anderer Menschen würdig.* Angeblich prägt sich das in meinem Gehirn ein, wenn ich es oft genug wiederhole. Und dann verschwindet vielleicht auch diese Aura des Verderbens, mit der ich herumlaufe. Und meine Überzeugung, dass alles und jeder mich irgendwann verlassen wird, wird sich in Luft auflösen. Ich werde andere Menschen nicht mehr mit meiner negativen Ausstrahlung wegstoßen. Meine Therapeutin fügt dann immer schnell hinzu, dass es nicht meine Schuld ist, dass diese Dinge passieren. Ich hatte Pech mit meinen Eltern, mit Ausnahme der Sallees, die ihr Bestes getan haben, um das, was mir an leiblichen Eltern fehlte, wettzumachen. Aber sie sagt, es könne nicht schaden, einen positiven internen Dialog aufzubauen.

Meine Therapeutin hat ein paar verrückte Theorien, aber ich mag sie.

Positive Affirmation hin oder her, dieser Bürokram ist einschüchternd. Wie zum Beispiel das hier. *Werfen Sie gebrauchte Tintenpatronen nicht in offene Flammen, da sich sonst die restliche Tinte entzünden kann.* Ich meine, ernsthaft, was ist das – Schießpulver?

Was auch immer. Ich kann das. Ich bin fähig. Ich bin klug.

»*Tinte-Ersatzdeckel öffnen. Ziehen Sie die Tintenkartusche aus dem Versorgungsanschluss*«, lese ich laut vor.

Fertig und erledigt.

Ich gehe zum Vorratsschrank und greife nach der Box mit den neuen schwarzen Druckerpatronen.

»Hey.«

Mein Körper zuckt, ich klatsche mir eine Hand auf die Brust und drehe mich zu der attraktiven Gestalt in der Türöffnung um. »Heilige Scheiße, Tyler. Warum schleichst du dich so an?«

Er betritt den Raum. »Warum so angespannt? Ich stehe hier seit einer Minute und sehe zu, wie du Selbstgespräche führst.«

Okay, peinlich. »Hast du nichts Besseres zu tun?«

Seine Lippen spitzen sich nachdenklich zu. »Vielleicht, aber das hier ist unterhaltsamer.«

»Druckerpatronen wechseln ist unterhaltsam?«

»Dir dabei zuzusehen ist unterhaltsam.«

Ich starre ihn an. »Du kannst jetzt gehen.«

»Nein, ich glaube, ich bleibe.« Er verschränkt die Arme und grinst.

Fantastisch. Ein Publikum. Und ausgerechnet Tyler.

Was auch immer. Das ist nur ein Drucker. Selbst wenn dieser Drucker mir fast bis zur Brust geht und R2-D2 ähnelt. Ich habe das im Griff. Ich habe die Anleitung gelesen.

Ich öffne die Patronenschachtel und ignoriere Tyler in seiner heißen Security-Uniform, was weniger mit der Uniform und vielmehr mit Tylers fantastischem Körper zu tun hat, der den maßgeschneiderten Stoff ausfüllt.

Verdammt! Jetzt denke ich daran, wie gut er in seiner Badehose aussah.

Ich atme tief ein. Auf keinen Fall kann ich mir die Anleitung noch einmal durchlesen, wenn Tyler mir auf die Finger sieht. Dann hätte er nur noch mehr in der Hand, um sich über mich lustig zu machen. Ich erinnere mich, was in der Anleitung stand. Größtenteils. Wie schwer kann das schon sein? Irgendwas mit dem Entfernen des Siegels und dem Schütteln der Patrone, während man beide Enden festhält, wahrscheinlich, damit sich die Tinte lockert.

Na also. Gesunder Menschenverstand. Ich kann gesunden Menschenverstand anwenden.

Ich entferne das Siegel nach Anweisung und werfe es in den Mülleimer. Ich halte beide Enden der Tinte ganz lässig, als wäre ich ein Profi.

»Warte —«

Dann schüttle ich sie kräftig durch.

Und verteile die schwarze Farbe überall auf meinem Oberteil, dem Boden … der Wand?

Scheiße.

Ich höre ein leises Prusten und drehe mich zu Tyler um, der sich mit der Hand ins Gesicht fasst und anscheinend Tränen zurückhalten muss. Verdammt.

»Vielleicht solltest du die Versiegelung nicht entfernen, bevor du es schüttelst«, sagt er.

Ich klopfe das schwarze Pulver von meiner Bluse. »Und das sagst du mir jetzt?«

»Ich habe versucht, dich aufzuhalten. Du hast so ausgesehen, als wüsstest du, was du tust. Oder war das nur eine Fassade?« Seine Augen verraten, dass er die Antwort auf diese Frage bereits kennt.

»Idiot.«

»Hey«, grinst er und schließt die Tür, als ein anderer Arbeiter versucht, hereinzuspähen, »auf mich musst du nicht sauer sein.« Er tritt näher heran und begutachtet das Chaos. »Es ist nicht so schlimm. Sei etwas leiser, dann können wir es aufräumen, ohne dass es jemand merkt.«

Tyler nimmt mir die Kartusche aus den Händen und setzt sie in das Gerät ein, wobei er den Deckel fachmännisch schließt und ein paar Knöpfe drückt.

Er wirft einen Blick auf meine weiße Bluse, die mit pulverisierter Tinte bedeckt ist. »Das war's dann wohl mit der Bluse.«

»Glaubst du?«, frage ich sarkastisch.

Ich greife hastig ein paar Papiertücher aus dem Inneren des Lagerschranks und wische mir den Ruß von den Händen. Tyler reißt ebenfalls ein Papiertuch ab und beginnt, meinen Ärmel und meine Brust zu betupfen, die, wie ich feststelle, ebenfalls voll mit dem Zeug ist. Ausgezeichnet.

Er greift nach einer Stelle in der Nähe meines Schlüsselbeins, und sein Knöchel streift meinen Nippel. Es ist kalt hier drin, und ich bin aufgebracht, und, na ja, ein bisschen nervös.

Ich muss ein Keuchen ausgestoßen haben, denn Tyler hört mit dem auf, was er tut. Er starrt auf seine Hand, die einen Zentimeter von meiner Brust innehält, mitten im Putzvorgang erstarrt. Er sagt gar nichts. Die unbehagliche Spannung ist so spürbar wie nie zuvor. Dann hebt sich sein Blick zu meinen Augen und er atmet schwer.

Seine freie Hand bewegt sich nach oben und ich beobachte sie vorsichtig. Plötzlich fühlt sich die Spannung nicht mehr unbehaglich an, eher wie eine andere Art von Spannung, die ich nicht gewohnt bin, die ich aber regelmäßig in Tyler Gegenwart spüre. Er fasst mein Kinn, die Spitzen seiner langen, warmen Finger streifen meinen Nacken.

Ich schließe meine Augen. Ich weiß, wohin das führt. Ich spüre es. Die unwiderstehliche Anziehungskraft. Ich kann nicht hinsehen. Ich befinde mich in einer Achterbahn, die auf dem höchsten Punkt steht, bevor sie sich in die Tiefe stürzt, und ich sehe nicht hin, um mich zu vergewissern, dass er das Versprechen in seinen Augen einlösen wird.

Warme Lippen treffen auf meine und das leiseste Stöhnen entweicht aus meiner Kehle.

Oh Gott. Ich habe so lange gewartet. Ich wusste nicht, dass ich gewartet habe, aber ich habe gewartet. Ich habe auf Tyler gewartet.

Seine Finger gleiten in mein Haar, seine Hand neigt meinen Kopf, während sein Mund tiefer eintaucht und die Berührung seiner Zunge mich an Stellen trifft, die viel weiter im Inneren liegen. Mir ist schwindelig, mein Herz klopft in meiner Brust, während unsere Münder aufeinanderprallen, sich für weiche Küsse zurückziehen und dann wieder miteinander verschmelzen. Ich traue mich nicht, die Hände zu heben und ihn zu berühren, weil ich Angst habe, den Zauber zu brechen.

Das Geräusch eines Räusperns lässt Tyler sich losreißen. Er sieht mich mit Feuer in den Augen an, bevor er einen Blick über seine Schulter wirft.

»Hallo, Ms. Tate. Ich wollte gerade gehen«, sagt er hastig, seine Stimme schroff. Er sieht mich mit einem rätselhaften Blick an, dann verschwindet er aus der Tür, während Hayden in den Raum tritt.

Ich habe nicht bemerkt, dass die Tür aufgegangen ist. Ich konnte nichts außer dem Klopfen meines Herzens hören, als Tyler mich küsste – vor den Augen meiner Chefin.

Dies ist ein feines Etablissement und ich mache im Kopierraum rum. Großartig, einfach großartig.

»Hayden«, sage ich. »Es tut mir so leid. Ich weiß nicht, wie das passiert ist.«

Sie schließt die Tür und dreht sich zu mir um. »Er ist süß«, flüstert sie, obwohl nur wir hier drin sind.

»Ich – was?«

»Ich meine, ihr solltet nicht – du weißt schon – auf der Arbeit, aber ihr solltet es auf jeden Fall tun. Ich wäre fast wieder hinaus gegangen. Ich hatte das Gefühl, ich störe.« Sie fächert ihrem Gesicht Luft zu. »Ich muss öfter mal rauskommen, denn das war« – sie nickt, als würde sie sich selbst zustimmen – »heiß.«

Wer ist dieser Teenie? Hayden ist meine junge, aber formelle Chefin mit einem Master in Business Administration, nicht dieses leicht errötete Mädchen, das über Jungs tratscht.

»Ich habe Druckertinte verschüttet. Er hat mir, äh, geholfen?« Es klingt wie eine Frage, denn ich bin mir nicht sicher, wie wir vom Aufräumen dazu gekommen sind, uns förmlich gegenseitig zu inhalieren. Hayden grinst suggestiv, dann wirft sie einen Blick auf den Arm, den ich als Beweis erhebe.

Sie zuckt zusammen. »Ich habe eine Strickjacke, die du dir ausleihen kannst.«

»Dankeschön.« Ich wische das letzte bisschen Tinte von der Wand und gehe benommen zur Tür. Was ist da gerade mit Tyler passiert? Und ist es Hayden wirklich egal?

»Mira —« Hayden berührt meinen Arm und erschreckt mich. »Ich bin ja für Romantik, aber das geht hier nicht.«

»Es tut mir leid. Es wird nicht wieder vorkommen.«

Sie nickt entschlossen. »Wir können ihnen keinen Grund geben, an uns zu zweifeln.« Sie sagt nicht genau, wen sie meint. »Ich habe etwas Einfluss, weil ich dem Image des Casinos förderlich bin, aber ich möchte Blue keinen Grund geben, mich zu feuern. Und das solltest du auch nicht.«

»Ich verspreche es, Hayden. Was du da gesehen hast, war …« Ich kann meinen Satz nicht beenden. Ich weiß nicht, was gerade passiert ist. Etwas, das ich nie für möglich gehalten hätte.

Tyler hat mich geküsst. Und ich habe es überall gefühlt.

Wir leben zusammen, aber er hat so etwas nie angefangen. Ich weiß nicht, warum er es hier und jetzt getan hat, aber ich beschwere mich nicht. Nur, dass ich meinen Job nicht verlieren oder Haydens gefährden darf. Sie hat recht. Wir können bei Blue nicht aus der Reihe tanzen. Aber ich hoffe …

Ich werde diesen Gedanken nicht zu Ende führen, denn sobald ich auf etwas hoffe, werden meine Träume nicht länger wahr. Nur träume ich schon seit seiner Rückkehr davon, von Tyler geküsst zu werden. Und dieser Traum ist wahr geworden.

———

»Nessa«, sage ich, während ich einen panierten Hähnchenstreifen in Barbecue-Soße tauche. Ich komme gerade von der Arbeit und wir essen in der Blue Cafeteria im Keller zu Abend, bevor ihre Schicht beginnt. »Glaubst du, dass Träume wahr werden? Also welche, die weit hergeholt sind?«

Nessa streut Salz auf ihre Pommes Frites. »Sicher. Aber es kommt wohl auf den Traum an. Falls du vorhast, zum Mond zu fliegen …?«

»Nein, natürlich nicht. Manchmal kommt es mir so vor als, na ja, würde sich ein Wunsch nie erfüllen, sobald man etwas wirklich will.«

Nessa mustert mich einen Moment lang. Sie trägt ihre Cocktail-Uniform von Blue, das Bustier ihres paillettenbesetzten Oberteils schiebt ihre kleinen Brüste zu prallen Halbmonden hoch. Sie hat eine winzige Taille und schönes, glattes, schwarzes Haar. Ich muss meine wellige Masse gleich morgens in einen Pferdeschwanz binden, sonst wird daraus ein Nest. »Ich glaube, das stimmt manchmal. Aber oft hat es einfach damit zu tun, dass das, was man will, nicht das Richtige für einen ist. Also, dass man quasi, selbst wenn man es will, nicht dazu bestimmt ist, diesen Weg einzuschlagen, verstehst du?«

Ihre Worte sind ehrlich und sie sind wirklich zum Kotzen.

Mein Herz hat mir immer gesagt, dass Tyler der Richtige für mich ist. Aber egal, ob ich ihn wegstoße oder er mich wegstößt, das hat nie geklappt.

Und heute ist es dann passiert.

Etwas hat sich geändert, oder vielleicht haben wir uns von Anfang an in diese Richtung bewegt. Tyler hat mich geküsst. Es war neu und vertraut zugleich, und so ehrlich, dass es mehr sprach als alle Worte, die wir hätten austauschen können.

Kein Wunder, dass ich nicht bemerkt habe, wie Hayden hereingekommen ist. Der Feueralarm hätte losgehen können, und ich hätte trotzdem mindestens eine Minute gebraucht, um zu wissen, wo ich bin. Tylers Kuss war heiß, aber gefühlvoll und er hat mir damit wirklich sämtliche Gehirnzellen aus meinem Kopf gesaugt.

»Was wäre, wenn es eine Chance gäbe, das zu haben, von dem du dachtest, dass du es nicht haben kannst? Eine Person, mit der du immer zusammen sein wolltest.«

»Ähm – dann würde ich die Chance wahrscheinlich nutzen?«, sagt sie, als wäre das ein Kinderspiel. »Wenn ich könnte … Na ja, sagen wir einfach, wenn ich einen Kerl mögen würde – und ich sage nicht, dass ich das tue – aber wenn ich es täte, würde ich die Gelegenheit sofort nutzen und ihn mir sichern.«

Ich wirble meinen Hähnchenstreifen in der Barbecue-Soße herum und meine Wangen erhitzen sich bei dem Gedanken, diesen Weg noch einmal mit Tyler zu gehen. »Wirklich? Was, wenn das alles war, was es zwischen euch gab?«

Ich war schon einmal an diesem Punkt und es tat so weh, mitanzusehen, wie Tyler die Stadt verließ. Kann ich das wirklich noch einmal durchmachen?

»Es ist besser, jemanden geliebt und verloren zu haben, als gar nicht geliebt zu haben, weißt du? Ich bin mir ziemlich sicher, dass jemand wirklich Schlaues das gesagt hat.« Sie grinst und ist stolz auf sich.

Aber sie hat recht. Ich habe mein ganzes Leben lang davon geträumt, mit Tyler zusammen zu sein. Und jetzt ergibt sich die Chance vielleicht, auch wenn er von dem Kuss genauso überrascht zu sein schien wie ich. Aber wenn er Zweifel an mir hat, daran, dass wir es noch einmal versuchen könnten … ich würde dem Ganzen wirklich gern eine Chance geben.

Wem mache ich etwas vor? Ich will ihn unbedingt haben. Das steht außer Frage.

»Du hast dich verändert«, sagt Nessa mit ernster Miene.

»Wie meinst du das?« Stehen meine Gefühle mir ins Gesicht geschrieben? Oder schlimmer noch, hat sich der Kuss herumgesprochen? Ich habe nicht bemerkt, dass die Neuigkeiten über mich und Tyler schon die Runde gemacht haben, aber ich bin auch neu hier. Die Leute reden nun mal.

Sie neigt den Kopf. »Du scheinst glücklicher zu sein.«

Ich lächle schüchtern. »Danke.«

Meine Therapeutin hat mir geholfen, mit den Problemen in der Sache mit meiner Mutter umzugehen. Und dieser neue Job hat mir – trotz meiner Fehler im Büro – eine neue Herausforderung geliefert. Ich freue mich jetzt sogar auf die Arbeit. Es gibt immer noch beschissene Momente, aber irgendwie bin ich glücklicher.

»Deine Mutter hat es dir ziemlich schwer gemacht, Mira. Niemand könnte das durchmachen, was du durchmachen musstest, ohne ein paar Narben davonzutragen. Aber ich bin wirklich stolz auf dich, dass du die Hilfe angenommen hast. Du konntest damit umgehen, als Lewis angefangen hat, Zeit mit Gen zu verbringen.«

Ich bin nicht stolz auf mein Verhalten, als Lewis mit Gen zusammenkam. Und es ist unangenehm, daran erinnert zu werden. »Ich hätte nie gedacht, dass ich das einmal sagen würde, aber ich bin froh, dass er mit ihr zusammen ist. Wenigstens hat er sich eine gute ausgesucht.«

»Das stimmt. Bei diesen Typen weiß man nie«, sagt sie. Nessas Mund festigt sich, sie schnappt sich ihre Limonade und nimmt einen Schluck.

Der einzige Kerl, der in unserer Crew noch übrig

bleibt, ist Zach. Will sie damit sagen, dass sie an Zachs Fähigkeit zweifelt, sich ein nettes Mädchen auszusuchen?

Da kann ich ihr nicht widersprechen. Zach ist ein flatterhafter Typ. Zuerst dachte ich, er hätte was für Nessa übrig, aber es hat nie zu irgendwas geführt. Tatsächlich wirken die beiden freundschaftlicher denn je.

»Ich glaube nicht, dass du auf ein Happy End verzichten solltest«, sagt sie. »Konzentriere dich auf gute Dinge, und gute Dinge werden geschehen.« Sie kichert. »Tiefgründig, was?«

»Vielleicht nicht, aber ich glaube, du bist da an etwas dran.«

Kapitel Dreiundzwanzig

Nach dem Abendessen mit Nessa komme ich von der Arbeit nach Hause und ein schwarzer Wagen mit getönten Scheiben fährt gerade von unserer Hütte weg. In unserer Nachbarschaft ist so ein Auto fehl am Platz und es erinnert mich an eine andere Zeit, als etwas fehl am Platz war. Tief im Wald, als die Männer aus dem Nichts auftauchten.

Ich lege meine Arme um meine Brust und laufe schnell die Einfahrt hinauf. Als ich im Haus bin, schließe ich verunsichert die Haustür ab. Ich habe mich daran gewöhnt, Tyler um mich herum zu haben. Er gibt mir ein Gefühl von Sicherheit. Ich bin enttäuscht, als ich entdecke, dass er nicht hier ist. Besonders nach dem, was im Kopierraum passiert ist. Ich bin mir nicht sicher, was der Kuss heute bedeutet hat oder ob seine Abwesenheit jetzt etwas aussagt, aber ich würde es gern wissen.

Ich dusche und rasiere meine Beine. Natürlich bereite ich *nicht* auf irgendetwas vor. Es ist nur so, dass meine Beine ein Dschungel sind. Es geht hier nur um grundlegende weibliche Hygiene. Ich creme mich mit einer Lotion ein, die nach Vanille riecht und schnappe mir aus der Kommode im Schlafzimmer eine kurze Schlafanzughose und ein Top.

Ich trockne mein Haar mit einem Handtuch und lasse es offen trocknen. Ich könnte es föhnen, aber was ist, wenn Tyler reinkommt und denkt, dass ich mich für ihn schick mache? Ich will nicht, dass er denkt, dass ich mich ihm zuliebe zurechtgemacht habe. Sein Ego ist so schon groß genug. Ich will nicht, dass er denkt, ich warte auf ihn.

Wenn er reinkommt, werde ich so tun, als hätte er mir nicht den Verstand aus dem Kopf geküsst. Auf diese Weise ist es nicht unangenehm, wenn er seine Meinung über die Sache mit dem Küssen geändert hat. Nach außen hin werde ich völlig gelassen sein.

Innerlich nicht so sehr.

Ich ziehe hässliche, flauschige Schlafsocken an und lege meine Beine auf der Couch hoch, mein Handy in der Hand. Ich könnte fernsehen, aber ich brauche etwas, das mich von Tyler ablenkt. Ich öffne meine Poker-App und sehe nach, ob SuperMom online ist. Sie ist eine Hausfrau aus Oklahoma, die mich wöchentlich fertig macht.

SuperMom ist online, was keine Überraschung ist. Ich glaube, sie pokert mit bei jeder Gelegenheit, während sie sich um die Kinder kümmert. Ich lasse mich von dem ›Mom‹ in SuperMom nicht mehr täuschen. Sie ist süß, aber sie ist auch gnadenlos, also muss ich mich konzentrieren. Das ist genau das, was ich jetzt brauche. Etwas das meinen Verstand beschäftigt.

Nach sechs oder sieben Zügen erkenne ich das Geräusch von Tylers Land Cruiser, der in die Einfahrt einfährt. Das war's mit meiner Konzentration.

Ich: *Ich muss los, SuperMom.*

SuperMom: *Okay. Die Kinder schlafen endlich. Komm später zurück, falls du Zeit hast, nochmal den Arsch versohlt zu bekommen.*

Sie ist so bescheiden. Das brauche ich in etwa so sehr, wie ich mehr Gründe brauche, mich bei der Arbeit zum Idioten zu machen, aber wenigstens ist SuperMom nett. Ich wette, sie ist eine wirklich coole Mom. Meine hat sich nicht mehr bei mir gemeldet, und genau das habe ich erwartet. Ich war auf ihr Schweigen vorbereitet. Es tut trotzdem weh. Aber diesmal lasse ich mich von meinem Schmerz nicht auf den falschen Weg bringen. Wenn meine Mutter eine Beziehung will, muss sie mir schon etwas entgegenkommen.

Ich bewege mich nicht von meinem in Längsrichtung ausgestreckten Platz auf der Couch, die Beine übereinander geschlagen und den Kopf auf der Armlehne ruhend. Ich checke meine E-Mails. Ich scrolle durch ein paar spannende Yahoo!-Nachrichten, doch ich bin zu abgelenkt, um mich darauf zu konzentrieren. Bei dem Geräusch der aufspringenden Haustür spannen sich meine Schultern an. Ich mache sie sofort wieder locker und klicke mich durch einen weiteren Nachrichtenartikel. Fast hätte ich meinen monatlichen Datenplan aufgegeben, aber das ist der einzige Luxus, den ich mir noch erlaube. Meine einzige Verbindung zur Außenwelt. Das konnte ich nicht aufgeben.

Ich höre Tyler die Tür schließen und spüre, wie er sich der Couch nähert.

Schließlich, als ich es nicht mehr ertragen kann, blicke ich auf – und kann nicht mehr wegsehen.

Tyler steht in Jeans und T-Shirt über mir und starrt meine nackten Beine an. Sein Blick schweift zu meinen Augen.

Oh, Scheiße! *Hilfe, Hilfe.*

Es geht los.

Tyler wirft seine Schlüssel auf den Tresen – an die gleiche Stelle, an der er sie immer liegen lässt –, ohne seinen Blick von meinem Gesicht abzuwenden.

Er beugt sich herunter und fasst meinen Knöchel über meinem flauschigen Socken. Ich starre auf seine große, heiße, elektrisierende Hand, während sie langsam mein Bein hinaufgleitet. Mein Herz rast, kurz davor, sich aus meiner Brust zu katapultieren, die auf und ab wippt, weil ich meine Atmung nicht kontrollieren kann. Mit der anderen Hand langt er nach meinem Handy, von dem ich merke, dass ich es wie ein Messer umklammert halte. Er zieht es mir sanft aus der Hand und legt es auf den Boden.

Die Hand auf meinem Bein bahnt sich ihren Weg zu meiner Hüfte und ein Atem entweicht aus meinem Mund. Der Drang nach ihm zu greifen, ist fast unerträglich, aber wenn er mich will, muss er es tun. Diesmal werde ich nicht diejenige sein, die ihn verführt.

Ich starre in diese hellblauen Augen, die plötzlich viel dunkler sind und deren Pupillen den Großteil der Iris verdecken. Seine beiden Hände sind jetzt auf meinen Hüften und er betrachtet sie, während sie seitlich an meiner Taille hochgleiten, wobei seine Daumen über meine Brüste gleiten, bis seine Handflächen meine Brust über meinem tobenden Herzen bedecken. Dann gleiten sie weiter bis zu meinem Hals und schließlich zu meinem Kinn, das er streichelt. Er starrt auf meine Lippen.

Ich verliere den Verstand. Wenn er mich nicht bald küsst, weiß ich nicht, wie lange ich mich noch davon abhalten kann, ihn zu packen.

Tyler beugt sich herunter und seine Lippen berühren meine, so süß, so zart, dass mein ganzer Körper zittert. Dieser Kuss ist anders als der im Kopierraum, der heiß und dringlich war, wie Wasser, das die Ritzen eines

Wüstenbodens füllt. Dieser Kuss ist ergreifend, so voller Sehnsucht, die hinter jeder sanften Berührung steckt.

Ich lege meinen Arm um seinen Hals und ziehe ihn zu mir heran, denn ich habe die Botschaft verstanden. Er will das, und ich will es auch.

Tyler stützt eine Hand auf die Rückenlehne der Couch und bedeckt mich mit seinem Körper. Mein Bein rutscht auf den Boden und er schiebt seine Hüften zwischen meine Oberschenkel. Ich spüre seine Härte an einer sehr empfindlichen Stelle, die im Moment ziemlich bedürftig pulsiert, doch er bewegt sich nicht und reibt sich nicht an mir. Er fährt mir mit den Fingern durchs Haar, seine Daumen reiben meine Schläfen. »Mira …« Er seufzt, als wären keine Worte nötig.

Ich fühle mich geschätzt und es bringt mich fast um. Ich will ihn so sehr und gleichzeitig habe ich Angst vor ihm. Aber ich werde nicht zulassen, dass meine Ängste diesen Moment bestimmen.

Dieses Mal werde ich nicht verbergen, was ich fühle.

Sein Mund sucht meinen, seine Lippen sind weich, seine Zunge windet und neckt. Ich führe meine Hände an seinen Seiten entlang zu seinen Oberschenkeln, wo ich ihn mit der Leidenschaft ergreife, die schon so lange brennt.

Tyler stöhnt in meinem Mund. Seine Hand gleitet zu meiner Brust hinunter bis er sie umfasst und er mit dem Daumen über meinen Nippel streicht. Ich winde mich, denn es ist unmöglich, still zu halten, wenn er das tut. Seine Hand gleitet meine Taille entlang bis zum Saum meines Oberteils, das er ohne zu zögern hoch und über meinen Kopf zieht.

Das war mein Schlaf-Top und ich trage keinen BH.

Es ist lange her, dass ich das gemacht habe und ich bin nervös. Wenn ich halb nackt bin, muss er es auch sein. »Zieh dein Hemd aus«, sage ich.

Tyler stützt ein Bein auf den Boden und greift zwischen seine Schulterblätter, um sich sein Hemd über den Kopf zu ziehen. Sofort kehrt seine Mund wieder zu meinem zurück. Nur sind wir jetzt Brust an Brust und ich glaube, es gibt nichts auf der Welt, was sich besser anfühlt als Tylers warme Haut an meiner.

Seine Finger streichen über meine Schulter, meinen Arm hinunter, zu meiner Hand, die er drückt und damit die Stelle in meinem Herzen erwärmt, die ich immer geschützt habe. Ich küsse die leichte Einbuchtung an seinem Kinn, die Bartstoppeln an seiner Kehle, die meine Lippen kribbeln lassen und dann kehre ich zu seinem Mund zurück, der meinen weich und fordernd beansprucht. Er küsst mich, als würde er meine Lippen anbeten. Die Emotionen, die von ihm ausgehen, sind so intensiv, dass ich mich fast losreißen muss, um Luft zu holen.

Aber ich tue es nicht. Ich erwidere seinen Kuss mit allem, was ich je für ihn empfunden habe.

Tylers Brust hebt sich in einem tiefen Atemzug, und er zieht sich zurück, verlagert sein Gewicht, was uns beide auf der Couch schwanken lässt. Einige Sekunden lang sieht er mich einfach nur an, mit einem hitzigen Blick und Augen, die dunkel und intensiv sind – und wenn ich das richtig deute – auch besorgt. Dann sieht er sich um. »Wo willst du das machen?«

Das geschieht wirklich. Er fragt nicht, ob ich mir sicher bin, er will nur, dass ich ihm den Ort nenne. Und oh Gott, warum ist das so heiß?

Dann erinnere ich mich, wie Tyler mit der letzten Frau auf dieser Couch rumgemacht hat. Ich versuche, das aus meinem Gedächtnis zu spülen, aber jetzt, wo es da ist …

»Nicht hier.«

»Dein Zimmer.«

»Nein. Deins.« Ich will Tyler ganz und gar, seinen Körper, sein Herz … sein Bett. Es ist mir egal, dass es auf dem Dachboden ist. Das ist besser, weil es sein Bereich ist. Ich will alles von ihm.

Er steht hastig auf und zieht mich hoch. Meine Brust ist völlig entblößt und obwohl Tyler das schon einmal gesehen hat, bedecke ich mich instinktiv.

Er sagt nichts. Er sieht zu, wie ich meine Socken ausziehe und barfuß zur Leiter gehe. Dann macht er dasselbe mit seinen Schuhen und Socken und folgt mir.

Ich spüre ihn hinter mir, während ich hochsteige. Die Wärme seines Körpers ist mir so nah, seine Hand liegt auf meinem nackten Rücken und hält mich schützend im Gleichgewicht. Ich erklimme die Sprossen und krabble über sein Bett, das den Großteil des Dachbodens einnimmt.

Tyler rutscht an meine Seite und drückt mich gegen sich. Sein Mund liegt sofort auf meinen Lippen, seine Hände zerren an meinen Schlafshorts. Ich zögere einen Moment lang. Ein Funken Besorgnis kommt in mir auf. Was, wenn das alles ist, was wir jemals füreinander sein werden? Es ist dieselbe Besorgnis, die ich vorhin Nessa gegenüber erwähnt habe.

»Warte.« Ich drücke meine Hand gegen seine Brust und er zieht sich zurück.

Tyler und ich waren immer nur Liebhaber, nie mehr. Ich will mehr. Ich starre in sein schönes Gesicht, nehme die Linien seiner Wangenknochen wahr, das starke Kinn, die schönen Augen, die voller Emotionen sind.

Er küsst zärtlich meine Wange und mustert meinen Blick. »Okay?«

Sein Ausdruck ist so sanft, und wenn ich es richtig interpretiere, liebevoll. Er fragt, ob es mir gut geht.

Nessas Rat war, meine Chance zu nutzen. Ich habe

bisher nicht wirklich gelebt, ich habe *über*lebt. Das hier ist leben.

Ich lege meinen Arm um seinen Rücken, drücke meine Lippen auf seine und ziehe ihn zu mir.

Tylers Hände kehren zu meinen Shorts zurück und er schiebt sie mir vom Körper, das Teil verschwindet über die Bettkante. Jetzt sind es nur noch seine Jeans und mein Höschen, die zwischen uns existieren.

Ich streiche mit meinen Händen über die Rillen und Konturen der Muskeln seiner Brust und seiner Arme. Er ist nicht übermäßig trainiert, aber seine Form ist perfekt männlich und ich kann nicht aufhören, meine Hände auf und über seine glatte Haut zu führen – und nach unten. Ich will nach unten.

Meine Finger zerren an seinem Hosenbund, dann an dem Verschluss. Tyler rollt sich auf den Rücken und ich mache ihm die Hose auf. Er schüttelt seine Jeans ab und tritt sie über die Kante, bevor sein Mund zu meinem Körper zurückkehrt. Diesmal küsst er seinen Weg über meine Brust und um meinen Nippel herum, wo er sich der empfindlichen Spitze nähert, ohne sie je ganz zu erreichen. Er bringt mich um.

Ich winde mich und ziehe ihn näher heran. Tyler nimmt meinen Hintern in seine Handfläche und drückt mich an sich, genau dorthin, wo ich seine Härte und Länge spüren kann. Dann umschließt er meinen Nippel mit seinen Lippen, saugt und rollt mit seiner Zunge über die Spitze.

Oh. Mein. Gott. Er hat dazugelernt.

Ich sollte darüber irritiert sein, denn es erinnert mich daran, dass er an anderen Frauen geübt hat. Aber ganz ehrlich? Ich kann jetzt nicht die Energie aufbringen, mir darüber Gedanken zu machen. Er fühlt sich unglaublich an.

Tyler schenkt meiner anderen Brust die gleiche Aufmerksamkeit, sein Körper schaukelt zwischen meinen Beinen und macht mich verrückt. »Tyler, ich …« *Will mehr. Und zwar jetzt.*

Er beantwortet die Worte, die ich nicht aussprechen kann, indem er mit dem Mund meinen Bauch entlang über mein Höschen gleitet, wo er mich *dort* küsst.

Ein erstickter, unartikulierter Laut entweicht meinem Mund, während er sich zwischen meinen Schenkeln bewegt. Er spreizt meine Beine und streicht seinen Mund über die Innenseite meiner Oberschenkel, wobei er sanfte Küsse auf extrem empfindliche Haut drückt.

»Tyler«, sage ich, diesmal eindringlicher.

Ich spüre sein Lächeln an meinem Bein und dann rutscht mein Slip von meinem Körper. Er wirft seine Boxershorts zusammen mit meiner Unterhose weg und legt noch mehr Küsse auf mein Bein. Ich weiß nicht, was er vorhat, aber er sollte sich besser beeilen, denn diese ganze ›Experten‹-Aufmerksamkeit, die er mir schenkt, bringt mich dazu, Dinge zu wollen. Bestimmte Dinge. In mir. *Jetzt.*

Bevor ich weiß, was vor sich geht, leckt eine warme, nasse Zunge das Zentrum dessen, wo ich andere Teile von ihm erwartet habe. Ich keuche.

Er blickt auf, seine Augenbraue erhoben. »Mehr?«

Ich starre ihn an, denn mein Gott, was tut er mir an? Ich werde noch mit der Matratze verschmelzen, wenn er so weitermacht. Ich muss mein Gehirn zwingen, sich auf seine Frage zu konzentrieren.

Will ich, dass er mich leckt?

Wenn ich bedenke, wie unglaublich sich das anfühlt, dann ja. Auf jeden Fall. Will ich, dass er nach all der Zeit, die wir getrennt waren – emotional, physisch – in mir ist und sich auf die intensivste Weise mit mir verbindet, die ich mir vorstellen kann? Ja. Definitiv.

Und jetzt zurück zu dieser anderen Angelegenheit, von der ich so viel gehört, aber die ich nie persönlich erlebt habe.

Denn der einzige Sex, den ich je hatte, war das eine Mal mit Tyler.

»Ich will dich … in mir haben«, sage ich zögernd.

Sein Ausdruck wird ernst, als würden meine Worte ihn stören.

Ich schlucke, Panik steigt in meiner Brust auf. Er kann mit dem weitermachen, was er gerade getan hat. Ich möchte mich nur mit ihm verbunden fühlen.

Bevor ich fragen kann, was los ist, klettert er an meinem Körper hoch und drückt mich in das Bett, während er nach dem Bücherregal greift und eine Schachtel öffnet. Er tastet herum, dann reißt er ein Kondom auf und zieht es sich über.

Tyler lässt sich zwischen meinen Beinen nieder und ich spüre ihn *dort*, genau dort, wo ich ihn haben will. Mein Körper zittert wieder und diesmal sind es die Nerven. Das letzte Mal, als Tyler und ich das getan haben, ist es nicht gut ausgegangen. Ich meine, es fühlte sich gut an. Aber ich war nicht auf die Emotionen vorbereitet, die es mit sich brachte.

Seine Hände ruhen auf beiden Seiten meines Kopfes, seine Daumen streichen leicht über die Rundungen meiner Wangenknochen. Er starrt mir in die Augen und meine Sorgen schwinden, denn sein Gesichtsausdruck ist pure Zärtlichkeit, vielleicht sogar mehr. Ich sehe nicht weg. Ich möchte, dass er sieht, wie viel er mir bedeutet. Dass das nie nur Sex war.

Tyler wiegt sich vorwärts, in mich hinein und ich bestehe nur noch aus Empfindungen. Mein Kopf neigt sich nach hinten, meine Arme greifen seine Schultern. Er fühlt sich groß an, die Verbindung eng, aber so gut.

Er taucht zu meinem Nacken und küsst eine Spur bis zu meinem Mund. Seine Lippen bewegen sich drängend, das Gegenteil seines Körpers, der langsam und sinnlich schwankt.

Mein ganzer Körper kribbelt und dort, wo wir verbunden sind, baut sich eine Dringlichkeit auf. Tyler gleitet mit einer Hand zwischen uns und reibt mich an einer Stelle, die mich Sterne sehen lässt.

Ich breche unseren Kuss ab, als etwas durch mich hindurch strömt und mich in eine Million Stücke zerreißt. Mein Kopf schaukelt hin und her und ich stöhne. Es ist zu viel, aber ich will nicht, dass es aufhört, denn so etwas habe ich noch nie zuvor gespürt.

Tylers Tempo nimmt zu und ich kann mich nur noch festhalten, meine Glieder kribbeln immer noch von der Welle, die mich aus meiner Körperachse geschaukelt hat. Heilige Scheiße. Orgasmen sind meine neue Lieblingsbeschäftigung, gleich nach Tyler. Na ja, er war schon immer mein Favorit, aber jetzt will ich ihn *und* Orgasmen, denn das war wirklich unglaublich.

Er verteilt süße Küsse auf mein Gesicht und meinen Hals, bis er seine Augen fest schließt und sein Körper sich anspannt. Ein tiefes Stöhnen entweicht seinen Lippen.

Ich küsse sein Kinn, seinen Mund, bis er über mir zusammenbricht. Doch seine Arme stützen seinen Körper hoch genug, damit er mich nicht zerdrückt. Er ist schwer, aber ich liebe es. Ich liebe das Gefühl von ihm über mir, in mir. Nahe.

Ein breites Grinsen breitet sich über mein Gesicht aus, während ich mich an seinen Nacken und an seine Brust kuschle. Ich habe so viel verpasst, als wir das letzte Mal zusammen waren. Ich hatte zu große Angst vor den

Gefühlen, die er in dieser Nacht hervorgerufen hatte. Aber dieses Mal nicht. Diesmal möchte ich voll genießen, was wir gerade geteilt haben.

Und ich kann es kaum erwarten, das wieder zu tun. Mit einem Orgasmus, denn das war der Hammer. Ich wusste nicht, was ich verpasst habe.

Ich befinde mich in einem schwebenden Zustand der Glückseligkeit, als ich eine Änderung spüre. Tylers Körper hat sich nicht bewegt, aber etwas hat sich verändert. Und dann bewegt er sich doch.

Er setzt sich auf, seine Augen flackern zu mir, ohne den Blickkontakt zu halten. »Geht es dir gut?«

Er hat dieselben Worte gesagt, nachdem wir in der High School Sex hatten, nur dass es mir diesmal wirklich gut geht.

»Ja. Dir?« Ich lächle, aber Tylers Gesichtsausdruck ist leer.

»Mir geht es gut, ich habe nur Hunger. Soll ich dir etwas mitbringen?«

Ich setze mich auf, weil er von mir heruntergerollt ist und ich wirklich nicht will, dass er geht. Ich ziehe mir ein Laken über die Brust, ohne die Verwirrung in meinem Gesicht zu verbergen. »Ähm, okay.«

»Cool. Erdnussbutter-Marmelade-Sandwich?«

Ich nicke, aber irgendetwas stimmt nicht.

Tyler knotet das Kondom und zieht seine Klamotten wieder an. *Alle* seine Klamotten. Als würde er nicht zurück ins Bett kommen. Eine Knäuel ballt sich in meiner Brust, aber ich bringe kein Wort hervor. Ich bin vor Angst erstarrt.

Bitte geh nicht weg.

Er klettert die Leiter vom Dachboden hinunter und ich höre, wie er in der Küche raschelt und den Kühlschrank und die Schränke öffnet. Ich kaue nervös auf meinem

Daumennagel herum und lausche. Nach ein paar Minuten klettert er wieder nach oben und stellt einen Teller mit einem Sandwich und einem Glas Milch neben das Bett. Er bleibt auf der Leiter und fährt sich mit der Hand durch sein dickes, dunkles Haar.

»Mira, ich muss gehen. Ich habe heute etwas vor. Ich hatte nicht erwartet … Wie auch immer, mein Kumpel wartet auf mich.«

Ich sehe weg und atme tief ein, um die Tränen hinter meinen Augen zurückzuhalten. Warum tut er das? *Warum?*

»Entschuldigung, ich weiß, es ist schlechtes Timing. Aber wir sehen uns später, okay?«

Ich antworte nicht. Ich sehe ihn nicht an. Ich sage ihm nicht, dass es in Ordnung ist, wenn es das nicht ist. Und das weiß er genau. Ich kann es in seiner Stimme hören.

Ich höre, wie er die Leiter hinunterklettert. Das Schließen der Haustür lässt das Ersticken in meiner Brust an die Oberfläche kommen.

Die größten Tränen, die ich je vergossen habe, strömen mir über die Wangen. Ich rolle mich auf dem Bett zusammen, verstecke mein Gesicht in Tylers Kissen, atme seinen Duft ein, liebe ihn und hasse ihn gleichzeitig.

Warum tut er das, nach allem, was wir durchgemacht haben?

Kapitel Vierundzwanzig

Tyler

Sobald Mira und ich Sex hatten, rauschte die Wolke, die meinen Kopf in den letzten Monaten getrübt hat, durch meinen Körper und zwang jede Emotion, die ich unterdrückt hatte in den Vordergrund. Zusammen mit all den Gründen, sie zu unterdrücken. Warum ich hier in Lake Tahoe bin. Warum ich meinen Lehrauftrag am Community College aufgegeben habe und aus Colorado abgehauen bin.

Weil ich ein verdammtes Wrack bin.

Ich konnte Anna nicht lieben. Ich habe niemanden lieben können.

Anna verdiente mehr. Sie war süß und sanft. Sie war mir wichtiger als jedes andere Mädchen, mit dem ich in den letzten Jahren zusammen war. Ich dachte, ich würde nie wieder eine Frau lieben. Dass ich dazu unfähig wäre. Anna war gut für mich und ich redete mir ein, dass ich sie glücklich machen konnte. Es war lachhaft, sich zu verloben, aber ich musste vorwärtsgehen, alles andere hinter mir lassen und weitermachen, auch wenn ich damals noch nicht wusste, was ich hinter mir ließ.

All diese Gefühle, von denen ich dachte, dass ich sie nicht empfinden kann, haben mich heute Abend mit Mira durchströmt. Liebe, Wut, Lust.

Warum bin ich nach Lake Tahoe zurückgekehrt? Ich kann mich nicht einmal mehr an meine eigene Begründung erinnern. Aus meiner Studienzeit habe ich Freunde im ganzen Land. Ich hätte jeden von ihnen besuchen können, aber stattdessen bin ich nach Hause gekommen. An einen Ort, der nicht einmal mein Zuhause ist, jetzt, wo meine Mutter nach Carson City gezogen ist.

Es ist beängstigend, sich vorzustellen, dass ich unbewusst für Mira zurückgekehrt bin. Aber als wir uns liebten – denn anders kann man das nicht beschreiben – und diese letzten Wochen … die Spannung zwischen uns … *Scheiße*.

Ich bin für sie zurückgekehrt.

Ich wollte nicht über die Gründe nachdenken, warum wir nichts miteinander anfangen sollten. Ich redete mir ein, wir könnten Sex haben und es würde keine Rolle spielen, aber das war Blödsinn. Meine Gefühle für Mira sind völlig anders als alles, was ich bisher mit jemand anderem hatte. Es war falsch sie in der Hütte zurückzulassen, und das bringt mich um. Ich möchte zu ihr zurück kriechen und sie bitten, mir zu verzeihen, dass ich so ein Arschloch war. Aber es gibt einen Grund, warum ich ausgerastet und weggelaufen bin.

Nach Anna bin ich keiner Frau mehr würdig.

Ich kehrte nach Tahoe zurück und dachte, Mira sei diejenige, die sich ändern müsse. Aber Mira versucht, ihre Mutter zu retten. Sie gibt ihrem besten Freund Freiraum, um bei dem Mädchen zu sein, das er liebt, auch wenn es sie umbringt. Und sie hält sich von den Sallees fern, um sie vor den Schwierigkeiten zu schützen, in denen sie steckt. Mira ist selbstlos. Sie ist all das, für das ich sie hielt, als ich sie damals kennenlernte. Und nichts von dem, was ich von ihr dachte, als ich vor sechs Jahren aus dieser Stadt geflüchtet bin.

Ich blinzle zu dem Haus vor mir. Ich habe es geschafft, zu Phil zu fahren, ohne groß darüber nachzudenken. Sobald ich Mira verlasse, schickte ich ihm eine Nachricht, aber ich habe keine Ahnung, ob er sie erhalten hat. Ich habe überlegt, zu Jaeg zu fahren, aber Cali ist dort. Sie wird mir den Arsch aufreißen, wenn sie herausfindet, dass ich Mira allein gelassen habe; Cali ist sehr beschützerisch, wenn es um ihre Freundinnen geht. Im Moment nehme ich ihr das nicht übel.

Ich steige aus dem Auto, klopfe an Phils Haustür und reibe mir eine Hand übers Gesicht.

Phil öffnet die Tür, wirft einen Blick auf mich und lässt mich hinein. »So schlimm, hm?«

Phils Freundin, die bei ihm wohnt, ist, wie ich erfahre, mit ihren Freundinnen unterwegs. Hier sind nur wir beide, und statt unserem üblichen Bier versucht er, mir einen Schuss Tequila einzuschenken.

Ich schüttle den Kopf. »Nein, Mann.«

»Alter, was ist denn in dich gefahren? Ich habe dich noch nie so gesehen.«

Ich setze mich breitbeinig auf die Couch gegenüber von ihm und verschränke meine Hände zwischen den Knien. »Erinnerst du dich an das Mädchen, von dem ich dir erzählt habe, bevor ich die Stadt verlassen habe?«

Phil trinkt seinen Shot und setzt sich auf die kleine Couch neben mir. »Ja, du hast gesagt, sie hat dich abserviert, aber du hattest in der High School keine Freundin, also hat das keinen Sinn ergeben. Und du wolltest mir nicht sagen, wer sie war.«

»Ich lebe mit ihr zusammen.« Ich starre Phil an und warte auf eine Antwort.

Er setzt sich auf. »Ist diese Mira diejenige, die dich verarscht hat?«

Ich nicke und rahme meine Stirn mit den Fingerspitzen ein.

»Ich dachte, du wolltest sie aus deiner Bude rausbekommen?«

»Es steht mir zwar nicht zu, aber ja, ich habe es versucht. Es hat nicht geklappt. Ich … wir …«

»Du hast sie gevögelt?«, sagt Phil nach einer langen Pause.

Ich hebe meinen Kopf. »Alter, das ist meine Freundin, von der du da sprichst.«

Phil hält seine Hände hoch. »Whoa, sie ist jetzt deine Freundin? Was machst du da, Mann?«

Mein Kopf fällt zurück in meine Hände. »Ich weiß es nicht, aber ich glaube, ich habe gerade alles ruiniert.«

Phil fährt fort mir einzureden, ich solle Mira vergessen. Sie aus meinem Kopf bekommen. Mich mit anderen Mädchen treffen. All das habe ich versucht, nachdem ich Tahoe verlassen hatte. Es hat nicht geklappt. Und ehrlich gesagt habe ich nicht mehr die Kraft, dagegen anzukämpfen. Ich bin mir nicht sicher, ob ich Mira verdient habe, aber ich bin es leid, von ihr wegzulaufen.

Ich stehe abrupt auf. »Ich muss gehen.«

Phil steht ebenfalls auf. »Was? Du kannst nicht zurück gehen. Sie wird dich ruinieren. Sieh dir nur mal an, was sie bereits getan hat.« Ich funkle ihn an und sein Gesicht entspannt sich. »So viel bedeutet sie dir?«

Ich seufze, als der schwere Druck in meiner Brust entweicht. »Ja.«

Wir streiten uns oft und sie ist temperamentvoll, aber Mira und ich sind auf eine Weise verbunden, wie ich es noch nie mit jemand anderem war. Ich *verstehe* sie, und ich bin erstaunt von der Person, die sie geworden ist.

Sie bedeutet mir alles. Ich weiß nicht, wie ich so blind sein konnte, dass ich es nicht früher erkannt habe.

———

Mira

ICH LEBE MIT DER ANGST, dass Menschen mich verlassen. Das habe ich meiner Mutter zu verdanken, die mich verlassen hat, als ich drei Jahre alt war. Doch für den Schmerz, als Tyler mich nackt zurückließ – emotional, körperlich – gibt es keine Worte.

Nachdem ich mich aus der Fötushaltung auf seinem Bett gelöst und meine Kleider zusammengerafft hatte, kletterte ich die Leiter hinunter in mein Schlafzimmer, wo ich mich anzog und eine Tasche packte. Ich kann nicht mit Tyler zusammenleben. Am Ende verletzen wir uns nur gegenseitig.

Eine halbe Stunde später fahre ich bei Lewis' Haus vor. Gens Auto steht in der Einfahrt neben Lewis' Truck. Im Haus sind die Lichter an. Ich hasse es, sie zu stören, aber ich brauche einen Platz zum Schlafen. Und ich würde gern mit Gen reden. Deshalb bin ich hierher gekommen und nicht zu Zach.

Lewis und Zach würden total ausflippen und versuchen, ihm den Schädel einzuschlagen, wenn sie wüssten, dass Tyler mir wehgetan hat. Ich bin wütend auf ihn, aber trotzdem will ich, dass sein Gehirn intakt bleibt.

Ich brauche Gens Hilfe. Sie mag hübsch sein, aber sie ist ganz schön hart im Nehmen. Lewis musste noch nie viel tun, um ein Mädchen zu behalten, doch sie stellte ihm ein Ultimatum und er musste sich bessern, um mit ihr zusammen zu sein. Sie wird wissen, was mit Tyler zu tun ist. Denn wenn ich ihn verlassen muss, geht das gegen jede Faser meines Seins, die danach verlangt, in seiner Nähe zu bleiben.

Aber das kann ich nicht. Nicht nach dem, was er gerade getan hat.

Ich gehe die Treppe zu Lewis' kleinem Haus hinauf und spähe durch die breiten Vorderfenster. Er und Gen sitzen auf der Couch und sehen fern, sein Arm um ihre Schultern gelegt. Er beugt sich vor und flüstert ihr etwas zu, das ihr ein Lächeln ins Gesicht zaubert.

Scheiße. Vielleicht sollte ich doch zu Zach gehen. Oder vielleicht kann ich mit Gen reden und dann bei Zach übernachten? Oder bei Nessa vorbeischauen? Sie hat eine Mitbewohnerin, aber sie hätte sicher nichts dagegen, wenn ich auf der Couch schlafe.

Gens hebt ihren Kopf. »Mira?«, höre ich sie durch das offene Fenster. Sie springt auf und Lewis tut es ihr gleich, ein besorgter Blick huscht ihm übers Gesicht.

»Hey«, sage ich, lasse mich selbst hinein und versuche fröhlich auszusehen. »Sorry, dass ich störe, ich …« Ich was? Brauche einen Freund? Brauche einen Zufluchtsort?

Ich brauche beides.

»Komm rein«, sagt Gen, bevor ich meinen Satz beenden kann. Sie ergreift meinen Arm und führt mich in die Küche, wo sie mich zu einem Hocker an der Theke schiebt. Sie stöbert in den Schränken herum und holt Minze-Oreo-Kekse und eine Packung roter Lakritzstangen heraus.

»Was kann ich dir zu trinken bringen? Wir haben Jägermeister« – sie macht ein würgendes Gesicht– »oder Rum. Ich hatte noch keine Gelegenheit, wirklich guten

Alkohol zu kaufen, nur den Süßkram. Wir haben nur noch das, was Lewis mag.«

»Ähm, ich bin mir nicht sicher, ob ich etwas brauche.« Ich trinke nicht oft, vor allem nicht, wenn ich traurig bin. Es erinnert mich zu sehr an die Art und Weise, wie meine Mutter mit den Problemen in ihrem Leben umgeht.

»Mira.« Gen senkt ihre Stimme. »Du siehst ziemlich unglücklich aus. Geht es dir gut?« Sie blickt über meinen Kopf hinweg. »Ich frage nur, weil Lewis gleich herkommen und dich ausfragen wird. Wenn du nicht willst, dass er sich einmischt, sollten wir so tun, als würden wir als Mädels Zeit zusammen verbringen.« Sie hält ihre Hände hoch. »Außer du musst mit ihm reden. Es scheint mir nur so … na ja, diesen Blick kenne ich schon. So habe ich selbst schon oft genug ausgesehen. Du siehst untröstlich aus.«

Ich stoße einen Seufzer aus. Sie hat recht. Ich bin hergekommen, um mit ihr zu reden. »Rum und Cola. Und die Oreo.«

Gen presst ihre Lippen fest zusammen und nickt, als hätte ich ihren Instinkt bestätigt. Schnell mischt sie zwei Rum und Cola und schüttet sie in Weingläser. »Wir tun so, als wäre es feiner Wein«, sagt sie und reicht mir meinen. »Gib mir eine Sekunde und ich verschaffe uns etwas Zeit allein.«

»Du musst nicht –«

Sie schüttelt den Kopf. »Nein, ist schon in Ordnung.«

Gen geht zu Lewis hinüber und spricht leise mit ihm. Er hebt den Kopf und wirf einen Blick zu mir hinüber. Ich nehme einen Schluck von meinem Getränk.

»Mira«, sagt er, während er auf die Treppe zugeht. »Gen sagt, du willst über Mädchenkram reden.« Er verzieht sein Gesicht, auch wenn ihm das wahrscheinlich selbst nicht bewusst ist. »Ich bin oben, wenn ihr etwas braucht.«

Ich will nicht einmal wissen, was sie ihm gesagt hat. Er denkt wahrscheinlich, ich hätte meine Tage oder so etwas. Aber er dreht sich noch ein paar Mal zu mir um, also vermutet er vielleicht bereits, dass es um etwas Ernstes geht.

Gen kommt zurück und schnappt sich ihr Weinglas.

»Ich will Lewis nicht anlügen«, sage ich.

Ich fühle mich jetzt schon unbehaglich mit der einen Information, die ich ihm vorenthalte. Ich will der Liste nicht noch mehr hinzufügen.

»Das ist keine Lüge. Das ist ein vertrauliches Gespräch unter Frauen. Ich habe ihm gesagt, dass du persönliche Mädchenprobleme mit mir besprechen musst. Das ist keine Lüge. Du kannst ihm später erzählen, was los ist, wenn du willst. Sobald ich dir geholfen habe, herauszufinden, was du tun sollst. Du weißt schon, sobald wir die richtige Lösung gefunden haben. Nicht die Männerlösung.«

Trotz meiner Traurigkeit lächle ich. Dafür bin ich hergekommen. »Ja, Zach und Lewis sind nicht gut darin, über solche Dinge zu reden.«

»*Jungs* eben.«

»Richtig.«

Sie nippt an ihrem Getränk und lehnt sich verschwörerisch nach vorn. »Also, von welchem Jungen reden wir hier? Kenne ich ihn?«

Ich gleite mit dem Finger über den Rand meines Glases. Es gibt keine Art, das besser zu sagen, als es einfach zu sagen. Es hört sich schlimm an, egal wie ich es sage.

»Tyler.«

Gen verschluckt sich an ihrem Getränk und hält ihre Hand hoch, während sie hustet und ein Geschirrtuch von der Ofentür holt. »*Tyler?*«, keucht sie.

»Es ist nicht wie du denkst, oder vielleicht doch.« Ich

spüre wie sich meine Augenbrauen zusammenziehen. »Wir kennen uns schon länger.«

»In deiner Nähe hat er sich seltsam benommen«, bemerkt sie mit abwesender Miene, als würde sie daran zurückdenken. »Ich habe ihn einmal danach gefragt und er wollte nicht darüber reden. Da habe ich mir natürlich schon gedacht, dass es eine Menge zu reden gibt. Aber ich hätte nie gedacht, dass es …«

Ich bin es leid, meine Gefühle für Tyler zu verbergen und ich brauche Gens Rat. So lange hatte ich unüberwindliche Mauern um meine Gefühle herum aufgebaut. Jetzt habe ich Tyler endlich hereingelassen, und er tut mir weh. Aus einer Beziehung, in der sich zwei Menschen gegenseitig wehtun, kommt nichts Gutes. Aber wie baue ich die Mauern wieder auf, wenn ich sie einmal niedergerissen habe? Alle Gefühle, die ich jemals für Tyler empfunden habe, sind bloßgelegt.

Ich greife nach einer Lakritzstange und drehe sie in meinen Fingern. »Tyler war mein erstes Mal.«

Gen stellt ihr Glas mit einem lauten Ping auf die Granittheke. »Er war *dein erstes Mal?*«

»Es war unangenehm, zusammenzuleben.«

»Ähm, *ja.* Warum hast du nichts gesagt? Wir hätten dir eine andere Wohnung suchen können.«

»Was hätte ich sagen sollen? ‚Entschuldige, Cali, ich will nicht mit deinem Bruder zusammenleben, weil ich meine Jungfräulichkeit an ihn verloren habe‘?« Ich schüttle den Kopf. »Wie sagt man das der Schwester von jemandem?«

»Ich verstehe, was du meinst.« Sie schiebt mir mein Getränk zu und ich nehme einen Schluck. »Offensichtlich ist etwas zwischen euch passiert. Mehr als euer erzwungenes Zusammenleben. Du hast es die letzten Wochen durchgehalten, ohne dass es danach ausgesehen hat, als hätte dir jemand das Herz herausgerissen.«

Ich zucke innerlich zusammen. Ich war früher so gut darin, meine Emotionen zu verbergen. All das hat sich geändert, seit Tyler zurück in der Stadt ist.

»Durch unser Zusammenlebten wurden ein paar, äh, Dinge wieder entfacht.«

Ich erkläre ihr die Situation und die Anziehungskraft zwischen mir und Tyler, dass er einen Job bei Blue angenommen hat, der Kuss im Kopierraum. Und heute Abend. Ich gebe ihr die Kurzversion, wie Tyler mich verlassen hat, nachdem wir Sex hatten.

»Verdammt. Das tut mir leid, Mira.«

»Was soll ich tun, Gen? Ich mag ihn. Endlich öffne ich mich diesem Kerl gegenüber, und dann tut er so etwas. Ich bin nicht perfekt, aber das habe ich nicht verdient.«

»Nein, hast du nicht. Lass dich nie von irgendjemandem schlecht behandeln. Egal, wer es ist oder wie sehr du ihn magst.«

Gen hat Lewis eine Abfuhr erteilt, als meine Beziehung zu ihm zwischen die beiden geriet. Ich war damals *vielleicht* ein bisschen süchtig nach seiner Aufmerksamkeit. Und vielleicht habe ich ihn *etwas* unter Druck gesetzt, mich an die erste Stelle zu setzen. Es klingt schrecklich, wenn ich es mir jetzt so eingestehe, aber ich hatte solche Angst, ihn zu verlieren. Das habe ich immer noch, allerdings hat die Tatsache, dass ich Lewis seinen benötigten Freiraum gelassen habe, bewiesen, dass manche Menschen bleiben. Weil sie es wollen, nicht weil sie es müssen. Aus freiem Willen. Ich habe Lewis Freiraum gegeben und er ist nicht abgehauen. Er ist immer noch für mich da.

Ich blicke auf und seufze. »Ich versuche, Grenzen zu ziehen, wenn es darum geht, wie andere Leute mich behandeln. Vor allem bei meiner Mutter. Sie ist der einzige

Mensch, dem ich erlaubt habe, mich zu verletzen. Aber jetzt, wo Tyler … mich so verlassen hat – das ist hart.«

Und spielt mit all meinen Ängsten.

»Was war das mit Tyler?«, fragt Lewis und überrascht uns von hinten. Wir saßen so dicht beieinander, dass ich nicht bemerkt habe, wie er auf uns zukam. Er hat ein leeres Glas in der Hand und geht zur Spüle hin. »Hat er etwas getan, Mira?« Lewis' Tonfall ist scharf.

Ach, verdammt. Ich sehe Gen an und sie zuckt die Achseln.

»Glaub mir, Lewis, du willst nicht wissen, was zwischen mir und Tyler los ist.«

»Ja, na ja, ich wittere da etwas Schlimmes und wenn du es mir nicht sagst, muss ich gehen und es aus Tyler herausquetschen. Körperlich.«

»Siehst du? Deshalb habe ich dir nichts gesagt.« Ich ziehe meine Haare in meinem Nacken zu einem Knoten zusammen und lasse die Schultern hängen. »Tyler und ich – wir … scheiße, Lewis. Das ist eine so lange Geschichte. Tyler war mein erstes Mal. Damals in der High School.« Lewis' Augen werden groß und an der Seite seines Kiefers zuckt ein Muskel. Ich spreche schnell und meine Worte überschlagen sich, um das Pflaster schnell abzureißen. »Es war, ähm, schwierig, mit ihm zusammenzuleben. Wir, ah, wir …«

Lewis hebt die Hand und schließt die Augen. »Halt. Ich will es nicht hören. Sag mir nur eines. Hat er dir wehgetan?«

»Nein. Nicht physisch. Es ist in Ordnung, Lewis. Ich habe nur einen Rat von meiner Freundin gebraucht.«

Lewis klammert sich an den Rand des Tresens, bis seine Fingerspitzen weiß werden. »Wenn er sich nicht benommen hat, *musst* du es mir sagen.«

Lewis ist ziemlich sanftmütig, aber wenn es eine Bedrohung gibt kann er wirklich beängstigend sein.

»So ist das nicht«, sage ich. »Wir haben eine etwas turbulente Vergangenheit. Ich dachte, wir hätten das überwunden, aber offensichtlich habe ich mich geirrt.«

Nur ist auch das nicht ganz richtig. Tyler hat auf mich aufgepasst – er hat sich natürlich ab und zu darüber beschwert – aber er war für mich da. Ich verstehe nicht, warum er heute Abend gegangen ist, und ich werde es auch nicht versuchen. Er hat es getan, und es war herzlos.

»Na ja, er muss sich benehmen. Es ist mir egal, was du getan hast, wenn er dir wehtut …«

»Lewis –« Gen drückt eine Hand gegen seine Brust und sein Blick fällt auf sie, als hätte ihn das kurzzeitig aus der Bahn geworfen. Sie zieht ihn zur Seite und sie unterhalten sich eine Minute lang miteinander.

Das ist nicht der Grund, warum ich hierher gekommen bin. Ich will nicht, dass Lewis wütend auf Tyler ist. Ich bin nicht glücklich mit dem, was er getan hat, aber das bleibt unter uns.

»Mira.« Lewis starrt mich an und mir wird klar, dass sie beide darauf warten, dass ich etwas sage. »Soll ich irgendetwas für dich tun?«

»Nein. Danke. Eigentlich, Lewis, gibt es da doch eine Sache.«

Lewis hat mich unterstützt und trotz seiner neuen Beziehung stehen wir uns immer noch nahe. Ich hätte es ihm schon früher beichten sollen, aber ich war nicht bereit. Ich bin mir nicht sicher, ob ich jetzt bereit bin, aber es hat mich nicht weitergebracht, an meinen Ängsten festzuhalten. »Bitte sei nicht böse, okay?«

Lewis setzt sich auf den Hocker neben mir. »Also los«, sagt er sanft.

»Ich habe gelogen. Was die Sache mit den Schulden angeht«, platze ich heraus. Lewis‘ Miene bleibt unbewegt, aber ein Schatten huscht über seine Augen, als würde er bereits ahnen, was ich jetzt sagen werde. »Ich habe meine Mutter seit meinem High School Abschluss finanziell unterstützt.«

Lewis atmet laut aus und sieht weg.

»Die Zahlungen sind in den letzten Jahren immer höher geworden. Sie hat mir gesagt, dass ihr Leben in Gefahr ist und ich habe mir eine große Summe geliehen. Ich konnte sie nicht schnell genug zurückzahlen ... du kennst den Rest der Geschichte.«

Lewis sieht mich nicht an.

Verzweiflung sprudelt in meiner Brust. Ich wollte endlich offen mit ihm über meine Mutter sprechen, aber jetzt bin ich mir nicht mehr so sicher, ob ich es ihm hätte sagen sollen.

»Du hast so hartnäckig darauf bestanden, dass ich mich von ihr fernhalte.« Meine Stimme schwankt und ich atme tief ein. »Und dann habe ich das getan. Ich dachte, dass du irgendwann die Nase voll haben würdest. Ich hatte Angst, dass du den Kontakt zu mir abbrechen würdest, so wie du von mir erwartet hast, dass ich meine Mutter aus meinem Leben verbanne. Ich weiß, es war dumm von mir, aber ...«

Lewis starrt sein leeres Glas an. Ich schweife ab, versuche, es ihm zu erklären, es ihm verständlich zu machen.

»Lewis? Bitte sag etwas.«

Er stellt das Glas auf den Tresen, dreht sich auf dem Hocker und geht zur Haustür. Er stürmt zur Tür hinaus und sie knallt hinter ihm zu.

Normalerweise halte ich Tränen zurück, aber dieser Tage rollen sie mir frei aus den Augen und über die Wangen. Ich senke meinen Kopf auf den Tresen und spüre Gens Hand auf meiner Schulter.

»Es ist okay, Mira. Es wird alles wieder gut. Gib ihm

Zeit. Er ist nicht glücklich, aber er weiß, wie schwierig die Situation mit deiner Mutter ist.«

Ich höre ihre Worte, aber das einzige was durchdringt ist, dass die beiden wichtigsten Menschen in meinem Leben mich verlassen haben.

Kapitel Fünfundzwanzig

Ich fahre zu Zach und erzähle ihm alles über meine Mutter und das Geld, denn es gibt keinen Grund, es länger geheim zu halten. Er ist total sauer, dass ich gelogen habe, aber dann macht er uns Popcorn und wir sehen uns mehrere Folgen von *Game of Thrones* an.

Das mag ich an Zach; er sagt seine Meinung und dann kann er auch verzeihen. Das ist eine gute Eigenschaft. Aber während wir uns *GoT* ansehen, fühlt meine Brust sich wund an und ich habe Schluckbeschwerden.

Tyler hat mich verdammt noch mal verlassen. Gleich nachdem wir … und jetzt ist Lewis wütend auf mich. Wird er jemals wieder mit mir reden?

Ein Stück Popcorn prallt an meiner Stirn ab.

»Reiß dich zusammen«, sagt Zach.

Ich lächle halbherzig. Auf keinen Fall gehe ich mit Zach auf die schmutzigen Details zwischen mir und Tyler ein. Es war schon schlimm genug, es Lewis zu erklären. Aber das hier ist schön. So beschissen die Dinge auch sind, ich habe immer noch Freunde, die für mich da sind, und das will schon etwas bedeuten. Einige meiner schlimmsten Befürchtungen haben sich heute Abend bewahrheitet, als Lewis gegangen ist, nachdem er die Wahrheit erfahren hat. Und Tyler … was er getan hat ist so falsch. Aber ich stehe noch aufrecht. Und ich bin nicht ganz allein.

Die nächsten Tage bleibe ich bei Zach, gehe zur Arbeit und tue mein Bestes, um zu verdrängen, dass der Kerl, der mir immer wichtig war, mir das Herz aus der Brust gerissen hat und dass mein bester Freund so wütend ist, dass er nicht mit mir sprechen will. Ich habe auch John und Becky besucht und ihnen die Situation mit meiner Mutter erklärt. Sie waren nicht glücklich darüber, dass ich gelogen habe oder dass meine Mutter mich als ihr persönliches Bankkonto benutzt hat. Ich habe *nicht* erwähnt, dass die Typen, die mich verprügelt haben, Auftragskiller für den Kerl waren, dem ich schulde. Eltern können ab einem gewissen Punkt keine schlechten Nachrichten über ihre Kinder mehr aushalten, ohne durchzudrehen, egal wie erwachsen ihre Kinder schon sind.

»Du gehst nicht mehr allein nach draußen, bis du das Geld abbezahlt hast«, sagte John. Offensichtlich war also genau das seine Sorge, ohne dass ich es erwähnen musste.

Ich konnte den Schmerz seinem Gesicht ablesen, als ich ihm sagte, dass ich die Schulden allein abbezahlen will. Er argumentierte mit mir und lief rot an. Es brachte ihn um, dass er sich nicht darum kümmern konnte. Aber irgendwie habe ich das Gefühl, dass ich mich in Zukunft nicht mehr in eine solche Situation bringen werde, wenn ich gezwungen bin, selbst aus dieser Situation herauszukommen. Dass ich für die Manipulation meiner Mutter nicht mehr so empfänglich sein werde.

Ich bin nicht dumm – wenn ich den Eindruck habe, dass mein Leben oder das Leben von jemand anderem in

Gefahr ist, werde ich John und Becky um das Geld bitten. Aber bislang war der Kerl, dem ich schulde, mit dem Geld aus meinem Job-Bonus zufrieden. Er lässt mich den Rest in den nächsten Wochen in Raten abzubezahlen. Ich schätze, er weiß, dass er nichts bekommt, wenn ich tot bin.

Es ist wieder ein langer Nachmittag im Büro. Ich arbeite Überstunden in Vorbereitung auf das Festival. Trotz des Berges an Arbeit, den Hayden und ich haben, haben wir es geschafft, uns über Wasser zu halten. Es ist erstaunlich, wie produktiv ich sein kann, wenn ich versuche, mich von etwas abzulenken.

Ich atme tief durch und drücke die Knöpfe am Kopierer, um die letzten fünfzig Exemplare der Flyer für das Musikfestival auszudrucken. Ich werde das irgendwie durchstehen. Ich werde meine Schulden bezahlen, eine bessere Beziehung zu meiner Mutter aufbauen, die Dinge mit Lewis in Ordnung bringen und sogar Tyler loslassen, wenn es darauf hinausläuft. Es wird mir nicht gefallen und vielleicht werde ich mich sogar das ganze nächste Jahr lang jede Nacht in den Schlaf weinen, aber ich werde das durchstehen.

Ich brauche niemanden, der nicht in meinem Leben sein will.

»Frasier, gehst du heute Abend auf die Party?«

William, ein Finanztyp, der ein paar Jahre älter ist als ich, steht in der Tür und klopft mit seinem saphirblauen Siegelring des Blue Casinos gegen den Türrahmen.

Das Blue schmeißt ein paar Mal im Monat sogenannte Kennenlernpartys für das Management in der Mont Belle Lounge. Sie behaupten, es sei eine Chance für die Führungskräfte, ihre Krawatten zu lockern und gute Arbeitsbeziehungen aufzubauen. Ich finde das geschmacklos, wenn man bedenkt, wie verrückt im Moment alles ist.

Wenn die Leute Zeit haben, sollten sie mir und Hayden bei unserer ungemeinen Menge an Arbeit helfen. Aber das ist ja nur meine Meinung.

»Ich arbeite heute länger.« Auf dem Kopierer erscheint eine Fehlermeldung und ich fülle das Fach mit grellgelbem Papier nach.

Wir sind unterbesetzt und alles andere als vorbereitet, was dieses Musikfestival angeht, aber Blue hat es in den letzten fünfzehn Jahren jedes Jahr veranstaltet. Personalmangel oder sexuelle Missbrauchsvorwürfe oder nicht, *the show must go on.*

»Mach früher Schluss«, sagt William. »Deine Arbeit kann warten. Es hat einen Grund, dass sie diese Dinger veranstalten …« Er betritt den Raum und obwohl er zwei Meter von mir entfernt steht, fühle ich mich bedrängt. »Damit wir uns kennenlernen können.«

Igitt. Offensichtliche Andeutung.

In den letzten ein oder zwei Wochen haben die Leute aufgehört, mich auszulachen und angefangen, die Arbeit zu respektieren, die ich für Hayden und die Hospitality-Abteilung erledige.

Und das Gegaffe der Männer ist auch wieder da.

»Kann nicht. Zu beschäftigt. Aber viel Spaß.« Ich schnappe mir meinen Stapel Flyer, schenke ihm ein kurzes, angespanntes Lächeln und will an ihm vorbeigehen.

William greift nach meinem Arm. Nicht fest, aber seine Finger sind ganz um ihn herumgewickelt und streifen meine Brust. Ich zucke zusammen und trete einen Schritt zurück. Er lässt mich los. »Du kannst deine Meinung jederzeit ändern. Ein paar von uns würden gern etwas Zeit mit dir verbringen. Gib uns Jungs eine Chance«, sagt er und setzt ein charmantes Lächeln auf, das mich vor Abscheu erschaudern lässt.

Dafür habe ich keine Worte. Außer einem eindeutigen *Nein*. Niemals. Abgesehen von der Tatsache, dass ich immer noch all diese Gefühle für Tyler habe, sind William und seinesgleichen mir unheimlich. Er sieht gut aus, aber er und die Gruppe, mit der er zusammenarbeitet, haben etwas an sich. Sie erinnern mich an Ratten, die durch das Casino huschen und ihr schmieriges Selbstvertrauen überall verteilen.

»Danke, aber ich habe viel zu tun.« Ich schenke ihm mein überzeugendstes bin-nicht-interessiert zickiges Lächeln, denn seine Anwesenheit löst in meinem Kopf alle möglichen Alarmsignale aus. Ich gehe um ihn herum und zur Tür hinaus, bevor er noch einen platten Spruch bringen kann.

Als ich den Flur entlang gehe, kommt Tyler mit entschlossener Miene auf mich zu.

Es war leicht, Tylers Anrufen in den letzten Tagen zu ignorieren und ihm aus dem Weg zu gehen, schließlich wohne ich bei Zach. Aber in der Arbeit ist es nicht so leicht, Tyler auszuweichen. Ich weiß nicht, was er will, aber in meinem geschwächten Zustand kann ich Tyler nur widerstehen, indem ich ihm fernbleibe. Irgendwann werde ich ihm gegenübertreten müssen, nur nicht jetzt.

Ich wende mich in die entgegengesetzte Richtung und biege in Haydens Büro ein, das näher am Kopierraum liegt als mein kleiner Raum.

Hayden blickt von ihrem Computer auf, als ich ihre Tür hinter mir schließe und nach Schritten lausche. »Mira? Geht es dir gut?«

Ich balanciere die Flyer in meinen Armen. Wir haben das Festival in allen sozialen Medien verbreitet und es in den leuchtenden Schriftzug am Eingang des Blue Casinos geschrieben. Aber die guten alten Flugblätter sind immer noch eine wichtige Stütze für lokale Unternehmen.

»Mir geht es gut. Entschuldige die Störung. Ich wollte nur sichergehen, dass es das ist, was du im Sinn hattest?« Sie hat den Aufdruck bereits genehmigt, sonst hätte ich keine Trillionen davon gedruckt, aber ich brauche eine Ausrede, um hier hereinzuplatzen.

Hayden runzelt die Stirn. »Du siehst nicht gut aus. Macht dir jemand das Leben schwer? Der Wachmann, mit dem ich dich gesehen habe? Ich dachte, du magst ihn. Aber wenn er dich belästigt, kannst du es mir ruhig sagen.«

»Nein, es in schon in Ordnung. Er ist ein guter Kerl.« Und plötzlich erkenne ich die Wahrheit in meinen Worten. Tyler war schon immer ein guter Kerl. Selbst wenn er ein Arsch ist. Um Himmels willen, er konnte mich nicht mal ordentlich im Stich lassen. Er musste selbst dann noch dafür sorgen, dass ich etwas zu essen und zu trinken habe.

»Du würdest mir doch Bescheid sagen, wenn etwas nicht stimmt, oder?«

»Natürlich.«

Ich arbeite spät, gehe die Lieferantenlisten durch und stelle sicher, dass ich ihnen die Informationen, die sie für ihren Beitrag zum Festival benötigen, per E-Mail zugesandt habe. Als ich Feierabend mache, gleicht unser Büro einem verlassenen Friedhof, mit Ausnahme von Hayden, die ebenfalls länger arbeitet. Alle anderen sind zu dieser Kennenlernparty gegangen.

Ich klopfe leicht an Haydens offene Tür. »Ich gehe jetzt.« Sie lehnt sich zurück, ihre Schultern werden schlaff. Hayden hat den ganzen Tag durchgearbeitet und sie sieht erschöpft aus. »Gehst du nicht zu der Party?«

Sie breitet ihre Hände vor dem Computer aus. »Zu viel Arbeit. Du?«

Manchmal frage ich mich, ob Hayden unsere Kollegen so sehr meidet wie ich. »Ich bin müde.«

»Ich wünsche dir ein schönes Wochenende.« Sie

wendet sich wieder ihrem Computer zu und beginnt mit ihrer Maus herum zu klicken.

Mist, das Wochenende. Ich kann nicht ewig auf Zachs Couch schlafen. Andererseits haben mich die Männer, die mich im Wald angegriffen haben, seit dem Zusammentreffen mit dem Jeansjacken-Typ an meinem ersten Tag bei Blue nicht mehr geplagt. Lewis wollte, dass ich bei Cali wohne, weil Tyler immer in der Nähe war, während Zach nachts arbeitet. Aber da die Anspannung mit Tyler so groß ist und die Bedrohung durch diese Männer abgenommen hat, frage ich mich, ob ich nicht zu Zach ziehen sollte. Ich habe nichts gegen diese Idee, aber Zach wahrscheinlich schon. Er hat gern weiblichen Besuch und mit mir im Haus hat er sich damit zurückgehalten.

Außerdem brauche ich frische Klamotten aus der Hütte. Ich freue mich nicht auf eine Begegnung mit Tyler, aber es ist wahrscheinlich an der Zeit, dass ich es hinter mich bringe. Mir wäre es lieber, wenn sie zu Hause stattfinden würde, als bei der Arbeit.

Als ich die Tür zu Calis Hütte aufschließe, ist es innen stockdunkel. Ich schalte das Licht ein und Tyler sitzt auf der Couch, den Kopf nach hinten gelehnt. Er starrt mich an, als ich hereinkomme.

»Heilige Scheiße« Ich lege eine Hand auf meine Brust. »Tyler, das ist so unheimlich. Warum sitzt du hier im Dunkeln?«

Er sieht sich um, als würde er gerade erst realisieren, dass die Sonne untergegangen ist. »Entschuldigung. Ich habe nachgedacht. Es ist dunkel geworden und ich hatte keine Lust aufzustehen, um das Licht anzuschalten.«

Ich lege meine schäbige Handtasche auf den Tresen, ziehe meine Schuhe aus und trage sie mit zitternden Händen ins Schlafzimmer. Ich habe schreckliche Angst vor den Gefühlen, die ich in seiner Anwesenheit empfinde, selbst nach dem, was er getan hat. Ich ziehe eine Jeans und einen leichten Pullover an. Als ich ins Wohnzimmer zurückkehre, sitzt Tyler immer noch auf der Couch und sieht mich an.

»Mira, wir müssen reden.«

Kapitel Sechsundzwanzig

Tyler

Mira geht in die Küche und holt sich eine Limo. Sie öffnet die Dose und setzt sich an den Tisch, gegenüber von meinem Laptop und meinem Bücherstapel. Ich sollte diesen Mist wirklich aufräumen.

Ich schiebe meinen Computer zur Seite und räume Papiere aus dem Weg, während ich mich ihr gegenüber Platz setze. Sie wischt Kondenswasser von der Seite ihrer Sodadose ab und meidet meinen Blick. Ich kann es ihr nicht übel nehmen.

»Mira, es tut mir leid.«

Ihre Brust hebt und senkt sich, aber sie will nicht aufblicken.

Ich rücke näher, verärgert über den Tisch, der uns trennt. »Ich habe es vermasselt. Ich hätte nicht so gehen sollen. Kannst du mir verzeihen?«

»Es ist in Ordnung, Tyler. Es ist keine große Sache.«

Was zum Teufel?

Ich stehe auf, gehe um den Tisch herum und gehe vor

ihr in die Hocke, wobei ich meine Hand auf ihr Knie lege. Sie zuckt zusammen, doch sie stößt mich nicht weg. »Nein. Es ist nicht in Ordnung. *Wir* sind eine große Sache für mich.«

Ihr Blick huscht zu meinem Gesicht. Sie starrt mir in die Augen, als wolle sie meine Ernsthaftigkeit ermessen, dann konzentriert sie sich auf den Tisch und blendet mich aus.

Ich seufze und drücke mir die Faust gegen die Stirn. »Hör mal, können wir uns auf die Couch setzen? Ich muss dir etwas Wichtiges sagen. Es wäre einfacher, wenn wir nicht so weit auseinander wären.«

»Tyler, auf keinen Fall werden wir –«

Erinnerungen an unsere gemeinsame Nacht wimmeln in meinem Kopf. *Gott,* ich will das, aber das ist nicht, worauf ich hinauswill. »Darum geht es hier nicht. Du musst wissen, was in Colorado passiert ist. Das ist nämlich der Grund, warum ich neulich ausgeflippt und abgehauen bin, was mir so verdammt leid tut.«

Sie studiert wieder meine Augen, als könnte sie meine Aufrichtigkeit nur so prüfen. Dieses Mal nickt sie, anstatt wegzusehen und erhebt sich. Ich folge ihr zur Couch und wir sitzen an entgegengesetzten Enden, aber es ist besser als der Küchentisch zwischen uns.

Ich stütze meine Ellbogen auf meine Oberschenkel, meine Hände verschränken sich zwischen meinen Beinen zu einer Faust. Wie sage ich es ihr? Ich habe noch nie mit jemandem über das gesprochen, was passiert ist. Oder über meine Verantwortung in dem Ganzen.

Ich schlucke den Stein in meiner Kehle hinunter. »Ich habe ja bereits erwähnt, dass ich eine Verlobte hatte.« Mira nickt. »Sie war ein guter Mensch. Jemand, den ich wahrscheinlich nicht verdient habe.«

Mira windet sich neben mir und bewegt sich, als wolle

sie aufstehen. »Ich will nichts darüber hören, wie du deine große Liebe verloren hast. *Gott*, Tyler –«

»Nein.« Meine Stimme ist entschlossen. »Das ist es nicht. Ich habe sie nicht geliebt. Das war das Problem. Sie hat mehr verdient und ich habe sie nicht geliebt. Aber sie wollte, dass ich sie liebe.«

Sie sieht mich an und setzt sich langsam wieder auf das Polster.

»Ich dachte – ich dachte, ich könnte niemanden lieben, außer meiner Familie. So hatte ich schon lange nicht mehr für ein Mädchen empfunden. Ich dachte, ich würde nie wieder so empfinden.«

Ich drehe mich zu ihr um und sehe ihr in die Augen. »Ich habe seit der High School niemanden mehr geliebt.«

Mira schüttelt den Kopf, fast unmerklich, aber das wird mich nicht davon abhalten, ihr den Rest zu erzählen. Sie muss es verstehen. Das muss ausgesprochen werden.

»Ich habe immer *dich* geliebt. Ich war nie fähig, so für jemand anderen zu empfinden. Nicht einmal für Anna. Ich dachte sie war alles was ich wollte. Wir haben es beide versucht. Sie hat sich mehr Mühe gegeben als ich. Ich wollte ihr geben, was sie brauchte. Ich dachte, wir könnten es hinkriegen. Also habe ich ihr einen Heiratsantrag gemacht. Es war ein verzweifelter Versuch, die Dinge in Ordnung zu bringen. Ich dachte, ich könnte niemals jemanden lieben, wenn nicht sie. Ein Mädchen, das perfekt für mich sein sollte. «

Mein Blick haftet auf Mira. »Ich habe den Heiratsantrag bereut, sobald ich ihn ausgesprochen hatte. Aber ich habe ihn nicht zurückgenommen. Ich habe es eine Woche lang hinausgezögert und mich davon überzeugt, dass es das Richtige war.«

Ich lehne meinen Kopf gegen die Rückenlehne der Couch und schließe kurz die Augen. »Ich glaube, sie wusste, wie ich mich wirklich fühlte. Sie hat es nicht ausgesprochen, aber …«

Einen Moment lang bin ich in der Vergangenheit verloren, das Brennen, das ich in den vergangenen Monaten nicht abschütteln konnte, glüht in meiner Brust.

»Was hältst du davon?«, fragte Anna, an unserem letzten gemeinsamen Samstag. »Meine Freunde organisieren es. Ich bin dabei, wenn du es bist.«

Ihre Freunde hatten uns zum Fluss-Kajak eingeladen. Anna war nicht sportlich, aber sie bemühte sich. Wir hatten schon ein paar Wanderungen zusammen unternommen. Sie ist häufig ausgerutscht und gestolpert und ich konnte meine Frustration nicht verbergen. Es lag nicht an ihren unkoordinierten Bewegungen. Es lag daran, dass ich tief im Inneren nicht in sie verliebt war, und mein Mangel an Emotionen kam auf andere Weise zum Vorschein.

»Ich muss noch Arbeiten benoten, aber du geh ruhig«, sagte ich. Ich hatte bereits begonnen, mich zu distanzieren. Ich hatte überlegt, wie ich mit ihr über unsere Verlobung sprechen sollte. Wie ich ihr erklären könnte, dass ich einen Fehler gemacht hatte.

Anna ließ sich normalerweise nicht auf solche Ausflüge ein, vor allem nicht ohne mich. Vielleicht wollte sie mir damit etwas beweisen. Ich werde es nie erfahren.

»Ich denke, ich werde das tun«, sagte sie mit einem verschmitzten Lächeln.

Ich lächelte zurück, weil sie so sanft und süß war. Ich hatte das Gefühl sie wollte mich beeindrucken. Es war mir egal, ob sie Fluss-Kajak fahren ging oder nicht, aber ich fand es komisch, dass sie etwas für sie so Ungewöhnliches tat.

»Tyler«, sagt Mira und holt mich aus dem Schrecken dieses Tages heraus. »Geht es dir gut?« Sie rutscht näher heran, ohne mich zu berühren.

»Nein.«

Ich reibe mir die Stirn. Das habe ich seit meiner Rückkehr nach Lake Tahoe niemandem gegenüber zugegeben. Vor meinen Freunden in Colorado musste ich es nicht zugeben. Sie wussten bereits, dass ich ein Wrack war.

»Sie hat etwas getan, dieses Mädchen, das ich nicht liebte, aber um deren Hand ich angehalten habe. Ich glaube, dass sie dachte, ich würde sie irgendwann lieben lernen, wenn sie bestimmte Dinge täte.«

Ich flehe Mira mit meinen Augen an. Von allen Leuten will ich, dass zumindest sie mich versteht. Ich gebe Mira keine Schuld für das, was in Colorado geschehen ist. Aber vielleicht, nur vielleicht, wenn Mira nur einen kleinen Bruchteil dessen empfindet, was ich für sie empfunden habe – was ich immer noch für sie empfinde – würde sie verstehen, warum ich Anna nicht lieben konnte.

»Was ist passiert, Tyler?« Miras Stimme ist stark, als würde sie sich auf eine Wahrheit vorbereiten, von der sie weiß, dass sie schrecklich sein wird. Und das ist sie auch. Sie ist so hässlich, dass ich von Albträumen erwache, in denen Anna unter Wasser schreit.

»Da war ein Fluss und sie war mit Freunden unterwegs. Sie war keine Kajakfahrerin, aber sie ist trotzdem mitgefahren. Ihre Freunde haben ihr eine Grundausbildung gegeben, aber es war eine schwierige Strecke. Ihre Freunde haben mir später erzählt, dass sie gelächelt hat. Sie hat gesagt, dass sie das schon schafft. Sie haben nachher zugegeben, dass sie daran ihre Zweifel hatten.«

Ich drücke meine Finger auf die Augen und versuche, die Vorstellungen von dem Geschehen zu blockieren. »Am Anfang war alles in Ordnung. Dann fuhr Anna um einen Felsblock herum in einen tiefen Strudel. Ihr Kajak kippte um und blieb stecken. Sie kam nicht wieder hoch.«

Ich höre Miras scharfen Atemzug, aber ich rede weiter.

»Es war ein unwahrscheinlicher Vorfall. Die meisten Menschen hätten diese schwierige Stelle umfahren. Einige ihrer Freunde hatten das bereits getan. Sie wollten sie befreien. Sie« – ich schlucke, meine Kehle ist trocken, meine Stimme bricht – »sie konnten ihre Hand erreichen, aber sie konnten sie nicht herausziehen. Die Strömung war zu stark. Ihre Riemen verhedderten sich. Sie war vierzig Minuten lang ohne Luft unter Wasser.«

Die Bilder von diesem Tag verfolgen mich noch immer. Aber nicht nur die, die ich aus den Erzählungen anderer geschaffen habe. »Danach sah ich ihren Leichnam im Krankenhaus. Sie hatte den Ring, den ich ohne viel Über-legung ausgesucht hatte, immer noch am Finger.« Der hintere Teil meiner Kehle brennt, sowie meine Augen und meine Brust. Verdammt!

Meine Heimatstadt sollte mir helfen, das Geschehene zu verarbeiten. Damit dieser Schmerz und diese Schuldge-fühle schwinden. Aber sie tun es nicht. Ich spüre Miras Hand auf meiner Schulter, spüre, wie sie auf meinen Schoß krabbelt. Sie schlingt sich um mich und ich schmiege meinen Kopf gegen ihre Nackenbeuge und atme ihren Duft ein. Meine Tränen fallen ungehindert auf ihr Haar.

Ich weiß nicht, ob Anna diese Kajakfahrt mitgemacht hätte, wenn sie nicht versucht hätte, mich zu beeindrucken. Vielleicht schon. Zumindest schienen ihre Freunde der Meinung zu sein, als ich befürchtete, dass sie es für mich getan hatte. Vielleicht haben sie es nur gesagt, damit ich mich besser fühle. Ich werde es nie erfahren. Was ich weiß, ist, dass Anna starb, als sie jemanden liebte, der sie nicht zurück liebte. Es ist diese Schuld, die an mir nagt.

Ich wische meine Augen ab und umschließe Miras Gesicht mit meinen Händen. »Es. Tut. Mir. So. Leid. Mir tut meine Vergangenheit in Colorado leid. Aber im

Moment tut es mir leid, dass ich meine Schuld an dir ausgelassen habe. Ich hab's versaut. Ich wollte dich schon immer, Mira und als wir neulich Sex hatten war es so unglaublich, dass ich dachte, ich hätte dich nicht verdient. Ich geriet in Panik. Ich bin zu einem Freund gegangen, um einen klaren Kopf zu bekommen. Ich bin sofort zurückgekommen, aber du warst weg.«

Ich bedauere zutiefst, wie ich die Dinge mit Anna gehandhabt habe, aber es ist an der Zeit, dass ich mir selbst verzeihe. Ich habe sie nicht so geliebt, wie ich es hätte tun sollen, aber es gibt keinen Grund, dass ich Mira nicht so lieben kann, wie sie es verdient.

»Hat es funktioniert?«, fragt sie. »Ist dein Kopf klar?«

Ich atme tief durch. Sie neckt mich, versucht, die Stimmung aufzulockern, und das hilft. »Phil hat mir gesagt, dass ich dich verlassen soll. Er ist so ziemlich der letzte Freund, den ich um Rat fragen sollte, wenn es um Frauen geht. Er ist derjenige, der mir vorgeschlagen hat, dass ich andere Mädchen mit nach Hause bringen soll, um dich zu vergraulen.«

Ihre Augen weiten sich. »Deshalb hast du das gemacht? Du hast auf das gehört, was irgendein dummer Kerl dir gesagt hat?«

Das − genau das. Wenn Mira mir das Leben schwer macht und ihr warmer Körper auf meinem Schoß ist − das macht alles besser.

Ich zucke mit den Achseln, ein kleines Lächeln kehrt in mein Gesicht zurück. »Na ja, es war einen Versuch wert.« Sie windet sich empört und versucht aufzustehen. »Beruhige dich.« Ich schlinge meine Arme enger um sie und halte sie fest. »Ich habe dich gerade wieder da, wo ich dich haben will. Hast du eine Ahnung, was ich in den letzten Tagen durchgemacht habe? Wo zum Teufel bist du gewesen?«

»Bei Zach, aber wechsle nicht das Thema. Hast du diese Frauen wirklich nach Hause gebracht, um mich zu ärgern?«

»Ja. Definitiv.«

»Du bist so ein Idiot«, sagt sie, aber in ihrem Tonfall liegt Humor. »Ich hätte wirklich einen Kerl mit nach Hause bringen sollen.« Ihr Blick wandert, als würde sie es sich noch einmal überlegen.

Ich drücke ihre Taille. »Nein, das hättest du nicht tun sollen. Das wäre nicht gut ausgegangen.«

»Warum? Was hättest du gemacht?«

»Ihn rausgeschmissen«, sage ich ohne zu zögern. Ich beuge mich nach unten und küsse ihren Hals direkt unter ihrem Kinn. »Ich bin nicht perfekt. Ich habe nicht immer das Richtige getan, aber ich liebe dich, Mira. Du hattest schon immer ein Stück meines Herzens in deiner temperamentvollen kleinen Hand. Vielleicht war das alles, was wir gebraucht haben – dass wir zusammenleben mussten. Der letzte Schubser in die richtige Richtung. Denn in diesen letzten Wochen hast du mir den Rest meines Herzens gestohlen. Darum machst du mich verrückt. Aber kannst du dein Temperament etwas mildern?«

»Nein«, sagt sie automatisch, obwohl sie mehrmals blinzelt, als wäre sie durch meine Worte abgelenkt.

Ich habe ihr gesagt, dass ich sie liebe und das habe ich auch so gemeinte. Es ist an der Zeit, dass sie es erfährt.

Sie küsst meine Stirn, dann meine Nase. »Es tut mir leid wegen Anna. Es ergibt Sinn, dass du dachtest, du hättest meine Liebe nicht verdient. Schließlich dachtest du, dass du ihre weggeworfen hast.«

Ihr Blick wird ernst und sie schiebt sich von meinem Schoß. »Aber egal, mit welchen Worten du mich bestichst, du bist nicht aus dem Schneider.«

Ich seufze frustriert. Ich sage dem Mädchen, dass ich

sie liebe und sie geht weg. Das wäre schrecklich, wenn ich nicht glauben würde, dass sie dasselbe empfindet.

»Das ist keine Versöhnung, Tyler Morgan. Ich hatte wohl ein paar Vertrauensprobleme und Unsicherheiten, als wir jünger waren. Ich war dumm und habe dir nicht gesagt, was ich für dich empfunden habe –«

Mit dieser Tirade will sie mir etwas Wichtiges sagen, aber ich kann nicht umhin, sie zu unterbrechen. »Was empfindest du für mich?«

»– aber ich habe es gerade jetzt mit der destruktivsten Beziehung meines Lebens zu tun. Der Umgang mit meiner Mutter hat meinen Kopf durcheinander gebracht. Ich muss wissen, dass du nicht wegläufst und dass wir emotional am gleichen Punkt angelangt sind. Dass wir kompatibel sind.«

Ich blicke unter meine Wimpern hinweg auf, mein Blick schweift suggestiv über ihren Körper.

Sie schüttelt den Kopf. »In dieser Hinsicht sind wir *zu* kompatibel.«

»In *dieser Hinsicht* gibt es kein zu kompatibel.«

Sie blickt entnervt an die Decke. »Du hast dich verändert, Tyler. Ich sage nicht, dass es schlecht ist. Ich verstehe, dass du in Colorado eine schwierige Zeit durchgemacht hast. Tragödien wie diese können einen Menschen genauso sehr stärken, wie sie ihn zerstören können. Aber ich muss wissen, dass wir kompatibel genug sind für eine reife Beziehung. Dass wir unsere Vergangenheit gemeinsam bewältigen können. Kein Weglaufen mehr.« Sie hält ihren Kopf erhoben. »Ich will keine Spielchen mehr. Ich will etwas Echtes.«

»Ich auch.«

Für einen Moment starren wir uns einfach nur an.

Mira bricht unseren Blickkontakt und geht zu ihrer Schlafzimmertür. Sie bleibt auf der Schwelle stehen. »Das musst du beweisen«, sagt sie leise und schließt die Tür hinter sich.

Verdammt, sie wird mich auf die Probe stellen.

Aber sie weiß nicht, dass ich acht Jahre lang auf sie gewartet habe. Wenn man die Zeit mitzählt, in der ich in sie verliebt war, ohne jemals den ersten Schritt zu wagen.

Mira ist die einzige Frau, die ich je geliebt habe. Und zwar so tief, dass mein Herz entstellt war, bis ich zu ihr zurückkehrte und es sich wieder einigermaßen in ein normales, menschliches Herz verwandelte. Ich war nicht gut für jemand anderen, aber ich bin gut für dieses Mädchen.

Und wenn sie will, dass ich ihr das beweise, werde ich es tun.

Kapitel Siebenundzwanzig

Mira

Nach der Arbeit hat Tyler den ganzen Abend des nächsten Tages mit Putzen verbracht. *Putzen.* Er hat seine Bücher sortiert und in eine Ecke gestellt, mit Rücken nach außen. Er hat seine Fachzeitschriften und vollgekritzelten Papiere vom Esstisch geräumt. Und er hat den Abwasch gemacht. *Den verdammten Abwasch.* Ich überlege ernsthaft, ob eine außerirdische Lebensform seinen Körper eingenommen hat. Das könnte sein. So komisch, wie er sich verhält, schließe ich nichts aus.

Tyler hat mir gestern Abend gesagt, dass er mich liebt. Einfach so hat er alles offengelegt. Einen Moment lang dachte ich, ich befände mich in einer Art Traumzustand. Es gab für mich nie einen anderen Mann außer Tyler. Sein Liebesgeständnis erfüllte mich mit so viel Hoffnung, dass ich fast die Fassung verloren und ihm meine eigenen Gefühle gestanden hätte. Ich versuchte, mich zusammenzureißen und erinnerte mich daran, was geschah, als ich Tyler Morgan das letzte Mal alles offenbart hatte. Wir neigen dazu, voreinander wegzulaufen, wenn wir mit Gefühlen konfrontiert werden. Und Tyler ist noch dabei, seine Schuldgefühle wegen seiner Verlobten zu überwinden, was ich ihm nicht verübeln kann. Aber all diese Dinge machen mich ein wenig vorsichtig.

Ich will nichts überstürzen. Von jetzt an werde ich nachdenken, bevor ich handle. Ich renne nicht mehr zu Kreditgebern, wenn ich Geld brauche. Ich renne nicht mehr in Tylers Arme, nur weil er sie öffnet – auch wenn ich glaube, dass ich dort hingehöre. Ich möchte, dass wir die Sache langsam angehen, dass wir uns kennenlernen. Sicher ist sicher.

Tyler starrt auf das Foto an der Seite meines Bettes, während ich mir aus meiner begrenzten Auswahl ein Outfit für die Arbeit aussuche. Wir verbringen Zeit miteinander, aber wir küssen uns nicht – meine Regel, nicht seine. Gestern hat er mich sogar zu einer Radtour auf dem Camp Richardson Pfad mitgenommen und diesmal haben wir mir mein eigenes Fahrrad gemietet. Die Bäume rochen so wunderbar, die Luft war warm und Tyler machte Kunststücke und Tricks auf seinem Fahrrad, um mich bei Laune zu halten. Es war perfekt.

»Ich glaube, ich will mir ein Fahrrad kaufen«, sage ich und halte eine ärmellose blaue Bluse hoch. Ich habe meine Arbeitskleidung nach und nach ergänzt, jedes Mal, wenn ich etwas Schönes im Angebot finden konnte. »Du weißt schon, wenn ich alles abbezahlt habe.«

Er blickt auf. »Echt?«

»So ein gemütliches, wie die, mit denen wir gestern gefahren sind.«

Das süßeste Grinsen breitet sich auf seinem Gesicht aus und erhellt seine Augen. »Das können wir machen. Wir suchen dir ein gutes aus. Mit einem breiten Sitz.«

Ich werfe ihm einen Blick über die Schulter zu. »Du

meinst damit hoffentlich nicht, dass ich einen dicken Arsch habe.«

»Dein Arsch ist perfekt. Ich will nur, dass du es gemütlich hast.«

»In diesem Fall, ja, ein Fahrrad mit einem breiten, gefederten Sitz. Ich will das Gefühl haben, auf einer Couch zu sitzen.«

Er schmunzelt. »Machen wir.«

Es ist seltsam, aber ich fühle mich Tyler tatsächlich näher als je zuvor. Es gibt keine Geheimnisse mehr. Er weiß, was ich durchgemacht habe, seit er weg war und ich kenne seine Geschichte.

»Du warst ein Baby«, sagt Tyler wie zu sich selbst, eine tiefe Furche bildet sich zwischen seinen Augenbrauen, als er das Bild betrachtet, das er nun in der Hand hält.

Es ist das gerahmte Foto, das ich von mir und Lewis vor dem Haus der Sallees habe. Meine Arme klammern sich an eines von Lewis' langen Beinen. Lewis ist ein paar Jahre älter als ich, aber er hat mich immer überragt, besonders in diesem Alter. Bevor ich bei seiner Familie einzog, hatte ich nicht allzu viel zu essen.

»Ich war drei Jahre alt«, sage ich und greife mir eine dünne, beigefarbene Hose, die zu der fließenden marineblauen Bluse passt.

Tylers runzelt die Stirn. »Aber du hast eine Windel an.«

»Ich war ein Kleinkind«, sage ich defensiv. »Ich bin erst aufs Töpfchen gegangen, als ich bei John und Becky eingezogen bin.«

Er blickt auf, sein Gesichtsausdruck ernst.

Ich hänge meine Klamotten an den Haken, der an der Schranktür befestigt ist. »Sieh mich nicht so an. Das ist mir peinlich.«

Tyler stellt das Foto vorsichtig zurück auf den Nachttisch. »So alt warst du, als du bei Lewis und seinen Eltern eingezogen bist?«

»Ja.«

»Wegen deiner Mutter?«

Ich hasse es, wenn Leute mich nach dieser Zeit in meinem Leben fragen, aber es ist wichtig, dass Tyler diesen Teil von mir kennt. Und vor allen möchte ich, dass Tyler die Verbindung versteht, die ich zu Lewis habe. Vielleicht wird es auch erklären, warum mir so wichtig ist, dass die Sallees sicher sind. »Lewis und sein Dad haben mich gefunden.«

»Was meinst du damit, sie haben dich gefunden?«

»Ich war allein —«

Er hebt seine Hand. »Halt. Du warst allein? In diesem Alter?« Er zeigt auf das Foto. »Dieses winzige Baby, Kleinkind, was auch immer? *Allein*, ganz *allein*?«

Mein Mund presst sich zusammen. »Du weißt, dass ich keine tolle Mutter habe. Mein Vater hat es nach meiner Geburt keinen Monat mehr ausgehalten. Meine Mutter hat erfahren, dass er kurz danach an einer Überdosis gestorben ist. Irgendwann kam meine Mutter in manchen Nächten nicht mehr nach Hause.«

»Als du drei Jahre alt warst?«

Ich nicke.

Tyler schwingt die Beine vom Bett, seine Unterarme ruhen auf den Oberschenkeln, während er mich anstarrt. »Was ist passiert, Mira?«

Ich setze mich neben ihn. »Eines Tages waren John und Lewis nebenan und haben einem Nachbarn geholfen. Ich saß immer am Fenster und beobachtete, wie die Leute vorbeigingen. John sah mich und kam herüber. Er stellte sich vor und stellte mir ein paar Fragen. Ich muss ihm wohl gesagt haben, meine Mutter sei weg oder so. Er hat gefragt, ob ich mit ihm und Lewis zu ihrem Haus gehen wolle.«

Ich zucke mit den Achseln. »Und ab dem Zeitpunkt habe ich dann wohl bei ihnen gelebt. Ich kann mich nicht an alle Einzelheiten erinnern. Sie haben mir erzählt, dass Lewis eine Hand nach mir ausgestreckt hat, aber ich bin direkt auf ihn zu gegangen und habe mich an eines seiner Beine geklammert. Genau wie auf diesem Foto.« Ich fühle, wie sich mein Mund zu einem Lächeln wölbt. »Ich erinnere mich tatsächlich daran, dass ich mich als kleines Kind immer an Lewis festgehalten habe. Er war so groß. Wie auch immer, das Bild wurde ungefähr zu der Zeit gemacht, als ich zu den Sallees gezogen bin.«

Tyler runzelt die Stirn. »Deine Mom, sie hat nicht …«

Ich lächle reumütig. »Versucht, mich zurückzuholen?« Ich schüttle den Kopf. »Nein, das glaube ich nicht. Als ich älter wurde, habe ich den Sallees die gleiche Frage gestellt. Sie sind mir immer ausgewichen, indem sie mir sagten, wie froh sie seien, mich zu haben. Aber ich wusste immer, dass meine Mutter mich nicht wollte.«

»Mira …«

»Das klingt harsch. So meine ich das nicht. Tief im Innern empfindet sie Zuneigung für mich, glaube ich. Aber die Drogen und der Alkohol blockieren das irgendwie, weißt du? Als die Sallees mich fanden, hat meine Mutter mich schon oft tagelang allein gelassen. Ich war dehydriert, unterernährt, schmutzig. Es ist eine große Verantwortung, ein kleines Kind großzuziehen. Ich glaube, meine Mutter war erleichtert, die Hilfe zu haben.«

Tyler kratzt sich an der Seite seines Kiefers. Er starrt aus dem Fenster und runzelt die Stirn.

»Es ist okay, Tyler. Das ist schon lange her. Aber du verstehst es jetzt, oder? Meine Verbindung zu Lewis und warum seine Eltern mir so wichtig sind? Sie sind alles, was ich habe. Und meine Mom auch. Sie ist die einzige Blutsverwandte, die ich je kannte. Es gibt keine Tanten oder Onkel – keine Cousins.«

Er sieht mich mit seinen kühlen, blauen Augen an. Ein Blick, der mich zu wärmen vermag. »Du hast uns. Mich, Cali, Gen, nicht nur Lewis und seine Eltern.«

Ich möchte seinen Worten glauben schenken.

»Leute verlassen einen, Tyler. Manchmal aus guten Gründen. Wie zum Beispiel als du aufs College gegangen bist. Und manchmal haben sie nicht mal gute Gründe.«

»Ich werde dich nicht verlassen, Mira.«

»Du hast keine Ahnung, wie viele Dinge du in mir ausgelöst hast, als du weggegangen bist, nachdem wir …«

Er seufzt und schließt seine Augen. »Ich wünschte, ich könnte diese Nacht rückgängig machen.«

»Ich weiß und ich verstehe jetzt sogar, warum du ausgeflippt bist, aber ich brauche Zeit, um mich wieder sicher mit dir zu fühlen. Und deine Schwester und Gen … Sie scheinen Freunde zu sein. Zumindest hätte ich sie gern als Freunde. Aber der einzige Freund, der immer für mich da war, ist Lewis. Nur jetzt ist Lewis …« Ich schlucke und sinke auf das Bett zurück, wobei ich mir mit der Hand die Augen bedecke.

Ich versuche, nicht daran zu denken, aber es ist da. Die Sorge, dass ich eine der wichtigsten Beziehungen in meinem Leben dauerhaft beschädigt habe.

»Mira?« Tyler streckt eine Hand nach mir aus und legt sie über mein Herz. »Geht es dir gut?«

»Es ist nichts.« Ich rolle mich zu ihm und wische die Träne ab, die mir über die Wange gelaufen ist. Warum so viele Tränen? »Es tut mir leid. Schwieriges Thema.«

»Was ist mit Lewis passiert?«

»Er ist wütend auf mich, weil ich über die Gründe für die Schulden gelogen habe.«

»Du hast ihm die Wahrheit gesagt?« Ich nicke. »Und du denkst, er ist alles, was du hast«, sagt er und sieht weg. Er legt seine Stirn auf die Faustknöchel. »Mira, du musst aufhören zu glauben, dass dich alle verlassen.«

»Ich arbeite daran, aber diese Dinge ändern sich nicht von heute auf morgen. Das ist eine Prägung. Die Menschen in meinem Leben waren nicht die zuverlässigsten, falls du dich erinnerst«. Ich funkle ihn an, denn ob es mir gefällt oder nicht, er ist einer von ihnen.

»Wenn du Menschen wegstößt, dann gehen sie manchmal. Und manchmal …« Er rückt näher und der Abstand zwischen uns schwindet. Seine Arme gleiten meine Seiten hinunter, drücken mich auf die Matratze und zwingen mich auf meinen Rücken. »Manchmal kehren sie zurück, weil sie nicht wegbleiben können.«

Es wäre so einfach, meinen Kopf den letzten Zentimeter zu seinen Lippen zu heben, von denen ich plötzlich nicht mehr wegsehen kann.

Ich räuspere mich und rolle mich aus seiner Reichweite. Die Spannung zwischen uns ist die einzige Konstante, die wir haben. Aber ich will mehr als nur Anziehung.

»Hast du Hunger?«, frage ich nach einer unangenehmen Stille.

Ich blicke zurück und er zieht eine Augenbraue hoch und mir wird klar, wie sich das gerade anhören muss, bei all der Elektrizität, die zwischen uns zirkuliert.

Mein Gesicht erhitzt sich. »Ich meinte Essen. Hast du Hunger auf Essen?«

Tylers Blick fällt auf meinen Mund. »Sicher.« Er steht auf und ich tue es ihm gleich.

Ich spüre, wie er hinter mir hergeht, während ich mich auf den Weg zur Küche mache. »Ist ein gefrorener Burrito okay?«

»Klingt gut.« Er lehnt sich gegen den Tresen und beobachtet mich.

Gott, er raubt mir den Verstand. Muss er das tun? »Du kannst dich an den Tisch setzen. Ich bringe ihn dir.«

»Ist schon okay.« Er lächelt sexy und erhellt damit seine bereits strahlend blauen Augen.

Oh, Gott.

Ich stehe einen Moment lang da und starre dieses Lächeln an. Es ist das Tyler-Lächeln, in das ich mich in der High School verliebt hatte, obwohl der Blick in seinen blauen Augen auch ein Teil davon sein könnte.

Mein Herz rast, mein Gesicht errötet. Tyler lächelt mich nicht mehr an. Nicht wirklich. Nicht das volle Programm. Eine Lippenbewegung, ein Grinsen, das seine Augen berührt, aber das hier ist anders. Das hier ist ungehemmt und strahlend. Als würde ich seine Welt erleuchten.

Ich hatte es bis jetzt nicht verstanden. Ich hatte nicht gesehen, dass er uns beide beschützt hat, indem er so sehr auf meine Sicherheit bestand. Aber jetzt lässt er seine Deckung fallen. Jetzt zeigt er mir alles.

»Ich muss gehen.« Ich eile um den Tresen herum und schnappe mir meine Handtasche. Vorsichtig, keinen einzigen Zentimeter seines Körpers zu berühren.

Sein Lächeln verblasst. »Wohin gehst du?«

»Raus.«

Ich mache den Fehler, einen Blick zurückzuwerfen. Ich bin mir nicht sicher, was ich erwartet hatte. Vielleicht einen selbstgefälligen Ich-habe-absichtlich-so-sexy-gelächelt-Blick. Aber sein Ausdruck sieht eher nach kaum verhohlener Enttäuschung aus.

Das ist schlimmer als selbstgefällig. Wenn ich das richtig interpretiere, bedeutet es, dass sein Lächeln echt war. Er war glücklich, einfach nur mit mir zusammen zu sein. Und meine Reaktion – eine knochentiefe Anziehung

– ist völlig außer Kontrolle. Wenn er nur noch lächeln muss, bevor ich bereit bin, meinen BH auszuziehen und mich auf ihn zu stürzen, sind wir in der Gefahrenzone. Tickende Zeitbomben.

Wie soll ich die Dinge langsam angehen, wenn er mich so ansieht? Plötzlich hat sich dieses Zusammenleben von explosiv zu regelrecht katastrophal entwickelt.

Ich ziehe meine Schlüssel aus meiner Handtasche und gehe zur Tür hinaus.

In meinen Socken. Mist.

So ein Pech. Ich gehe nicht zurück.

Tyler scheint es mit mir ernst zu meinen, aber ich kann mich nicht so schnell darauf einlassen. Das ist nicht klug, nach allem, was wir durchgemacht haben.

Meine Gefühle für ihn sind gewachsen. Ihn dieses Mal zu verlieren, wäre vielleicht die einzige Sache in meinem Leben, die mir den Rest gibt und mich doch noch bricht.

Kapitel Achtundzwanzig

Auf dem Weg zur Arbeit streiche ich mit meiner Hand über die neue beigefarbene Polsterung in Tylers Truck. Tyler hat mir schon früher Fahrten angeboten, aber heute habe ich nachgegeben. Mein Auto wollte nicht anspringen. Ich hatte keine andere Möglichkeit.

Neulich Abend, nachdem ich Tyler – *in meinen Socken* – verlassen hatte, fuhr ich bei Cali und Jaeger vorbei und hing bei ihnen herum, bis es spät genug wurde, um mich nach Hause und in mein Zimmer zu schleichen. Tyler saß in seinem »Büro« am Esstisch. Er blickte auf, als ich hereinkam und schüttelte den Kopf, als wäre ich ein Rätsel, das er nicht zu lösen vermochte.

»Wann hast du das machen lassen?« Ich zeige auf die Polsterung. Als ich das letzte Mal in seinem Auto war, waren seine Sitze an einigen Stellen ziemlich abgenutzt.

Sein Blick flimmert in meine Richtung. »Vor einer Woche oder so. Es war Zeit. Es war nicht sicher. Du hast dich jedes Mal aufgekratzt, wenn du eingestiegen bist.«

Ich starre ihn aus dem Augenwinkel an. Er hat sein Auto für mich neu polstern lassen?

Während ich noch darüber rätsele, kommen wir im Parkhaus des Casinos an. Tyler sprintet um die Vorderseite seines Autos herum und schließt die Tür hinter mir, als ich aussteige. Seine Hand wandert zu meinem unteren Rücken, als wir zum Hintereingang des Casinos gehen und wieder öffnet er die Tür für mich. Als ich drinnen bin, berührt mich Tyler nicht, aber er bleibt in meiner Nähe, als wären wir zusammen. *Zusammen*, zusammen.

Ich sagte, ich will es langsam angehen lassen. Ich wollte sichergehen, dass wir eine Zukunft haben, bevor ich etwas überstürze. Aber Tyler behandelt mich bereits wie seine Freundin. Das sollte mich stören.

Tut es aber nicht.

Mir wurde neulich Abend klar, dass ich in Schwierigkeiten stecke, was die Spannung zwischen uns angeht. Meine Willenskraft, ihn auf Armeslänge zu halten, wird immer schwächer. Das Komische ist, ich glaube nicht, dass er all dies tut, um mich zu verführen oder von irgendetwas zu überzeugen. Ich habe das Gefühl, dass er sich einfach nicht mehr zurückhält.

Wie kann ein Mädchen sich an seiner Überzeugung festhalten, es langsam angehen zu lassen, wenn ein Mann sich so von seiner besten Seite zeigt?

Es ist das Wochenende des Musikfestivals, und Tyler und ich sind zu einer späteren Schicht erschienen, um den Abend durchzuarbeiten. In den letzten Tagen haben wir ab und zu einmal Zeit miteinander verbracht, aber ich war auch beschäftigt. Ich besuchte Becky und John, Cali und Jaeger und Nessa. Ich kam sogar noch einmal bei Zach vorbei, um mir weitere Folgen von *GoT* mit ihm anzusehen – alles, um zu verhindern, dass es mit Tyler zu schnell geht, denn ich spüre die Hitze zwischen uns.

Je länger wir zusammenleben, desto mehr bricht meine Abwehr zusammen. Ich will ihn. Und jetzt, wo er sein

Auto neu hat polstern lassen, damit meine Arme nicht aufgekratzt werden? Er. Bringt. Mich. Um.

Tyler ist immer noch der Junge, der meine Schikanierer in der Junior High verscheucht hat. Der in der High School dafür gesorgt hat, dass ich Algebra bestehe. Der mich nimmt mich wahr wie kein anderer Mensch zuvor. Und jetzt ist er ein Mann, beherrscht und selbstbewusst und er zeigt mir auf jede erdenkliche Weise, dass ich ihm wichtig bin. Wie lange kann ich mich noch zurückhalten? Oder tue ich das überhaupt noch?

Im Aufzug zur Chefetage sehe ihn an und lächle. Wenn mein Lächeln von Liebe und von jedem anderen Gefühl erfüllt ist, das ich jemals für Tyler empfunden habe, dann kann ich das nicht ändern. Das ist es, was er in mir zum Vorschein bringt.

Ein hitziger Blick füllt seine Augen und er schickt einen Blitz durch meinen Bauch.

Die Fahrstuhltüren öffnen sich und ich murmle so etwas wie »Bis später«, als ich auf mein Büro zusteuere und versuche, das verrückte Grinsen auf meinem Gesicht zu unterdrücken.

Ich kann diese Spannung nicht mehr lange ertragen. Sonst werde ich verglühen.

Eine Stunde vergeht, ich lasse einen schweren Seufzer an meinem Schreibtisch los und versuche zum millionsten Mal in den letzten dreißig Minuten meine Gedanken von Tyler abzulenken. Ich streiche mit dem Finger über den Veranstaltungskalender und die damit verbundenen Händler. Ein Klopfen ertönt an meiner Bürotür. Und mit *Büro* meine ich *Wandschrank*, denn mein Raum hat keine Fenster und ist kaum groß genug für einen Schreibtisch und einen Stuhl. Aber hey, es ist ein geschlossener Raum und er gehört allein mir, also bin ich begeistert.

Ich blicke auf. »Hi, Hayden.«

Hayden hat in den letzten Wochen vierzehn Stunden am Tag gearbeitet. Ein Schnitt, von dem ich nicht weit entfernt bin. Wir sehen beide erschöpft aus, aber Hayden scheint besonders gestresst zu sein.

»Ich muss dich um einen großen Gefallen bitten. Jessie vom Gästebereich hat sich mit einer Blinddarmentzündung krankgemeldet.«

»Jessie?«, sage ich, meine Stimme ist hoch. »Meinst du die Jessie, die uns den Arsch rettet, indem sie den Gästebereich mit minimaler Hilfe von mir betreibt, während wir unterbesetzt sind? Diese Jessie?«

»Ja.«

Na toll. »Was kann ich tun?«

Ich meine, ich bin für die Nacht mit Personalaufgaben beschäftigt, aber das ist ein Notfall. Und ich bin Haydens rechte Hand. Mir gefällt das kleine Team, das wir mittlerweile bilden. Es fühlt sich gut an, ein Teil von etwas außerhalb von Familie und Freunden zu sein.

»Die Leute kommen von überall her und jeder Prominente hat besondere Wünsche. Ich möchte, dass du die Suiten überprüfst und sichergehst, dass sie mit den entsprechenden Artikeln ausgestattet sind. Gummibärchen, Badetücher von Roberto Cavalli im Zebra-Druck, Gummienten …«

»Wow, ernsthaft?«

Sie rollt mit den Augen. »So sind Promis eben. Was soll man machen? Jessie hat angeblich alles eingelagert, bevor sie gestern gegangen ist. Aber ich will sichergehen, dass alles da ist. Ihr ging es da schon nicht gut.«

»Sicher, ich kümmere mich darum.« In meinem Kopf zähle ich die anderen Erledigungen auf meiner Liste, die ich noch zu verwalten habe. Und die Liste ist lang, doch das hier ist Hayden wichtig, also ist es auch mir wichtig. »Soll ich jetzt schon anfangen?«

»Wenn es dir nichts ausmacht? Hier ist die Liste.« Sie überreicht mir ein zehnseitiges Dokument.

Ich blinzle, lasse mir aber nichts anmerken. Diese Liste wird mich Stunden kosten. »Ich werde mich darum kümmern. Sonst noch was?«

»Nein, aber – sei vorsichtig?«

Ich runzle die Stirn.

Hayden verlagert nervös ihren Stand. »Drake ist hier.«

»Was?«

»Und unter den Führungskräften herrscht heute Abend eine seltsame Energie. Das macht mich nervös.«

Was zum Teufel? Ich liebe meinen Job, aber manchmal nervt dieser Schuppen.

»Warum haben sie Drake wieder hierherkommen lassen?« Nach den mir bekannten Gerüchten ist der CEO selbst nicht mehr von Drakes Unschuld überzeugt.

»Keine Ahnung. Mein Chef ist in dieser Sache sehr wortkarg.«

»Okay«, sage ich, misstrauisch. »Ich werde vorsichtig sein.«

Hayden geht und ich verschicke noch eine letzte E-Mail, bevor ich meine High Heels unter meinem Schreibtisch überstreife. Ich verlasse meinen Wandschrank/mein Büro und bleibe auf dem Flur stehen, die Liste und anderen Papierkram in den Händen haltend.

Laute männliche Stimmen hallen durch den Flur und eskalieren mit jedem Wort, so als würde derjenige, der schreit, sich meiner Position schnell nähern.

Drake biegt um die Ecke und kommt auf mich zu. »Wir hatten eine Abmachung, Joseph«, schreit er hinter sich und kommt näher, Papiere hängen aus der Seite seiner halbgeöffneten Aktentasche heraus. »Ich habe für dich geopfert.« Er bleibt stehen, als wolle er umkehren und den

Weg zurückgehen, den er gekommen ist. Doch dann erblickt er mich.

Drakes Augen werden schmal und er schreitet nach vorn. »Du bist die Nächste, Mira Frasier.« Sein Gesicht verzerrt sich, rot vor Wut. »Du glaubst, du bist aufgestiegen in der Welt? Ich weiß alles über deine Vergangenheit. Du bist wie ich«, knurrt er. »Du bist aus irgendeinem Drecksloch gekrochen, nicht wahr? Dort wirst du auch wieder landen. Sie werden dich schneller vor die Hunde werfen als mich. Du bist eine *Frau*.« Er packt meinen Arm. »Sie benutzen dich. Du hast weniger Macht als jeder Mann hier. Du bist *nichts*.«

Ich kann mich nicht bewegen, kann nicht atmen. Ich sollte nicht auf ihn hören, aber aus irgendeinem Grund treffen seine Worte ins Schwarze. Ich habe diesen Job nicht wegen meiner Qualifikationen bekommen und ich schäme mich für manche der Dinge, die ich getan habe, um zu überleben. Leute wegzustoßen, die es nicht verdient haben, mir Geld von bösen Männern zu leihen, Lewis anzulügen. Ich dachte, mein Job bei Blue sei ein Aufstieg. Aber jetzt, wo Drake meine Herkunft anspricht – hat er recht? Bin ich wie diese Baumwurzel im Wald, die nach den Sternen greift und die jeden auf ihrem Weg zum Stolpern bringt, wo ich doch in Wirklichkeit zurück in den Dreck gehöre?

Die positiven Affirmationen, die ich in den vergangenen Monaten im Stillen vor mich hin gesungen habe, flüchten aus meinem Kopf. Mein Verstand ist leer.

Tyler und ein weiterer Sicherheitsbeamter kommen um die Ecke. Tylers Blick huscht von mir zu Drake, sein Kiefer verkrampft sich.

Er stürzt sich auf Drake und schlingt einen dicken Arm um seinen Hals. »Lass sie in Ruhe, Arschloch.«

Tyler ist größer und stärker. Drake zieht eine Grimasse

und lässt meinen Arm los, seine Aktentasche klappert zu Boden.

Tyler schnappt sich seine Handschellen und fesselt Drakes Handgelenke, dann schiebt er ihn in Richtung des anderen Wachmannes, der noch größer ist als Tyler, glatzköpfig, mit einem dicken Schnurrbart, der an den Enden absteht.

Der andere Wachmann packt Drake mit einer Art Polizeigriff, aber Drake, mit wildem Blick, versucht sich von ihm loszureißen. »Sie ist die Nächste«, schreit er, sein Körper bebt, als würde er versuchen, sich auf mich zu stürzen. »Mira und diese Schlampe Hayden.«

Tyler tritt vor Drake und rammt ihm seinen Ellbogen ins Gesicht, sodass Blut aus seiner Nase spritzt. Drake stolpert und stößt einen durchdringenden Schrei aus.

»Schaff ihn hier raus«, brüllt Tyler.

Die Wache schleppt Drake zum Ende des Flurs, wo zwei Polizisten um die Ecke kommen.

Bevor die Polizisten zugreifen können, wendet Drake seinen Kopf, bis sich unsere Blicke treffen, sein Gesichtsausdruck ist fast schon gelassen. »Die Ringe, Mira. Beachte die Ringe.« Sein Gesicht verzieht sich zu einem verächtlichen, halb wahnsinnigen Lächeln.

Und mit dieser kryptischen Botschaft wird er von den Polizisten abgeführt.

Tyler wartet, bis sie außer Sichtweite sind, dann dreht er sich um und untersucht meinen Körper. »Hat er dir wehgetan?« Er berührt meinen Arm, kommt näher und schirmt mich mit seinem Körper ab.

Ich sage nichts, denn meine Antwort würde ihn nur verwirren. Hat Drake mich körperlich verletzt? Nicht wirklich. Psychisch? Ja. Ich kämpfe darum, seine Worte abzulehnen. Die Scheiße, mit der er meinen Kopf gefüllt hat, mit positiven Affirmationen wettzumachen.

Tylers Augen flackern angesichts meines Gesichtsausdrucks und er führt mich in mein Büro ein paar Meter weiter und schließt die Tür, trotz der Angestellten von Blue, die uns beobachten und des Spektakels, das sich gerade ereignet hat.

»Mira?« Tyler berührt mein Gesicht und streicht mir mit seinen Händen über die Arme, als wolle er meinen Puls überprüfen. Er umschließt meine Wangen sanft mit einer Hand. »Mira«, sagt er noch einmal. »Sag mir, dass es dir gut geht, bevor ich wieder da hinaus gehe und den Kerl fertigmache. Ich schwöre, ich werde …«

»Gut«, sage ich mit erstickter Stimme. »Mir geht's gut. Er hat mich nur – an einem wunden Punkt erwischt.«

Tyler zieht mich an seine Brust, seine Hand streichelt meinen Rücken auf und ab, warm und sanft. »Er weiß einen Scheiß über dich, Mira. Hör nicht auf ein Wort, das aus dem Mund dieses Arschlochs kommt. Ich kenne dich.« Er drückt mich mit einem kleinen Schütteln an sich heran. »Ich. Kenne. Dich. Du bist stark und klug … und du bist nicht deine Mutter. Du sorgst dich um die Menschen in deinem Leben. Du opferst dich für sie, auch wenn sie es nicht verdienen. Du beschützt sie, selbst wenn du diejenige bist, die beschützt werden müsste …«

»Okay. Stopp«, sage ich. Hinter meinen Augen bilden sich wieder Tränen. Dies ist weder die Zeit noch der Ort zum Weinen. Und verdammt, Tyler. Warum muss ich immer in seiner Nähe weinen? »Ich weiß. Ich werde nicht auf ihn hören.«

Tyler hat recht. Drake mag eine schlimme Kindheit gehabt haben, aber ich bin nicht wie er. Wir treffen nicht die gleichen Entscheidungen. Und er kennt mein Herz nicht.

Tyler lockert seinen Griff und küsst mich auf den Mund. Ohne Zunge, nur ein *versuch doch, mich aufzuhalten*

Kuss. Er grinst, als wäre er stolz darauf, damit davongekommen zu sein.

»Du darfst mich nicht in der Arbeit küssen.«

»Aber danach …?«

Die Steilvorlage habe ich ihm selbst gegeben. Ich runzle die Stirn und schüttle frustriert den Kopf. »Danke, Tyler. Für das, was du da draußen getan hast. Und für das, was du gerade gesagt hast.« Ich trete zurück und lasse ein wenig Platz zwischen unseren Körpern, denn wir sind hier immer noch in der Arbeit. Wir sind schon einmal beim Küssen erwischt worden. Ich kann auf keinen Fall noch einmal riskieren, meinen Job zu verlieren. »Ich bin froh, dass Drake endlich weg ist.«

Nach der Szene, die dieser Typ hier veranstaltet hat, wird er sicher nicht zurückkommen.

Tyler schnaubt. »Er wird für lange Zeit ins Gefängnis gehen. Ich habe zufällig gehört, wie die Geschäftsführer sagten, Drake sei an allem schuld. An den Übergriffen. Vielleicht sogar Geldwäsche. Es könnte noch mehr geben – sie wissen es noch nicht. Das Sicherheitsteam geht noch mehr Filmmaterial durch, um sicherzustellen, dass sie nichts übersehen haben.«

»Gut.« Ich atme tief durch und glätte meinen Rock mit einer zitternden Hand, die Liste immer noch in der anderen. Ich kann mich im Moment nicht mit Gedanken an Drake beschäftigen. Ich habe andere Dinge, um die ich mich kümmern muss. »Ich muss gehen. Muss wieder an die Arbeit.«

»Mira, nimm dir eine Minute Zeit. Was passiert ist, war verrückt. Gib dir etwas Zeit, um einfach mal durchzuatmen.«

Ich schüttle den Kopf. »Ich kann nicht. Dieses Festival muss reibungslos ablaufen. Der Druck ist groß und ich will Hayden helfen. Ich muss Suiten überprüfen und …«

»Welche Suiten?«

»Suiten für Promis. Ich sorge dafür, dass alle mit den nötigen Artikeln ausgestattet sind. Dann muss ich mich mit den Lieferanten in Verbindung setzen. Ich muss auch sicherstellen, dass die Restaurantmanager die Personaländerungen erhalten haben. Es gibt so viel zu tun. Ich habe keine Zeit, mich selbst zu bemitleiden.«

Ich gehe um ihn herum, seine Hand rutscht zu meiner Taille und berührt meinen Bauch. Mein Atem stockt und ich blicke auf. »Tyler«, sage ich ermahnend.

Er scheint nicht zu bemerken, was seine Berührung mit mir macht, oder er ignoriert es. »Ich komme mit.«

»Hm? Nein.« Ich schüttle den Kopf. »Das ist unprofessionell. Du kannst nicht mitkommen. Du hast einen Job zu erledigen.«

»Während du und Hayden unterbesetzt seid, wurde die Security für diese Veranstaltung verstärkt. Es gibt viele Wachen, vor allem am Eröffnungsabend. Ich kann dir helfen. Vier Hände sind besser als zwei.«

»Das gilt nicht für das, was ich tun muss, aber selbst wenn es so wäre, kann ich das wirklich allein.«

Ich schaffe es bis zur Tür und eile den Flur entlang. Ich bin zwanzig Minuten hinter dem Zeitplan, den ich mir selbst gesetzt habe. Um mich herum tummeln sich Leute, als wäre es mitten am Tag. Nicht einmal das Theater, das Drake aufgeführt hat, hat das Tempo für die Veranstaltungen des heutigen Abends verlangsamt. Das Musikfestival ist eine der wichtigsten Attraktionen des Blue Casinos. Alle machen heute Abend Überstunden.

Tyler holt auf und eilt an meine Seite. »Ich bleibe einfach hinter dir. Sorge dafür, dass alles gut läuft. Das ist schließlich mein Job.«

»Du hast diesen Job angenommen, um mich zu quälen, nicht wahr?«

Er zwinkert.

»Komm mir nicht in die Quere, Tyler, ich meine es ernst.«

»Würde ich das tun? Stell dir vor, ich wäre dein Schatten. Ich werde nicht einmal ein Wort sagen.«

Ich rolle mit den Augen. Irgendwie bezweifle ich das stark.

Ich habe Hayden versprochen, mit den Suiten anzufangen, aber ich habe ein Treffen mit einem Manager, der mich genau jetzt erwartet. Also gehe ich zuerst dorthin und sehe mich nervös nach meinem ›Schatten‹ um, der bis jetzt noch kein Geräusch von sich gegeben. Ich sorge dafür, dass alles so eingerichtet ist, dass die Lieferanten Zugang zu den Küchen haben. Außerdem stelle ich dem Manager eine neue Liste von Zeitarbeitern zur Verfügung, die sich in der letzten Minute geändert hat. Ich habe den externen Verkäufern Ausweise zugeteilt, aber ich überprüfe alles doppelt. Tyler schweigt während all dem, aber der Manager wirft mir–seltsame Blicke zu. Es kommt nicht jeden Tag vor, dass das Personal des Gästebereichs von der Security begleitet wird.

Als Nächstes gehen wir zu den Aufzügen, die nur mit einem Spezialschlüssel zugänglich sind. Sie führen zu den Penthouse-Suiten.

Tyler wirft einen Blick auf die Liste in meiner Hand. »Was ist das?«

Ich bewege sie aus seinem Blickfeld. »Nichts.«

Er hebt die Augenbrauen. »Sieht nicht nach nichts aus. Seit wann bietet das Hotel seinen Gästen« – er blickt über meine Schulter – »rote Satinlaken, extragroße Kond …«

»Hör auf damit. Das sind besondere Gäste.«

»So könnte man es nennen.« Er grinst. »Warum machst du das überhaupt? Du gehörst zur Personalabteilung. Das scheint etwas außerhalb deiner Stellenbeschreibung zu liegen.«

»Das Mädchen, das sich bei unserem derzeitigen Gästepersonalmangel um diese Dinge gekümmert hat, ist krank und konnte heute nicht kommen. Hayden musste dafür sorgen, dass alles abgedeckt ist, also übernehme ich das. Ich habe sowieso im Gästebereich ausgeholfen, also ist es in Ordnung.«

»Hayden kann dafür niemand-anderen einstellen?«

»Hörst du jetzt bitte auf? Hayden wird jemanden einstellen, wenn sie wieder Luft zum Atmen hat. Sie haben ihr einen Haufen Arbeit zugeschoben, seit sie angefangen hat. Es gibt hier Leute, die sie scheitern sehen wollen. Sie wollen sie nicht in einer Machtposition sehen.«

»Wenn sie ihr so viel Verantwortung übertragen«, sagt er, »dann versetzen sie sie in eine Machtposition«.

Die Fahrstuhltüren öffnen sich und wir gehen hinein. »Das ist wahr. Nicht sehr schlau von ihnen. Jedenfalls ist Hayden heute Abend dafür verantwortlich, dass die wichtigen Gäste zufrieden sind.«

»Du hast also Kondomdienst.«

»Exakt.«

Kapitel Neunundzwanzig

Tyler

Dieser Auftrag, den Miras Chefin ihr erteilt hat, ist urkomisch. Kondome und Pringles? Nett. Andererseits trage ich eine Möchtegern-Polizeiuniform und stolziere herum, als ob ich hier tatsächlich Autorität hätte. Ein Walkie-Talkie und Handschellen machen aus einem noch keine Sondereinheit der Polizei.

Mira starrt auf ihr Handy, als wir die letzte Suite verlassen. »Mist. Hayden hat mir noch eine Suite geschickt.« Sie gleitet mit ihrem Finger über den Bildschirm und scrollt. »Und die wollen Unmengen an Vorräten. Hayden sagt, dass diese Suite nicht auf der Liste stand, aber dass sie im Büro der Gäste-Managerin eine Akte gefunden hat, die beiseitegelegt worden war.«

Ich habe meinem Chef bereits gesagt, dass ich für die Sicherheit des unterbesetzten Gästebereichs sorge. Er hat neue Rekruten zur Unterstützung, also ist er damit einverstanden, dass ich dort helfe, wo ich gebraucht werde. Ich habe nicht gelogen, als ich Mira sagte, dass wir mehr als genug Sicherheitspersonal haben. Wir haben unser normales Personal für das Festival auf das Dreifache aufgestockt.

Ich schreibe meinem Chef, dass ich noch eine weitere Besorgung habe und in dreißig Minuten zurück sein werde. »Ziehen wir das durch.« Ich stecke mein Handy weg.

»Tyler«, sagt Mira, während sie ihre Plastikschlüsselkarten durchwühlt und den Flur entlang zu der letzten Suite geht. »Du solltest zurückgehen. Das war alles ziemlich langweilig. Nur in dem einen Zimmer haben Gegenstände gefehlt. Wahrscheinlich Posten, die erst im letzten Moment dazugekommen sind. Und selbst das war mit einem Anruf erledigt. Ich habe das im Griff. Du hast sicher Besseres zu tun.«

Ich tue so, als würde ich einen Moment lang darüber nachdenken, meine Lippen konzentriert zusammengepresst. »Nö. Außerdem sind diese Sonderwünsche faszinierend. Da kommt man auf alle möglichen … Szenarien.«

Sie blickt auf und stößt einen frustrierten Seufzer aus, der leicht, luftig und sexy ist. Das sollte sie lieber lassen, denn es macht mich an. Warum ihre Frustration antörnend ist, weiß ich nicht. Vielleicht liegt es daran, dass meine Anwesenheit ihr insgeheim gefällt und dass die stete Spannung zwischen uns nur Vorspiel ist.

Ihr Blick verengt sich auf die Schlüsselkarten und sie lässt ihre Hände frustriert nach unten fallen. »Toll. Hayden hat mir den Code für das Tastenfeld gegeben, aber ich hatte das nicht geplant. Mir fehlt die richtige Karte, um in dieses Zimmer zu kommen.« Sie starrt die Tür an, als würde sie sich doch noch auf magische Weise öffnen.

Ein Glück, dass ich hier bin.

»Wenn Sie gestatten.« Ich ziehe den Generalschlüssel heraus, den mir mein Chef gegeben hat, weil ich fabelhaft in meinem Job bin und er weiß, was für ein vertrauenswürdiger Typ ich bin. Hm, vielleicht kann er bei Mira ein gutes Wort für mich einlegen?

Ich stecke die Karte hinein und Mira tippt den Passcode auf der Tastatur ein. Was seltsam ist. Ich habe noch nie eine Tastatur für ein Hotelzimmer von Blue gesehen.

Die Tür piepst mit einem grünen Licht und ich drücke sie auf.

Mira geht hinein, ihre Augen überfliegen die Liste auf ihrem Handy. Sie rümpft die Nase. »Das ist seltsam.«

»Seltsamer als die Suite, die Uno, Erdnussbutter-Kekse und Gleitgel wollte?«

»Vielleicht.« Sie sucht den großen Raum ab.

Blue hat mehrere Penthouse-Suiten. Eine riesige Fensterwand mit Blick auf den See nimmt die Mitte dieses Raumes ein, Doppeltüren auf der einen Seite, zwei separate Türen auf der anderen. Es gibt eine Küche, einen Essbereich, der in eine Art Büro mit Aktenordnern umfunktioniert wurde, zwei Schließfächer, einen Computer … Sie hat recht. Dieser Ort sieht überhaupt nicht wie eine normale Suite aus.

»Mira, bist du sicher, dass diese Suite auf der Liste steht?«

Sie starrt auf ihr Handy. »Ein Dutzend Bademäntel für jedes Schlafzimmer, zehn Flaschen essbares Massageöl, zweihundert Kondome —« Ihre Stimme bricht ab und sie blickt auf. »Okay, das ist eine Menge.« Sie öffnet das Schlafzimmer mit den Doppeltüren. »Whoa.«

Ich blicke über ihren Kopf hinweg. Ein riesiges Bett mit kastanienbrauner Satin-Bettdecke nimmt die Hälfte des Raumes ein, lederne Fesseln für Fuß- und Handgelenke baumeln am Kopf- und Fußende. An der Wand hängt ein Klarsichtkoffer, gefüllt mit Peitschen, Stöcken und so weiter. Ich bin nicht einmal sicher, was das alles ist.

Das ist nach dem Erfolg von *Fifty Shades of Grey*, aber trotzdem. Wow.

Ich gehe hinein und sehe es mir genauer an.

»Tyler«, zischt Mira. »Komm da wieder raus.«

»Was?« Mein Ausdruck ist reine Unschuld. »Lass mich die Liste sehen. Wir müssen sichergehen, dass sie alles haben, was sie brauchen.«

»Raus da, raus.« Sie winkt mir verzweifelt zu. »Ich werde mich schon darum kümmern.«

»Bist du sicher?«

»Ja. Geh einfach, bevor du etwas anfasst und mich in Schwierigkeiten bringst.«

Ich schüttle den Kopf. »Wo ist dein Vertrauen, Mira?« Sie schnaubt, als ich an ihr vorbeigehe, aber ihre Lippen verziehen sich zu einem kleinen Lächeln.

Ich stehe in der Tür, sie bewegt sich auf das Bett zu und beäugt ihre Liste misstrauisch. Mira hebt die Bettdecke behutsam an und lässt sie wieder fallen, wobei sie die Liste auf ihrem Handy überprüft.

Ich bin überrascht, dass Blue ein solches Zimmer hat. Sie bieten ihren Kunden alle möglichen Services, aber das ist … aufwendig.

Ich schlendere in den Hauptraum und öffne eine Schreibtischschublade. Die üblichen Büroartikel, nichts Besonderes. Die Schublade darunter enthält eine Handvoll Kondome. Auf jeden Fall interessanter als die obere Schublade, aber nicht schockierend, wenn man die Ausrüstung im *Fifty-Shades*-Zimmer betrachtet. Ich öffne die dritte Schublade. Ein Päckchen mit Spritzen, Tuben, hellgrauem Pulver, Pillen in verschlossenen Etuis …

»Mira —«

»Ich bin fast fertig«, sagt sie von irgendwo im zweiten Schlafzimmer aus.

»Wir sollten gehen.« Ich schließe die Schublade und gehe zu ihr hinüber. »Dieser Ort ist nicht in Ordnung.«

»Wem sagst du das.« Sie knallt den Nachttischschrank zu und schüttelt den Kopf. »Aber nur zu, wenn du irgendwo hin musst. Ich komme zurecht.« Mira beugt sich vor, ihr Kopf verschwindet an der Seite des Bettes, als sie die Bettdecke anhebt. »Ich brauche höchstens noch fünf Minuten.«

»Nein.« Ich umrunde das Bett zu der Stelle, an der sie steht. »Wir müssen gehen. Und zwar sofort. Ich glaube nicht, dass Hayden von diesem Ort wissen sollte.«

»Wovon redest du?« Ihre Augen flimmern durch den Raum.

Dieses Zimmer ist abgedunkelt. Hier sind keine Peitschen ausgestellt, aber in der Ecke steht eine Skulptur, die wie ein riesiger Dildo aussieht. An den Wänden hängen große Spiegel und ich bin mir ziemlich sicher, dass es sich auf der Kommode um Videoausrüstung handelt.

»Es ist unkonventionell«, sagt sie, »aber du hast gesehen, was die anderen Leute wollten. Die Rocker-Suite wollte den pinken, sechzig Zentimeter langen –«

»Das ist nicht dasselbe. Das ist …«

An der Tür zur Suite ertönt ein Signalton, der anzeigt, dass jemand im Begriff ist einzutreten.

Ich schnappe mir Mira, stürme in den Hauptraum und springe hinter die Couch.

»Was zum Teufel, Tyler?«, sagt sie und streicht sich die Haare aus dem Gesicht.

Ich zucke mit dem Kopf zum Schreibtisch. »Da sind illegale Drogen drin«, sage ich so leise wie möglich neben ihrem Ohr.

Ihr Mund öffnet sich und ich drücke sie nach unten, bis sie praktisch unter mir ist. Ich schiebe uns näher an die

Seite der Couch, weg von den Stimmen, die in den Raum dringen.

»– sie wollen, dass alles entfernt wird. Neuer Standort, gleiche Einrichtung. Der Boss will es bis heute Abend aufgebaut haben.«

»Das ganze Programm?«

»Alles. Die Kunden treffen in zwei Stunden ein.«

»Wir brauchen den Rest des Teams.«

»Bin schon dabei.«

Ich spähe um die Couch herum.

Zwei Männer stehen in der Mitte des Raumes, beide in Anzügen. Der eine kratzt sich am Kiefer, sein blauer Saphir-Ring glitzert in der Designer-Beleuchtung des Raumes. Der andere Kerl trägt ebenfalls einen blauen Ring.

Wie haben diese Fußsoldaten so einen Status erhalten? Ist es das, wovon Drake gesprochen hat? Man bekommt einen Ring und schon ist man auf der Überholspur?

Fuck. Hier läuft irgendeine fragwürdige Scheiße ab und ich will nicht, dass die Typen herausfinden, dass wir Bescheid wissen. Worst-Case-Szenarien fliegen durch meinen Verstand wie Raketen. Wenn derjenige, der dafür verantwortlich ist, Drake alle illegalen Aktivitäten des Casinos angehängt hat, was würde er dann mit Mira machen? Ich kann diesen Laden ohne Weiteres verlassen, aber Mira glaubt, dass sie diesen Job braucht.

Wir müssen hier irgendwie rauskommen, ohne dass sie uns sehen. Ich riskiere auf keinen Fall, dass Mira entdeckt wird.

Ich stupse sie an, damit sie an meine Seite rutscht, und halte mir den Finger an die Lippen.

»Wenn sie hier sind, kann es nicht falsch sein, dass wir hier sind. Warum laufen wir nicht einfach raus?«, flüstert sie, sodass nur ich sie hören kann.

Ich schüttle eindringlich den Kopf, ergreife ihr Handgelenk und warte auf den richtigen Moment.

Der Schreibtisch ist der erste Ort, an dem die Männer den Inhalt in Kisten verpacken. Ein Page kommt an die Tür und bringt sie weg.

»Wann kommen die anderen?«, fragt einer von ihnen.

»In ein paar Minuten«, sagt der andere. »Die Teammitglieder sind bereits am neuen Standort und richten das Zeug her.«

Sie gehen in das Sexzimmer und ich ziehe Mira mit mir hoch.

Es werden mehr Leute kommen und es wird schwieriger sein, ungesehen davonzukommen. Das ist unsere Chance. Ich schiebe sie zur Tür. Sie braucht nicht viel Ermutigung und wir schaffen es unbemerkt dorthin, aber ich erkenne den Fehler in meinem Plan.

Ich beuge mich herunter, meine Lippen an Miras Ohr gepresst. »Wenn ich sie öffne, werden sie es hören.« Der Schließmechanismus der Hoteltüren ist laut. »Renn nach rechts, sobald du draußen bist.«

Mira nickt, ihr Gesicht ist ausdruckslos, obwohl die Mitte ihrer Kehle im Rhythmus eines schnellen Pulses pocht.

Den Griff umklammernd, öffne ich die Tür so leise wie möglich. Es gibt ein leichtes Klicken und ich schiebe Mira hinaus und folge dicht hinter ihr. Ich mache mir nicht die Mühe, die Tür leise zu schließen. Das automatische Schloss wird *laut* sein, egal was ich tue.

Ich bin in den letzten Wochen oft genug in Blue Hotelzimmern ein und aus gegangen, um zu wissen, dass es keine Möglichkeit gibt, ein Zimmer lautlos zu verlassen. Das Gewicht der Tür, das Ansaugen des Lüftungssystems, der Verriegelungsmechanismus – das alles sorgt dafür, dass die Tür fest und leider mit *viel* Lärm schließt.

Sobald wir aus dem Zimmer sind, hole ich Mira ein. Am Ende des Flurs befindet sich, wie auf den meisten Gästeetagen, ein Abstellraum für Putzmittel. Es ist spät am Abend und der Großteil des Reinigungspersonals ist für die Nacht weg. Ich stecke meine Universalschlüsselkarte in den Türschlitz und ziehe Mira mit mir in das enge Zimmer.

Meine Augen gewöhnen sich an die Dunkelheit und ihr Blick klebt an meinem Gesicht. »Warum gehen wir nicht irgendwo anders hin?«, fragt sie. »Sollten wir nicht weglaufen?«

»Überwachungskameras. In den Aufzügen und Nottreppenhäusern. Wenn wir hier bleiben und darauf warten, dass mehr Leute das Stockwerk füllen – die Pagen, Gäste, die Teammitglieder – dann gehen sie wahrscheinlich davon aus, dass das Geräusch der Tür jemand anders war. Das ist unsere beste Chance. Wenn wir jetzt hinausgehen, werden sie wissen, dass wir da drin waren.«

»Und du denkst, das ist gefährlich?«

»In dem Schreibtisch waren Spritzen und Pillen gehortet. Was auch immer da drin vor sich ging, es war nicht legal. Ich traue diesen Männern nicht. Sie würden dir nichts antun, solange ich bei dir bin, dafür würde ich verdammt noch mal sorgen, aber in Zukunft? Wenn ich nicht mehr da bin? Was, wenn sie wie Drake sind? Und was ist mit ihren Verbindungen? Noch mehr Idioten wie die, die dich im Wald gefunden haben?« Ich schüttle den Kopf. »Das gefällt mir nicht, Mira. Ich werde es nicht riskieren. Das klingt vielleicht verrückt, aber langsam stimme ich Drake zu. Ich glaube, dass der wahre Verantwortliche ihn als Sündenbock benutzt hat, um illegale Scheiße im Casino zu vertuschen. Drake ist schuld an den Übergriffen, aber er leitet diese *Fifty-Shades-of-Grey*-Suite nicht. Das ist jemand anderes.«

»Du hast recht. Sie haben darüber gesprochen, die Suite zu verlegen, nicht sie zu entfernen.«

»Und die Ringe. Erinnerst du dich, wie Drake diesen Unsinn über die Ringe herumgeschrien hat?« Sie nickt. »Beide Männer hatten solche Ringe. Ich glaube« – meine Verdächtigungen häufen sich und sie sind weit hergeholt, aber – »ich glaube, sie wollen ihre Spuren verwischen, jetzt, da Drake in Gewahrsam ist.«

Ich reibe mir das Gesicht und drücke mein Ohr an die Tür. Das Geräusch einer weiteren Tür, die sich öffnet und schließt, hallt durch den Flur. Die Stimmen driften auseinander, als würden ihre Besitzer sich immer weiter entfernen.

»Die Ringe«, sage ich und drehe mich zu ihr um. »Was weißt du über sie?«

»Sie sind eine Belohnung für eine gute Leistung. Ich habe das mal von Leuten im Pausenraum gehört, die darüber gesprochen haben.«

»Das habe ich auch gehört, aber meinst du, sie könnten mehr repräsentieren? Wenn gewisse Leute zum Beispiel in etwas Illegales im Casino verwickelt wären, könnten diese Ringe ihr geheimes Erkennungszeichen sein? ,Trag einen Ring, und du bist drin‘, so etwas in der Art?«

»Tyler, du machst mir Angst.«

Und Mira lässt sich nicht so leicht einschüchtern. Ich ergreife ihre Hand und ziehe sie in meine Arme. »Es tut mir leid. Es wird alles gut.« Ich streiche mit der Handfläche über ihr seidiges Haar. »Wir müssen uns nur für eine Weile bedeckt halten.«

Sie blickt auf, ihre schönen Augen suchen mein Gesicht. »Was ist mit heute Abend? Die Veranstaltung? Ich kann Hayden nicht im Stich lassen.«

»Wir bleiben nur eine Weile hier drin. Eine Stunde,

vielleicht zwei. Wir könnten hinausgehen und so tun, als hätten wir uns hier reingeschlichen, um …« Ich wackle mit den Augenbrauen.

»Aber sicher doch, damit uns jemand sehen und mich feuern kann?«

»Willst du wirklich bei Blue arbeiten, nach dem, was wir gerade erlebt haben?«

Sie schließt ihre Augen. »Ich weiß es nicht. Ich liebe es, mit Hayden zusammenzuarbeiten. Ich fühle mich gebraucht, geschätzt.«

Ich starre auf ihre Lippen. »Ich schätze dich.« Ich streiche mit meinen Händen von ihrem Hals zu ihrem Gesicht und wiege es in meiner Hand. »Ich brauche dich.«

»Tyler, wir können nicht …«

Ich führe meinen Mund zu ihren Lippen und küsse sie, denn dieser Ort ist gefährlicher, als ich mir jemals hätte ausmalen können, als Mira hier zu arbeiten begann. Und weil ich ihr nicht sagen will, was sie tun soll. Aber ich habe Angst, dass ihr etwas passieren könnte. Sie ist so klein, so zerbrechlich. Und das auf eine Weise, die sie den meisten Menschen nicht zeigt. Ich möchte sie beschützen. Für sie sorgen.

Welche Worte des Protests ihr auch immer auf der Zunge lagen, sie verschwinden. Sie fährt mit ihren Händen meinen Nacken entlang, fasst mein Haar und öffnet ihren Mund für mich. »Tu das nicht«, murmelt sie gegen meine Lippen.

Ich brauche eine Minute, um zu verstehen, wovon sie spricht – von der Hand, die an ihrem Oberteil nach unten rutscht. Von meiner Zunge, die ihren Mund neckt …
»Was? Dich küssen?« Ich sehe in ihre Augen, die die schöne Seele hinter ihnen widerspiegeln. »Warum nicht? Ich liebe dich, Mira.«

Ein wachsamer Blick huscht über ihre Züge. »Das hast du neulich Abend auch gesagt.«

»Du glaubst mir nicht?«

Ihre Augen schließen sich fest.

»Mira, sieh mich an.« Ich hebe ihr Kinn an und ihre Augenlider flimmern auf. »Liebst du mich so, wie ich dich liebe?«

Sie schluckt sichtbar. »Ich habe dich immer geliebt. Es hat nie einen anderen gegeben. Ich war noch nie … ich war noch nie mit jemand anderem zusammen.« Ihre Schultern verspannen sich, als würden sie sich auf einen Schlag vorbereiten.

Glaubt sie wirklich, dass *das* mich wegstoßen wird? Diese Worte sind Musik in den Ohren eines Mannes und verfestigen nur das, was ich schon immer gewusst habe.

»Ich glaube, du bist die einzige Frau, die ich in diesem Leben lieben werde, also könntest du genauso gut aufhören, dagegen anzukämpfen, denn ich bin der einzige Mann für dich. Ich werde dich so lange küssen, bis du merkst, wie wichtig du mir bist und dass ich dich nie verlassen werde. Du kannst mich abservieren, wenn dir das Angst macht, aber ob wir nun zusammen sind oder nicht, du wirst immer in meinem Herzen und Kopf sein. Bis ich ein alter Mann bin, der keinen mehr hochkriegt. Gib jetzt nach, damit wir den konstanten Ständer noch genießen können, den du mir verpasst.«

»Stilvoll wie immer«, sagt sie, aber sie lächelt. Mira drückt ihre weiche Brust in meine Hand, die immer noch dort ruht. Unsere Lippen vereinigen sich zu einem innigen Kuss, der mir den Atem raubt und mein Herz zum Rasen bringt.

Ich ergreife ihre Taille und führe ihren Rücken gegen das Regal mit den Toilettenpapierrollen. Widerwillig entferne ich meine Hand von ihrer schönen Brust, aber nur, um sie an ihrem Oberschenkel entlangzuführen und ihren Rock aus dem Weg zu schieben, damit ich sie anheben und ihre Beine um meine Taille schlingen kann.

Sie küsst meinen Wangenknochen, knabbert an meinem Ohrläppchen. »Wir können das hier nicht tun.«

Dieses kleine Knabbern schießt mir direkt in die Leistengegend. »Da bin ich anderer Meinung. Ich denke, wir kriegen das hin.«

Irgendwo, weit entfernt in meinen Gedanken, gibt es eine entfernte Stimme, die sagt, dass dies der wohl schlechteste Zeitpunkt für so etwas ist. Aber meine unmittelbaren Gedanken sind der Meinung, dass es perfekt ist. Es gab nie einen besseren Zeitpunkt.

»Das ist unprofessionell.« Sie verteilt Küsse auf meinem Gesicht, ihre Finger fummeln an den Knöpfen meines Kragens. »Was, wenn diese Männer uns finden?«

Ich fasse ihren Hintern und drücke mich gegen sie. Ein heftiger Atemzug entweicht ihren Lippen. »Bist du sicher, dass du aufhören willst? Wenn diese Männer uns noch nicht gefunden haben, werden sie es jetzt auch nicht tun.«

Ihre Augen sind für einen Moment benommen und dann küsst sie mich, während ihre Hände schneller an meinem Hemd arbeiten. Verstohlene Finger ziehen den Saum aus meinem Hosenbund.

Ich knurre gegen ihren Mund. Meine Hände sind damit beschäftigt, sie hoch zu halten, und als ich mir noch überlege, wie ich Mira nackt oder zumindest teilweise nackt bekomme, lässt mich das Geräusch der sich öffnenden Tür an Ort und Stelle erstarren.

Scheiße!

Wir lassen langsam voneinander ab und ich lasse Mira sanft auf den Boden gleiten und helfe ihr, ihren Rock zurechtzuziehen, während ich mit meinem Rücken die Sicht versperre.

Ich werfe einen Blick über meine Schulter und sehe meinen Chef in der Tür stehen, mit einem Stirnrunzeln im Gesicht.

»Nicht cool, Mann. Jetzt hast du's geschafft.« Er zeigt auf die kleine schwarze Überwachungskamera.

Im Vorratsschrank? Warum zum Teufel sollten sie …

»Ist verpflichtend. Nach den jüngsten Ereignissen, an denen eine Angestellte und ein Manager in einem Lagerraum im Erdgeschoss beteiligt waren. Bruder, jetzt steckst du in der Scheiße.«

Mira rückt mit hocherhobenem Kopf an meine Seite.

»Entschuldige, Mädchen«, sagt mein Chef, sein Blick landet auf allem, nur nicht auf ihr. »Ich denke, du solltest dir vielleicht auch einen anderen Job suchen. Tyler, ich wünschte, ich könnte dich behalten, Mann, aber das lassen sie mich garantiert nicht unter den Teppich kehren. Kommt mit hinunter in die Chefetage. Es gibt Leute, die euch sehen wollen.«

Kapitel Dreißig

Mira

Tyler und der Typ, mit dem er arbeitet, begleiten mich zu Haydens Büro und ich klopfe an die Tür.

»Komm rein«, sagt Hayden.

Ich gehe hinein und finde Hayden mit den Ellbogen auf dem Schreibtisch, den Kopf in ihren Händen. Sie blickt auf und winkt Tyler und den anderen Mann von der Security weg.

Tyler schenkt mir ein kleines ermunterndes Lächeln, bevor sein Chef die Tür schließt.

»Wirklich, Mira?« Hayden schüttelt den Kopf, eine dunkelblonde Haarsträhne fällt über ein Auge. »Was hast du dir dabei gedacht?«

»Tyler und ich …«

Wir was? Wir sind zusammen? Wir kennen uns seit Ewigkeiten, also ist es für uns in Ordnung, in einem Hauswirtschaftsschrank rumzumachen? Was zum Teufel habe ich mir dabei gedacht?

Hayden winkt ab. »Ich will es nicht hören. Ich muss

dich entlassen, Mira.« Sie fährt sich mit den Fingern durchs Haar und hält sich den Kopf. »Aber ich verstehe es nicht. Konntet ihr das nicht draußen machen, in eurer Freizeit? Warum hier?«

»Wir – es ist nicht so, wie es scheint. Ich meine, es ist schon so. Ich habe versucht, die Dinge mit Tyler langsam anzugehen, aber dann sind diese Männer in die Suite gekommen. Ich hatte Angst und Tyler hat mich getröstet … das hört sich jetzt noch schlimmer an, nicht wahr?«

Hayden hält ihre Hand hoch. »Moment mal. Welche Männer?«

»Die letzte Suite, in die du mich geschickt hast. Da drin sind illegale Drogen, Hayden.«

Hayden steht auf, geht um ihren Schreibtisch herum und plumpst in den Stuhl neben mir, ihr Gesicht ernst. »Wovon redest du denn da?«

Ich atme tief ein, um meine Nerven zu beruhigen. Ich habe meinen Job verloren. Nichts, was ich ihr sage, wird daran etwas ändern. Nicht, dass ich für das, was ich in der Suite gesehen habe, verantwortlich bin. Tatsächlich hat Tyler ein gutes Argument angeführt. Ich brauche so etwas nicht in meinem Leben. Die Dinge, in die das Blue Casino verwickelt ist – die Drogen, und wer weiß, was noch? Was ist, wenn das, was in der Sex-Suite vor sich geht, nicht einvernehmlich ist?

»Die Sicherheitsleute haben ihr Personal für das Festival aufgestockt. Tylers Team konnte ihn entbehren, also hat er mich bei meinen Besorgungen in den Suiten begleitet. Ich schätze, er wollte nicht, dass ich nach meiner Konfrontation mit Drake allein gehe.«

»Ich habe davon gehört.« Sie schüttelt den Kopf. »Es tut mir so leid, dass er dich so angegangen ist. Dieser Mann ist wahnsinnig und er wird nicht zurückkommen. Ich habe vom CEO eine mündliche Bestätigung erhalten.

Selbst wenn Drake freikommt, was ich stark bezweifle, hat das Blue Casino ihn bereits gefeuert.«

Das ist alles schön und gut, aber nach dem, was ich heute Abend gesehen habe … »Drake ist verrückt und abscheulich, aber was ist, wenn es noch andere gibt? Leute, die mächtiger sind als er, die das Casino als Schutzschild benutzen? Du hast mir schon früh gesagt, dass du den Mitarbeitern nicht traust. Ich frage mich, ob das Drama um Drakes Verhaftung vielleicht auch nur eine Art Verschleierungstaktik ist, um andere Dinge zu verbergen, die im Casino vor sich gehen.«

Haydens Telefon klingelt und sie überprüft die Nummer. »Ich bin nicht sicher, ob ich dir da folgen kann, Mira.« Sie tippt eine Nachricht ab. »Aus meiner Sicht hatten wir einen Psychopathen in einer Führungsposition, der andere manipuliert und junge Frauen ausgenutzt hat. Er ist weg und wir können jetzt weitermachen.«

Hayden legt ihr Handy wieder weg. »Ich mag die Männer nicht, mit denen Drake gearbeitet hat, aber sie haben mich bisher nicht gestört, abgesehen von ein paar geringfügigen Irritationen vielleicht. Aber deswegen nehme ich nicht gleich an, dass sie wie Drake sind.«

»Was ist mit den Drogen?«

»Wenn die Prominenten in den Suiten ihre eigenen …«

»Nein. Das war keine Prominenten-Suite. Sie hatte ein eingebautes Sexzimmer sowie Vorräte an Drogen und Injektionsnadeln. Das war eine feste Einrichtung. Und als die Männer mit den Siegelringen des Blue Casinos hereinkamen, haben sie darüber gesprochen, es zu verlegen …«

»*Was?*« Ihr Körper erstarrt.

»Tyler hat die Drogen gefunden und versucht, mich da herauszuholen, als zwei Männer aufgetaucht sind. Wir haben uns hinter Möbeln versteckt und sie belauscht. Sie haben wie verrückt zusammengepackt, mit der Absicht, bis zum Abend alles in einen anderen Raum zu verlegen. Ich glaube, sie hatten Angst, erwischt zu werden. Vielleicht wegen der Drake-Situation?«

»Verdammte Scheiße.« Hayden schlägt mit der Faust auf ihren Schreibtisch.

Wow, ich habe Hayden noch nie fluchen gehört. Aber, ja, Schimpfwörter sind wohl an der Ordnung.

»Wusste Jessie über diesen Ort Bescheid?« Hayden sieht mich nicht an. Sie sieht weg, als würde sie laut denken.

Jessie muss es gewusst haben, denn sie hatte einen Ordner für die Suite in ihrem Büro.

»Ich werde gehen, Hayden.« Ich stehe auf. »Du hast eine Menge zu bewältigen und ich habe diesen Abend noch schlimmer gemacht. Das mit dem Vorratsraum ist mir so peinlich. Ich kann nur sagen, dass ich ausgeflippt bin und Tyler mich getröstet hat, und, na ja, wir sind etwas zu weit gegangen. Ich fülle alle Formulare aus, die du brauchst und hole meine Sachen an einem anderen Tag ab, wenn der Betrieb im Casino mit dem Festival nicht so ausgelastet ist. Es tut mir wirklich leid wegen heute Abend.«

»Nein.« Hayden schüttelt den Kopf. »Geh nicht. Scheiß auf diesen Schuppen. Du hast also deinen Freund geküsst, na und?«

»Er ist nicht mein …«

»Wer hat nicht schon mal in einem Lagerraum geknutscht?«

»Ähm, okay?« Das sind zu viele Informationen über meine konservative, gefasste Chefin.

»Ich brauche dich heute Abend. Ich werde mit der Security reden. Dafür sorgen, dass die das für sich behalten. Und wenn sie es nicht tun, werde ich mit dem

Management sprechen und sie überzeugen, dass es in ihrem Interesse liegt, mich nicht zu verärgern.«

»Whoa. Wie Erpressung? Hayden, das ist verrückt. Du könntest kündigen. Das Blue Casino ist möglicherweise gefährlich und definitiv giftig. Glaub mir, ich weiß das eine oder andere über giftige Verhältnisse.«

Sie steht auf und geht durch den Raum. »Auf keinen Fall. Diesmal laufe ich nicht davon. Ich werde bleiben und kämpfen.« Hayden bleibt stehen und stellt sich mir gegenüber. »Bist du dabei?«

———

IN GEWISSER WEISE hat Hayden recht. Warum sollten wir diese Typen gewinnen lassen? Ich habe nichts falsch gemacht. Na ja, okay, das Rummachen in der Abstellkammer war nicht cool von mir. Aber das ist nichts im Vergleich zu der Verdorbenheit, die im Blue vor sich geht.

Ich habe keine Ahnung, was Hayden meinte, als sie sagte, dass sie dieses Mal nicht davonlaufen würde. Ist sie schon einmal vor so etwas davongelaufen? Ich verstehe ihre Entschlossenheit nicht, im Blue Casino zu arbeiten und diese Sache zu Ende zu bringen. Aber ich liebe es, mit ihr hier zu arbeiten und sie hat mich gebeten, zu bleiben. Also bleibe ich.

Der Rest des Abends war eine verschwommene Mischung aus Besorgungen und Plauderei mit Lieferanten und sogar einigen Prominenten, die an diesem Abend auftraten. Ich sah Tyler nicht mehr wieder, aber das liegt wohl daran, dass er nicht für Hayden arbeitet. Ich bin mir außerdem ziemlich sicher, dass sein Boss es ernst gemeint hat, als er sagte, dass er ihn entlassen würde.

Es ist fünf Uhr morgens und ich bin gerade erst nach Hause gekommen. Ich habe mir ein Taxi gerufen, da Tyler mich zur Arbeit gefahren hat. Ich steige aus dem Auto und taumle barfuß die Kiesauffahrt hinauf. Der Kies tut meinen Füßen weh, aber nicht so sehr, wie zwölf Stunden in Absätzen zu laufen. Ich habe jegliches Gefühl in meinem rechten großen Zeh verloren.

Ein Lächeln erfüllt mein Gesicht, als ich den Schlüssel leise in das Schloss schiebe. Tyler und ich haben unsere Gefühle füreinander lange genug bekämpft und schließlich brach der Damm in einem glücklich-am-Leben-zu-sein-Augenblick in der Dunkelheit. Als er sagte, dass ich die einzige Frau sei, die er lieben wird, war das so typisch Tyler … und so wunderbar. Ich ließ mich in dieser Vorrats-kammer ein wenig mitreißen, aber es fühlte sich gut an, loszulassen. Tyler hat mir gezeigt, dass er für mich da ist und ich habe es endlich verstanden.

Es wird schon hell und Tyler wird um diese Zeit nicht mehr wach sein. Ich wünschte, ich wäre nicht wach. Besser noch, ich wünschte, ich könnte mich neben ihm zusam-menrollen. Ich habe tatsächlich das Gefühl, ich würde schlafwandeln, mein Kopf ist so verschwommen vor Erschöpfung.

Ich drücke auf die Klinke, um die Tür zu öffnen, aber sie schwingt wie von selbst auf. Tyler steht auf der anderen Seite, vollständig bekleidet.

»Hey«, sage ich, verwirrt, aber glücklich, ihn zu sehen. Ein Lächeln formt sich auf meinen Lippen, bis ich den besorgten Ausdruck in seinen Augen bemerke. »Ist alles in Ordnung?«

Er sagt nichts. Er nimmt mir die Schuhe aus den Händen und schließt die Tür hinter mir. Und dann wird mir klar, was ich gesehen habe, als ich aus dem Taxi ausge-stiegen bin. Das alte Auto, in dem ich meine Mutter gesehen habe, war auf der Straße vor unserer Hütte geparkt. Ich war so erschöpft, dass ich es kaum bemerkt habe.

Aber es ist nicht meine Mutter, die auf der Couch sitzt, es ist ihr neuester Freund. »Was ist los?«, frage ich Tyler. »Wo ist meine Mom?«

Billy – Willy? Mist, ich weiß seinen Namen nicht mehr, nach einer Weile vermischen sich die Namen ihrer Freunde für mich – steht nervös da und stellt sein Bier auf den Kaffeetisch. Bier um fünf Uhr morgens? Ja, natürlich. Das ist schließlich der Freund meiner Mutter. »Hallo, Mira. Entschuldige, dass ich so früh komm' – äh, spät. Ich hab' auf dich gewartet. Ich hab' schlechte Nachrichten.«

Tyler schlingt seinen Arm um meine Taille, seine Handfläche an der Seite meines Bauches ist warm, aber etwas klamm. Seine Hand zittert.

Ich blicke auf, um zu sehen, wie Sorge und Anspannung sein Gesicht erfüllen.

Mein Herz schlägt schneller und meine Kehle wird trocken. Die Uhr aus den 1970er-Jahren mit dem orangegelben Hahn tickt laut über dem Küchentisch.

Meine Mom ist nicht hier … Wo ist meine Mom?

Ich schüttle den Kopf. *Nein.* Nein, nein, nein.

»Deine Mom«, sagt Billy/Willy, »hat gestern ein Nickerchen gemacht und ist im Schlaf gestorben.«

Kapitel Einunddreißig

»War eine friedliche Art zu sterben«, sagt der Freund meiner Mutter. »Geschwächtes Herz, hat der Arzt gemeint.« Willy, Billy – *was auch immer* – scharrt mit den Füßen. »Tut mir leid, dass ich dir so traurige Nachrichten überbringen muss. Ich war mir sicher, dass du es gleich wissen willst. Ich hab' Tyler Gesellschaft geleistet, bis du nach Haus' gekommen bist.«

Ich schlucke, mein Brustkorb hebt sich als ich zitternd einatme. »Sag mir nur eines. Das Geld, das ich ihr die ganze Zeit gegeben habe, war es für Drogen?«

Habe ich zu dem vorzeitigen Tod meiner Mutter beigetragen?

Der Freund meiner Mutter blickt zu Boden. »Ein wenig. Aber sie hat ärmlich gelebt. Du hast sie praktisch durchgefüttert. Ich hätt' mich besser um sie kümmern sollen, aber die Sucht hat mich auch erwischt.«

Meine Hände sind kalt und zittern. Ich starre auf sie hinunter. »Danke, dass du gekommen bist«, sage ich automatisch. »Brauchst du etwas? Essen oder …?«

»Nein, mir geht's okay. Ich werde einfach …« Er schnappt sich sein Bier und geht auf die Tür zu. Er bleibt einen Meter entfernt stehen und holt einen Umschlag aus seiner Gesäßtasche. Er ist in die Hälfte gefaltet, die Ränder sind grau vom Schmutz. »Hab' das in ihren Sachen gefunden. Glaube, sie wollte, dass du es kriegst.«

Ich starre auf den Umschlag, den Tyler für mich annimmt, weil ich meine Arme nicht bewegen kann.

Tyler murmelt dem Mann etwas zu und bringt ihn zur Tür.

Einen Moment später werde ich in eine Decke eingewickelt. Tyler hebt mich hoch und wiegt mich in seinen starken Armen. Er sinkt auf die Couch und mein Körper schmiegt sich an seinen.

Ich denke, ich sollte weinen, aber meine Tränendrüsen oder Gesichtsmuskeln funktionieren nicht. Ich bin wie erstarrt.

Es fühlt sich an, als würden wir stundenlang so dasitzen.

Ich muss eingeschlafen sein, denn das nächste, was ich weiß, ist, dass Tyler mich sanft beiseiteschiebt und die Decke wieder um mich legt. Er geht zu unserer verklemmten Haustür und öffnet sie. Lewis steht auf der anderen Seite. Und er sieht furchtbar aus. Seine Haare stehen in alle Richtungen ab – was ihm gar nicht ähnlich sieht. Tyler ist derjenige mit den unordentlichen Haaren, was ich an ihm liebe.

»Mira«, sagt Lewis und hockt sich neben die Couch, auf der ich in Fötushaltung eingerollt bin. »Ich habe es gerade erfahren. Es tut mir so leid. Alles. Ich hätte früher mit dir reden sollen. Ich habe mir Sorgen um dein Verhältnis zu deiner Mutter gemacht und bin damit nicht gut umgegangen. Ich dachte, du wärst diejenige, die ...«

»Du dachtest, ich würde zuerst sterben.«

Er nickt.

Tief im Inneren dachte ich auch, ich würde zuerst sterben. Ich hätte in diesen Wäldern oder durch die Hand eines der gewalttätigen Freunde meiner Mutter sterben sollen. Ich weiß nicht, wie ich mit dieser neuen Realität umgehen soll. Es fühlt sich nicht weniger schrecklich an.

Gen und Lewis übernachten im Schlafzimmer und Tyler und ich schlafen auf der Couch, weil ich keine Energie habe, mich von dort wegzubewegen. Der Tag wird zur Nacht und die Nacht zum Tag, aber meine innere Uhr ist durcheinander. Abends bin ich völlig wach und tagsüber döse ich, während Besucher kommen und gehen. John und Becky bringen Essen. Nessa und Zach sind hier, dann weg, dann wieder hier. Ich kann den Überblick nicht behalten. Mein Gehirn ist so kalt und langsam wie meine Hände. Und die ganze Zeit hält Tyler mich in seinen Armen. Wenn ich nicht auf seinem Schoß liege, kuschle ich mich an seine Seite. Ich weiß nicht, ob die anderen es bemerken, aber sie sagen nichts.

Am dritten oder vierten Tag danach, ich bin mir nicht ganz sicher, dusche ich. Ich stehe unter dem warmen Wasserstrahl und die Hitze lockert die Faust, die sich um mein Herz verkrampft hat, seitdem der Freund meiner Mutter mir die Nachricht überbracht hat. Die Wärme umspült mein Herz, doch meine Kehle bleibt salzig und trocken. Tränen beginnen aus meinen Augen zu fließen. Ein scharfes Geräusch durchdringt meine Ohren. Kommt das von mir?

Ich kann nicht mehr atmen. Ich keuche und ersticke an den Tränen und dem Duschwasser, das über mein Gesicht läuft.

Ein lautes Knacken ertönt vor dem Duschvorhang. Der Türgriff des Badezimmers bricht ab. Tyler kommt herein, stellt das Wasser ab und wickelt mich in ein Handtuch. Er trägt mich aus dem Badezimmer und die Leiter zum Dachboden hinauf, eine Hand unter meinen Knien, während ich mich an seinen Schultern und seinem Nacken festhalte. Er steckt mich unter die Decke seines Bettes und wickelt seinen Körper um mich, während ich um eine Mutter trauere, die mich nie geliebt hat.

Die mich verlassen hat.

Für immer.

———

AM NÄCHSTEN MORGEN ERWACHE ICH, als Licht durch das kleine Fenster in Tylers Dachboden fällt. Sein Gesicht ist unrasiert und er sieht aus, als hätte er eine gute Woche ohne einen Rasierer verbracht. Sein kurzer Bart ist rot.

Ich nehme die glatte Haut über seinen Bartstoppeln wahr. Die Art und Weise, wie sich seine dunklen Wimpern über seinen hohen Wangenknochen fächern. Er ist wunderschön.

Ich küsse seine Nase.

Ein dicker Arm legt sich um meine Taille und seine Augen flackern auf. Tyler hebt eine Hand an meine Stirn und bürstet das Haar zurück. »Es tut mir leid«, sagt er.

Ich kuschle mich enger an ihn und Tyler hält mich. Er hat mir schon einmal gesagt, dass ich nicht allein bin. Dass ich außer meiner Mutter und Lewis' Familie noch andere Menschen hätte, die sich um mich kümmern. Aber ich musste erst meine Mutter verlieren, um es zu glauben.

Ich lehne mich zurück und blicke in Augen, die einen Hauch von Schatten unter sich zeigen, als hätte auch er nicht viel Schlaf bekommen. »Ziehen wir uns an und machen einen Spaziergang.«

Tyler macht mir Toast und Eier, während ich Jeans, Flip-Flops und einen leichten Pullover anziehe. Wir frühstücken und gehen dann in das helle Morgenlicht hinaus. Ich berühre den Umschlag, den ich in die Gesäßtasche meiner Jeans gesteckt habe, als wir die paar Blocks zum See gehen.

Vögel zwitschern, ein paar Autos überholen uns auf ihrem Weg zu unbekannten Zielen. Die Welt sollte ein dunkler Ort sein, aber sie ist es nicht. Der Himmel ist strahlend blau, der frische Duft der Kiefern und der Erde reinigt die Luft. Als wir uns einer belebten Kreuzung nähern ertönt Gelächter. Das Leben geht weiter und es scheint glücklicher zu sein als das, in dem ich gelebt habe.

Wir überqueren den Weg, der den See von der Geschäftsstraße trennt und ich gehe eine Treppe hinunter zum Sand. Am Fuße der Treppe steht ein Teil eines alten Betonpfeilers und ich klettere hinauf und starre auf den See, fasziniert von seiner Beständigkeit. Tyler steht neben dem Pfeiler, hebt Steine auf und wirft sie in die flachen Wellen.

Ich ziehe den Umschlag von meiner Mutter heraus und öffne ihn. Tyler klettert hoch und setzt sich neben mich, dicht, aber nicht drängend, sein Blick ist auf das Wasser gerichtet.

Ich entfalte liniertes Papier, das meine Mutter offenbar aus einem Spiralnotizblock gerissen hat.

Mira,

das nagt schon lange an mir, aber ich bekomme es nie heraus, wenn du bei mir bist, deshalb sage ich es hier. Vielleicht wirst du es eines Tages finden. Ich wünschte, du hättest deinen Vater gekannt. Er war ein hübscher Mistkerl, ein Charmeur. Und eines Tages gehörte er mir. Mir ging es nie so gut wie damals, als dein Vater mein war. Ich war glücklich, als du geboren wurdest, aber dann hat er mich verlassen. Du bist kein schlechtes Kind, nur eine Erinnerung daran, ihn verloren zu haben. Aber du warst für mich da und das ist mehr, als ich von den meisten Menschen in dieser elenden Welt sagen kann. Du bist anders, Mädchen. Ein gutes Kind.

Mom

Mir stockt der Atem. Tylers Arm schlängelt sich um meine Schultern und hält mich aufrecht. Ich falte den Zettel vorsichtig wieder zusammen und lege ihn in den Umschlag.

All die Jahre dachte ich, ich wollte die Liebe meiner Mutter. Und das wollte ich auch, aber dieser Brief bedeutet mir ebenfalls etwas. Ich bin anders als sie und mein Vater. Sogar meine Mutter wusste das, und ausnahmsweise schien sie nicht enttäuscht zu sein.

»Tyler, ich glaube, ich möchte ein paar Tage allein sein.«

Er starrt mich verwirrt an. »Warum? Ich will dich nicht verlassen.«

Ich blicke auf den See hinaus, der Schmerz und die Traurigkeit fressen mich auf. Zugleich erfüllt mich ein Gefühl der Erleichterung, was mir irgendwie Angst macht. Ich weiß nicht, was das bedeutet.

»Du verlässt mich nicht. Ich muss nur ein bisschen allein sein.«

Er beugt sich herunter und umarmt mich fest. »Wenn es das ist, was du willst.«

Ich bin mir nicht sicher, was in meinem Kopf vorgeht, deshalb glaube ich, dass ich das brauche. »Das ist es.«

Kapitel Zweiunddreißig

Sobald Tyler seine Sachen gepackt und die Hütte verlassen hatte, ging ich wieder zur Arbeit. Ich kann nicht sagen, dass ich nicht einen kurzen Anflug von Panik erlebte, als ich sah, wie er das Haus verließ, aber es fühlte sich richtig an, diese Zeit für mich allein zu haben. Ich habe dem Kredithai fast alles Geld zurückgezahlt, das ich ihm schulde, und der Mann scheint sich damit zufriedenzugeben, dass ich den Rest in ein paar Wochen mit meinem nächsten Gehaltsscheck begleichen werde.

Ich stimmte zu, Lewis die letzten Bargeldlieferungen übernehmen zu lassen, denn ehrlich gesagt, er ist bei der ganzen Sache eine totale Nervensäge gewesen, der große Bruder. Lewis fühlt sich hilflos und schuldig, weil er mich stehen gelassen hat, als ich ihm den wahren Grund für meine Schulden genannt habe. Er war verletzt, weil ich ihn angelogen hatte. Dann starb meine Mutter. Er hatte das Gefühl, dass er in seiner Frustration zu weit gegangen war und nicht für mich da war, als ich ihn brauchte. Er ist jetzt übermäßig beschützend. Er und Tyler haben mich gedrängt, mit der Polizei über den Typen mit der Jeansjacke zu sprechen, der bei Blue arbeitete, also stimmte ich zu. Das werde ich bald tun. Im Moment gehe ich zu meiner Therapeutin, arbeite und versuche herauszufinden, was es bedeutet, mich nicht mehr um meine Mutter zu kümmern oder mir keine Sorgen mehr um sie zu machen.

Es ist jetzt fast drei Tage her, dass Tyler ausgezogen ist. Ich habe geweint, stundenlang mit meiner Therapeutin gesprochen und sogar meine Gefühle über den Verlust meiner Mutter aufgeschrieben. SuperMom und ich hatten Poker-Marathons, wobei wir hin- und herschrieben und sie versuchte, mich über den Verlust hinwegzutrösten. Was habe ich aus all dem gelernt? Ich bin weniger gestresst, und deshalb fühle ich mich schuldig. Ich werde mich immer fragen, ob ich mehr für meine Mutter hätte tun können. Egal, was sie getan oder nicht getan hat, ich vermisse sie. Ich vermisse das, was wir hätten haben können, wenn sie clean gewesen wäre.

Ich habe mir in den letzten Monaten langsam das Leben aufgebaut, das ich führen möchte, und es hat mir geholfen, diese Zeit zu überstehen. Lewis, John und Becky sind meine Familie. Rein logisch wusste ich das − aber in meinem Herzen habe ich es bis jetzt nie geglaubt. Das Überraschendste von allem ist, dass Tyler wie kein anderer für mich da war. Das hat mich dazu gebracht, viel über unsere Beziehung nachzudenken und darüber, wie es weitergehen soll.

Das Musikfestival-Wochenende war ein großer Erfolg, trotz der vielen Hindernisse und meiner Abwesenheit für ein paar Tage, sodass Hayden die Brände ohne mich löschen musste. Als sie die Sex-Suite untersuchte, war sie schon geräumt worden. Die Akte, die sie in Jessies Büro über die *Fifty-Shades-Suite* gefunden hatte, verschwand ebenfalls auf mysteriöse Weise. Seitdem sammelt Hayden akribisch Informationen über die Angestellten von Blue, die mit der Suite involviert waren, und das, was sie findet, hält sie dicht unter Verschluss. Sie wartet, bis sie genügend Informationen hat, um zur Polizei zu gehen. Im Moment gibt es keine Sex-Suite, keine illegalen Drogen. Jedenfalls nicht auf dem Papier. Aber da ich weiß, wie verbissen meine Chefin sein kann, bezweifle ich, dass das noch lange so bleiben wird.

Positiv zu vermerken ist, dass wir einen neuen Mitarbeiter eingestellt haben, und er heute anfängt. Also ein Grund zum Jubeln für mich und Hayden. Wir könnten wieder so etwas wie eine Vierzig- bis Fünfzig-Stunden-Woche erreichen, wenn es mit dieser Person klappt.

Ich gehe mit dem Papierkram für den Neuen zu Haydens Büro. Da steht ein Mann an der Tür und starrt hinein, sein Gesichtsausdruck ist amüsiert und interessiert.

Ich gehe auf ihn zu und schaue um die Ecke.

Hayden krabbelt in einem eng anliegenden Rock über den Boden, ihr niedlicher Hintern in der Luft.

Das ist es also, was er anstarrt.

Bevor ich leicht an die Tür klopfen kann, um Hayden zu warnen, dass sie Besuch hat, räuspert sich der Typ neben mir.

Haydens goldbrauner Kopf schwingt herum, eine seidene Locke fällt ihr über das Auge, als sie hinter sich blickt. »Oh. Entschuldigen Sie.« Sie richtet sich auf. »Ich war nur, äh, ja, gut. Ich habe etwas fallen lassen. Ich bitte um Entschuldigung.« Sie glättet ihren Rock und versucht, einen professionellen Gesichtsausdruck aufzusetzen.

Ich trete ein und verkneife mir ein Lächeln. Ich überreiche Hayden die Dienstnehmerunterlagen. Sie wirft einen Blick hinter mich und murmelt dezent »*Scheiße*«, was ich so verstehe, dass es ihr peinlich ist, dass sie mit dem Hintern in der Luft erwischt wurde.

Deshalb liebe ich meine Chefin. Sie ist reine Klasse

und Professionalität, aber tief im Inneren ist sie ein anständiges Mädchen.

Ich verziehe das Gesicht und schüttle leicht den Kopf, um sie wissen zu lassen, dass es wahrscheinlich kein Problem ist. Ich glaube nicht, dass es dem Kerl etwas ausmachte, ihr auf den Hintern zu glotzen, wenn man bedenkt, wie lange er dort gestanden und ihn angestarrt hatte.

Ich setze meine professionelle Stimme auf und sage: »Wenn Sie das bitte bis zum Ende des Tages unterschreiben könnten, wäre das großartig. Die sind für den neuen Hospitality-Assistenten, den wir eingestellt haben.«

»Und das wäre ich«, sagt der Mann, der in der Tür steht, in tiefem Bariton, kultiviert und sanft.

»Ja.« Haydens Stimme klingt etwas hoch. »Mira, das ist Adam Cade. Er wird mit Jessie arbeiten.«

Jessie ist unsere Hospitality-Managerin, die wegen einer Blinddarmoperation ausgefallen war. Sie ist gerade erst zurückgekehrt, aber sie ist bei guter Gesundheit. Sie gehört auch zu den Angestellten, die Hayden verdächtigt, in dem Drogenring des Casinos verwickelt zu sein.

Ich werfe einen Blick auf Adam, nehme ihn diesmal wirklich wahr. Er ist groß wie Tyler, mit breiten Schultern. Er trägt einen marineblauen Anzug und Krawatte, sein dunkelbraunes Haar ist an den Seiten kurz geschnitten und oben etwas länger. Er trägt immer noch das Grinsen, das er hatte, als er auf Haydens Hintern starrte. Und sie errötet immer noch.

Hmmm.

Adam hat marineblaue Augen, die zu seinem Anzug passen, und eine leicht kantige Nase. Seine Haut ist glatt und sein Kiefer ist markant. Kurz gesagt, er ist ein totaler Schnuckel, und er schaut Hayden an, als wolle er direkt ein Stück von ihr abbeißen.

Seine Art ist kultiviert und stilvoll. Wenn ich raten müsste, würde ich sagen, er sollte die Hospitality-Abteilung leiten und nicht assistieren. Aber was weiß ich schon? Hayden hat auch mich für eine Position eingestellt, für die ich nicht qualifiziert war.

Ich begrüße Adam und gehe, damit Hayden ihn mit Jessie und seinen neuen Aufgaben bekannt machen kann.

Hayden hat das Debakel mit der Vorratskammer völlig vergessen und erklärt mir, dass ich als ihre Assistentin ihre Erwartungen übertroffen habe, wozu ich aufgrund des Personalmangels gewissermaßen gezwungen war. Die zusätzliche Arbeitsbelastung hat mich jedoch zu Höchstleistungen getrieben. Ich lerne schnell, und Hayden meint, ich habe Aufstiegspotenzial. Ich gehe die Dinge Schritt für Schritt an, wenn ich mir den fragwürdigen Mist bei Blue vor Augen halte, aber ausnahmsweise habe ich das Gefühl, bei der Arbeit herausgefordert zu werden. Das gefällt mir wirklich. Außerdem liebe ich meine Chefin.

Ich habe die letzten Tage gebraucht, um einen klaren Kopf zu bekommen, wie Tyler sagen würde, aber ich vermisse ihn so sehr. Ich denke mehrmals am Tag an ihn.

Gut, jede Stunde.

Ich habe von Gen gehört, dass Tyler gerade einen Job am Community College in der Stadt angeboten bekommen hat, wo er im Herbst Biologie unterrichten wird. Er hat bei seinem Freund Phil gepennt, der von seiner Freundin, die bei ihm wohnte, abserviert wurde. Gen sagt, es scheint Tyler gut zu gehen.

Er steht zu seinem Wort, Tyler hat mir Freiraum gegeben und hat weder angerufen, noch ist er vorbeigekommen. Er schien nicht verärgert zu sein, als ich ihn bat zu gehen, also muss ich annehmen, dass er meinetwegen wegbleibt.

Ich hoffe nur, dass er immer noch zurückkommen will.

Da ich mich die letzten Tage seit dem Tod meiner Mutter endlich über Wasser halten konnte, macht mich der Gedanke, Tyler zu verlieren, unglaublich traurig. Ich weiß jetzt, dass ich das gefürchtete »allein« überleben würde, aber ich möchte ihn in meinem Leben haben. Wenn wir am Ende Freunde wären, würde ich das akzeptieren, aber ich will so viel mehr.

Dieses Verlangen nach Tyler ist die einzige Konstante in meinem Leben. Es verblasst nicht und ebbt nicht ab, es ist einfach da.

Auf meinem Heimweg von der Arbeit beschließe ich, mich umzuziehen und ihn zu besuchen. Ich könnte ihn anrufen, aber ich möchte diesen Schritt tun. Er war für mich da, als meine Mutter starb. Er war von Anfang an für mich da, als er mich im Wald fand, wenn ich ernsthaft darüber nachdenke. Er hat trotz seiner Bedenken mit mir zusammengelebt. Er hat einen verdammten Job im Casino angenommen, um auf mich aufzupassen, als er dachte, es wäre kein sicheres Umfeld. In vielerlei Hinsicht haben seine Handlungen gezeigt, wie viel ich ihm bedeute.

Ich schiebe die Haustür auf, und will mich schnell umziehen und ihn besuchen, jetzt, wo ich die Entscheidung getroffen habe. Doch ich erstarre auf der Schwelle, die Hand am Knauf.

Tyler steht mitten im Wohnzimmer, aber statt besorgt auszusehen, wie nach dem Tod meiner Mutter, ist sein Blick ruhig und entschlossen. »Macht es dir etwas aus? Ich habe immer noch einen Schlüssel. Ich habe mich selbst hereingelassen.«

Ich blicke zurück. Tylers Auto steht weder in der Einfahrt noch auf der Straße. »Wo ist dein Truck?« Ich trete ein und schließe die Tür.

»In der Werkstatt. Ich bekomme neue Reifen. Phil hat

mich abgesetzt.« Abwesend zerrt er an seinem Hemd, als ob es hier drinnen heiß wäre, obwohl es eigentlich kühl ist.

Er studiert meine Bewegungen, während ich meine Handtasche auf den Tresen lege und meine Schuhe ausziehe. Ich bin neugierig, warum er gekommen ist, aber stattdessen platze ich heraus: »Ich habe dich vermisst.«

Tyler schluckt und macht einen Schritt auf mich zu.

»Ich bin nach Hause gekommen, um mich umzuziehen und dich dann zu sehen.« Ich balle die Hände an den Seiten zu Fäusten und bin nervös, obwohl ich mir nicht sicher bin, warum. Er wäre nicht hier, wenn ihm alles egal wäre.

»Ich möchte mit dir zusammen sein, Tyler, aber ich werde alles nehmen, was du bereit bist zu geben. Ich will nur nicht, dass du aus meinem Leben verschwindest. Ich hoffe, du denkst nicht, ich hätte dich weggestoßen, als ich um ein paar Tage für mich gebeten habe.« Mein Gesicht verzieht sich, als ich daran zurückdenke. »Es fühlte sich nicht so an, als ob ich das getan hätte, aber vielleicht ist es so rübergekommen. Nach dem Tod meiner Mutter war ich so aufgewühlt … und erleichtert, weshalb ich dachte, dass ich ein schrecklicher Mensch sein muss. Ich brauchte Zeit, um mich selbst zu verstehen.«

Tyler kommt näher, bis wir nur noch einen Schritt voneinander entfernt sind. »Es gibt keinen besseren Menschen als dich, Mira.«

Ich schaue in seine Augen. »Wie kannst du das sagen? Ich nerve dich mehr als alle anderen.«

Er schenkt mir ein freches Grinsen. »Aber es gefällt mir.«

»Also – ist zwischen uns alles in Ordnung?«

»Wenn du denkst, du kannst darüber hinwegsehen, wenn ich ein Blödmann bin. Dann verspreche ich, es wieder gutzumachen, wenn ich Mist baue.« Er zieht vielsagend seine Augenbrauen hoch.

Ich presse meine Lippen zusammen und halte das überwältigende Glücksgefühl, das mein Herz erfüllt, zurück, aber Tyler lässt sich davon nicht bremsen. Er schlingt seine Arme um mich und berührt mein Haar, mein Gesicht. Seine Lippen liegen auf meinen, und wir küssen uns, als wäre es Jahre her, nicht nur ein paar Tage, seit wir uns gesehen haben.

Und vielleicht ist es Jahre her, dass wir das alles losgelassen haben, die Zweifel, die Ängste, und uns wirklich geöffnet haben. Ich habe ihn weggestoßen, oder er hat mich weggestoßen; emotional waren wir nie auf derselben Ebene.

Bis jetzt.

Tylers Mund wandert meinen Hals hinunter, und ich schiebe meine Hände unter sein T-Shirt, ich spüre, wie sich unter meiner Haut Hitze ausbreitet. Es ist erschreckend und aufregend zugleich, zu erkennen, dass wir endlich zusammen sind.

Tylers Griff lockert sich, seine Hände rutschen zu meinem Hintern. »Wenn wir uns nicht mehr zurückhalten, dann solltest du wissen, dass du meine Freundin bist.«

»Ach ja?« Ich kichere und er kneift meinen Hintern, während er seine Lippen wieder auf die Haut an meinem Halsansatz legt.

»Mm-hmm. Phil weiß Bescheid, frag ihn.«

»Wolltest du mir das auch noch irgendwann mitteilen?«

»Irgendwann«, murmelt er in meine Haut. Seine Hände rutschen unter meinen schmalen Rock. »Habe ich dir schon gesagt, wie sehr ich dich in diesen engen Röcken, die du bei der Arbeit trägst, mag?«

»Nein, aber ich glaube, ich kann es spüren«, sage ich und drücke gegen die Wölbung in seinen Jeans.

»So gern ich dich im Rock sehe, ich glaube, ich würde dich noch lieber ohne Rock sehen.«

Ich ziehe Tylers Hemd über seinen Kopf, lächle seine muskulöse Brust an und streiche mit den Händen darüber. Er versucht, meinen Rock zu öffnen und mich gleichzeitig zur Couch zu ziehen.

Etwas geht schief. Wir küssen uns, berühren uns und zerren an der Kleidung. Das nächste, was ich weiß, ist, dass ich nach vorn falle, und Tyler über das Ende der Couch, seine Arme umklammern mich, bevor wir landen. Hart. Auf dem Boden. Beim Aufprall stößt er ein leichtes Grunzen aus.

»Hoppla«, sagt er mit einem Glucksen und schaut zur Couch auf. »Daneben.« Seine Hände bewegen sich wieder zu meiner Unterwäsche, mein Rock ist nach oben gerutscht, weil er mit dem Reißverschluss ungeduldig wurde.

Ich bin damit beschäftigt, seine Hose zu öffnen, als ich einen Ruck an meiner Hüfte spüre und einen Riss höre. »Hast du gerade mein Höschen zerrissen?«

»Schhh«, sagt er und drückt seinen Mund auf meinen. Seine Hand rutscht zu der pulsierenden Stelle zwischen meinen Beinen, und seine Finger beginnen gekonnt zu zaubern.

Ich stöhne und fange an, seine Jeans mit meinen Händen hinunterzuschieben, dann mit meinen Füßen, als ich sie tief genug habe.

Mit der Jeans um die Knöchel und den Boxershorts aus dem Weg, greife ich ihn mir und streichle ihn.

Tyler stöhnt, sein starker Arm hebt mich hoch, sodass ich über ihm schwebe, sein Finger hört nie auf, seinen zarten Tanz zu tanzen. Ich senke mich, beuge mich vor, um sanft auf seine Lippe zu beißen, denn er ist heiß, und das Gefühl, als er in mich eindringt, bringt mich auf die beste Art und Weise um den Verstand.

Sein Finger hört sein sanftes Wirbeln an der Stelle, an der wir verbunden sind, nicht auf. Er ist ein Multitasker, und Gott, weiß ich das zu schätzen.

Tylers Kopf kippt nach hinten, während sich mein Tempo beschleunigt und meine Atmung schneller wird. Ich bin *soooo* nah dran. Es ist zu lange her, und ich habe ihn vermisst. Das hier habe ich vermisst.

Und dann bin ich da.

Explodiere, keuche, stöhne. Mein Bauch krampft sich zusammen und gerät außer Kontrolle.

Ich bin kein Experte für Orgasmen, aber ich bin mir ziemlich sicher, dass dieser eine Elf auf einer Skala von eins bis zehn ist.

Sobald meine Sinne zur Erde zurückkehren, nimmt Tylers Tempo zu, sein Finger verlagert sich von der Stelle im Zentrum meiner Lust zu meiner Hüfte, wo er mich mit beiden Händen packt und in mich stößt.

Meine Innenwände verkrampfen sich bei dem Gefühl, das er in mir auslöst, als er größer wird. Er fühlt sich so gut an.

Tyler spannt sich an, sein Griff um meine Hüften wird fester, ein tiefes, kehliges Stöhnen dringt aus ihm hervor.

Er starrt mir ehrfürchtig in die Augen, sein Atem wird schwer. Er fährt mit den Händen an meinen Seiten hoch und zieht mich nach unten, bis ich flach auf seiner Brust liege, das Geräusch seines Herzschlags ein schnelles Trommeln unter meinem Ohr.

Da wird mir klar, dass wir zur einen Hälfte auf dem Küchenlinoleum und zur anderen Hälfte auf dem Wohnzimmerteppich liegen. Oder Tyler tut es.

Ich liege auf meinem heißen Freund. Und bin wirklich glücklich.

Tyler und mir geht es gut, trotz allem, was passiert ist. Es geht um uns beide.

Gemeinsam.

———

Tyler

»DU HAST MEIN HÖSCHEN RUINIERT«, sagt Mira.

Ich küsse ihre Stirn und halte sie fest, während sie auf mir liegt. »Tut mir leid.«

Sie schaut auf und hebt die Augenbraue.

»Okay, nicht wirklich. Es hat Spaß gemacht, es herunter zu reißen.«

Sie gähnt, als würde sie gleich einschlafen. Auf dem Wohnzimmerboden – in der Küche – wie auch immer, wo es hart und überhaupt nicht bequem ist. Was mich im Moment nicht zu interessieren scheint, denn ich bin immer noch in ihr, und es gibt keinen besseren Ort, an dem ich sein könnte. »Schätze, wir haben uns hinreißen lassen, was?«

Sie ruht mit dem Kopf auf ihren über meiner Brust gefalteten Händen. »Ja.«

»Ich sollte erwähnen, im Eifer des Gefechts und weil ich das nicht erwartet hatte, habe ich irgendwie vergessen …«

Ihre Augen füllen sich mit Anerkennung. »Ich nehme seit Jahren die Pille, um meine Periode zu regulieren. Und ich habe ein reines Gesundheitsprotokoll, denn, wie du weißt, du warst mein Einziger.«

»Geht mir genauso. Was den Gesundheitsteil betrifft. Und soweit es um deine einzige sexuelle Erfahrung geht, werde ich nicht lügen, es lässt meine Brust vor Stolz anschwellen.« Ich grinse großspurig, und sie will protestieren, weil ich ein arroganter Arsch bin. »Und wir müssen viel nachholen, um dich auf den neuesten Stand zu bringen. Also sollten wir« – ich wackle mit den Augenbrauen – »öfter machen. Zum Beispiel ein paar Mal am Tag. Damit du das alles nachholen kannst.«

Ich glaube erst, sie will mich schlagen, aber dann wird ihr Blick ernst. »Ich glaube, es wird mir gefallen, einen Freund zu haben. Ich liebe dich, Tyler.«

Ihre süße Stimme und die Aufrichtigkeit hinter ihren Worten ersticken mich. Sie ist die einzige, die jemals mein Herz erreicht hat.

Um die Stimmung aufzuhellen, bevor ich sentimental werde, erwidere ich: »Nein, *ich* liebe *dich*. Länger als du mich geliebt hast.«

Ihr Mund öffnet sich. »Wenn es jemanden gibt, dessen Liebe ein Jahrzehnt lang nicht erwidert wurde, dann bin ich es. Ich habe dich geliebt, bevor du meinen Namen kanntest.«

»Wie kommst du darauf?«

Sie erzählt mir die Geschichte über die Mobber in der Junior High School. »Huh«, sage ich, als ob ich mich nicht mehr an den Tag erinnere, an dem ich sie kennengelernt habe. »Das warst du? Ich dachte schon, dass du mir bekannt vorkommst. Du warst so anders in der Junior High School. Du hast ausgesehen wie ein kleines Kind neben den anderen Mädchen.«

Sie drückt sich empört von meiner Brust hoch. »Wie bitte?«, sagt sie. Ich liebe es, wenn sie sich aufregt. Ich halte sie fest, damit sie nicht entkommen kann, unsere Körper sind noch verbunden. Ich könnte gleich zur zweiten Runde übergehen. »Du warst nur ein Jahr älter, und ich war klein für mein Alter. Seitdem habe ich mich weiterentwickelt.«

Ich lasse ein Knurren ertönen, ziehe ihren Mund zu meinem und küsse sie mit Zunge und Zähnen. »Was du nicht sagst. Kannst du spüren, wie sehr mir das bewusst ist?«

»Du meinst, ob ich das Rohr spüren kann, das du in mir hast und das bereit ist, noch einmal loszulegen?« Ich schiebe sie so, dass sie auf und ab rutscht, und wir seufzen beide. »Tyler, ist das normal, dass du in der Lage bist …«

»Nee, ich habe nur viel aufgestaute Lust auf dich. Sollte in zwanzig, vierzig Jahren verschwinden.«

»Was, und dann willst du mich nicht mehr?« Sie nimmt ihren Rhythmus wieder auf. Sie kann nicht zu sehr alarmiert sein.

Ich streichle ihr Gesicht, meine Hand gleitet zu ihrer Brust, denn meine Handfläche hat ihren eigenen Willen. »Ich werde dich immer wollen, auch wenn ich alt bin und ihn nicht mehr hochkriege, erinnerst du dich? Es ist mein Fluch, dich zu lieben.«

Ihre Hüften stocken. »Dein Fluch!«

»Mein Fluch, dass ich dich für immer lieben werde, egal, ob du mich wegstößt oder nicht.« Ich ziehe sie an meine Brust, hebe ihre Hüften in einem Winkel an und ziehe ihren Rücken nach unten. Ihr Kopf kippt stöhnend nach hinten. »Also stoße mich nicht weg, okay? Ich mag Fehler machen, aber du bist das einzige Mädchen für mich. Wenn du mich wegstößt, macht mich das stinkig. Für etwa ein halbes Jahrzehnt.«

»Okay«, sagt sie benommen.

Und dann hört jedes Gespräch auf, weil mein Verstand verschwimmt vor lauter Freude, die mir dieses Mädchen innerlich und äußerlich bereitet.

Kapitel Dreiunddreißig

Mira schnappt sich ihre zerrissene Unterwäsche, die seit gestern Abend teilweise unter der Couch versteckt war, und hält sie hoch. »Das waren meine Lieblingshöschen.«

Ich reiche ihr den Tee im Becher zum Mitnehmen, den ich ihr gemacht habe (ja, ich bin ergeben, ich gebe es freimütig zu), und ziehe meine Schuhe an. Wir machen uns gerade auf den Weg zu Jaeg für einen Sonntagsfilmabend mit ihm und meiner Schwester. »Ich kaufe dir neue. Hey, weißt du, ich glaube, es würde mir gar nichts ausmachen, mit dir Unterwäsche einkaufen zu gehen. Ich könnte mit dir in den Umkleideraum gehen und ...«

»Sprich nicht weiter. Auf keinen Fall. Wir sind fertig mit dem heimlichen Rummachen in kleinen Räumen. Und was meinst du damit, dass du nicht gern einkaufen gehst? Es schien dir nichts auszumachen, als du mit mir Arbeitskleidung gekauft hast.«

Ich schaue verlegen zu ihr. »Ich hasse einkaufen.«

Ihr Gesichtsausdruck ist leer und dann lächelt sie. »Du

hast es für mich getan. Du bist ein heimlicher Softie, Tyler Morgan.«

Ich streiche ihr schönes dunkles Haar hinter ihr Ohr und ziehe sie mit meinem Arm an meine Brust. »Für dich bin ich einer. Ich würde alles für dich tun. Einkaufen gehen, Bösewichte jagen, Algebra-Gleichungen anstarren, bis ich schiele. Das ist eine Krankheit, die ich habe, aber ich mag sie. Ich denke, ich werde mich damit abfinden.«

Ihr Gesicht verzieht sich zu einem entrüsteten Schmollmund, von dem ich gern einen Bissen abhaben würde. »Jetzt bin ich schon eine Krankheit für dich.«

»Mmmm, eher eine heiße und lebhafte Besessenheit, von der ich mich nicht trennen möchte. Du bist das Beste, was ich je in meinem Leben hatte, selbst als ich nicht wusste, dass ich dich hatte. Und fürs Protokoll: Ich kann mich noch an dich erinnern, damals, als wir jünger waren.«

Sie neigt den Kopf mit Zweifel in den Augen, als sie den Riemen ihrer Handtasche zwischen uns über ihre Brust zieht, ohne ihren Becher zu kippen. »In der Junior High? Nein, hast du nicht.«

»Doch, ich war selbst verknallt in das feurige, dunkelhaarige Mädchen mit Karamellaugen, das versucht hat, ein Mädchen zu treten, das doppelt so groß war wie sie«.

»Das warst du nicht«, sagt sie, aber ich spüre das Zögern in ihrer Stimme.

»War ich.«

»Wenn das der Fall ist, warum hast du dann nichts gesagt, als wir zusammen gelernt haben?«

»Wollte nicht alle Karten auf den Tisch legen. Musste dich dafür arbeiten lassen.«

Sie schlägt mir mit der flachen Hand auf die Brust, streckt sich dann aber nach oben und gibt mir einen heißen Kuss.

Es gibt nichts an Mira, was ich je vergessen könnte, nicht einmal aus der Zeit, als wir jung waren. Ich dachte, das sei mein Fluch, aber in Wahrheit ist es mein Glück.

»Oh, warte«, sagt sie, windet sich aus meinen Armen und geht auf die Hintertür zu. »Ich habe Cali versprochen, ein paar von den riesigen Tannenzapfen mitzubringen, die wir in unserem Garten haben. Sie macht ein Herbstarrangement daraus.«

»Du meinst wie für einen Esstisch? Ich dachte, Jaeg kocht?«

Mira schaut auf, fassungslos. »Was hat Tischdekoration mit Essen zu tun?«

Ich rolle mit den Augen. Als ob das Sinn ergeben würde. *Mädchen.* »Ich treffe dich am Auto.«

»Okay«, sagt sie und schlüpft durch die Hintertür hinaus.

Mein Auto ist immer noch in der Werkstatt, also gehe ich mit den Schlüsseln in der Hand auf Miras Truck zu.

Ein Auto auf der Straße fällt mir ins Auge. Es ist schnittig, schwarz und in einem merkwürdigen Winkel geparkt, als ob der Fahrer in Eile ausgestiegen wäre.

Ich drehe mich um und starre auf den Zaun zum Hinterhof. Es gibt kein Geräusch, und Mira ist erst seit einer Minute weg, aber irgendetwas fühlt sich nicht richtig an.

»Mira?«, rufe ich. »Alles in Ordnung?«

Sie antwortet nicht, und mein Herz beginnt zu rasen. Die Haare in meinem Nacken stellen sich auf, meine Muskeln spannen sich an. Ich renne zu dem Tor, das in den Hinterhof führt, und reiße es fast nieder, als ich versuche, die Verriegelung zu lösen.

Ich höre das Geräusch schlurfender Füße, dann ein Wimmern von Mira. Ich renne an der Seite des Hauses herum, und finde einen Anblick vor, der mein Herz fast zum Stillstand bringt.

Der Becher, den ich Mira gegeben habe, liegt umgekippt auf dem Boden, und Miras Rücken ist an die Brust des Arschlochs gepresst, das sie geschlagen hat. Sein Arm ist um ihren Hals gelegt. Er beugt sich über sie, den Rücken zu mir.

Anschleichen kommt nicht infrage. Ich denke an nichts anderes, als den Bastard zu verkrüppeln.

Auf dem Weg zu ihnen angle ich mir das größte Holzscheit in Reichweite und schwinge es gegen seinen Hinterkopf.

Sein Kopf wippt nach vorn und er grunzt, aber sein Griff löst sich nicht von meinem Mädchen. Ich schlage ihn noch einmal, diesmal treffe ich ihn direkt gegen die Schläfe.

Das Arschloch geht zu Boden und reißt Mira mit sich. Er bewegt sich nicht.

Ich ziehe Mira an der Taille hoch und trage sie zur Seite. Ich berühre ihren Hals, ihr Gesicht. »Bist du okay?«

»E–Er war wütend – er sagte, wegen mir wurde er aus der Stadt geschickt.« Ihr Gesicht ist rot und fleckig, ihr Ausdruck verwirrt. »Ich habe ihm gesagt, dass ich regelmäßig gezahlt habe.«

Ich schaue hinüber zu dem Mann auf dem Boden und ziehe mein Handy heraus. Mira vergräbt ihr Gesicht an meiner Brust. »Ich habe den Mann, dem du geschuldet hast, abbezahlt. Dieser Typ hat hier nichts zu suchen. Und auf keinen Fall hätte er ein Recht, dich anzufassen.«

Ich rufe die Polizei an und schildere den Vorfall.

»Was meinst du damit, dass du ihn bezahlt hast?«, fragt sie, als ich mein Telefon zurückstecke.

Ich sehe weg, besorgt, wie sie das aufnehmen wird. Mira schätzt es nicht, wenn ich ihr sage, was sie tun soll, und das hier fällt in die Kategorie »anmaßend«. Aber ich lasse nicht zu, dass ihr noch einmal jemand wehtut.

Trotzdem hätte ich es wahrscheinlich schon früher erwähnen sollen. »Ich wollte nicht, dass du dir nach dem Tod deiner Mutter über Schulden Sorgen machen musst. Du hattest das meiste davon beglichen. Ich habe den letzten Rest bezahlt. Das Geld, das du Lewis gegeben hast, ist auf ein Sparkonto für dich geflossen.«

Sie starrt mich an, ihr Gesicht blass, die Kehle rot von dem Griff, mit dem dieses Arschloch sie gepackt hatte. Sie hat während dieser Tortur nicht ein einziges Mal geweint, was beweist, wie knallhart sie ist. »Oh.«

»Oh? Du bist nicht wütend?« Ich schaue nach, um mich zu vergewissern, dass der Mann immer noch bewusstlos ist. Für alle Fälle führe ich Mira zur Vorderseite des Hauses. Ich würde mich besser fühlen, wenn ich unter freiem Himmel auf die Polizei warten könnte.

»Ich bin nicht wütend«, sagt sie, während sie neben mir geht, ihren Körper dicht an meinen gelehnt. »Du warst rücksichtsvoll. Und um ehrlich zu sein, ich bin es leid, dieses Geld zu schulden. Ich zahle es dir natürlich zurück, aber es ist schön, diesem Mann nichts mehr zu schulden. Obwohl, wenn auch auf Umwegen, er hat dich zu mir gebracht.«

Meint sie den Wald? Als ich sie bewusstlos gefunden habe?

»Jaaaa, wie wäre es, wenn wir von jetzt an keine Auftragskiller mehr anlocken?«

Sie stößt einen lebhaften Seufzer aus, ihre Gesichtsfarbe normalisiert sich wieder. »Natürlich.«

Ich ächze. Warum habe ich den Verdacht, dass es nicht das letzte Mal gewesen sein wird, dass Mira sich in die Schusslinie begibt?

Ich habe alle Hände voll zu tun. Und ich würde es auch nicht anders wollen.

Mira

Tyler und ich haben es nicht zu Jaeger geschafft. Wir haben den Nachmittag auf der Polizeiwache verbracht, wo ich ihnen schließlich von dem Typ mit der Jeansjacke berichtet habe.

»Ms. Frasier.« Sergeant Billings, derselbe Beamte, mit dem ich nach meinem Angriff im Wald gesprochen hatte, tippt mit seinem Stift auf den Schreibtisch. »Sind Sie sicher, dass dieser Ronald Devans derselbe Mann ist, der Sie vor Wochen angegriffen hat?«

»Ja. Einer von ihnen.«

»Und seitdem haben Sie ihn gesehen? Warum haben Sie uns diese Information nicht früher mitgeteilt?«

Ich hatte beabsichtigt, der Polizei von Jeansjacke zu erzählen, nachdem Lewis und Tyler mich wiederholt gedrängt hatten, aber anscheinend nicht früh genug. Ich kann nicht glauben, dass er mein Haus überwacht hat. All die Male, die ich dachte, ich hätte ihn gesehen, hatte ich wahrscheinlich recht.

Ich hatte nicht Gelegenheit, so verängstigt zu sein, wie ich es heute Nachmittag hätte sein können. Denn als der Mann mich packte, war Tyler sofort da.

»Ich schuldete einem Mann, für den Ronald Devans arbeitete, Geld. Am Anfang war ich besorgt, dass es mir mehr Ärger bereiten würde, wenn ich Ihnen sage, dass ich weiß, wer mein Angreifer war. Dann hatte ich es mir noch einmal überlegt. Ich wollte hierher kommen und jetzt ist das passiert.«

Der Polizist schreibt den Namen meines Kredithais auf.

»Und Sie sagten, Devans war mit Drake Peterson im Casino?«

Ich nicke.

»Mr. Peterson wartet auf seinen Prozess. Ich weiß nicht, in welcher Verbindung er zu Devans steht, aber Devans hat ein langes Vorstrafenregister, darunter Drogenbesitz und Körperverletzung. Er wird nicht davonkommen. Ich bin zuversichtlich, dass wir Devans dazu bringen, auch den Namen des anderen Mannes, der Sie angegriffen hat, preiszugeben. Ich werde dem Kredithai nachgehen. Es hört sich an, als könnte er beteiligt sein.«

Nachdem Tyler und ich von der Polizeiwache zurückkehren, vergeht eine Woche, bevor er mich das Haus (vielmehr unser Bett) für etwas anderes als Arbeit verlassen lässt. Der Angriff hat ihm Angst gemacht. Er hat mir Angst gemacht. Ja, wir hatten Sex. Okay, viel Sex, aber wir verbrachten auch Stunden damit, einfach nur einander festzuhalten, dankbar, dass unsere Geschichte gut ausgegangen ist.

Denn genau das ist es gewesen. Eine lange Liebesgeschichte mit dem Jungen, der mir in der Junior High aufgefallen war und nie meine Gedanken und mein Herz verlassen hatte. Ich werde für immer dankbar sein, dass Tyler mich gefunden hat.

Und vielleicht, nur ein wenig, habe ich ihn auch gefunden. Den echten Tyler, den er vor all den Jahren begraben hat, der aber zu mir zurückgekommen ist.

Wiederum.

Epilog

Mira

2 Monate später

Tyler und ich stehen auf der Haustürtreppe eines ebenerdigen Hauses in einem mittelständischen Viertel von Carson City.

Ich bin so nervös, dass ich hyperventilieren könnte.

Die Tür knarrt auf, und auf der anderen Seite steht eine hübsche Frau mittleren Alters mit leuchtend rotem Haar.

Tyler legt seine Hand auf meinen unteren Rücken. »Hallo, Mom.« Er beugt sich vor und küsst sie auf die Wange. »Das ist Mira.«

Sie lässt uns ein, ihre Augen lassen mich nicht mehr los. Ich fühle mich entblößt und splitternackt vor dieser Frau, obwohl ich meinen dicksten Pullover und einen Wintermantel trage.

»Ah.« Sie nickt und betrachtet mich immer noch. Dann blickt sie ihren Sohn an. »Ich verstehe.«

Tyler tritt nervös auf der Stelle. »Mira ist meine Freundin, von der ich dir erzählt habe. Wir sind zusammen in Tahoe zur Schule gegangen und haben uns erst kürzlich wiedergesehen. Weißt du noch? Sie ist das Mädchen, dem ich in den letzten zwei Jahren Nachhilfe gegeben habe.«

Madeline Morgans Augen hellen sich auf, als hätte sie sich erinnert und sie nickt. »Nun, das erklärt alles.« Sie lächelt fröhlich und schließt mich in eine warme Umarmung. »Willkommen, Mira. Schön, dich endlich kennenzulernen.«

Ich schaue Tyler an. Er zuckt mit den Achseln und schüttelt den Kopf, als wollte er mir bedeuten, mir über die seltsame Bemerkung seiner Mutter keine Sorgen zu machen.

»Also, wie seid ihr zwei euch wieder über den Weg gelaufen?«, fragt Mrs. Morgan, als sie uns in ihren Garten führt, wo Cali und Jaeger, gut eingewickelt, schon auf der Terrasse warten und ein Bier trinken. Es hat noch nicht geschneit, und Mrs. Morgan hat immer noch ein Badminton-Netz aufgestellt.

Tyler reibt sich den Kiefer. »Ja, nun, weißt du, Mira war in einer schlimmen Lage. Wir haben sie in Calis Zimmer wohnen lassen.«

Seine Mutter wirft einen intensiven Blick auf ihn. »Und wo lebt Cali?«

Tyler starrt wie ein Hirsch im Scheinwerferlicht. »Mit Jaeg?«

Der Mund seiner Mutter verzieht sich. »Hmm, wie es scheint, hat meine Tochter einiges zu erklären. Mir gefällt das nicht, Tyler. Dieses Zusammenleben vor der Ehe. Du weißt, wozu das führt?«

Scheiße! Sie wird doch nicht Sex zur Sprache bringen, oder?

Ich schaue Tyler verzweifelt an, aber er blickt grinsend auf seine Mutter. »Gemütliches Zusammenleben?«

Seine Mutter runzelt die Stirn. »Guter Witz, Sohn.« Sie schüttelt genervt den Kopf. »Babys. Dazu führt es.« Sie zeigt mit dem Finger auf uns beide. »Denkt daran, wenn ihr es euch das nächste Mal gemütlich macht.«

Ich bedecke mein Gesicht mit meinen Händen. Der peinlichste Moment überhaupt.

Hier bin ich, treffe Tylers Mutter zum ersten Mal *als seine Freundin*, wovon ich immer geträumt habe, und es ist, als wäre ich wieder sechzehn, und werde dabei erwischt, wie ich mit meinem High-School-Schwarm schlafe.

Ein erstickter Laut dringt aus meiner Kehle, und ich merke, dass ich lache. Ein bisschen hysterisch, um genau zu sein.

Tyler schlingt seine Arme um meine Schultern und kichert mir ins Ohr. »Sie ist immer so. Du wirst dich daran gewöhnen.«

Ich schaue auf und lächle. Sein Gesichtsausdruck erweicht von dem liebevollen Blick, den ich ihm zuwerfe, und er küsst mich.

»Babys«, ruft seine Mutter von ihrem Platz vor dem Grill.

Ich verstecke mein brennendes Gesicht in seiner Brust.

»Hmm«, sagt Tyler. »Ich hätte nichts dagegen, dich mit meinem Baby in deinem Bauch zu sehen.« Ich schaue auf, meine Augen weit aufgerissen. Seine Lippen streifen mein Ohr. »Wenn wir bereit sind. Aber bis dahin sind wir verheiratet.«

Ich drücke ihn um die Taille und küsse unbeholfen seine Lippen, was ihm nichts auszumachen scheint, da sich seine Arme fester um mich schließen.

»Genug Rumgeturtel, Tyler«, ruft Cali. »Komm hier rüber, damit ich deinen Federball in die nächste Stadt knallen kann.«

Jaeger rollt mit den Augen neben ihr. »Süße, du musst

dein Gepöbel mal etwas runterfahren.«

»Was denn?«, sagt sie. »So machen wir das hier eben.«

»Ich weiß, aber…« Er beugt sich vor. »Ich weiß eben, wie du mit Bällen umgehst.«

Ein teuflischer Blick huscht über ihr Gesicht. »Das ist ein Federball. Aber wie gehe ich mit Bällen um, Jaeger?«

Er grinst und zerrt ihren Stuhl näher an seinen. »Schlimmes Mädchen.«

Cali lächelt ihren Freund an und blickt dann zu uns auf. »Komm schon, Tyler. Ich bin bereit für dich.«

Tyler stößt einen gequälten Seufzer aus. »Gib mir einen Moment, um meiner Schwester den Hintern zu versohlen. Ich brauche zwei, vielleicht drei Minuten.«

Tyler nimmt einen Schläger in die Hand und Jaeger versucht, Cali Tipps zu geben. Ich bekomme den Eindruck, dass Cali richtig scheiße im Badminton ist und einfach nur Blödsinn redet. Dadurch mag ich sie irgendwie noch mehr. Besonders, wenn sie mit Tyler Blödsinn redet.

Ich lächle und mache mich auf den Weg zu seiner Mutter. »Kann ich Ihnen irgendwie helfen, Mrs. Morgan?«

»Oh, Schätzchen, du kannst mich Maddie nennen. Ich habe das Gefühl, dass wir uns sehr gut kennenlernen werden. Ein Blick auf meinen Sohn mit dir, und ich wusste, dass du jemand Besonderes bist. Vielleicht bist du sogar der Grund dafür, dass er im letzten Schuljahr von einem lebenslustigen Kerl zu einem Griesgram wurde.«

Ich schaue weg. »Ich weiß es nicht. Ich meine, vielleicht. Aber ich wollte es nicht.«

Sie winkt meine Worte ab. »Er brauchte einen Tritt in den Hintern. Der Junge kann hartnäckig sein. Und schau, wie sehr er dich jetzt schätzt.«

Ich lächle, unfähig zu verbergen, wie glücklich mich ihre Worte machen. »Er ist mir wichtig.« Es ist eine einfache Aussage, und so unvollständig, wenn ich meine Gefühle für Tyler betrachte.

Sie grinst und wendet den Mais auf dem Grill. »Oh, ich weiß. Er wäre nicht mit dir zusammen, wenn das nicht etwas Besonderes wäre. Ich habe noch nie gesehen, dass er ein Mädchen so ansieht, wie er dich ansieht.«

»Mom« – Tylers Stimme erschreckt mich, und ich schaue auf – »hör auf, meine Geheimnisse zu verraten«. Er nähert sich aus ein paar Metern Entfernung.

Hinter ihm plumpst Cali mit einem Stirnrunzeln im Gesicht auf Jaegers Schoß.

Da wurde jemandem wohl schnell der Hintern versohlt.

»Sie weiß, dass du sie liebst«, sagt seine Mutter. »Ich bin keine blinde Frau, und sie ist es auch nicht«, sagt seine Mutter.

Tyler rollt mit den Augen und zwinkert mir zu.

Maddie hat recht. Ich sehe es jetzt. Tylers Liebe. Wir waren beide blind.

»Weißt du, Tyler«, sagt seine Mutter, »jetzt, wo diese Tantiemen-Schecks eintrudeln werden, solltest du darüber nachdenken, dir ein Haus zu kaufen. Sesshaft werden.«

»Schon dabei«, sagt Tyler. »Ich habe meinen Immobilienmakler mit dem Besitzer von Calis Haus Kontakt aufnehmen lassen. Es passt mir, und es ist der Ort, an dem ich das Buch geschrieben habe.« Er lehnt sich näher heran. »Und wo ich meine wahre Liebe wiederentdeckt habe«, flüstert er mir ins Ohr.

Anscheinend war Tyler nicht so faul, wie alle dachten. Während er sich ›neu sortierte‹ und in Calis Wohnung lebte, schrieb er ein Buch. *The Nose Knows* ist ein populärwissenschaftliches Buch, von dem sein Agent sagt, dass es von Laien und Biologen gleichermaßen verschlungen werden wird. Manche Professoren könnten es sogar für

Studenten zur Pflichtlektüre machen. Offenbar befasst es sich mit neuen Forschungsarbeiten über Geruchssinn und Anziehung und ist höchst unterhaltsam, was für einen Biologietext ziemlich selten ist. Die Studenten, die das Manuskript gesehen haben, schwärmen davon.

Tyler ist in unsere Heimatstadt zurückgekehrt, weil er einen Ort brauchte, um sich von seinem Verlust und seinen Schuldgefühlen wegen der Geschehnisse in Colorado zu erholen, aber seine intellektuellen Talente sind deswegen nicht verschwendet worden. Ich hätte wissen müssen, dass Tyler etwas aus sich machen würde, egal wo er landet.

»Du kaufst die Hütte?«, frage ich.

Tyler hat erwähnt, dass er darüber nachdachte, ein Haus in Tahoe zu kaufen, und ich wusste, dass er mit einem Makler gesprochen hatte. Ich wusste nicht, dass er in Erwägung zog, Calis Haus zu kaufen. Oder eigentlich ihr altes Haus, jetzt, da sie dauerhaft bei Jaeger wohnt.

Er nickt, sein Gesicht plötzlich ernst. »Ist das in Ordnung? Denn ich kann —«

Ich strahle ihn an. »Es ist perfekt. Nur« — mein Mund zieht sich zusammen, als ich an die Möbel denke — »können wir eine neue Couch kaufen?«

Tyler zieht mich ganz nah an sich heran. »Soll das ein Witz sein? Wir schmeißen alle alten Möbel raus. Dieser Schuppen muss an dieses Jahrhundert angepasst werden.«

Ich lache. »Dir ist klar, dass das Einkaufen bedeutet.«

»Ja, aber das ist für unser neues Zuhause. Für unser gemeinsames Leben.«

Ich berühre seinen starken Kiefer, und er beugt sich herunter, um mich zu küssen.

Wir waren füreinander bestimmt. Und jetzt sind wir endlich eins.

Weiter von Jules

Lieber Leser,

Sie fragen sich vielleicht wie es bei Nessa und Zach weitergeht, denn ich habe ja bereits angedeutet, dass da etwas zwischen den beiden los ist. Schnappen Sie sich das nächste Buch aus der Reihe Die Männer aus Lake Tahoe, ***Mehr als nur Freunde***, und entdecken Sie, wie Nessa es endlich schafft, mit Zack aus der Friendzone herauszukommen.

Xoxo,
Jules

Mehr als nur Freunde

Ich stecke in der Friendzone fest, und das mit dem heißesten Typen, den ich je kennengelernt habe. Oh, und er ist mein bester Freund.

Wenn zwischen uns die Funken fliegen, stößt Zach mich weg. Und die Funken fliegen schon seit dem Tag, an dem wir uns kennengelernt haben. Doch aus irgendeinem nervigen Grund hält er mich absichtlich auf Distanz.

Meiner Einschätzung nach habe ich zwei Möglichkeiten. Ich kann die Stadt verlassen und einen Neuanfang wagen, oder ich kann Zach zeigen, dass wir füreinander geschaffen sind. Nur eine dieser Optionen hat das Potenzial, die beste Freundschaft meines Lebens zu zerstören.

Aber ich ziehe in Erwägung, all das für die Liebe zu riskieren.

Holen Sie sich *Mehr als nur Freunde jetzt!*

Bücher von Jules Barnard

Keine Regeln

Vermieter küsst man nicht (Band 1)

Mitbewohner küsst man nicht (Band 2)

Die Cade-Brüder

Levis Versuchung (Band 1)

Wes' Herausforderung (Band 2)

Brans Verführung (Band 3)

Hunts Bekehrung (Band 4)

Die Männer aus Lake Tahoe

Er ist tabu (Band 1)

Er ist unwiderstehlich (Band 2)

Seine zweite Chance (Band 3)

Mehr als nur Freunde (Band 4)

Er ist mein Feind (Band 5)

Über den Autor

Jules Barnard ist *USA Today*-Bestsellerautorin und schreibt Liebesromane und Romantic Fantasy. Zu ihren Contemporary-Reihen gehören die *Men of Lake Tahoe* und die *Cade Brothers*, die nun erstmals auch auf Deutsch erscheinen. Ganz gleich, ob sie über sexy Kerle in Lake Tahoe oder eine Feenwelt schreibt, die sich auf einem College-Campus verbirgt, Jules' Geschichten machen sofort süchtig und sind voller Herz und Humor.

Wenn Jules nicht gerade in Jogginghose am Schreibtisch sitzt oder sich fürs Schreiben mit Pralinen belohnt, verbringt sie ihre Zeit mit ihrem Mann und zwei Kindern in einer Kleinstadt in Washington an der Pazifikküste. Auf ihre Fähigkeit, auch auf dem Laufband oder beim Kochen lesen zu können, ist sie mächtig stolz. Manchmal brennt dabei allerdings auch das Abendessen an.

Ihr wollt mehr über Jules erfahren?